Robert Corvus
Knecht

W0288595

PIPER

Zu diesem Buch

Niemand weiß, auf welche Weise Lisanne den Schattenkönig erzürnt hat, aber jeder hat die Gepfählten gesehen, die es wagten, ihren Namen auszusprechen. Nun jedoch, 197 Jahre nachdem er den Schädelthron bestieg, lastet Müdigkeit auf Elien Vitans Gemüt. Für den Thronwechsel verlangt die Tradition nach der Anwesenheit aller Schattenherzöge – und zu diesen Edelsten der Unsterblichen zählt auch Lisanne. Doch sie wurde seit Jahrzehnten nicht mehr gesehen. Noch nicht einmal der Schattenkönig ahnt, welches Exil sie gewählt hat.

So liegt es an Bren Stonner, Schattengraf Velon auf der Suche nach Lisanne zu begleiten, sie zu finden und an Elien Vitans Hof zu bringen. Der Schattenkönig wird kein Scheitern dulden, egal, wie weit die Reise und wie groß die Gefahren sein werden …

Robert Corvus, 1972 geboren, lebt in Köln und arbeitete als Projektleiter in einem internationalen Konzern, bevor er sich ganz dem Schreiben widmete. Er ist Metalhead, Kinofan und Tänzer. Er veröffentlichte zahlreiche Romane in den Reihen »Das schwarze Auge« und »Battletech« sowie einen apokalyptischen Vampirthriller. »Feind« und »Knecht« sind die ersten beiden Bände seiner großen High-Fantasy-Trilogie »Die Schattenherren«.
Weiteres zum Autor unter: www.robertcorvus.net

Robert Corvus

KNECHT

DIE SCHATTENHERREN

Piper München Zürich

Entdecke die Welt der Piper Fantasy:

Piper-Fantasy.de

MIX
Papier aus verantwortungsvollen Quellen
FSC® C083411
www.fsc.org

Originalausgabe
August 2013
© 2013 Piper Verlag GmbH, München
Umschlaggestaltung: Guter Punkt, München / www.guter-punkt.de
Umschlagabbildung: Guter Punkt unter Verwendung von Motiven von Shutterstock
Karten: Daniel Ernle
Satz: C. Schaber Datentechnik, Wels
Papier: Munken Print von Arctic Paper Munkedals AB, Schweden
Druck und Bindung: CPI – Clausen & Bosse, Leck
Printed in Germany ISBN 978-3-492-26926-1

Mit Dank an
Dieter Steinseifer,
Johannes van Aaken
und
Werner Fuchs,
meine Förderer

Orgait
Ondrien
Wetterberge
Nacht-
Schatten-
Wald
Karat-Dor
Guardaja
Milir
Bron
Eskad
Ublid
Ilyjia
Wüste

Eloy
Ejabon-vor-
dem-Nebel
Flutatem
Meer der
Erinnerung
Seelennebel
N
W
O
S
Akene
Pijelas

Ejabon-vor
Meer der Erinnerung
Festungen
Wald
Hügel
Berge
Alaunminen (Tagebau)
Steilküste
Siedlung
Fluss

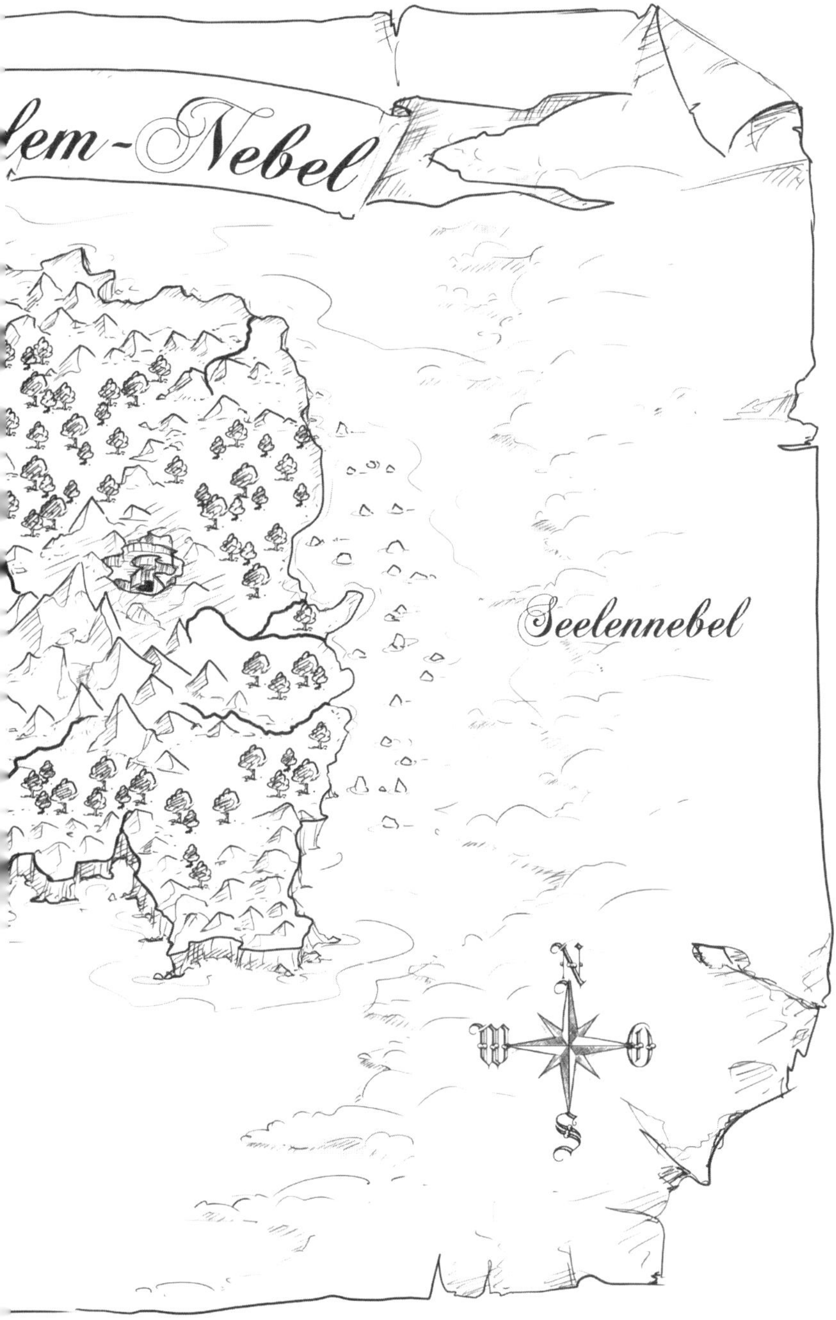
lem-Nebel
Seelennebel
N
W
O
S

PROLOG

FERNE

Eine andere Art von Grausamkeit war ihnen zu eigen. Nicht die der Unsterblichen, die Menschen quälten, um sie zu züchtigen, oder die der Mächtigen, die Unterlegene auf ihren Platz verwiesen. Der rothäutige Menschenschlag dieses Landes verstand nicht, wie man andere unterwarf. Die Kunst des Krieges existierte hier nicht, hier hatte es allenfalls wilde Prügeleien gegeben, bevor Zuulior angelandet war.

Er war kein Krieger im Heer der Schattenherren, sondern ein Gardist. Seine Ausbildung war eher die eines Leibwächters als die von jemandem, der in einer Schlachtreihe stand. Dennoch hatte er ein tieferes Verständnis von Marschordnungen, Belagerungen und Kampfformationen als alle diese Eingeborenen zusammen. Wäre es ihm nicht befohlen worden, Zuulior wäre niemals auf den Gedanken verfallen, einige von ihnen zu Offizieren auszubilden. Sie waren kein Volk, das für den Krieg geschaffen war.

Und dennoch war Grausamkeit ihnen vertraut. Sie konnten sich ebenso wie alle anderen Menschen daran berauschen, Gewalt über jene auszuüben, die ihnen ausgeliefert waren. Es war wie die Grausamkeit von Kindern, die einem Kaninchen die Beine brachen, um dann zuzusehen, wie es sich quälte. Die Finsternis war die mächtigste Kraft der menschlichen Seele, auch hier.

Disziplin war ebenfalls keine Stärke dieser Menschen. »Passt auf, dass ihr ihn nicht totschlagt«, mahnte Zuulior deshalb. Geduldig wartete er ab, bis die beiden Männer ermüdeten und keine Lust mehr verspürten, auf den Gefangenen einzutreten. Vielleicht hatte ihr Opfer sie provoziert, vielleicht hatten die beiden auch eine Rechnung mit ihm offen. Wahrscheinlich wollten sie nur Knochen durch aufgerissene Haut schimmern sehen. Aber zugleich hatten sie Angst vor Zuulior, nachdem er einen von ihnen erstochen hatte, bevor das Begreifen in dessen trägen Verstand gekrochen war. Zuuliors Schwert war nicht nur gründlicher geschmiedet als alles, was hier über den Amboss gezogen wurde, es war auch schneller als die schräg gestellten Augen in den roten Gesichtern. Er konnte seinen Stahl in ein Herz dieser Eingeborenen stoßen, bevor dessen Besitzer sah, dass sich die Waffe bewegte. Also vermieden die beiden, Zuulior zu verärgern und stampften dem Gefangenen nicht auf Hals oder Kopf. Ihre Wut musste sich andere Ziele suchen. Das Geschrei wurde heller, als die Kniescheiben brachen.

»Jetzt müsst ihr ihn tragen lassen«, stellte Zuulior fest.

Mit grimmigen Mienen prügelten die beiden einige weitere Gefangene heran, diese Aufgabe zu übernehmen. Die Unterbrechung dämpfte ihren Blutrausch. Sie waren nun bereit, Zuulior weiter zu folgen. Er ging voran, die nächste gebogene Rampe hinunter.

Die Hitze nahm zu, je tiefer sie in den Berg stiegen. Oft loderten Flammen weniger als einen Schritt entfernt in der Luft. Manche waren geräuschlos, die meisten aber prasselten laut. Sie erinnerten Zuulior an die Städte, die er hatte brennen sehen. Das war früher gewesen, als er noch geholfen hatte, Banner stolzer Reiche unter die Schatten zu zwingen. Noch immer erneuerte er die dunkle Farbe auf den Ringen seines Kettenhemds, wenn er die Muße dazu hatte. Obwohl hier niemand mehr war, der ihn als Hauptmann der Garde hätte erkennen können. Während er den Zug führte, dachte er darüber nach, warum ihm die Anerkennung dieser Menschen so wenig bedeutete. Sie fürchteten ihn um seiner selbst willen, während man früher vor der Macht gezittert hatte, auf deren Geheiß er gekommen war. Er hatte ein Dorf so gründlich ausgelöscht, dass niemand mehr lebte, der jemanden kannte, der dort gewohnt hatte. Aber es war nicht seine Tat, er war nur Werkzeug in der Hand der Osadroi gewesen, der Schattenherren Ondriens. Hätte es ihn nicht mit Stolz erfüllen müssen, nun respektiert zu werden wegen seiner Kenntnisse in der Kriegführung, seiner Fähigkeiten mit dem Schwert?

Aber so war es nicht. Er fühlte sich nicht stolz, er fühlte sich leer. Als sei er der Letzte seiner Art. Hengell, Jerrar, Merk … Immer öfter ertappte sich Zuulior dabei, wie er mit den gefallenen Gardisten sprach, seinen Kameraden, die ihm vorausgegangen waren. Sie alle waren tot, nur er war übrig.

Nach den Lehren des Kults war es nicht schlecht, der Letzte zu sein. Es bewies Stärke, und Stärke konnte belohnt werden.

Aber was sollte hier, in diesem Land, Zuuliors Lohn sein?

Er hatte der Finsternis sein Leben lang gedient. Den Schatten. Mit der heimlichen Hoffnung, für die Unsterblichkeit der Nacht erwählt zu werden. Wäre sie ihm jetzt angeboten worden, er hätte sie ausgeschlagen. Eine Ewigkeit der Leere war schlimmer als das, was das Nebelland für die Verstorbenen bereithalten mochte.

Sie erreichten den untersten Boden nach der letzten Rampe. Hierher war seit Jahrtausenden kein Sonnenstrahl gedrungen, ein ganzer Berg türmte sich über ihnen auf. Flammen züngelten in der Luft, sie brauchten keine Fackeln oder Lampen, um sich zu nähren, denn sie loderten aus anderen Wirklichkeiten herüber.

Als sich ihnen Schritte mit knirschenden Geräuschen näherten, als drücke man vorsichtig Schaufeln in Kies, schrie einer der Gefangenen auf. »Werde ich sie sehen? Die Königin?« Die Augen des Mannes waren weit aufgerissen zwischen den bunten Linien, die er in sein Gesicht hatte ritzen lassen. Was gab es Verächtlicheres als einen zweifelnden Rebellen? Hatten diese

Gefangenen nicht geschworen, zu sterben, wenn sie dadurch die Königin töten könnten? Und jetzt wollte er ihr seine Verehrung darbringen?

»Du wirst eine Königin sehen«, sagte Zuulior. »Aber nicht die Königin deiner Träume.«

Im Näherkommen wurde das Geschöpf immer größer. Den Umfang eines Schlachtrosses hatte es bereits erreicht. Die Königin. Ob seine Begleiter wohl mehr Angst vor ihr hatten als vor Zuulior?

Wahrscheinlich, denn Fremdheit vermochte starke Furcht zu wecken. Und was hätte fremder sein können als dieser Koloss, der so geschwollen war, dass er nicht mehr aufrecht gehen konnte? Ein schwarz glänzender Panzer ersetzte die Haut, Zangen wie Säbel bildeten die Kiefer. Sie schnappten vorfreudig, als sich das Wesen in die Helligkeit der unwirklichen Feuer schob.

Zuulior überwachte, wie diejenigen, die er zu Kriegern machen sollte, den Gefangenen die Schädel knackten. Sie nahmen Hämmer dazu, manche wollten sorgfältig arbeiten und setzten Meißel an. Wenn sich ein Opfer wehrte, war das Ergebnis eine große Schweinerei, was den Vollstreckern aber sogar lieber zu sein schien. Am Ende wurden alle Hirne aus den Schädeln entnommen und an die fremde Königin verfüttert.

Zuulior führte ihr die Nahrung zu, nach der sie verlangte, weil es ihm befohlen worden war. Diese Kreatur mochte eine Königin sein, auf gewisse Weise, aber seine Herrin war sie nicht. Niemals hatte er ihr einen Eid geleistet.

Überhaupt – was bedeutete ein Wort wie ›Königin‹ an diesem Ort?

In Zuuliors Heimat gab es den SCHATTENKÖNIG, von dem alle Macht ausging. ER war Herr über Ondrien, Meister aller Osadroi, Wahrer der Unendlichkeit, Wissender der letzten Geheimnisse, Zerstörer der Schleier, Gebieter der Schatten. ER war der Mörder der Götter, der ihr Blut trank und auf ihren geschändeten Leibern SEINEN Thron errichtete. Der einzig wahre König, und ER hatte keine Königin. Vielleicht würde es eine geben, nach SEINER Zeit, aber auf dem Schädelthron von Orgait saß immer nur ein einziger Herrscher. Nur ein Gebieter über die Osadroi.

Die Osadroi wiederum waren die Meister der Schatten, der Macht der Finsternis, der größten Kraft, die sich denken ließ. Unaufhaltsam legten sich die Schatten über die bekannte Welt. Der Silberkrieg war entschieden, auch wenn noch nicht alle freien Reiche ihre Niederlage anerkannten. Sie würden dazu gezwungen sein, wenn sie erst begriffen, dass ihnen das einzige Metall ausging, mit dem man einem Schattenherrn bleibende Wunden schlagen konnte. Ohne Silber waren ihre Heere wehrlos.

Das war die Welt, die Zuulior kannte und deren Regeln er verstand. Doch was galten diese Regeln hier, in diesem fernen Land?

Osadroi atmeten Essenz. Dieses Monstrum fraß Hirne. Manche zerstückelte es mit seinen frei schwingenden, gebogenen Kiefern. Auf andere spie es seinen Speichel, was die grauen Gebilde halb verflüssigte, sodass sie sich schlürfen ließen.

Zuulior brütete noch vor sich hin, als die Leichen fortgeschafft, die Männer gegangen waren und sich die fremde Königin in das lauernde Dunkel zurückgezogen hatte, aus dem sie gekommen war. Ein Berg lastete auf seinem Gemüt, und dieser hatte nur wenig zu tun mit den erdrückenden Felsmassen, die er über seinem Haupt wusste. *Schlimmer als ein zweifelnder Rebell ist ein zweifelnder Gardist,* dachte er.

»Du bist einsam«, hörte er die Stimme, die ihm noch immer ein Schaudern über den Rücken jagte. Nicht, weil er sich geängstigt hätte, sondern weil das Charisma ihrer Besitzerin bedingungslose Verehrung erzwang, auch nach all den Jahren. Nichts auf der Welt war so wichtig wie die Wünsche dieser Frau.

Es bedurfte keiner bewussten Anstrengung, auf die Knie zu fallen. »Niemand ist einsam in Eurer Nähe«, hauchte er. Er wagte nicht, aufzusehen. Ihre Füße machten kaum ein Geräusch auf dem Geröll des Bodens, aber ihr schwarzes Kleid raschelte. »Du bist der Letzte meiner Getreuen«, stellte die Stimme fest.

»Ja. Der Letzte.«

Sie stand so nah vor ihm, dass er sie bis zu den Knien sah, obwohl er den Blick auf den Boden gerichtet hielt. Das Kleid verhieß die Perfektion im sanften Schwung ihrer Waden, wie in allem, was sie ausmachte.

»Sieh mich an.«

Zitternd hob er den Blick. Ihre Schönheit war nicht warm, nicht, wie man das Feuer mancher junger Damen beschrieb, die man mit der Sonne verglich. Sie war wie ein Stern, unnahbar und kalt. Nein, nicht wie ein Himmelslicht. Wie die samtene Schwärze zwischen den Sternen, so war sie. Erhaben, ewig, unfehlbar, unbegreiflich.

»Ich beende deine Einsamkeit.«

Er nahm das Bild ihrer schimmernden Krallen, wie sie auf seinen Hals zuschossen, mit ins Nebelland. Er hätte versuchen können, auszuweichen. Er tat es nicht. Wie hätte es einen schöneren Tod geben können als den, der von einer solch wundervollen Hand gegeben wurde?

LAND

So tief in der Finsternis trauten die Schattenherren keinem Sterblichen mehr, außer vielleicht jenen, von denen sie sich seit Jahren nährten und deren Wille völlig dahingegangen war. Solche apathische Gestalten wären aber als Wachen ungeeignet gewesen. In dieser Hinsicht unterschieden sich Menschen nicht von Hunden. Brach man ihren Willen, waren sie für den Kampf nicht mehr zu gebrauchen.

Daher waren es keine menschlichen Krieger, denen General Bren Stonner vor der Kammer der Unterwerfung begegnete. Hier unten, wohin selbst die höchsten Grade des Kults nur selten kamen, hielten Osadroi Wache. Baronets oder jungen Schattenbaronen, deren Abschied aus der Welt der Lebenden noch nicht länger als drei Jahrzehnte zurücklag, galt dies als Ehre, für die sie so manchen Gefallen im feinen, nichtsdestotrotz sorgfältig gepflegten Beziehungsgeflecht der Unsterblichen einzutauschen bereit waren.

Der Gang, der zehn Stockwerke unter der Erde durch den schwarzen Fels führte, war mit kunstvollen Halbreliefs verziert, aber so eng, dass man nicht genug Abstand gewinnen konnte, um die Bilder vollständig zu erfassen. Zwei Gerüstete hätten hier nur mit Mühe Schulter an Schulter gehen können. Vielleicht waren die überlebensgroßen Darstellungen dämonischer Wesenheiten auch nicht von Künstlerhand geschaffen. Selbst aus der Nähe entdeckte Bren keine Spuren von Meißeln.

Wenn es aber die Jahrtausende gewesen wären, die sie abgeschliffen hätten, dann wären auch die Konturen verwischt worden. Die starrenden Augen, die scharfen Zähne und die schnappenden Klauen waren jedoch in ungemilderter Präzision zu erkennen. Auch das Material hatte Bren nirgendwo sonst gesehen. Schwarzer Stein, aber kein Basalt und auch kein Obsidian. Angesichts der besonderen Bedeutung der Kammer der Unterwerfung vermutete Bren deswegen, dass es sich um gebannte Unkreaturen handelte, die hier als erstarrte Wächter durch die Äonen Dienst taten, um auf ein Signal der Osadroi oder einen Gedanken ELIEN VITANS hin jeden zu zerreißen, der den Weg nahm, den Bren jetzt abschritt.

Erst kurz vor dem Tor, das durch eine fünf Schritt breite und ebenso hohe Wand aus nach oben wallendem, grauschwarzem Nebel verschlossen war, weitete sich der Gang zu einem Halbrund, in dem sich fünf Osadroi aufhielten. Die kopfgroßen Quarze, die hier wie schon im Gang für mehr Schatten als Helligkeit sorgten, beschienen nicht nur die bleichen Gestalten der Unsterblichen in ihren dunklen Gewändern, sondern vor allem die blanken Silberklingen, die sie an offenen Gehängen trugen. Selbst Osadroi durften sich hier nur auf Geheiß des SCHATTENKÖNIGS aufhalten, und so war es eine stumme Warnung, das auch für die Unsterblichen todbringende Metall unverhüllt zur Schau zu stellen.

»Ich bin …«, begann Bren.

»… der General der westlichen Dunkelheit«, unterbrach ihn ein Osadro mit schulterlangem, schwarzem Haar. Er legte die behandschuhte Faust um den Griff seines Silberschwerts. Bren wusste nicht, wie es geschmiedet worden war, eigentlich war Silber zu weich, um für Waffen zu taugen. Das spezielle Mondsilber aus Ilyjia, bei dessen Herstellung das Blut der Paladine im Wortsinne einfloss, konnte es aber auch nicht sein, sonst hätte es in unmittelbarer Nähe der Schattenherren eine rote

Färbung angenommen. Also musste es in einem anderen, dunkleren Ritual geformt worden sein.

An der Art, wie der Osadro die Finger um die Waffe schloss, erkannte Bren, dass er kein Kämpfer war. Dennoch hätte Bren ihn nicht überwinden können. Das lag weniger daran, dass er seinen Morgenstern hatte zurücklassen müssen, als an der Tatsache, dass selbst der unfähigste Schattenherr über die verderbten Kräfte der Magie gebot, eine Fähigkeit, mit der man an diesem Ort zweifelsohne so manche Vorrichtung auslösen und viele Verdammte herbeirufen konnte, die sich in den vergangenen Äonen den SCHATTENKÖNIGEN verpflichtet hatten. Auf den beiden mit feinem Samt belegten Tischen standen Kristalle in Gespinsten aus Golddraht, aus denen sich die Wachhabenden an Essenz der exquisitesten Geschmacksrichtungen berauschen konnten. Lebenskraft, die unter kaum vorstellbaren Schmerzen geerntet, andere, die aus animalischer Lust oder zur Selbstaufgabe gesteigerter Verehrung geboren war. Aber in kleinen Nischen waren hundert weitere Kristalle eingelassen, um vieles potenter als ihre zum Genuss bestimmten Gegenstücke. Die in ihnen gefangene Lebenskraft würde den Zaubern der Wachen die nötige Macht verleihen, um auch Schattenherren zu zerstören, die hundertfach älter waren als sie selbst.

»Du wurdest angemeldet«, stellte der Wortführer der Wachen fest.

Bren nickte zustimmend, aber nicht übertrieben unterwürfig. Er war ein Mensch, doch er hatte sich um Ondrien in einem Maße verdient gemacht, das ausreichte, damit sein Name sogar dem SCHATTENKÖNIG geläufig war. »Ich folge dem Ruf dessen, der über die Finsternis gebietet.«

Ohne Hast ließ der Osadro seine gespreizte Hand einen Bogen beschreiben, bis die Krallen auf einen freien Sessel zeigten. »Leiste uns Gesellschaft, wir erwarten noch einen weiteren Gast.«

Bren folgte der Einladung. Die Sitzgelegenheiten waren rot gepolstert. Die hölzernen Elemente wirkten, als seien sie nicht geschreinert, sondern geschmolzen und wie Wachs in neuer Form erstarrt. »Geschenke der Fayé?«, fragte Bren, als er sich setzte. Das Volk des Nachtschattenwalds stand mit Dämonen im Bunde, die dem Wuchs von Bäumen ihren kranken Willen aufzuzwingen vermochten.

Der Wortführer zuckte mit den Schultern.

An Brens Tisch saß ein weiterer Unsterblicher, der betrachtete, wie das Rot eines Quarzes durch seine Krallen schimmerte. »Hast du viele getötet?«, fragte er Bren beiläufig.

»Das kommt darauf an, was Ihr unter ›töten‹ versteht. Ein General ficht nicht selbst.«

»Du warst nicht immer ein General.« Er sah Bren an. Seine Iriden leuchteten violett. »Man munkelt, es gäbe keinen Schwertmeister, in dem du deinesgleichen fändest.«

»Sagt man das?«

Die dünnen Lippen kräuselten sich. »Du willst nicht behaupten, dass dein Stahl immer blank geblieben ist?«

Bren erwiderte das Lächeln. »Nein. Aber meine Rüstung wurde häufiger von ondrischem Blut gefärbt als von genarischem.« Er fragte sich, welche Farbe das Blut des Osadro wohl hatte. Es hinge von seinem Alter ab. Seinem *wirklichen* Alter. Einhundert Jahre Untod machten aus dem Lebenssaft ein schwarzes, dickflüssiges Gelee. Dieser Mann war kein besserer Kämpfer als der Anführer des Wachtrupps. Um das zu erkennen, reichte ein Blick auf die Körperhaltung aus. Es lag in der Natur eines Kriegers, sich so zu bewegen, dass er viele Möglichkeiten behielt, zu verschiedenen Seiten auszuweichen und rasch eine Kampfhaltung einnehmen konnte. Das galt auch für das Sitzen in einem Sessel. Wäre der Mann ein Mensch gewesen, hätte Bren ihm die Nase brechen und dann die Gurgel aus dem Hals reißen können, bevor die erste Schmerzwelle abgeklungen wäre. Wie die Dinge lagen, hätte Bren keine Kraft auf die

Kehle verschwendet und sich stattdessen das Silberschwert gesichert. Damit hätte er sein Gegenüber um die Ewigkeit gebracht, die die Schatten ihm geschenkt hatten, und wohl auch einem seiner Gefährten hätte Bren den Kopf von den Schultern schlagen können, bevor die anderen Gegner die Situation erfasst hätten, um dann Zuflucht zu der Magie des Ortes zu nehmen.

Dies waren nicht seine Feinde. Bren hatte nicht vor, hier zu kämpfen. Solche Überlegungen kamen ganz von allein. Sie lagen in seinem Wesen.

»Man wusste bestimmt zu schätzen, dass du die Abtrünnigen lehrtest, was es bedeutet, gegen die Schatten aufzubegehren.«

»Ich nehme es an. Sonst hätte man mir nicht den Befehl über drei Armeen gegeben.«

»Und Genaria war verglichen damit ein Hofball?«

»Nein, ich habe noch nie auf einem Schlachtfeld gestanden, auf dem es so brutal zugegangen wäre wie auf einem Tanzboden.«

Der Osadro grinste. »Du gefällst mir. Erzähle mir von der Erstürmung dieser Stadt.« Er schnippte mit den Fingern. »Wie hieß sie noch gleich?«

»Ich nehme an, Ihr sprecht von Naitera. Der Perle des Westens.«

»Ja! Die Perle des Westens … Waren ihre Mauern wirklich weiß wie Elfenbein?«

»Ich fand sie eher …«

Der Osadro erhob sich, um den Neuankömmling zu begrüßen. Bren tat es ihm gleich. Alle beugten das Haupt.

Schattenfürst Velon hatte die Sterblichkeit ungewöhnlich spät abgelegt. Seine körperliche Erscheinung sprach ihm ein halbes Jahrhundert zu. Das graue, ordentlich gestutzte Haar hatte sich seitlich über der Stirn zurückgezogen und rahmte das runde, wenn auch nicht fette Gesicht wie ein Bezug aus Filz ein. Er kleidete sich bevorzugt in bauschige, dunkelrote Gewänder, wie er auch heute eines trug. Die Ärmel waren weit genug, dass man die an der Innenseite angebrachten Goldborten sehen konnte. Eine Attitüde vorgeblich versteckten Wohlstands, die viele seiner Anhänger teilten.

»Ich wurde gerufen«, stellte er fest.

»Natürlich, Schattenfürst. Tretet ein. SEINE MAJESTÄT erwartet Euch.« Mit einem schnellen Blick zu Bren fügte er hinzu: »Euch beide.«

Bren war noch nie in der Kammer der Unterwerfung gewesen. Er sah zur Seite, wartete, was Velon täte.

Der Schattenfürst machte einen entschlossenen Schritt in den Nebelvorhang, erstarrte dann jedoch unvermittelt. Nur noch sein Rücken und das linke Bein waren zu sehen. Als sei er eine Maus, die auf einer Leimrute klebte und sich nicht mehr bewegen konnte.

Da dic andcren Osadroi nicht reagierten, schien dieser Effekt sie nicht zu überraschen. Bren sah auf die bewegten Schlieren vor sich. Die meisten waren grau wie Granit, aber dunklere bewegten sich schnell wie Wasserschlangen hindurch. Manche waren kohlschwarz.

Es widerstrebte Bren, sich in eine ebenso wehrlose Position zu begeben wie Velon. *Das bin ich doch schon. Wehrlos. Wenn sie es wollten, könnten die Osadroi mich sofort töten. Sie würden einen Rüffel dafür bekommen, aber am Ende bin ich doch nur ein Mensch und sie sind Unsterbliche. Kein Gesetz schützt mich vor ihrem Zorn, allenfalls der Unmut der mächtigeren Schattenherren. Wenn diesen hier der Spaß ein paar Jahre Verbannung aus Orgait wert ist, gibt es nichts, was ich dagegen tun kann.*

Die Erkenntnis, dass er vermutlich bereits tot gewesen wäre, wenn der SCHATTENKÖNIG seine Hinrichtung befohlen hätte, half dabei, seinen Widerwillen zurückzudrängen. Er marschierte in die Nebelwand.

Die Schwaden waren kälter als gedacht, wie ein Wasserfall nach der Schneeschmelze, nur, dass sie nach oben flogen. Bren gefror. Er fühlte, dass sein Gewicht gehalten wurde. Er konnte nicht mehr atmen, nichts sehen außer von dunklen Blitzen durchzucktes Grau. Arme, Beine, Finger, selbst die Augenlider fixierte der Nebel. So musste sich eine Wespe im Bernstein fühlen. Seine Lungen brannten bereits. Wenn nicht rasch etwas geschähe, würde er ersticken.

Bren lauschte. Er hörte das Rauschen des Nebels, viel leiser als Wasser, aber wegen der Nähe doch so dominant, dass die Worte, die bei den Wachen gesprochen wurden, zu einem unverständlichen Wispern wurden. Trieben sie ihre Scherze? War vielleicht diese gesamte Einladung ein Spaß, eine Mutprobe? ›Lasst uns General Stonner hier herunterholen und fertigmachen. Damit vergeht die Zeit auf der Wache schneller. Schattenfürst Velon ist mit von der Partie! Oder seid ihr zu feige, um mitzumachen?‹

Unvermittelt wurde die Nebelwand so durchlässig wie der Dunst, der morgens von den Weiden im Süden aufstieg. Bren fiel auf seinen Fuß und war selbst ein wenig überrascht, wie leicht er Tritt fasste.

Nach zwei Schritten endete das Hindernis. Bren betrat neben Velon die Kammer der Unterwerfung, wo es mehr Schatten als Licht gab. Die Augen der Osadroi waren schärfer als die der Menschen, und in diesem Raum bestand keine Notwendigkeit, nach Eindringlingen Ausschau zu halten. Sein Zweck kam einer Schatzkammer am nächsten, aber Gold, das in Kerzenschein funkeln mochte, hatte für die Schattenherren wenig Wert. Warum hätten sie es horten sollen? In ganz Ondrien gab es niemanden, der ihnen verwehrt hätte, wonach sie verlangten. Keinen jedenfalls, der seinen Trotz länger als ein paar Stunden überlebt hätte. Dafür hatte auch Bren gesorgt, damals, als er die Rebellion niedergeschlagen und sich das Schwert eines Generals verdient hatte.

Die Osadroi forderten Hingabe, bei den Sterblichen vor allem in Form von Essenz, Lebenskraft, die sie ihnen abnahmen, manchmal unter Zwang, manchmal im Einklang mit den Wünschen der Opfer. Aber dieser Raum stand für den Gehorsam, den sie von ihresgleichen erwarteten. Wenn ein Schattenherzog einen Menschen in die Ewigkeit der Nacht holte, entnahm er dem neu geschaffenen Osadro das Herz und schickte es nach Orgait. Viel Zeremoniell begleitete einen solchen Transport, manchmal wurden Hofbälle gegeben, um das Eintreffen dieser Zeichen der Treue zu feiern, aber am Ende reduzierte sich alles darauf, dass die Herzen hierhergelangten, in die Kammer der Unterwerfung. Jedes hatte seine eigene Nische, Tausende davon zogen sich in mehreren Reihen an den Wänden entlang. Unmöglich, sie bei diesem Licht zu zählen. Bren konnte noch nicht einmal erkennen, wie groß der Raum war. Nur im vorderen Bereich gab es Licht. Bren hatte das Gefühl, dass es von oben herabsänke, aber da mochte seine Wahrnehmung ihm einen Streich spielen. Er sah keine Decke. Die Helligkeit füllte die Luft bis in drei Schritt Höhe mit einem unregelmäßigen, roten Leuchten und verlor sich dann.

»Ich bin müde«, sagte ELIEN VITAN.

Bren ließ sich auf ein Knie nieder, drückte die Fäuste auf den Boden und beugte das Haupt tief. Der Puls hämmerte mit langsamen, aber kräftigen Schlägen in seinem Hals. Der SCHATTENKÖNIG war kein Gott. ER brauchte keine Weihrauchschwaden und keine singenden Prozessionen, um SEINE Größe zu preisen. ER ließ sich auf einem Thron aus Schädeln nieder, wenn es IHM gefiel, aber nicht der Thron betonte den Herrschaftsanspruch dieses Mannes, sondern ELIEN VITANS Präsenz erhob umgekehrt den Thron zu mehr als einer Ansammlung der Überreste erschlagener Feinde. SEINE Stimme hatte es nicht nötig, von Fanfaren begleitet zu werden. Sie wehte durch die Nächte der Jahrzehntausende herüber, die ER durchschritten hatte, erbarmungslos alles unterwerfend, was IHM SEINER Aufmerksamkeit wert erschienen war. Der SCHATTENKÖNIG war kein Gott. ER war der Mörder der Götter.

Bren brauchte einen Moment, um den Sinn der Worte zu erfassen. *ER ist müde.*

Hätte Elien das in der Gesellschaft SEINER Höflinge geäußert, wäre es ein Erdbeben gewesen. Bren wusste, dass der SCHATTENKÖNIG nicht einfach die Erschöpfung meinte, die mit etwas Schlaf zu kurieren war. ER sprach auch nicht davon, ein paar Wochen oder einen Monat ruhen zu wollen. Das war für alte Osadroi nichts Ungewöhnliches, nicht weiter erwähnenswert.

Wenn der SCHATTENKÖNIG verkündete, ER sei müde, dann konnte das nur bedeuten, dass …

»Ich sehne mich nach der Burg der Alten«, bestätigte ELIEN Brens Vermutung. »Erhebt euch.«

Die Burg der Alten war jener mystische Ort im ewigen Eis, wo es niemals Tag wurde und wo die SCHATTENKÖNIGE schliefen. Für Jahrtausende. Nur einer von ihnen wachte, herrschte anstelle der Götter über Ondrien. Dieser Eine war seit einhundertsiebenundneunzig Jahren ELIEN VITAN. ER würde es wieder sein, in Nächten, die so weit entfernt lagen, dass sich das Antlitz der Welt verändert hätte, wenn ER wieder auf dem Thron Platz nähme. Bis dahin würden viele andere die Macht der Schatten bewahren. Wer auf IHN folgte, wusste niemand zu sagen. Wenn diese Neuigkeit erst bekannt würde, bekämen die Archivare keinen Schlaf mehr. Sie würden in alten Folianten die Beschreibungen der anderen MAJESTÄTEN heraussuchen müssen, aus Sternkonstellationen lesen, wer der wahrscheinlichste Nachfolger wäre. Das waren gefährliche Prognosen, denn wenn sie fehlschlugen, kosteten sie das Leben des Propheten. Das Machtgefüge Ondriens würde erbeben, die Verwerfungen waren nicht abzusehen. Wer sich über Jahrzehnte ELIENS Gunst erdient hatte, stünde mit leeren Händen da. Wer bei IHM in Ungnade gefallen war, dürfte hoffen. Und alle Erlasse, Pakte, Verträge, die Ondrien in den letzten zwei Jahrhunderten geschlossen hatte, würden ihre Gültigkeit verlieren.

Der neue Herrscher geböte frei von allen Fesseln über die ganze Macht, die in den Schatten lag. Dies alles lag in den wenigen Worten, die ER sprach.

»IHR wünscht, die Schattenherzöge zu rufen?«, fragte Velon. Seine Stimme war so vorsichtig, dass sie für Brens Ohren kaum zu verstehen war.

Bren wagte, den Blick zu heben. ELIEN sah tatsächlich erschöpft aus. SEIN Gesicht war das eines Dreißigjährigen, wenn man von der Blässe absah. SEINE Züge waren wie gemeißelt, aber Bren war gewohnt, von harten Männern umgeben zu sein. Vielleicht war ELIEN einmal, vor Jahrtausenden, ein Krieger gewesen. SEINE Augen glichen Obsidian, Manifestationen der Finsternis, in die sie unablässig blickten. SEINE rote, halb durchsichtige Krone war aus einem einzigen Edelstein geschnitten. Das schummrige Licht vermochte nur vereinzelte Funken herauszuschlagen. Überhaupt war ELIEN von einem unsichtbaren, aber deutlich zu spürenden Nimbus der Finsternis umgeben. Als sei die Macht von den Göttern spottenden Wirklichkeiten so sehr in IHM präsent, dass ER sie willentlich zurückhalten musste, um gierige Dämonen daran zu hindern, über eine Welt herzufallen, die ihnen nichts hätte entgegensetzen können. Bren schauderte bei dem Gedanken, dass dieser Eindruck durchaus den Tatsachen entsprechen mochte. Man sagte, die SCHATTENKÖNIGE hätten in längst vergessenen Zeitaltern unaussprechliche Pakte mit Wesenheiten geschlossen, deren bloßer Anblick den Verstand eines Sterblichen zu zerfetzen vermochte.

Langsam nickte ELIEN auf Velons Frage. »Die Schattenherzöge werden sich versammeln.«

Bren stellte sich vor, wie sich die Mächtigsten des Reiches auf den Weg nach Orgait machten. Es war ihr vornehmstes Recht und ihre höchste Pflicht, der Bettung des alten und der Erweckung des neuen SCHATTENKÖNIGS beizuwohnen. In der Vergangenheit waren Kriegszüge abgebrochen, Provinzen aufgegeben worden, weil Schattenherzöge an den Hof geeilt waren. Diese Gefahr bestand diesmal nicht. Auf der ganzen Welt lastete der Friede des SCHATTENKÖNIGS. Seit dem Silberkrieg waren alle Vorkommen des einzigen Metalls, das den Osadroi bleibende Wunden schlagen konnte, unter Kontrolle. Keines der freien Reiche würde aufbegehren. Außerdem würden die Schattengrafen und die Schattenbarone die Stellung halten. Jedenfalls diejenigen von ihnen, die ihre Oberen vergeblich beknien würden, sie nach Orgait mitzunehmen, wo sich die Höchsten des Reiches träfen. Es würden Wochen werden, in denen manche ihr schwarzes Glück schmiedeten und andere der Vergessenheit anheimfielen. Meist würde der Aufstieg des einen mit dem Fall des anderen zusammenhängen, und wer nicht anwesend wäre, könnte nichts gegen seinen Absturz tun.

»Wie sollen wir EUCH dienen, MAJESTÄT?«

Bren hätte gern die Gabe der Osadroi besessen, in diesem Moment weniger wegen der Unsterblichkeit als deswegen, weil ein Schattenherr nur dann atmen musste, wenn er die Luft an den Stimmbändern vorbeistreichen lassen wollte, um zu sprechen.

ELIENS tiefschwarze Augen sahen ihn an, bevor ER den Blick löste. Nicht alle Herzen ruhten in den Nischen an der Wand. Im Raum verteilt standen Behälter, gestiftet von den Höchsten des Reiches. Die meisten waren aus den edelsten Metallen gefertigt, Gold, Platin, manche mit Edelsteinen besetzt, andere mit Essenzkristallen. Schreine, von brusthohen Gestellen getragen. ELIEN umkreiste einen von ihnen mit gemessenen Schritten. Er wurde von einem Wappen geziert, das aus Obsidian geschnitten war, die Linien mit Blei ausgegossen. Eine Katze.

Brens Nackenhaare stellten sich auf. Auch ohne das Symbol hätte er erraten, wessen Herz dort aufbewahrt wurde. Alle Schreine waren kostbar, kunstvoll gearbeitet. Aber dieser eine übertraf die übrigen. Er schien schwerelos mit seinen feinen Verästelungen, bei denen sich Bren nicht gewundert hätte, wenn sie den Behälter auch ohne Gestell in der Luft getragen hätten. *Wenn jemals ein Wort den Tod gebracht hat, dann war es ihr Name.* Nur Lebensmüde hatten …

Überrascht sah Bren eine junge Frau aus den Tiefen der Halle kommen. Sie ging wie eine Schlafwandlerin. Sie konnte keine Osadra sein, ihre Haut war nicht bleich. Aber was machte ein Mensch hier unten, wo eine silberne Haarnadel genügen konnte, um jeden Schattenherrn des Reiches zu töten? Diese Herzen garantierten die Loyalität der Edlen. Egal, mit welchen Wachen, mit welchen Schutzzaubern sie sich umgaben, ganz gleich, wie weit sie sich entfernten – solange die SCHATTENKÖNIGE ihre Herzen hatten, waren sie IHRER Gnade ausgeliefert, vom jüngsten Baronet bis zum ältesten Schattenherzog. Jeder von ihnen wäre entsetzt gewesen, einen Menschen an dem Ort zu wissen, an dem die Unsterblichkeit am verwundbarsten war. Auch Velon sog die Luft ein, ein seltener Reflex bei jemandem, der seit einem halben Jahrtausend tot war.

»Komm zu uns, Aduriana«, befahl ELIEN, ohne die Frau anzusehen.

Sie war schlank, etwas flachbrüstig, ihr hüftlanges Haar war kupferfarben, wenn Bren es in dem roten Licht richtig erkannte. Sie war offensichtlich unverbraucht, wenn ELIEN häufig ihre Essenz eingefordert hätte, wäre sie gealtert. Sie sah aus wie Mitte zwanzig, also konnte der SCHATTENKÖNIG ihr nicht viel mehr als ein halbes Jahrzehnt genommen haben. Wäre sie noch jünger gewesen, wäre ihr Körper nicht so weit ausgeprägt gewesen. Kinder, die den Osadroi regelmäßig als Nahrung dienten, waren ein gespenstischer Anblick. Klein, die Proportionen zurückgeblieben mit im Verhältnis zum Körper großen Köpfen, aber weißen Haaren, manche auch kahl, immer von tiefen Falten gezeichnet, gebeugt wie Greise mit brüchigen Knochen … Aduriana dagegen war so lebendig, wie es ihrer jugendlichen Erscheinung entsprach, auch wenn diese Lebendigkeit von feierlicher Apathie überdeckt war.

Elien streckte den Arm zur Seite. Aduriana trat heran und legte ihre Wange in Seine Hand, gab dann ihre hinein, ganz leicht, als erwarte sie, zum Tanz geführt zu werden.

»Koste sie«, hauchte Elien.

»Majestät?«, flüsterte Velon verwirrt, denn nur der Osadro konnte gemeint sein, aber die finsteren Augen des Schattenkönigs sahen Bren an.

Bren fühlte sich von ihnen fasziniert und abgestoßen zugleich, so, wie es ihm mit dem gesamten Wesen der Osadroi ging. Er war gleichzeitig unwiderstehlich angezogen von der Unsterblichkeit, die sie den verdientesten ihrer Diener verhießen, und abgestoßen von der kreatürlichen Angst vor dem Tod, durch den man gehen musste, um zur Ewigkeit der Nacht zu gelangen. Zwei Urinstinkte, die ihn manchmal zu zerreißen drohten.

»Sie ist köstlich«, flüsterte Elien.

Respektvoll ging Velon zu ihr, sich der Nähe des Schattenkönigs deutlich bewusst. Einen Augenblick zögerte er, dann hob er die Hände, streichelte ihren Hals mit seinen Krallen, fasste ihr Kinn. Velons Gesicht war für Bren nicht zu erkennen, da der Osadro nun mit dem Rücken zu ihm stand. In Adurianas Augen glomm Erkennen auf, als ihr Blick von dem des Schattenherrn gefangen genommen wurde. Vorsichtig nur lockte Velon die Essenz. Als silbriger Schaum löste sie sich aus Adurianas Brust, wurde auf dem Weg zu Velon rasch dunkler, wie eine Brücke, die bei der jungen Frau in der Sonne lag und vor dem Gesicht des Osadro in einer sternlosen Nacht versank. Zwei Atemzüge nur gönnte sich Velon, dann ließ er sie los und verbeugte sich. »Exquisit, Eure Majestät. Ganz, wie Ihr verspracht.«

Er wollte sich zurückziehen, aber Elien sagte: »Nimm mehr, mein guter Velon. Nimm alles.« Noch immer ruhte Sein schwarzer Blick auf Bren, als glaubte ER, an dem General müsse jeden Moment etwas Außergewöhnliches geschehen, das ER sich keinesfalls entgehen lassen wollte. »Alles, was sie zu geben hat.«

Velon starrte IHN an, anscheinend unschlüssig, ob er richtig verstanden hatte. Dann deutete er den Befehl so, wie auch Bren es getan hätte. Es schien Stunden zu dauern, aber das konnte nicht sein. So viel Lebenskraft konnte die Frau nicht haben. Hatte die Essenz sie vorher einem Rinnsal gleich verlassen, so rief Velon sie jetzt als dicken Strom aus Adurianas Brust. Sie lächelte, obwohl schon bald Blut wie Tränen über ihre Wangen floss. Offenbar nutzte Velon seine geistigen Kräfte, um ihre letzten Momente so angenehm wie möglich zu machen.

Bren war ihm dankbar dafür. Er spürte ELIENS Blick noch immer auf sich, aber er selbst konnte die Augen nicht von der Sterbenden wenden. Was das Alter den Regeln der Natur gemäß in fünfzig Jahren forderte, tat es der Frau so rasch an, dass man alle Einzelheiten verfolgen konnte. Ihre Beine wurden schwächer, trugen sie nicht mehr sicher, auch der Rücken beugte sich. Die Brüste erschlafften, das Mieder wurde zu weit. Die Haut wurde zu einem schlecht geschneiderten Kleid, als das Fleisch darunter zusammenfiel. Die Fingernägel färbten sich gelb, das Haar grau, bevor es in Büscheln zu Boden rieselte. Am verstörendsten war das Lächeln auf dem Gesicht, in das sich Falten gruben, als würden unsichtbare Krähen ihre Schnäbel hineinschlagen. Die Tränensäcke schwollen, wurden zu kleinen Beuteln, während die Wangen absackten, als hätte jemand Gewichte daran gehängt. Kurz vor ihrem Tod legte sich ein grauer Schleier über die erblindenden Augen. ELIEN ließ ihre knochige Hand los, als Aduriana beinahe lautlos zu Boden fiel. Velon ging langsam rückwärts, bis er wieder neben Bren stand.

»Dir missfällt, was hier geschieht, General«, stellte ELIEN fest.

»Ich maße mir nicht an, das Handeln der Schatten zu bewerten«, behauptete Bren.

»Du bist zu klug, dein Urteil auszusprechen. Das bedeutet nicht, dass du keines hast. Aber deine Beherrschung will ich dir anrechnen, Bren Stonner.«

Bren hielt dem Blick des SCHATTENKÖNIGS stand.

»Deine einzige Schwäche, sagte man mir. Frauen. Sie wecken dein Mitleid, nutzen dein weiches Herz aus.«

Bren runzelte die Stirn.

»Ich sehe dir an, dass du widersprechen willst. Aber das ist unnötig. Ich habe gesehen, was ich zu sehen wünschte. Jeder Mensch hat Schwächen, die Frage ist nur, ob man sie kennt oder nicht. Deine kenne ich nun, und ich weiß auch, dass sie nicht so weit geht, dass du deswegen etwas Unbedachtes tätest. Dein Verstand ist stark genug, um zu begreifen, dass diese Frau gänzlich unwichtig ist. Unbedeutend, wie jeder Mensch.«

»Erhabenheit liegt allein in den Schatten«, rezitierte Bren eine Weisheit des Kults.

»Brav gelernt.« ELIEN lächelte dünn. »Du magst es nicht, wenn sich deine Krieger mit weiblichen Gefangenen vergnügen. Die Befehle, die du nach der Erstürmung von Naitera gegeben hast, sollen manchen Recken betrübt haben, der sich bereits auf frisches Futteral für sein Schwert gefreut hatte. Aber das soll mir gleich sein. Seit Genaria in die Schatten gefallen ist, sind keine Kriege mehr zu schlagen. Keine Front mehr, an der sich Schwertleute verdient machen könnten.«

Brens Mund wurde trocken. Er war fünfunddreißig Jahre alt. Die wenigen, die die Gnade der dunklen Ewigkeit erfuhren, waren selten älter. Hatte der SCHATTENKÖNIG ihn gerufen, um ihm zu sagen, dass er sterben würde wie jeder andere Mensch? Dass er unwürdig sei? Ein treuer Diener, aber niemand, der die Unsterblichkeit verdiente? Ungeeignet, in die Reihen der Osadroi zu treten? Aber wenn das der Grund des Treffens war, was machte dann Velon hier?

»Eine andere Heldentat wartet auf euch.« ELIEN betrachtete wieder den Schrein mit dem Katzenwappen, legte die Hände darauf. ER lächelte verträumt. »Holt sie zurück.« ER sah sie an. »Bringt mir Lisanne.«

Schwindel ergriff Bren. Lisanne! Dieser Name durfte seit Jahrzehnten nicht ausgesprochen werden. Er selbst hatte ihn nur schriftlich gesehen, niemals war er an Brens Ohr gedrungen. Erst vor zwei Monaten hatte man in der Hauptkathedrale des Kults einen Disput ansetzen wollen, um diese Frage – vorsichtig umschrieben, ohne Nennung des Namens – zu diskutieren. Bren hatte das Dutzend Pfähle gesehen, die man vor dem Hauptportal in den Boden gerammt hatte. Darauf steckten die Würdenträger, die auf diese gloriose Idee gekommen waren. Zauber hatten ihnen trotz der tief in den Unterleib gebohrten Spieße die Flucht in den Tod verwehrt, Wachen hatten ihnen zu trinken gegeben und Vögel verscheucht. Der Letzte von ihnen war erst vorgestern gestorben.

Und jetzt: Lisanne! Als ob es ein Name wie jeder andere gewesen wäre.

»Ich vermisse sie«, seufzte ELIEN. »Eine ungewohnt weichliche Regung, die mir missfällt. Ein Grund mehr, mich zur Ruhe zu begeben. Es wäre bedauerlich, wenn mich solche Melancholie zu unangemessener Milde verleiten würde. Das könnte zu unüberlegten Kühnheiten im Reich führen.« SEIN Lächeln war pure Ironie.

»Aber MAJESTÄT, erweist mir die Gnade, zu verstehen!«, bat Velon mit schwankender Stimme. »Warum ruft IHR sie nicht? Durch ihr Herz?«

ELIENS Lächeln bekam einen traurigen Zug. »Sie lebt, sonst wäre ihr Herz verdorrt. Es schlägt sogar ab und zu, also ist sie wach und fühlt etwas. Deswegen gebietet die Tradition, dass sie beim Thronwechsel zugegen ist.«

»Selbstverständlich. Niemand würde das infrage stellen.«

»Natürlich nicht«, sagte ELIEN mit einer Spur Schärfe.

Velon neigte das Haupt.

»Aber ich dringe nicht zu ihr vor. In jedem anderen«, mit weiter Geste umfasste er alle Herzen in diesem Raum, »vermag ich das Verlangen nach meiner Gegenwart zu wecken. Und so manches andere. Aber sie ist mir entzogen.«

»Ist denn das möglich?«, fragte Bren, bevor ihm bewusst wurde, dass seine Worte als Zweifel an den Ausführungen des SCHATTENKÖNIGS hätten gedeutet werden können.

»Offenbar. Sie war schon immer sehr …«, ER hielt inne, »… begabt. Es mag sein, dass sie einen Zauber gefunden hat. Oder sich hinter einem undurchdringlichen Wall verbirgt.«

Sofort stellte sich Bren eine Mauer vor, die aus Silberquadern gefügt war. Aber das konnte es nicht sein, die Schattenherzogin wäre vor Schmerz wahnsinnig geworden.

»Geht nach Karat-Dor, zu Schattengraf Gadior. Dort verliert sich ihre Spur.«

»Wir leben, den Willen der Schatten zu tun«, sagte Bren und hoffte, dass in seiner Stimme Respekt und Ergebenheit schwangen.

»Bringt sie mir. Beeilt euch. Ich bin müde.«

Sie verbeugten sich und zogen sich rückwärtsgehend zurück.

»Ach, und Bren!«, hielt ELIEN sie auf, kurz bevor sie die Nebelwand erreichten. »Bring das hier raus.« ER zeigte auf Adurianas Leiche.

Der letzte Reisetag vor Karat-Dor war beschwerlicher als die zwei Wochen vorher. So weit im Süden hatte das Tauwetter bereits eingesetzt und machte die Straßen schlammig, was die Pferde erschöpfte. Bren hatte ausschließlich berittene Krieger für diese Mission rekrutiert, er wollte möglichst rasch vorwärtskommen. In dem überwiegend flachen Gelände kam man mit Pferden schneller voran. Fünf Schwadronen standen unter seinem Kommando, zweihundert Kämpfer. Mit einem Tross belasteten sie sich nicht, es gab genügend Dörfer am Wegesrand, in denen sie Verpflegung requirieren konnten. Bren ließ das mehrmals am Tag tun, um die Last für jede einzelne Siedlung erträglich zu halten. Die Bauern jammerten natürlich, aber der Winter war mild gewesen und die letzte Ernte reichlich, also würde niemand verhungern. Es gab deutlich schlimmere Schicksale, als mit einem leeren Magen zu Bett zu gehen. Bren dachte daran, wie er Adurianas Leiche verbrannt hatte, damit sie kein Fraß der Ghoule wurde.

Noch aus einem weiteren Grund wurde die Reise beschwerlich. Fürst Velon musste mittels eines geschlossenen Gefährts vor der Sonne geschützt werden. Wie in der Gegend um Orgait üblich, hatte er sich für einen von sechs Schattenrossen gezogenen Schlitten entschieden. Zum Zeitpunkt ihres Aufbruchs war dies auch als kluge Wahl für die Reise nach Karat-Dor erschienen, aber inzwischen sanken die Kufen in den Mittagsstunden so tief ein, dass sie über den lehmigen Boden kratzten. In der vergangenen Nacht hatte Velon dem grimmig blickenden Raubvogel geähnelt, der sein Wappen zierte. Erholsam konnte diese Art des Transports nicht sein.

Der Offizier des Vorauskommandos kündigte neue Schwierigkeiten an, als er am späten Nachmittag zur Truppe zurückkehrte und seinen Fuchs vor Bren zügelte. »Schattengraf Gadior weilt nicht in Karat-Dor.«

»Was soll das heißen? Wo ist er?«

Dem Offizier war sichtlich unwohl in seiner Haut. »Die Nachtsucherin war nicht bereit, mir darüber Auskunft zu geben. Sie habe keine Zeit, weil heute die neuen Seelenbrecher geweiht würden. Außerdem gäbe sie Lakaien grundsätzlich keine Antwort.«

Bren schnaubte. Die Arroganz der Kleriker eiferte dem Vorbild der Schattenherren nach, denen ihre Riten galten. »Wie heißt die Dame?«

»Jittara.«

Der Name sagte Bren nichts, aber sie waren ja auch weit im Süden. Gut möglich, dass die Frau hier Einfluss hatte. Eine Nachtsucherin entsprach in der Hierarchie des Kults etwa seinem eigenen Rang im Schwarzen Heer. Und im Gegensatz zu denen, die den Schatten mit blankem Stahl dienten, waren für die Kleriker immer Schlachten zu schlagen. Jeder Neugeborene war ein Mensch mehr, in dem die Finsternis erstarken musste.

»Wie weit ist es noch bis Karat-Dor?«

»Eine Stunde, Herr.« Der Offizier sah auf den Schlitten. »Vielleicht etwas länger.« Wie viele Menschen, die damit nicht vertraut waren, versuchte er, die Schattenrosse zu fixieren. Es war ein vergebliches Bemühen, die Konturen der Rappen verwischten. Sie gehörten nicht gänzlich der Welt des Greifbaren an. Dieser Effekt verunsicherte stärker als die Flammen, die ihnen aus den Augen schlugen und die vollkommene Lautlosigkeit, mit der sie sich bewegten.

»Wir wollen keine Zeit verlieren.« Bren hob die Hand und zeigte dann nach vorn, der Befehl, den Marsch wieder aufzunehmen. »Ich bin begierig, diese Nachtsucherin Jittara kennenzulernen.«

»Ja, Herr.«

Der Offizier hatte gut geschätzt. Etwa eine Stunde später lenkte Bren seinen Hengst auf einen Hügel, während der Haupttrupp der Straße in die Metropole folgte. Nur seine Leibgarde und Sutor begleiteten ihn. Der Kriegshund war der einzige Gefährte, an dessen Loyalität Bren niemals zweifeln musste. Er hatte ihn schon als Welpen zu sich genommen, jetzt war der Rüde drei Jahre alt. Er hatte langes, schwarzes Fell, reichte dem Pferd bis zum Bauch und hatte auch im tiefen Schnee kein Problem gehabt, Schritt zu halten. Im Gegenteil, es schien Sutor Freude zu machen, sich mit den Pferden zu messen. In ihm war viel von einem Wolf. Seine Nase war gut, sein Gebiss kräftig. Zusätzlich trug er ein Halsband und ein Geschirr mit langen Stacheln. Es hatte einige Zeit gebraucht, es so anzupassen, dass er sich nicht selbst daran verletzte.

Von der Erhebung aus war Karat-Dor gut zu überblicken. Die auf einem Hügel errichtete Kathedrale dominierte die Stadt. Man nannte sie den ›Schwarzen Stern‹ wegen der sieben Zacken, die ihre Form bestimmten. Auf sechs der Spitzen standen überlebensgroße Statuen der Schattenherzöge, auch eine von Lisanne-die-nicht-genannt-werden-darf. Auf der Reise hatte Velon Bren berichtet, dass Gadior, dessen Bildnis auf der siebten Zacke stand, nachgefragt hatte, ob er sie ersetzen sollte. Soweit Velon wusste, war nie eine Antwort aus Orgait gekommen. Im leicht abgesenkten Zentrum des Baus erhob sich ein wahrer Koloss. ELIEN VITAN, der SCHATTENKÖNIG, aus Obsidianblöcken geschlagen. Bren fragte sich, wie dieses Bildnis ausgetauscht würde, wenn erst ELIENS Nachfolger auf dem Thron säße, aber seine Vorstellungskraft versagte vor der Aufgabe, sich einen Lastkran auszumalen, der hoch genug war und zudem ein solches Gewicht bewegen konnte. Die einzige Möglichkeit schien darin zu bestehen, das Standbild in Kleinarbeit abzutragen und ein neues an seiner Stelle zu errichten. Das wiederum mochte durchaus Schwierigkeiten mit den Kultoberen geben, denn ganz gleich ob ELIEN in der Burg der Alten ruhte oder auf dem Thron von Orgait saß, blieb ER ein SCHATTENKÖNIG. Für jemanden, der das Bildnis eines SCHATTENKÖNIGS beschädigte, war der Tod unter der Henkeraxt eine Strafe, die nur ein milder Richter verhängte.

Die Schattenrosse zogen den Schlitten neben der Straße. Dort war die Schneedecke noch einigermaßen erhalten. Das bedeutete, dass die Wachschwadron ebenfalls neben dem Weg reiten musste. Die Pferde sanken bis zur Brust in den feuchten Schnee. Eine letzte Anstrengung vor der Stadt.

Kurz bevor der Schlitten das Tor erreichte, ließ Bren seinen Hengst antraben. Er ritt direkt zum Kathedralhügel hinauf, wodurch er den Grafenpalast rechter Hand liegen ließ.

Die Gebäude auf dem Hügel waren mit vielen Vorsprüngen und Winkeln versehen, deren Sinn nicht darin lag, Wohnraum zu schaffen. Noch nicht einmal Lagerfläche stellten sie bereit. Sie sollten Schatten werfen, komplexe, sich überschneidende, im Tagesverlauf wandernde Flächen der Dunkelheit, in denen sich nach der Überzeugung des einfachen Volkes Geister vor dem Licht der Sonne verbargen. Wie es meist bei Aberglaube der Fall war, lag auch hierin ein wahrer Kern. Bren vermutete keine Wesenheiten aus dem Nebelland beim Versteckspiel, aber der Hügel wimmelte nur so von Klerikern, deren Seelen sicher ebenso dunkel waren wie die eines verfluchten Geistes. Als er sie nach Jittara fragte, wiesen sie ihm den Weg zum Schwarzen Stern.

Er brauchte nicht lange, um sie zu finden. Die Nachtsucherin stand in einer Gruppe Adepten, vermutlich jenen, die heute zu Seelenbrechern werden sollten. Sie spielten mit jungen Hunden. Bren sprang aus dem Sattel und warf einem seiner Begleiter die Zügel zu. Sutor lief neben ihm her, als er zu der Gruppe ging. Einer der Junghunde knurrte ihn an. Die Andeutung eines Zähnefletschens reichte aus, um ihn auf seinen Platz zu verweisen.

Jittara war auch auf Entfernung unverkennbar. Sie hielt ihren Zeremonialstab wie eine Standarte. Der Totenschädel an seiner Spitze war blank poliert, er schien zu leuchten. Er war so klein, dass sein früherer Besitzer die Pubertät noch nicht hatte erreicht haben können. Zudem wurde sie von zwei Gardisten begleitet, Männern in dunkelgrauen Kettenhemden. Diese Einheit diente selten an der Front, sie bildete auch kein geschlossenes Heer. Ihre Angehörigen waren die Leibwachen der Osadroi und begleiteten diese überallhin. Auch die höchsten Ränge des Kults wurden von ihnen geschützt sowie einige wenige Stätten wie die Burg des SCHATTENKÖNIGS. Vielleicht gehörte auch die Kathedrale von Karat-Dor dazu.

Jedenfalls konnte man an den Gardisten in ihrer Begleitung und an dem Zeremonialstab sofort erkennen, wer Jittara war.

Wenn man vor ihr stand, hätte es dieser Zeichen nicht bedurft. Ihr arroganter Blick allein, mit dem sie es irgendwie fertigbrachte, auf Bren herunterzuschauen, obwohl sie kleiner war als er, hätte sie auch dann als Nachtsucherin ausgewiesen, wenn sie nackt in der Landschaft gestanden hätte. Ihre hellen Lippen hoben sich kaum von der Haut ab, die so bleich war, dass sie einem Osadro hätte gehören können. Dafür war das streng zurückgebundene Haar schwarz wie die Nacht.

»Ihr seid ein Kind des dreifachen Neumonds«, stellte er fest. Wer in solchen Nächten geboren wurde, war für die Schattenherren besonders interessant und brachte es oft weit in der Hierarchie des Kults. Eine Geburt in völliger Abwesenheit des die Magie dämpfenden Mondlichts prägte nicht nur den Körper, sondern erlaubte auch dem Geist einen intuitiven Blick in die Wirklichkeit hinter dem Greifbaren. Etwa die Hälfte dieser Kinder überlebte den daraus resultierenden Wahnsinn nicht. Die andere nutzte ihn für finstere Zauberei. Dadurch hatte sie einen Vorsprung vor Magiern, die zu anderen Zeiten geboren waren und sich erst mühsam durch komplizierte Studien quälen mussten, um ihren Verstand scheibchenweise an die verborgenen Kräfte zu verfüttern.

»Ich bin Nachtsucherin Jittara«, erwiderte sie, und ihre Stimme war frostiger als der Wind über dem Schnee. »Und Ihr seid vermutlich dieser General, dessen Ankunft mir gemeldet wurde. Wie war noch Euer Name? Ich habe ihn mir nicht gemerkt.«

»Bren Stonner.« Er legte die Hand an den hölzernen Griff, der an einer über die Schulter gelegten Kette hing, ohne sich um die Anspannung der Gardisten zu kümmern. Jittara war sicher klug genug, um zu erkennen, dass es sich um einen Morgenstern handelte, dessen Stachelkugel an seinem Schulterblatt ruhte. Mit dieser hätte er ihren Schädel zu Mus schlagen können, ohne dass ihre Spielzeugkrieger etwas dagegen hätten tun können.

»Was fällt Euch ein, Euren Köter mit hierherzubringen?«

Bren kraulte Sutors Fell. »Tiere scheinen hier beliebt.« Er ließ seinen Blick über die jungen Hunde schweifen. »Noch ein wenig zwangloses Spiel für die Adepten, bevor sie den Dienst in den Schatten antreten?«

Ein grausames Lächeln kräuselte Jittaras Lippen. »Im letzten Jahr ihrer Ausbildung haben sie jeden Tag mit diesen Hunden verbracht. Schon als Welpen haben sie ihnen Milch gegeben. Nachts haben sie in einem Bett mit ihnen geschlafen, sich gegenseitig gewärmt. Wenn die Dämmerung kommt, werden sie sie erdrosseln. Ihre Gabe an die Schatten.«

Jetzt verstand Bren, warum einige Adepten über ihre Wangen rieben. Sie wollten ihre Tränen verbergen. »Manchen scheint es schwererzufallen als anderen.«

»Nicht jeder entdeckt die Finsternis in seiner Seele mit Leichtigkeit. Aber wer ein Seelenbrecher sein will, der muss wissen, wie es sich anfühlt, wenn eine Seele bricht. Schließlich sollen sie die Hingabe der Gläubigen entfachen und – wenn sie auf verstockte Untertanen treffen – auch einfordern.«

Bren nickte bedächtig. »Glaubt mir, ich kenne den Pfad der Finsternis.«

»Tatsächlich?« Jittaras Stimme troff vor Herablassung. »Nun ja. Vielleicht kann man wirklich von einer gewissen Ahnung sprechen. Zweifellos habt Ihr den Schatten im Rahmen Eurer etwas …«, sie sah auf seine Faust, die noch immer den Griff gefasst hielt, »… groben Möglichkeiten gut gedient.«

»Wisst Ihr«, schwer legte er die Hand, mit der er gerade noch Sutors langes Fell gekrault hatte, auf ihre schmale Schulter und freute sich an den unwilligen Falten, die daraufhin ihre Stirn furchten, »mir ist wohlbekannt, welche Opfer der Kult fordert. Meine Mutter war eine Seelenbrecherin. Als sie zu einer Dunkelruferin wurde, hielt man es für angebracht, von ihr zu fordern, ihr Kind fortzugeben.«

»Das war sicher schwer für Euch«, ätzte sie. »Aber natürlich würdet Ihr den Ratschluss des Kults niemals infrage stellen.«

»Natürlich nicht. Und eigentlich war es auch gar nicht so schlimm. Ich habe nicht viel übrig für muffige Gemäuer voller Schatten und mein Vater zeigte mir, wie man das hier benutzt.« Er bog seinen Oberkörper etwas zur Seite, löste die Kette von der Schulter und ließ die Stachelkugel nach vorn schwingen.

Die Gardisten hinter der Nachtsucherin zogen ihre Schwerter. Sie waren nicht schlecht. Sie hätten es nicht verhindern können, wenn er seinen Morgenstern gegen den Kopf ihres Schützlings hätte schmettern wollen, doch er wäre nicht schnell genug fortgekommen, um ihren Gegenangriffen zu entgehen.

Aber hier waren sie ja alle Freunde.

Lächelnd sah er zu, wie die Stachelkugel an der Kette auspendelte, bevor er sie ohne Hast wieder über seine Schulter legte. Die Gardisten behielten ihre Schwerter in den Händen, senkten sie aber.

»So erfüllen wir alle unsere Aufgabe zum Ruhm der Schatten«, rezitierte Bren versöhnlich.

Jittara schien ihre Begegnung nun rasch hinter sich bringen zu wollen. »Wenn Ihr Schattengraf Gadior sucht, müsst Ihr Euch nach Osten wenden. Er ist in Guardaja.«

»Sicher werdet Ihr uns einen Führer mitgeben?«

»Gern. Darf man erfahren, welcher Schattenherr mit Euch reist? Ich sah den Schlitten.«

»Gut, dass Ihr mich daran erinnert. Wir werden die Kufen durch Räder ersetzen müssen. So weit im Süden kommt man damit leichter voran.«

»Darum werdet Ihr Euch sicher selbst kümmern können. Ich habe zu tun. Die Dämmerung naht, Ihr versteht.«

Bren neigte den Kopf. »Schattenfürst Velon.«

»Wie meinen?«

»Schattenfürst Velon führt unsere Expedition.«

Sie hob die Brauen. »Ich bin erfreut, einen Schattenfürsten in Karat-Dor zu wissen.«

»Eine Freude von kurzer Dauer. Wir haben es eilig.«

»Aber doch nicht so eilig, hoffe ich, dass es dem Schattenfürsten verwehrt wäre, an der Zeremonie dieser Nacht teilzunehmen? Die neuen Seelenbrecher stünden auf ewig in seiner Schuld. Und Ihr hättet natürlich auch einen der besten Plätze.« Ohne das vorherige Gespräch hätte er ihr Lächeln als Ausdruck echter Zuneigung fehldeuten können.

»Ich fürchte, wir haben es wirklich eilig.«

»Was immer Euch antreibt, kann doch unmöglich so dringend sein, dass Ihr dem Schattenfürsten das Vergnügen einiger Stunden bei einem herausragenden Ritus des Kults verwehren würdet?«

»Dieser Gedanke käme mir tatsächlich nicht. Aber ich bin auch nicht der SCHATTENKÖNIG.«

»Der …« Es war schön, zu sehen, wie sie um Fassung rang. Natürlich fragte sich Jittara in diesem Moment, welche Mission ELIEN VITAN so weit von Orgait entfernt befohlen haben könnte. Noch hatte ER die Schattenherzöge nicht gerufen. Noch wusste niemand vom bevorstehenden Thronwechsel.

Und vielleicht war es gut, wenn das noch eine Weile so bliebe. Deswegen lenkte Bren ein. »Die Entscheidung ist natürlich nicht die meinige. Ich werde Schattenfürst Velon Eure Einladung übermitteln.«

»Seid so freundlich und sagt ihm, dass wir ausgesprochen exquisite Essenz geerntet haben, die wir ihm gern anbieten werden.« Das Schwanken in ihrer Stimme verriet, dass sie sich noch nicht wieder gefangen hatte.

Bren fragte sich, was die Nachtsucherin unter ›exquisiter Essenz‹ verstehen mochte. Die Osadroi fanden meist die Lebenskraft von Kindern besonders schmackhaft, vor allem dann, wenn diese von außerhalb Ondriens kamen. Man sagte, ihre Gefühle seien stärker, wenn sie die Last der Schatten nie gespürt hätten. Vielleicht meinte Jittara auch die Art, wie sie geerntet worden war. Hingabe, Lust und Furcht waren die üblichen Wege, aber es gab auch seltener benutzte Möglichkeiten. In Orgait wurden Kristalle hoch gehandelt, in die die Lebenskraft über Mitleid geflossen war. Baron Urreloff war besonders geschickt darin. Er hatte ein ganzes Dorf von der Außenwelt isoliert und eine Dunkelruferin dort postiert, die es irgendwie schaffte, dass die Bewohner der am zentralen Platz aufgestellten Statue des Osadro Mitleid entgegenbrachten. Ein Faszinosum in der Welt der Osadroi. Man munkelte, es gäbe in diesem Dorf genug Legenden, um einen Folianten damit zu füllen, die vom selbstlosen Leiden Baron Urreloffs heuchelten, und sie würden in jeder Abenddämmerung so emphatisch vorgetragen, dass sie die Zuhörer zu Tränen rührten. Und zwar in einem Ausmaß, das es ermöglichte, ihre Lebenskraft zu ernten. Sie siechten dahin, anscheinend freiwillig, um ihre Essenz zu geben, an der sich dann auf den rauschenden Bällen am Hof des SCHATTENKÖNIGS die Unsterblichen betranken. Sicher trug auch dazu bei, dass sich die Statue in Qualen wand, wenn die Pein des Schattenbarons ausgebreitet wurde. Bren verstand wenig von diesen Dingen. Die Erklärung, dass Geister das Standbild beseelten, schien ihm die glaubwürdigste. Geister, die allerdings kaum freiwillig litten, wie Urreloff es den Geschichten zufolge tat, sondern wohl gefoltert wurden, um den Schmerz auf dem steinernen Antlitz möglichst herzerweichend darzustellen.

»Euer Angebot wird den Schattenfürsten bestimmt freuen«, sagte Bren.

Nach den zwei Wochen Reise wären auch seine Krieger froh, für eine Nacht und vielleicht sogar den darauffolgenden Tag aus dem Sattel zu kommen.

Es gab Dinge, an die sich ein Mensch niemals gewöhnte. Die beiden Osadroi zeigten kein Unwohlsein, als das unnatürliche

Seufzen durch die Fensteröffnung drang, aber Gadior bemerkte Brens Reaktion.

»Ein Unhold«, erklärte er und trat neben ihn.

Er wies nach Süden, wo das Tal wie eine Wunde lag, die eine gewaltige Axt zwischen die Hügel gekerbt hatte. In Wirklichkeit waren es die Mühen der Menschen gewesen, die hier das Silber aus der Erde gegraben hatten. Das lag etwa so lange zurück wie Brens Geburt. Guardaja war das letzte große Vorkommen des Mondmetalls gewesen, über das sich die Schatten gesenkt hatten. Seit dreißig Jahren verfolgte Ondrien mit seinen Kriegen kein bedeutendes Ziel mehr. Mit den Fayé verband die Schattenherren ein Friedenspakt, die Reiche der Menschen waren zahnlos. Der Hauptgrund, ab und zu eines von ihnen zu erobern, war Langeweile.

»Du müsstest sie sehen können, die Nacht ist hell genug dafür.« Gadiors Arm war dünn, so wie seine ganze Gestalt. Er war ein Jüngling gewesen, fast noch ein Kind, als er in die Schatten getreten war. Eineinhalb Jahrzehnte mochte er die Sonne gesehen haben, viel länger nicht.

Er war weniger als halb so alt, wie ich es jetzt bin, durchzuckte es Bren.

Man konnte ihm eine gewisse Schönheit nicht absprechen, auch wenn man andere Osadroi zum Vergleich heranzog. Sie alle waren schlank und teilten die vornehme Blässe, die der Adel in den meisten Reichen mit einem Hautpuder nachahmte. Das Besondere an Gadior war seine beinahe zerbrechliche Gestalt, neben der sogar Velon wuchtig wirkte. Außerdem war sein Haar sehr hell, aber nicht altersgrau wie bei dem Fürsten, sondern mit einem Blondstich versehen, der gerade eben ausreichte, um die Illusion zu erwecken, die Sonne hätte ihm als Abschiedsgruß einige Strahlen um den schönen Kopf gelegt.

Brens Blick folgte dem deutenden Finger. Silion und Stygron standen als nahezu vollkommene Scheiben am wolkenlosen Himmel, was die Landschaft in silbrig rotes Licht tauchte. Man sah deutlich die Kerben in den Flanken des Tals, die Bren an die mit Basalt ausgebesserten Löcher in den Festungsmauern erinnerten. Aus den Minen hatte man das Silber in Form von Erz geholt, aus den Mauern als gegossene Barren, die das Eindringen übersinnlicher Kräfte hatten verhindern sollen, als die Festung noch ein Bollwerk gegen die Schatten gewesen war.

Das Tal jedenfalls bot viele Grautöne auf, und einige Schatten, die dort geworfen wurden, waren tiefschwarz. Aber die Finsternis, die einigen huschenden Schemen zu eigen war, war schwärzer als schwarz. Zumindest glaubte das der menschliche Verstand, es war seine Art, zu deuten, was die Augen ihm zeigten. Vielleicht sahen die Osadroi die Finsternis anders.

Gadior senkte die Hand. »Sie sind nicht immer unter Kontrolle zu halten. Manchmal gelüstet es einen von ihnen so sehr danach, eine Seele zu trinken, dass er für ein paar Nächte verschwindet, bis er ein Dorf findet, in dem er seinen Durst stillen kann.« Er lächelte dünn, als er sich zu Velon umdrehte. »Eine Zeit lang trieben sie es so schlimm, dass die Menschen beinahe froh waren, wenn sie hierhergeholt wurden, in die Festung. Sie wissen, dass die Unholde niemals hereinkämen. Dafür haben sie zu viel Respekt vor den Herren der Schatten.«

Velon antwortete mit einem leisen, höflichen Lachen.

Bren wandte sich vom Fenster ab und sah zu dem Mann hinüber, der mit demütig gesenktem Kopf in der Ecke stand, neben dem aus Frauenhaar geknüpften Wandteppich, der eine Wüstenlandschaft zeigte. Bren kannte die Sicheldünen, in denen die Arriek frei wie der Wind zogen, nur aus Erzählungen. Er fand es ironisch, dass dieser Mensch, der unfreier nicht hätte sein können, obwohl er keine Fesseln trug, ausgerechnet neben einem solchen Motiv stand. Bren hätte ihn auf vierzig Jahre geschätzt, wenn er nicht gewusst hätte, dass sich Gadior regelmäßig von ihm nährte. So war er vielleicht zwanzig Jahre jünger, vielleicht auch nur zehn. Er musste als kräftiger Mann nach Guardaja gekommen sein, wie seine Statur verriet. Sicher kein Krieger, aber jemand, der hart gearbeitet hatte. Ein Schmied mochte er gewesen sein. Velon bevorzugte junge Frauen, wie Bren nach ihrer Reise durch ein Dutzend Dörfer wusste, in denen er entsprechende Anweisungen erteilt hatte. Wenigstens nahm er in Maßen und verlangte selten nach Kindern. Soweit Bren einschätzen konnte, würde niemand einen dauerhaften Schaden behalten. Keinen körperlichen, jedenfalls. Wenn ein Osadro die Lebenskraft eines Menschen rief, konnten die damit verbundenen Gefühlsaufwallungen eine Sehnsucht wecken, von der der Betroffene niemals etwas geahnt hatte. So mochte es auch für den Mann neben dem Wandteppich sein, denn er wirkte weder ängstlich noch apathisch, und das, obwohl beide Osadroi zu Beginn der Nacht von ihm genommen hatten. Velon war zu sehr auf gute Umgangsformen bedacht, als dass er ein solches Angebot ausgeschlagen hätte.

»Darf ich nun erfahren, was Euch hierherführt?«, fragte Gadior und bot damit an, den Vorhang hinter dem Akt der höflichen Floskeln zu senken.

»Gerne, doch ist dies eine Sache nur für uns drei.« Lächelnd legte Velon seine Hand an die Schulter des Mannes. »Nicht, dass ich ihm misstrauen würde, aber wir wollen ihn nicht mit Dingen belasten, die seinen einfachen Verstand überfordern könnten.«

Der Mann wirkte enttäuscht, als er den Raum verließ.

Gadior setzte sich in den Sessel an dem runden Tisch und rückte den dreiarmigen Leuchter einen Zoll zur Seite. »Ich bin begierig, zu erfahren, was mir die Ehre Eures Besuchs an der Südgrenze des Reiches verschafft, Schattenfürst, und werde Euch gern zu Diensten sein.«

»Unsere Mission ist in der Tat außergewöhnlich.« Velon zog ein doppelt gefaltetes, schwarzes Pergament aus einer Innentasche über seinem Herzen und reichte es Gadior, der wohl ahnte, wer der Verfasser war, und es so vorsichtig entgegennahm, als fürchte er, es allein durch seine Berührung zu beschädigen. »Lest dies, damit Ihr wisst, in wessen Auftrag wir reisen.«

Gadior faltete das Blatt auseinander, drückte das unten angebrachte Siegel gegen seine Stirn und murmelte etwas. Rauchfäden stiegen vom Pergament auf und hinterließen eine blutrote Schrift. Gadiors helle Augen huschten über die Zeilen, dann sah er auf. Seine Lippen formten die Worte stumm, bevor das erste hörbar wurde. »Lisanne.« Als er den Klang des verbotenen Namens aus seinem eigenen Mund hörte, zuckte Gadior zusammen. Sein Blick hastete zu Bren, um sofort zu Velon zurückzukehren.

Der Fürst nickte. »So ist es. Ihr wisst, was das bedeutet.«

Gadior blinzelte. »Thronwechsel.«

»Ja.«

Gadior stand auf. Er besann sich auf das Schreiben in seiner Hand, dessen Buchstaben schon wieder verdunkelten, faltete es zusammen und legte es auf den Tisch. »ELIEN VITANS Herrschaft endet«, murmelte er. »Ein neues Zeitalter bricht an.«

»Besser kann es niemand beschreiben.«

Bren beobachtete, wie Gadior auf und ab ging. Velon ließ ihm Zeit, seiner Aufregung Herr zu werden. Abgesehen von Gadiors Schritten war das Knacken des Holzes im Kamin das einzige Geräusch. Auch die Unholde im Tal waren ruhig.

Schließlich blieb Gadior hinter seinem Sessel stehen und legte die Hände um die Lehne, als könne er daran Halt finden. »Lisanne ist noch immer eine Schattenherzogin. Trotz allem.«

»Das ist sie. Deswegen muss sie zugegen sein. Aber der Ruf des SCHATTENKÖNIGS vermag sie nicht zu erreichen.«

»Ist das so?« Gadiors Blick schien sich nach innen zu richten, als er nochmals murmelte: »Ist das so?«

»Wisst Ihr, wo sie sich aufhält?«

Als er nicht reagierte, sagte Bren etwas lauter, als Velon gesprochen hatte: »Schattengraf?«

Gadior blinzelte. »Es ist vier Jahrzehnte her, seit ich sie das letzte Mal sah.« Er sprach wie jemand, der gerade aus einem Traum erwachte. »Der Silberkrieg war noch nicht gewonnen, die Milirier hatten eine neue Offensive gestartet. Sie zehrten noch immer von dem Triumph, den sie eine Dekade zuvor errungen hatten. Genau hier, in Guardaja. Wir hatten frische Truppen ausgehoben und ich wollte Lisanne unsere Bereitschaft melden. Sie empfing mich in einem Palast in Corella, nicht weit von hier. Sie sagte mir, ich solle den Feldzug allein führen.«

»Das hat Euch zum Schattengrafen gemacht«, stellte Bren fest.

Gadior fixierte ihn. »Du hast die Vergangenheit gründlich studiert.«

»Die wichtigen Schlachten«, schränkte Bren ein. »Ein Feldherr muss wissen, wie ein Krieg geführt wird.«

Gadior nickte abwesend. Seine Gedanken waren schon zu Lisanne zurückgekehrt. »Sie war … sie ist so schön, dass Sterblichen bei ihrem Anblick das Herz stockt, und auch Unsterbliche nimmt sie gefangen. Ich habe ihren Befehl gut ausgeführt, denke ich, denn du hast recht. Vor dem Silberkrieg war ich ein Schattenbaron, und erst meine Taten an seinem Ende trugen mir ein, was ich heute bin. Aber wenn ich die Wahl gehabt hätte, wäre sie nicht gegangen. Ihr wäre aller Ruhm zugefallen und mir hätte genügt, in ihrer Nähe zu sein.«

»Doch das erlaubte sie nicht?«, fragte Velon.

»›Diene dem SCHATTENKÖNIG.‹ Das waren ihre Worte.« Er setzte seine Wanderung durch den Raum fort. »Danach habe ich sie nie wiedergesehen. Ich musste mich damit bescheiden, ihrem Namen nachzuschmecken. ›Lisanne.‹« Mit einem Ruck sah er auf. »Natürlich nur so lange, bis mich das Verbot des SCHATTENKÖNIGS erreichte.«

»Niemand stellt Eure Treue infrage.«

Gadior nickte. »Es gab hundert Gerüchte, wohin sie sich gewandt hatte. Überall wollte man sie gesehen haben. Die absurdeste Spekulation besagte, sie sei als Adepta in den Tempel der Mondmutter eingetreten, um Buße zu tun.«

Bren spannte sich. Die Mondmutter war die höchste Göttin Ilyjias, eines kleinen Reichs im Südosten. Bren hatte mehrfach empfohlen, es zu erobern, um die Mondschwerter zum Schweigen zu bringen. Dieser Ritterorden hatte militärisch keine ausschlaggebende Stärke, Bren hätte gewundert, wenn sie über mehr als dreihundert Paladine geboten hätten. Aber sie waren die unversöhnlichsten Feinde der Schatten und sorgten ständig für Unruhe in den freien Reichen. So etwas mochte sich mit der Zeit aufschaukeln. Doch eine merkwürdige Rücksichtnahme auf einen Pakt mit Eskad, dessen Herrschaftsgebiet südlich an den Nachtschattenwald der Fayé grenzte und Ilyjia beinahe vollständig umschloss, hatte Brens Herren den Vorschlag verwerfen lassen.

»Das ist natürlich Unsinn«, fuhr Gadior fort. »Ich weiß, wohin sie sich wirklich gewandt hat.«

Velon verschränkte die Arme vor der Brust. Die Pose gab ihm etwas von einem Richter. »Ihr werdet natürlich nicht zögern, Euer Wissen mit uns zu teilen?«

Aber Gadior zögerte. So lange, dass das Schweigen unangenehm wurde. »Lisanne«, sagte er dann. »Es ist merkwürdig, diesen Namen wieder zu hören. Ein wenig traurig auch, er weckt das Bewusstsein dafür, was wir verloren haben, als sie die Welt verließ.«

»Ihr Herz ist unversehrt«, sagte Bren. Jeder wusste, dass auch in der Kammer der Unterwerfung ein Herz verdorrte, wenn sein Besitzer den endgültigen Tod starb.

»Und doch ist sie unerreichbar. Selbst für den SCHATTENKÖNIG.«

»Dazu ist das letzte Wort noch nicht gesprochen«, wandte Velon ein. »Ich werde die Suche nach ihr nicht aufgeben, und bislang habe ich noch jeden Auftrag zum Erfolg geführt.«

»Ja«, sagte Gadior gedehnt. »Das ist etwas, wofür sich auch große Mühen lohnen.«

»ELIEN VITANS Befehl fragt nicht nach Mühen.«

Gadior ging an Bren vorbei zum Fenster, sah in die Nacht hinaus. »Ihr braucht mich«, flüsterte er. Bren konnte seine Worte gerade noch verstehen. Velon hätte keine Schwierigkeiten damit, obwohl er weiter entfernt stand. »Nehmt mich mit Euch.«

Velon setzte sich. »Davon steht nichts in meiner Order.«

»Aber es ist Euch auch nicht verboten, nehme ich an.«

»Warum wollt Ihr mit uns kommen?«

Gadior drehte sich um, fixierte den anderen Osadro. »Ich will es einfach.«

»Eine forsche Rede für einen Grafen, der mit einem Schattenfürsten spricht.« Brens Hand schloss sich um den Griff des Morgensterns. Der Stahl könnte Gadior nicht töten, aber ihn lange genug aufhalten, damit Velon den Raum verlassen könnte.

»Was mischst du dich ein?«, knirschte der Gastgeber.

»ELIEN VITANS Befehl erging an mich im gleichen Augenblick wie an Schattenfürst Velon. Auch ich bin für den Erfolg der Mission verantwortlich.«

Gadior lachte auf. »Dies ist eine Aufgabe für Unsterbliche. Schoßhunde bleiben besser am Fressnapf, wenn Wölfe auf die Jagd gehen.«

»Genug, Gadior«, bat Velon. »Kommt zur Sache.«

Einen Moment noch starrte Gadior Bren an, dann löste er sich. »Es ist eine Weile her. Fünf Jahre vielleicht. Da bekam ich hier in Guardaja Besuch von einem Fayé. Einem Fayé, der *alterte*. Habt Ihr das schon einmal gesehen?«

Bren blinzelte. Er wusste nicht viel von den Fayé. Sie waren unsterblich wie die Osadroi, aber sie waren es von Geburt an.

Nur bei einem sehr flüchtigen Blick konnte man sie mit Menschen verwechseln, denn sie hatten zwei Ellbogen an jedem Arm und sechs Finger an jeder Hand. Mit dem Bogen galten sie als ebenso geschickt wie bei der Beschwörung von dämonischen Wesenheiten. Beides mochte mit ihren Augen zu tun haben, die nicht denen von Kreaturen glichen, die gänzlich in der greifbaren Welt heimisch waren. Sie waren bunte, wallende Nebel, die an Lande gemahnten, die sich dem menschlichen Verstand entzogen. Zum Teil gehörten sie der Sphäre der Geister an, sagte man. Seit Jahrhunderten lebten sie im Nachtschattenwald, den sie im Silberkrieg vollständig zurückerobert hatten, an der Seite Ondriens. Nach dem Silberkrieg hatten sie nie gemeinsam mit den Ondriern gefochten, darum kannte Bren sie nur aus Erzählungen und den Lehrschriften für hohe Offiziere des Heeres.

»Ein Fayé, den die Sterblichkeit ruft …« Velon lehnte sich vor. »Die Leere, nicht wahr? Sie verlieren irgendwann die Freude am Leben, und dann gewinnt das Alter Macht über sie.«

Gadior nickte. »Bei uns ist es die Erinnerung, und sie trifft uns am Anfang, nach der Umwandlung, wenn wir noch dem anhängen, was wir aufgegeben haben. Bei ihnen ist es die Leere, und sie kommt nach Jahrtausenden.«

»Und dieser Fayé berichtete Euch von Lisanne, bevor er starb?«

»Ja und nein. Alenias – das ist sein Name – ist nicht gestorben. Die Leere griff nach ihm, aber er setzte sich zur Wehr. Suchte nach Wegen, die ins Leben zurückführen, nach neuen Erfahrungen. Das brachte ihn auch hierher, und ich fand ihn interessant genug, um seinen Wunsch zu gewähren. Er wollte die Unholde studieren, die das Tal der Silberminen bewachen. Zu fürchten hatte er ja ohnehin nur noch wenig. Ich weiß nicht, was er in jenen Tagen und Nächten dort im Tal trieb, aber es scheint geholfen zu haben. Zumindest für den Moment. Er wirkte lebendiger, als er in seine Heimat zurückkehrte.«

»Aber er berichtete Euch von Lisanne.«

»Ja. Auch ein Fayé, der Jahrtausende gesehen hat, kann den Anblick einer solchen Frau nicht vergessen. Er erinnerte sich genau an sie. Lisanne«, wieder schmeckte er dem Namen nach, »muss damals direkt nach Amdra gegangen sein. Sie kannte König Ilion, mit ihm hatte sie den Bund ausgehandelt, der den Frieden der Fayé mit uns regelt. Offenbar hat er sie auch bei ihrem zweiten Besuch gastlich aufgenommen. Etwas, das heute kaum noch denkbar wäre.«

»Sind die Fayé wirklich so abweisend geworden?«

»Sie dulden niemanden mehr im Nachtschattenwald, der nicht zu ihrem Volk gehört. Die Lager der menschlichen Söldner befinden sich an der Peripherie. Sie wachsen, denn die Fayé sind großzügig geworden. Die Söldner können Plünderzüge gegen jede Stadt der Menschenreiche unternehmen, die ihnen genehm ist, und die gesamte Beute behalten. Nur schwangere Frauen müssen sie nach Amdra führen.«

»Schwangere?« Velon runzelte die Stirn. »Was für eine merkwürdige Vorliebe.«

»Ja. Ein Rätsel. Aber ein gut gehütetes. Ich gebe zu, ich habe Späher ausgeschickt. Ihre Köpfe waren schnell wieder hier, auf die Körper warte ich noch. Auch Geister habe ich beschworen, aber die Dämonen der Fayé erwiesen sich als überlegen. Das Volk des Nachtschattenwalds legt dieser Tage großen Wert auf seine Ungestörtheit.«

Velon lehnte sich zurück. »Ich fürchte, darauf können wir keine Rücksicht nehmen.«

»Und deswegen braucht Ihr mich. Alenias ist nicht irgendwer unter den Fayé. Er gehört der Königs-Fallan an. Für meine Gunst schuldet er mir einen Gefallen.«

»Und Ihr glaubt, ein Geleitschreiben mit Eurem Siegel wäre nicht ausreichend?«, fragte Bren

Gadior zuckte mit den Schultern. Er sah weiter Velon an. Auch wenn Brens frühere Aussage den Tatsachen entsprach, war jedem klar, dass Velon die Entscheidungen für die Expedition traf. »Wenn Ihr glaubt, der SCHATTENKÖNIG wüsste es zu schätzen, wenn Ihr das Angebot SEINES ergebenen Dieners zurückweist«, er verbeugte sich, »und stattdessen ein Risiko eingehen wollt, werde ich jedes Schreiben ausstellen, das Ihr begehrt.«

Velon knurrte, ein seltenes Verhalten für jemanden, der Wert auf feine Umgangsformen legte. »Treibt es nicht zu weit.«

»Ich treibe gar nichts. Ich diene Euch, indem ich Euch meine Einschätzung der Lage mitteile.«

Wenig später bestiegen zwei Osadroi Velons Kutsche.

»Das war kein Zufall!«

Wer nicht damit beschäftigt war, sein Pferd zu beruhigen, versuchte mit gezogener Waffe zu erkennen, ob sich in den Schatten der Bäume Angreifer verbargen. Ein nahezu unmögliches Unterfangen in diesem Sturm, der auch vom Blätterdach kaum abgehalten wurde. Bren war nass bis auf die Knochen. Obwohl die Wolken das Tageslicht abblockten und die Regenflut alle Fackeln gelöscht hatte, konnte man sich halbwegs orientieren. Selten vergingen mehr als drei Herzschläge zwischen den Blitzen. Einer davon hatte Winnor niedergestreckt, und das war in der Tat merkwürdig. Normalerweise schlug ein Blitz am höchsten Punkt ein. Genau deswegen hatte Bren die Reiter in den Nachtschattenwald befohlen, zwischen die Bäume, trotz der gequälten Gesichter, die ihnen aus ihren Stämmen entgegenglotzten, ihnen stumme Warnungen zuschrien.

»Ausgerechnet der Bannerträger«, murmelte Bren, als er sich neben den Toten hockte.

Die prasselnden Tropfen verdampften auf dem heißen Kettenpanzer. Winnor war bei lebendigem Leibe gebraten worden, verschmort schon, bevor er auf dem Boden aufgeschlagen war. Auch sein Pferd war tot, aber die Kameraden rundherum waren unverletzt.

»Das geht nicht mit rechten Dingen zu«, sagte Hauptmann Boldrik. »Da ist Magie im Spiel.«

»Unsinn!«, zischte Bren. Solch ein Gerücht durfte sich nicht verbreiten. »Heb das Banner auf.«

»Aber …«

Bren ruckte zu ihm herum, starrte ihn an.

»Ja, Herr.«

Tatsächlich war Zauberei nach allem, was Bren darüber wusste, nicht dazu fähig, ein Gewitter zu kontrollieren. Die Erscheinungen der Natur entsprangen dem Wirken der Götter, und denen war Magie aller Art verhasst. Die dunkle Kunst war im Wortsinne widernatürlich.

Andererseits hatte Bren niemals Umgang mit Fayé gepflegt. Ihre Magie sollte anders sein als die der Osadroi. Bei ihnen zwang der Zauberer die Wirklichkeit nicht unmittelbar unter seinen Willen, sondern handelte einen Pakt mit einem heraufbeschworenen Dämon aus, der dann seinerseits übersinnliche Kräfte anwandte. Aber für Bren waren das alles nur Informationen, die von einem Mund zum anderen gereicht worden waren. Wenig mehr als Gerüchte. Er hoffte, dass die Sonne bald unterginge. Dann würden die Osadroi erwachen, zumindest Gadior. Velon schlief manche Nächte durch.

»Verfluchte Wolken!«, zischte Bren. Man konnte nicht erkennen, wie hoch die Sonne noch stand. Nach seinem Zeitgefühl konnte die Nacht nicht einmal mehr eine Stunde entfernt sein. Der Winter hatte den Kampf gegen den Frühling noch nicht aufgegeben, noch waren die Tage kurz.

Boldrik hatte das Banner zaghaft aus dem Schlamm gehoben. Bren nickte ihm ermutigend zu. *Noch hat dich der zuckende Tod nicht gefunden.*

Es brachte nichts, länger bei der Leiche zu verweilen. Jeder Blitz zeigte nur das, was die vorigen schon enthüllt hatten. Einen Körper mit so dunkler Haut, als hätte man ihn zwei Stunden auf einem Spieß über dem Feuer gedreht. »Wartet, bis er abkühlt, dann schlagt ihn in eine Decke und legt ihn auf ein Packtier. Wir werden ihn später begraben.« Er würde nicht zulassen, dass Winnor ein Schmaus für Ghoule würde. Oder für andere Aasfresser, die in diesem Wald ihr Unwesen treiben mochten.

Boldrik war nicht dumm. Als Bren wieder in den Sattel stieg, hatte er das Banner bereits weitergegeben. Bren winkte ihn zu sich heran. »Sorge dafür, dass die Männer ein Lager aufschlagen. Sie sollen sich zu Schwadronen zusammenfinden und Planen abspannen.«

»Der Boden ist nass wie ein Sumpf, Herr!«

»Ich weiß. Aber es sieht nicht so aus, als ließe der Regen nach. Unter den Planen schaffen wir es vielleicht, Holz zu entzünden, und an den Feuern können wir uns trocknen.«

Zweifelnd sah sich Boldrik um.

»Ich weiß nicht, Herr ...«

»Du musst nur eines wissen, Hauptmann. Dein General hat dir einen Befehl erteilt!«

Er straffte sich. »Ja, Herr.«

Ein Feldherr musste kein Despot sein, aber Befehl und Gehorsam waren das Fundament jedes Heers. Nur dieses Prinzip ermöglichte, dass hundert oder tausend Mann handelten, als seien sie von einem einzigen Geist gelenkt. Nur so konnten sie ihre Kraft an der schwächsten Stelle der feindlichen Formation massieren, sie aufbrechen und den Gegner bezwingen. Die Offiziere mussten die Truppen ebenso beherrschen wie ein Kämpfer seinen eigenen Körper. Sieger überlebten, Verlierer starben. Meistens jedenfalls. Also rettete die Disziplin das Leben der Krieger, auch wenn sie manchmal mit den Zähnen knirschten, während sie einen Befehl ausführten. Für Disziplin war es hilfreich, wenn man nicht kumpelhaft mit seinen Untergebenen umging. Bren beschränkte sich meist auf das Geben von Befehlen, er zechte nie mit seinen Kriegern. Von vielen kannte er nicht einmal den Namen, das machte es leichter, sie in den Tod zu schicken. Was er an Nähe brauchte, bekam er von Sutor. Eigentlich war er ein Einzelkämpfer. Seinen Erfolg als Kommandant verdankte er der Begabung, das, was er beim Fechten gelernt hatte, auf große Formationen zu übertragen. Es gelang erstaunlich gut, wenn man ein Gespür dafür hatte. Ein einzelnes Schwert konnte angreifen, zurückweichen, eine Finte schlagen. Ein Heer von Tausenden konnte das auch, nur langsamer.

Es war nicht leicht, die Lager zu errichten und zugleich die Pferde zu beruhigen. Auch Schlachtrösser scheuten im Gewitter. Und auch sie mussten zu ihrem eigenen Wohl unter den Willen ihrer Herren gezwungen werden. Wären sie in den Wald gelaufen, wären sie ein Fraß der Wildtiere geworden, auf dem freien Feld aber das bevorzugte Ziel der Blitze, die einfach nicht nachlassen wollten. Immer wieder krachten sie herunter, oft begleitet vom Splittern des Holzes. An verschiedenen Stellen flammten Feuer im Wald auf, bis der Regen sie niederzwang.

Ein erschrockenes Wiehern ließ Bren herumfahren. Ausgerechnet jetzt blieb der nächste Blitz aus. Dabei war Bren sicher, dass es sich hier nicht nur um das Scheuen vor der Naturerscheinung gehandelt hatte! Das Geräusch war lauter gewesen, schriller!

Tatsächlich setzten aufgeregte Rufe ein. Die Jahre auf dem Schlachtfeld ließen keinen Zweifel daran, was Bren hörte. Schwerter wurden blankgezogen. Bren brauchte kein Licht, um den Morgenstern vom Sattel zu lösen, seine bevorzugte Waffe fand er blind. Er umfasste den Stab und die doppelt gelegte Kette, damit die stachelbewehrte Kugel nirgendwo anstieß. Der Hengst spürte die Anspannung seines Reiters und begann zu tänzeln.

Dann endlich der nächste Blitz! An einer Gruppe von drei eng beieinanderstehenden Eichen drängte sich ein Dutzend ondrischer Krieger mit ihren Pferden. Einer lag am Boden, ein

Pfeil ragte aus seiner Brust. Mehr war nicht zu erkennen, bevor die Dunkelheit zurückkehrte.

Bren gab dem Pferd die Sporen, zwang es zum Ort des Geschehens. Neben ihm bellte Sutor.

Er hörte seine Truppe eher, als dass er sie sah. Einige undeutliche Bewegungen, das war alles. Er zügelte das Ross, löste den Schild und schob ihn über den linken Arm, als der nächste Blitz niederging. »Meldung!«, brüllte er.

»Bogenschützen, Herr!« Mehr als das Offensichtliche war wohl nicht bekannt.

Etwas knallte gegen Brens Schild, er spürte einen harten Schlag. Einen größeren Gefallen hätte ihm der Gegner nicht tun können. Jetzt kannte er die Richtung. »Mir nach!«, rief er.

Falls der Schütze nochmals schösse, würden die Sturmböen seinen Pfeil verwirbeln. Bren wusste, dass Fayé weit besser im Dunkeln sahen als Menschen, aber er hütete sich, seinen Hengst galoppieren zu lassen, obwohl er damit die Zeitspanne verkürzt hätte, die er benötigen würde, um den Angreifer zu erreichen. Auch das Pferd sah nichts in dieser Dunkelheit. Er brauchte einen …

… Blitz! Da fand Bren den Feind! Ein helles Gesicht, umrahmt von Blattwerk, den Bogen auf ihn gerichtet. Das Laub war groß und fleischig, schmiegte sich um den dürren Leib. Es passte nicht zur umgebenden, kahlen Wintervegetation. Bren gab dem Pferd die Sporen und ließ die Stachelkugel frei. Hinter ihm schrien die Männer. Auch sie hatten den Gegner erkannt.

Der Hengst brach durch das Buschwerk. Er ließ sich nicht von den knickenden Zweigen beirren. Die nächsten Blitze zeigten den Fayé sehr nah, und sie offenbarten auch, dass er nicht allein war. Die anderen hatten sich besser getarnt, aber aus dieser Nähe half ihnen das nichts. Sie tauschten die Bögen gegen Schwerter. Merkwürdige, aber äußerst schnelle und geschickte Bewegungen mit den jeweils zwei Gelenken an jedem Arm.

Bevor der Erste seine Nahkampfwaffe parat hatte, ließ Bren den Hengst steigen. Er lehnte sich nach vorn, um nicht aus dem Sattel zu fallen, während die eisenbeschlagenen Vorderhufe gegen Brust und Kopf des Fayé traten. Als das Pferd herunterkam, schlug Bren zu. Blind, denn der Blitz war erloschen. Er spürte keinen Widerstand, hatte also sein Ziel verfehlt. *Geduld,* mahnte er sich.

Als das nächste Mal Helligkeit über den Himmel gleißte und die dunklen Schatten der Baumkronen auf den Waldboden warf, erkannte er die Bewegung des Davontaumelnden. »Fass, Sutor!«, rief er. Der Kriegshund schoss voraus, den Leib gestreckt, als wolle er einen Wurfspeer nachahmen.

Ein Schrei kündete davon, dass die Reißzähne guten Halt fanden. Schnaubend trabte der Hengst voran.

Nur einen Augenblick leuchtete der nächste Blitz. Das reichte aus. Bren hatte bereits ausgeholt, jetzt schlug er zu. Der Zug der Kugel ließ nach, die Kette erschlaffte, als er traf. Er hörte Sutors Knurren. Der Hund würde sich im Hals verbeißen, darauf war er geschult. Seine Kiefer waren kräftig genug, um das Genick eines Menschen zu zermalmen. Bren war gespannt darauf, ob Fayéknochen härter waren.

Ringsherum hörte er die Geräusche des Kampfes. Sein direkter Gegner war besiegt, deswegen versuchte er bei nächster Gelegenheit, sich einen Überblick zu verschaffen. Er sah einen seiner Krieger verkrümmt am Boden liegen, einem weiteren war ein Pfeil durch das Gesicht gedrungen und offensichtlich auch durch den Helm und in den Baumstamm dahinter, an dem er nun festgenagelt war.

Die meisten von Brens Kriegern waren inzwischen unberitten. An zwei Stellen wurde im Nahkampf gefochten, mit zwei einzelnen Gegnern. Viel mehr schien der Feind nicht aufzubieten. Dennoch, das Gelände war ihnen fremd, sie durften sich nicht zu tief in den Wald locken lassen.

»Rückzug!«, brüllte Bren gegen den Sturm. »Zurück zum Lager!«

Er teilte Wachen ein, immer zu zweit, damit sie nicht hinterrücks überwältigt würden, ließ die Verwundeten verbinden und sich von allen Abschnitten des Lagers Bericht erstatten. Es hatte keine weiteren Zwischenfälle gegeben.

Plötzlich stand Gadior vor ihm. Bren erklärte ihm knapp und präzise, was vor sich ging.

»Ihr seht nicht viel in dieser Dunkelheit, oder?«, fragte Gadior.

Richtig. Die Sinne der Osadroi waren schärfer als die menschlichen. Und jetzt erkannte Bren, wie sich eine finstere Aura gleich einer fingerdicken Haut um Gadior legte. Der Schattenherr setzte seine magischen Kräfte ein.

Er ging einige Schritte vom Lager fort. Sofort befahl Bren fünf Krieger mit großen Schilden zu seinem Schutz.

»Ihr könnt herauskommen!«, rief Gadior in den Wald hinein. »Wir sind Freunde, die Euch einen Besuch abstatten wollen!«

Im Leuchten des Gewitters sah Bren drei Fayé näher kommen. Sie bewegten sich mit einer Mühelosigkeit, als wiche das Unterholz freiwillig aus ihrem Pfad. »Entschuldigt das Missverständnis«, bat der vorderste, aber es klang nicht so, als ob er tatsächlich eine Schuld verspürt hätte.

»Missverständnis?«, fragte Bren. »Fünf meiner Leute sind tot!«

Die Fayé hatten seltsame Gesichter, wie auf der Spitze stehende Keile. Statt Augen wallten Nebel in ovalen Öffnungen seitlich über ihren Nasen. »Es waren nur Sterbliche, ihr Schicksal ist der Tod. Wir hätten mehr Grund, Euch Vorhaltungen zu machen. Zwei der Unsrigen leben nicht mehr.«

»Verzeiht dem General«, bat Gadior. »Es ist seine Aufgabe, sich um die Menschen in unserem Gefolge zu kümmern. In der Tat wird niemand bestreiten, dass der Verlust der Krieger bedauerlich ist. Es nimmt Jahre in Anspruch, sie auszubilden. Und diese hier zählen zu den Besten.«

»Tatsächlich? Und Ihr braucht so viele, um zwei von uns zu erschlagen?«

Gadior machte einen weiteren Schritt auf die Fayé zu. Offenbar fürchtete er ihre gebogenen Klingen nicht, die zu Brens Beruhigung auch noch in den Scheiden steckten. »Lasst uns von Erfreulicherem sprechen. Wie geht es meinem Freund Alenias?«

»Ihr seid mit Alenias bekannt?«

»Aber natürlich. Er kam zu mir nach Guardaja, wo ich seiner Schwermut ein wenig Linderung verschaffen durfte. Nun frage ich mich, wie es ihm wohl geht. Kann ich ihn sehen?«

Die Fayé standen stumm im Gewitter. Die Blätter ihrer Kleidung waren so steif wie die Schuppen an Brens Panzer, nur dass sie offenbar flexibler angebracht waren, denn sie schränkten die Beweglichkeit ihrer Träger nicht ein.

»Er hält sich doch in Amdra auf?«, tastete sich Gadior vor.

»Er ist beim König.«

Gadior klatschte in die Hände. »Wunderbar. Darf ich auch Euch besser kennenlernen? Wie heißt Ihr?«

»Ich bin Getoras.«

»Getoras. Schön. Alenias wird zweifellos erfreut sein, mich zu sehen. Wir haben uns viel zu erzählen.« Eine Spur kälter fügte er an: »Bringt uns zu ihm, Getoras.«

Bren legte die Kette seines Morgensterns über die Schulter, sodass die Kugel auf dem Rücken zu ruhen kam. Das wirkte auf jemanden, der nicht mit der Waffe vertraut war, wenig aggressiv, obwohl sie in dieser Position sofort einsatzbereit war.

»Für Freundschaftsbesuche ist kein Heer nötig«, stellte Getoras fest.

Drei Blitze wartete Gadior ab, bevor er einlenkte. »Eine Ehrengarde soll uns reichen.«

Die Ehrengarde bestand aus einer handverlesenen Schwadron, vierzig Reitern, die die Kutsche der Osadroi schützten. Den Rest des Heers hatte Bren nach Guardaja zurückbefohlen. In Amdra wurden die Bewaffneten nicht geduldet und wenn die Expedition erst wieder in Ondrien sein würde, wäre mit keinen Schwierigkeiten mehr zu rechnen. Nur für den Fall, dass ihre Reise noch über den Nachtschattenwald hinausführte, hätte Bren gern ihre Schlagkraft zu seiner Verfügung gewusst. Kaum stand er neben Velon und Gadior vor König Ilion, bestätigte dieser seine Befürchtung. »Lisanne ist schon lange nicht mehr hier.«

Drei Tage waren sie im Nachtschattenwald unterwegs gewesen, ihre Begleiter hatten sie verschlungene Pfade geführt, damit sie die Richtung verloren. Der Wald war so dicht, dass der Himmel nur selten zu sehen war. Orientierungspunkte in der Ferne ließen sich wegen der begrenzten Sicht ebenfalls nicht ausmachen. Man musste wohl ein Fayé sein, um sich hier zurechtzufinden. Es gab Wege, merkwürdig geformt aus Ästen und Wurzeln, die sich so dicht über den Boden legten, dass sie eine halbwegs ebene Fläche bildeten. Dabei waren sie nicht parallel angeordnet, sondern kreuzten sich, verwirrten sich zu Knäueln, tauchten in das Gemenge ab und wieder daraus hervor. Neben diesen Wegen wuchsen die Bäume, als wollten sich ihre Stämme zur Seite neigen, sich möglichst weit entfernen. Auch einzelne Stränge des Weges wanden sich hervor, als flüchteten sie vor einer Qual, die ihnen die Gemeinschaft mit den anderen bereitete, und würden doch zurückgezwungen, dem Willen der Fayé gemäß.

Überall im Nachtschattenwald hatte Bren den Eindruck einer geknechteten, sich in Pein windenden Natur gefunden. Sutor war sichtlich nervös, schnappte immer wieder nach seinem eigenen Schwanz. Aus Ondrien kannte Bren Ghoule, Wesen, die nicht lebten und nicht tot waren und auch keine Osadroi, sondern Verfluchte, deformierte Leichenfresser mit großen Körperkräften und beinahe erloschenem Geist, in deren kleinen Augen nur selten etwas aufblitzte, und wenn dies geschah, war es immer die Sehnsucht nach Erlösung. Beinahe alles im Nachtschattenwald erinnerte Bren an diese Ghoule, die merkwürdig verwachsenen Bäume, das Buschwerk, dessen Zweige sich wanden wie die Finger eines Verwundeten, der sich wahnsinnig vor Schmerz die eigenen Gedärme aus dem Bauch zog, auch die Tiere, denen sie begegneten, Karnickel mit Reißzähnen, ein Reh mit zwei vom Fell entblößten Köpfen.

Dieser Ort hier war so anders, dass Bren zwinkerte, um sicherzugehen, dass er keinem Trugbild aufsaß. Sie standen an einer Art Wasserscheide, nur dass sich hier die Bäume trennten. Woher sie kamen, waren es die knorrigen, verwachsenen, dunklen Gestalten, die sich von dem, was dann folgte, offenbar so abgestoßen fühlten, dass es aussah, als wären sie erstarrt, während sie sich beinahe flach am Boden wanden, um von diesem Ort fortzukommen. Dort, wo Ilion stand, spross grünes Gras aus dem Boden, nicht das meist scharfkantige rote oder knochenweiße Gestrüpp, an das sich Bren beinahe schon gewöhnt hatte. Die mächtigen, gerade aufragenden Baumriesen ließen nicht nur das Sternenlicht herab, ihre leise im Wind klingelnden Blätter leuchteten von innen heraus. Aus einem Baum ergoss sich ein kleiner Wasserfall in einen See. Wo er in die spiegelnde Oberfläche schäumte, stieg feiner Nebel auf, in dem ein Regenbogen schillerte. Schlingpflanzen hingen von den Ästen, Blüten mit irisierenden Stempeln tranken das Sternenlicht. In vielen Baumstämmen taten sich Öffnungen auf. Bren vermutete, dass er Fayéhäuser sah, aber solche, wie sie die alten Fayé gekannt hatten. Märchen kündeten davon, dass sie den Wald besungen, ihn verführt hatten, zu geben, was ihnen das Leben angenehm gemacht hatte. Die heutigen Fayé vergewaltigten ihn, um zu erzwingen, was sie begehrten.

»Ja, Mensch, dieser Ort ist besonders«, stellte Ilion fest, der Brens Gesicht musterte. »Und er ist sehr alt.«

Bren wusste nichts darauf zu sagen. Er nickte.

»Erstaunlich«, flüsterte Velon. »Ganz erstaunlich. Nach fünfhundert Jahren gibt es nur noch wenige Nächte, die mir Überraschungen schenken. Diese ist eine davon.«

»Wenn Ihr mir folgen wollt …« Trotz der einladenden Geste vermittelte Ilion nicht das Gefühl, die Besucher seien ihm willkommen.

Bren überlegte, woran das lag. Der Gesichtsausdruck des Königs war ebenso wenig zu deuten wie der seiner Wachen, zu fremd waren die Züge der Fayé. Oder war es doch möglich, Ausdruck in den Nebeln zu lesen, die ihnen die Augen ersetzten? Wallten sie nicht rasch, aggressiv?

»Ich rate zur Vorsicht«, murmelte Bren.

Gadior sagte: »Lisanne ist also hier gewesen, auch wenn es einige Zeit her ist.«

»Nur kurz«, sagte Ilion über die Schulter, während er sie einen sanften Hügel hinabführte. Neben einem Teich, auf dem weiße Blüten trieben, an denen sich flatternd in der Luft stehende Vögel mit langen Schnäbeln labten, sah Bren einen gebogenen Tisch mit einigen Sesseln und einem Thron.

Velon faltete noch im Gehen die Hände vor dem Bauch. »Wir mussten in den vergangenen Nächten eine etwas karge Kost erdulden.« Damit konnte er nur die Kristalle meinen, in denen die Essenz gespeichert war. Anscheinend schmeckte sie schal im Vergleich zu einer frischen Ernte, die direkt aus einem Menschen gezogen wurde. »Vielleicht hättet Ihr etwas für uns? Jung und weiblich wäre angenehm.«

»Sialas, kümmere dich darum«, befahl Ilion. »Und sieh nach, wo Alenias bleibt.«

Einer der Wächter verbeugte sich gehorsam.

»Ich werde mich Euch anschließen«, sagte Bren.

Ilion hielt inne. »Wollt Ihr uns nicht Gesellschaft leisten? Für Euresgleichen haben wir genug aufgetischt.«

»Ich bin noch nicht hungrig«, behauptete Bren.

Gadior lachte. »Verzeiht, Majestät. General Stonner wäre die ganze Nacht unruhig, dürfte er sich nicht selbst davon überzeugen, dass wir sicher sind. Tut ihm den Gefallen, ich bitte Euch.«

Ilion zögerte, nickte dann aber und setzte den Weg fort.

Sialas war nicht gesprächig. Bren gefiel das, er war damit beschäftigt, einen Sinn in das zu lesen, was ihm seine Augen auf dem Weg durch den lichten Wald zeigten. Die Helligkeit an sich war schon eine Merkwürdigkeit. Trotz des Winters standen die riesenhaften Bäume in vollem Laub, gaben nur selten den Blick auf die Sterne frei. Dennoch war es hell, weil Licht aus ihren Blättern sickerte, als wäre es flüssig. Wie Tau oder Mehlstaub, der zu Boden sank. Aber dort sammelte es sich nicht, es gab keine Schicht, die sich auf das Gras gelegt hätte, wenn man von vereinzeltem Glitzern absah, als spiele eine winzige, leuchtende Fee auf den Halmen. Bei jedem Atemzug hatte Bren das Gefühl, hier sei die Natur … *richtig. So, wie die Götter sie gemeint haben.*

Er schalt sich für den Gedanken. Er diente Herren, die sich von den Göttern losgesagt hatten. Und eigentlich sollte das auch für die Fayé gelten. Schließlich waren sie entgegen der Anweisungen der Ewigen in der Welt geblieben, waren nicht auf die Schiffe gegangen, als der Rest ihres Volkes die Reise über das Meer der Erinnerung angetreten hatte. Sie waren in ihrem Trotz geblieben. Die Götter hatten sie daraufhin verflucht, und nun wandten sie sich an Geister und Dämonen, um zu erzwingen, was ihnen früher freiwillig gegeben worden war.

Dieser Ort konnte nur ein Überbleibsel sein, erkannte Bren. Erschaffen vor Jahrtausenden von den Fayé vor ihrer Auswanderung, musste er die Zeit überdauert haben. Eine vergessene Zuflucht inmitten eines verfluchten und geschändeten Waldes, der größer war als die meisten Königreiche. Abgesehen von Ondrien, dem Nordschattenland, natürlich.

Sialas führte sie zu einem Bereich, in dem die gewachsenen Strukturen offenbar nicht boten, was die Fayé brauchten. Das krumme Holz, aus dem die Palisade gefügt war, wirkte an diesem Ort wie eine Beleidigung. Der Boden, in den sie gerammt war, sah aus, als ob er eiterte.

Sialas ließ sich davon nicht beeindrucken. Zwischen zwei Torwachen hindurch betrat er das Areal. Er zeigte auf einen Baumriesen, der von der Palisade umschlossen wurde. »Dort werdet Ihr fündig. Sucht Euch aus, was Ihr braucht. Ich hole derweil Alenias.«

In dem Baum tat sich eine verspielt gewachsene Öffnung auf. Bren trat ein. Auch im Innern war es nicht vollständig dunkel, das Holz gab einen Schimmer ab, der Schlafende nicht stören würde, aber eine Orientierung erlaubte. Bren sah, dass Sitzflächen aus den Wänden wuchsen, bedeckt mit weichem Moos, sogar eine Liege. Auf dem Boden lag Spielzeug, eine Puppe, ein Steckenpferd, ein aus leichten Zweigen geflochtener Ball, versehen mit bunten Bändern, die flatterten, wenn man ihn warf. Bren hockte sich hin und drehte einen Kreisel. Als Kind hatte er einen gehabt, in den Löcher eingearbeitet gewesen waren, die ein besonderes Surren erzeugt hatten. Dieser hier war einfacher. Dennoch musste Bren lächeln, während er ihm zusah. Irgendwann reichte der Schwung nicht mehr aus, das Spielzeug kam ins Trudeln, kippte und kullerte in einem Kreis aus.

Bren stieg die Treppe hinauf. Das nächste Stockwerk war leer, aber darüber fand er einen Schlafsaal. Wie vermutet traf er ein Dutzend Frauen und etwas mehr Kinder an. Die Treppe führte noch weiter nach oben, dort mochte es weitere geben. Wenn er Gadior recht verstanden hatte, kam es nicht selten vor, dass die Söldner den Fayé Schwangere zuführten. Und jetzt musste er, Bren, eine der Frauen auswählen, damit sie den Osadroi als Nahrung diente. Vermutlich würde sie nicht daran sterben, wahrscheinlich nur unwesentlich an Lebenskraft verlieren, sich in ein paar Tagen vollständig erholen. Aber gefahrlos war es nicht. Wenn sie zu gut schmeckte, was immer das bei Essenz bedeuten mochte, konnte es sein, dass sich Velon und Gadior an ihr berauschten, mehr von ihr forderten, als sie geben konnte. Dann würde diese Nacht eines der Kinder zu einer Waisen machen. Es war an Bren, zu wählen, wen es träfe.

Er stand nicht das erste Mal vor einer solchen Entscheidung. So etwas konnte er nicht genießen, wie es einige Krieger taten, die die Betroffenen um Gnade betteln ließen. Manche hätten diese Möglichkeit genutzt, um die Frauen zeigen zu lassen, wie nett sie zu einem Mann sein konnten, der sie verschonte. Das hatte Bren nie getan, nicht einmal, als er ein einfacher Krieger gewesen war. Damals hatte er sich viele Gedanken gemacht. Welche Mutter hatte ein Kind, das alt genug war, für sich selbst zu sorgen? Welche war so kräftig, dass sie viel Lebenskraft entbehren könnte?

Heute tat er das nicht mehr. Menschen starben, das lag in ihrer Natur, da hatten die Fayé ganz recht. Manche am Hunger, andere an einer Flut, an einem Stück Stahl in der Brust, am Alter, an einer Krankheit. Oder eben an den Osadroi. Der Tod war nicht wählerisch, er nahm jeden.

Deswegen fasste Bren die Erstbeste am Oberarm und schüttelte sie, bis sie erwachte. »Komm!«

Sie brauchte einen Moment, um den Schlaf abzustreifen. Dann erschrak sie. »Ihr seid ein Ondrier!«

Er antwortete nicht, zog sie auf die Füße. Er sprach ungern mit den Opfern, vor allem dann, wenn es sich um Frauen handelte. Am liebsten war ihm, wenn er nicht einmal ihre Namen kannte. So konnte er beinahe an einen unpersönlichen Lauf der Dinge glauben, wie der Kult es lehrte. Die Schatten waren die mächtigste Urkraft der Welt, sagte man. Niemand konnte sich dagegenstellen. Sie legten sich über alles, über jeden, früher oder später, und es war selten eine Gnade, zu den Späteren zu gehören.

Die Frau war das Gehorchen gewohnt. Als sie auf der Treppe waren, versiegte auch ihr schwacher Widerstand.

Draußen stockte Bren. Es hätte ihn nicht überrascht, Sialas mit Alenias anzutreffen. Tatsächlich sah er zwei Fayé durch das Palisadentor kommen, und einer von ihnen mochte Alenias sein, denn sein langes Haar war ergraut und er ging gebeugt. Doch die andere Person nahm seine Aufmerksamkeit deutlich stärker gefangen. Bei ihr handelte es sich ebenfalls um eine Fayé, und von allen Fayé, die er bisher getroffen hatte, war sie am eindeutigsten als weiblich zu erkennen. Das Volk des Nachtschattenwalds zeichnete sich ansonsten durch Androgynität aus, Geschlechtsmerkmale waren kaum auszumachen, obwohl die Blätterkleidung eng am Körper des Trägers anlag. Die Gesichter waren zu fremdartig, um aus ihnen etwas ablesen zu können. Diese Frau aber trug nicht die traditionelle Kleidung der Fayé, sondern ein Gewand aus Stoff. Das Kleid hatte sogar einen Ausschnitt. Vor allem aber wölbte sich der Bauch darunter so auffällig, als hätte sie drei dicke Kissen umgeschnallt.

Die Krone auf ihrem Kopf veranlasste Bren, das Haupt zu neigen. »Ihr müsst Königin Anoga sein«, vermutete er.

Sie streckte ihm eine Hand entgegen, die viel zu feingliedrig war, um zum gleichen Körper wie der ausladende Bauch zu gehören. Er küsste die knochendünnen Finger.

»Ich sehe, Eure ondrischen Freunde sind schon eingetroffen«, sang ihre melodische Stimme.

»Es scheint so«, bestätigte Alenias.

»Eure Herren haben Hunger?«, fragte Anoga mit Blick auf die Frau.

»So ist es, Majestät«, bestätigte Bren.

»Hier seid Ihr!« Sialas stürzte vom Tor herbei.

Alenias hob das graue Haupt. Aus der Nähe betrachtet waren die tiefen Falten in seinem Gesicht unübersehbar. Er benutzte sogar einen Gehstock. »Jetzt habt Ihr mich ja gefunden.«

Sialas kniete vor seiner Königin nieder. »Majestät … Ihr … soll ich …«

Anoga machte eine Bewegung, als wische sie ein Insekt weg. »Lassen wir ihn zu seinen Herren gehen. Mit Euch habe ich ohnehin noch etwas zu bereden, Sialas. Alenias, begleitet Ihr ihn?«

»Wie Ihr wünscht.«

Mit einer nachdenklichen Verbeugung verabschiedete sich Bren von Königin Anoga. Obwohl er die Frau, an der sich Velon laben sollte, mit sich führte, fiel es ihm leicht, mit Alenias Schritt zu halten. Der Fayé sah nicht nur aus wie ein Greis, er bewegte sich auch so.

»Ihr kennt Schattengraf Gadior aus Guardaja?«, fragte Bren, um ein Gespräch zu beginnen.

Alenias schwieg so lange, dass Bren schon dachte, er würde gar nicht mehr antworten. »Guardaja. Ja«, sagte er dann. »Ich erinnere mich. Ich bin angefüllt mit Erinnerungen, doch mein Erleben ist eine Wüste.«

Bren dachte an den Wandteppich. »Wart Ihr einmal in einer Wüste?«

Er nickte. »Trockener Sand, weiter nichts. Manchmal auch Fels oder Geröll, aber für die Arriek zeigt sich die Seele der Wüste nur in dem Meer aus Sand.«

»Ihr seid weit gereist, will mir scheinen.«

»Und doch habe ich wenig gefunden.«

Als sie den Teich schon sehen konnten, an dem König Ilion seine Gäste versammelt hatte, sagte Bren: »Ich hoffe, wir finden bald, wen wir suchen.«

»Dann bin nicht ich das Ziel Eurer Bemühungen? Das hätte ich mir denken können. Es wäre viel Aufhebens für Gadior gewesen, mich mit solch einem Aufgebot zu besuchen. Vor allem nach so vielen Jahren.«

Bren wunderte sich, dass ein Tausendjähriger eine halbe Dekade als lange Zeitspanne empfand. Aber es kam wohl auch für einen Fayé darauf an, ob er sich durch die Stunden quälte oder sie in Freude verflogen. Freude schien bei den Unsterblichen selten zu sein, auch bei den Osadroi.

»Graf Gadior wird sich bei Euch nach dem Verbleib Schattenherzogin Lisannes erkundigen. Wenn er diese Frage nicht schon mit Eurem König geklärt hat.«

Unvermittelt blieb Alenias stehen. Er sah auf die Gesellschaft am See, ohne dass Bren den Eindruck gehabt hätte, dass er sie bewusst wahrgenommen hätte. »König Ilion muss sehr stolz sein«, sagte Bren vorsichtig.

Langsam drehte Alenias den Kopf, bis seine purpurnen Nebelaugen direkt auf Bren gerichtet waren. »Wie meint Ihr das, Ondrier?«

»Wegen ... seiner Königin. Es wird bald einen Prinzen geben, scheint mir.«

»Früher dauerte eine Schwangerschaft zehn Jahre.« Er setzte sich wieder in Bewegung.

»Früher?«

»Es ist lange nicht mehr geschehen.«

Deswegen die schwangeren Frauen! Die Fayé wollten studieren, wie die Frucht im Leib reifte und wie eine Geburt vonstattenging. So genau wie möglich wollten sie diese Vorgänge beobachten, damit bei ihrer Königin alles gelang.

Die Gesellschaft erhob sich, als Alenias eintraf. Sogar der König, was auf die hohe Stellung des Greises hinwies. Velons Mund öffnete sich einen Spalt, als er die Frau sah, die Bren ihm zuführte.

»Alenias, unsere ...« Ilion suchte nach dem rechten Wort. »... Gäste haben ein Anliegen.«

»Ich werde sie begleiten«, sagte der Greis unvermittelt.

Die Überraschung auf den Gesichtern der Osadroi war unübersehbar, nur die Miene des Fayé war nicht zu deuten.

»Warum solltet Ihr das tun?«, fragte Ilion.

»Wir wissen, dass Lisanne nach Flutatem zog. Das kann nur einen Grund gehabt haben. Dorthin geht man, um das Meer der Erinnerung zu befahren. Wenn unsere …«, ein Lächeln kräuselte die Lippen an Alenias' schmalem Mund, »Gäste ihr folgen, werden sie bestimmt dem Seelennebel nahe kommen. Vielleicht finde ich dort, was ich suche.«

»Aus dem Seelennebel kehrt niemand zurück.«

»Und womöglich suche ich genau das. Eine Reise ohne Wiederkehr. Aber die Geister unserer Verwandten sprechen zu den Seeleuten. Sagt man nicht so? Vielleicht haben sie auch für mich Antworten.«

»Ich verliere Euch ungern, Alenias.«

Der Greis lachte. »Warum die Lügen, Majestät?« Er sprach das Wort so betont aus, dass Bren vermutete, dass er die ehrerbietige Anrede für gewöhnlich nicht verwendete. »Ihr hofft auf neues Leben. Da ist es nicht von Vorteil, an das Sterben erinnert zu werden. Das könnte alles verderben, was Ihr hier so mühsam bewahrt habt.« Seine Geste umfasste die leuchtenden Bäume, das satte Gras, den glitzernden See, über dem am Wasserfall der Regenbogen stand. »Ihr könnt mich nicht fortschicken, aber wenn ich aus freien Stücken ginge … nun, dann könntet Ihr Eure Aufmerksamkeit ganz dem Kommenden widmen.«

»Ihr führt eine offene Rede. Wie immer.«

»Ich fühle mich zu alt, meine Gewohnheiten zu ändern. Jedenfalls hier. Dort draußen, beim Seelennebel, mag es anders sein. Vielleicht kann ich dort Neues lernen. Mögen mir die Geister verraten, warum sie sich so nach dem Leben sehnen, dass sie nicht davon lassen können.«

Ilion setzte sich.

»Flutatem also?«, fragte Velon. »Ist das ein Ort?«

»Eine Stadt«, sagte der König.

»Weit von hier?«

»Südlich des Nachtschattenwalds. An der Küste. Ihre Bewohner werden nicht sehr geschätzt, aber sie bieten Reichtümer zum Handel an. Ware, die sie auf dem Meer erbeutet haben.«

»Seeräuber«, erkannte Bren.

»So sagt man wohl. Flutatem ist uneinnehmbar, deswegen ein sicherer Hafen für sie. Ihr werdet es selbst sehen.«

»Alenias«, sagte Gadior. »Ihr müsst verstehen, dass unser Auftrag ist, Lisanne zurückzuholen. Der SCHATTENKÖNIG ist ungeduldig, und wir haben schon viel Zeit verloren. Wenn ihre Spur nicht zum Seelennebel führt, werden wir nicht dorthin fahren. Wir haben keine Muße für Umwege.«

»Sorgt Euch nicht, mein junger Freund. Wenn sie nach Flutatem ging, wollte sie auf das Meer hinaus. Und wenn sie in eine andere Richtung fuhr, dann werde ich in Flutatem dennoch ein Schiff finden, das mich bringt, wohin es mich zieht.«

Velon nickte. »Dann ist es beschlossen. König Ilion, wir würden Eure Gastfreundschaft gern noch länger genießen, aber der Schattengraf spricht wahr. Wir wären Euch verbunden, wenn Ihr uns Führer nach Flutatem stellen könntet.«

»So Ihr es wünscht, sollt Ihr sogleich aufbrechen.«

»Wann wachen die denn endlich auf?«, fragte Admiral Cherron, Schrecken der Meere, Kapitän der *Schwarzer Hai*, Zerstörer von Beniabutt. Der Kopf des Ratsmeisters von Flutatem würde in den meisten Städten am Meer der Erinnerung mit Gold aufgewogen, hätte sich ein Aufrechter gefunden und ihn von den Schultern geschlagen.

Aber das war nicht Brens Aufgabe. Er betrachtete das narbige Gesicht, in dem klare Kristalle die Augen ersetzten. Offensichtlich handelte es sich um magische Artefakte, denn Cherron bewegte sich nicht wie ein Blinder. Er wandte sein Gesicht Bren zu, genauer gesagt benutzte er sein gesamtes Gesicht, um Bren zu mustern. Er schien seine Kristalle nicht wie natürliche Augen bewegen zu können und schwenkte daher den Kopf, um seinen Blick schweifen zu lassen. Gleich einer Katze.

»Geduld, Admiral«, bat Bren. Er stand breitbeinig in der Mitte des Saals, der eigentlich nicht klein war, aber aufgrund der zusammengeraubten Kuriositäten und der mangelnden Ordnung der Tische und Bänke eng wurde. Ein Kristallleuchter, der an der Decke keinen Platz fand, weil die verschiedenen Modelle dort bereits aneinanderstießen, lag auf zwei zusammengeschobenen Truhen. Seine Arme dienten als Halterung für abgelegte Garderobe, die vom letzten Fest übrig geblieben sein mochte, das sicher nicht lange her war, denn umgestürzte Becher lagen herum und ein erkalteter Schweinebraten quoll keine zwei Schritt von Bren entfernt über eine Bronzeplatte, geziert von einer zerrissenen Perlenkette. Die mochte die gleiche Frau geschmückt haben wie das Kleid, das zwischen zwei derben Jacken auf dem Leuchter hing. Der Riss im Stoff ließ vermuten, dass seine Trägerin es nicht freiwillig abgelegt hatte.

»Geduld ist etwas für Knechte, für Untertanen«, versetzte Cherron. »Meine starke Seite ist sie nicht.«

»Dann nutzt Ihr das Vorrecht des Herrschenden.«

»Nein, das des freien Mannes.« Er ließ sich auf einen der Throne fallen, die nach unverständlichem System im Raum verteilt waren, und schwang ein Bein über eine Lehne. Er saß dort wie ein Rotzlümmel, der darum bettelte, übers Knie gelegt zu werden. Allerdings ein Rotzlümmel, der sich mit der Spitze der unterarmlangen Klinge eines Entermessers die Fingernägel reinigte und dabei die Kristallaugen, die seinem zernarbten Gesicht etwas von einer Wespe gaben, auf Bren gerichtet hielt. »Freie Männer tun, was ihnen beliebt«, fuhr Cherron fort. »Zu warten beliebt mir nicht. Was mich zu der Frage bringt, warum ich hier überhaupt meine Zeit vertrödele.«

Die Stadt im Ganzen gab sich ebenso chaotisch wie dieser Saal. Sie lag in einem Talkessel zwischen Hängen, die so steil abfielen, dass die Schattenrosse hatten abgeschirrt werden müssen, um die Kutsche heil die Serpentinen herunterzubringen. Die Stadtmauer war ein wilder Verhau aus den Bugsprieten von

Schiffen, die nicht schnell genug für die Piraten gewesen waren, bestückt mit Ballisten und bemannt mit verwegenen Gestalten. Ein Raubein hatte ihnen zur Begrüßung geraten, gut auf sich aufzupassen, da es keine Stadtwache gab und ›Gesetz‹ ein Begriff war, den man hier nur mit abschätzigen Attributen bedachte. Immerhin war der Kerl mit einer Kupfermünze zufrieden gewesen, um sie zum Rat der Kapitäne zu bringen, in dessen Versammlungssaal Bren nun vor dem Admiral stand.

»Ihr empfangt mich, weil Ihr Gold schätzt, nehme ich an.«

»Gold?« Cherron grinste. »Dieses Wort klingt in der Tat angenehm in meinen Ohren. Wie viel ist es und was wollt Ihr dafür? Haben die Schatten noch nicht genug Kinder? Dann muss ich Euch daran erinnern, dass nicht viele Blagen zur See fahren. Wir werden eine Menge Schiffe aufbringen müssen, um eine respektable Anzahl in die Hände zu bekommen. Es sei denn, wir finden ein Sklavenschiff mit passender Fracht, aber dazu müssten wir erst Erkundigungen einziehen.«

Bren schüttelte den Kopf. »Wir sind nicht hier, weil wir Kinder wollten. Wir brauchen vermutlich ein Schiff.«

»Ihr seid nicht im Ernst zu mir gekommen, um mich damit zu belästigen?« Er runzelte die Stirn. »Was für ein Schiff?«

»Ein schnelles, und eine Mannschaft dazu. Wir sind keine Seefahrer.«

Cherron setzte zu einer Erwiderung an, hielt aber inne, legte den Kopf zurück und kitzelte sich mit der Spitze des Entermessers unter seinem bärtigen Kinn. »Im Grunde könnte ich Euch zum Hafen schicken, damit Ihr dort Euer Glück versucht. Jeder Kapitän ist sein eigener König. Überzeugt den Kapitän, und Ihr habt das Schiff. Aber vielleicht habe ich etwas Spezielles.«

»Dann lasst hören.«

»Im Hafen könnt Ihr Glück oder Pech haben. Seelenverkäufer und Windrenner sehen sich täuschend ähnlich in den Augen von jemandem, der noch nie auf Planken gestanden hat. Was ich im Sinn habe, ist an Schnelligkeit«, er überlegte, »und an Navigationskunst nicht zu überbieten. Es hat natürlich seinen Preis.«

»Welchen?«

»Ich will nicht zu bescheiden sein.« Grinsend steckte er seine Waffe weg. »Und ich bin sicher, dass Ihr in dieser Kutsche eine Menge Gold mit Euch führt.«

Bren wog den Kopf. Wenig war es tatsächlich nicht, der SCHATTENKÖNIG hatte sie auf Eventualitäten vorbereitet.

»Eine Truhe von dieser Größe«, er deutete Länge, Höhe und Tiefe an, verharrte, und gönnte der Tiefe eine weitere Handspanne, »könnte mir schon gefallen.«

»Und was kriegen wir dafür?«

Er nahm das Bein von der Lehne und beugte sich vor, als er verschwörerisch raunte: »Die *Mordkrake*.«

Bren wartete darauf, dass Cherron weiterspräche.

Das schien nicht die Reaktion zu sein, auf die der Admiral gehofft hatte. Mit einem Ruck warf er sich zurück. Die Lehne des Throns knarrte. Bren sah die durchlöcherten Flanschen dort, wo er auf dem Boden stand. Wahrscheinlich war er ein Kapitänssessel, der einmal auf einem Schiff festgeschraubt gewesen war, auf einer eskadischen Galeone vielleicht.

»Sagt bloß, ihr habt noch nie von ihr gehört! Die *Mordkrake* ist das unbestritten beste Schiff, das jemals in Flutatem angelegt hat, und das will etwas heißen. Drei Masten, vermascht getakelt, schlanker Rumpf. Ein echter Jäger, aber kein Wolf, sondern ein Falke. Und einer mit kräftigen Fängen. Zwei Ballisten, zwei Katapulte. Die kleineren Geschütze zähle ich nicht mit.«

»Und die bekommen wir für eine Truhe Gold?«

»Nein«, er schüttelte den Kopf. »Ihr bekommt dafür das Recht, mit ihrem Kapitän zu sprechen.«

»Gerade habt Ihr noch gesagt, es stünde uns frei, mit jedem Kapitän im Hafen zu reden. Warum muss man bei diesem Gold dafür zahlen? Ist er so beschäftigt?«

»Im Gegenteil. Im Moment hat Ulrik eine Menge Zeit. Viel mehr, als ihm lieb ist. Nur werdet Ihr ihn nicht im Hafen antreffen, sondern im Kerker. So wie seine ganze Mannschaft. Für das Gold lasse ich Euch hinein und, wenn Ihr sie überzeugt, die ganze Bande heraus. Aber überzeugen müsst Ihr sie selbst.«

»Es sollte nicht schwerfallen, jemandem die Vorzüge freier Luft und …«

Die hohe Tür quietschte, als Graf Gadior sie öffnete. Bren verbeugte sich, Cherron stand auf.

»Endlich jemand, mit dem ich vorwärtskommen kann! Aber seid Ihr nicht zu zweit? Zwei Schattenherren?«

Gadior lächelte dünn. »Schattenfürst Velon zieht es vor, diese Nacht zu ruhen.«

»Tut er das?«, fragte Cherron schneidend.

Gadior wandte sich Bren zu. »Hast du schon etwas erreicht?«

»Es gibt ein Schiff, das vermutlich geeignet wäre, aber die entscheidende Frage habe ich noch nicht gestellt.«

»Was soll denn das heißen?«, polterte Cherron. »Wenn ich sage, dass die *Mordkrake* das beste Schiff auf dem Meer ist, dann ist sie es auch!«

»Sicher, Admiral«, beschwichtigte Bren. »Aber ein Schiff hat nur dann Wert für uns, wenn wir ein Ziel haben, das anzusteuern sich lohnt.«

»Ihr kennt Euren Kurs nicht?«, staunte Cherron.

»Vielleicht kennst du ihn«, versetzte Gadior.

Cherrons Kristallaugen starrten ihn an. »Ich bin der Admiral von Flutatem. Jede Küste am Meer der Erinnerung bebt, wenn mein Name geflüstert wird, und auch Ihr, Schattenherr, werdet mich anreden, wie es mir gebührt.«

Gadior trat auf ihn zu. Die Sicherheit, mit der er seine Schritte setzte, stand in einem merkwürdigen Gegensatz zu seiner jugendlichen Erscheinung. »Das tue ich, Sterblicher. Wenn sich die Schatten erst über die Küste gelegt haben, werden sie alles Beben ersticken. Also fordere meinen Großmut nicht heraus, sonst könntest du mehr von meiner Aufmerksamkeit wecken, als dir lieb ist.«

Unauffällig umfasste Bren den Griff des Morgensterns. Es war äußerst unwahrscheinlich, dass Cherron eine Silberwaffe bei sich hatte, das hätte Gadior gespürt. Aber der Seeräuber hatte seine Augen durch magische Artefakte ersetzt, und es war nicht auszuschließen, dass er weitere Veredelungen an seinem Körper vorgenommen hatte. Irgendwelche Spielereien, die seine Schlagkraft über das Maß hinaus erhöhten, das man von einem Sterblichen hätte erwarten dürfen.

Aber Cherron sah etwas in den hellen Augen des Osadro, das ihn einlenken ließ. Er warf den Kopf in den Nacken und lachte. »Redet, wie Ihr wollt, Schattenherr! Und jetzt verratet mir, welchen Hafen Ihr sucht, und ich werde Euch sagen, wo Ihr ihn findet.«

Gadior schüttelte den Kopf. »Keinen Hafen. Eine Person. Wir wissen, dass Schattenherzogin Lisanne hier war, aber nicht, wohin sie sich dann gewandt hat.«

Cherron runzelte die Stirn. »Lisanne die Schöne.«

»Eben jene.«

Beiläufig stieß Cherron das Entermesser in die Bohle eines Tisches, wo es zitternd stecken blieb, legte die Hände auf dem Rücken zusammen und schritt zu einem präparierten Schwertfisch, der an der Wand hing. Offenbar hatte schon mancher Pirat seine Fechtkunst an ihm erprobt, wie die Scharten bewiesen, die er nun aus der Nähe studierte.

»Ein gutes Geschäft, nicht wahr?«, tastete Bren. »Ihr bekommt eine Kiste Gold, ohne etwas dafür zu tun, und Ihr seid uns los. Wie der Schattengraf schon sagte, zu viel Aufmerksamkeit kann Eure Enklave austrocknen. Und je länger ich darüber nachdenke, desto sicherer bin ich mir, dass Ihr auch ganz froh wäret, wenn wir die *Mordkrake* aus Eurem Hafen brächten.«

Cherron wirbelte herum. »Nehmt Eure verfluchten Zauber aus meinem Kopf! Wenn Ihr noch einmal meine Gedanken ausspioniert, hänge ich Euch mit Euren eigenen Gedärmen an der Rah der *Schwarzer Hai* auf!«

Bren hob die leeren Hände. »Sorgt Euch nicht, ich bin kein Zauberer. Es braucht keine Magie, um daraufzukommen, dass Ihr ein solch exzellentes Schiff nicht für eine Kiste Gold hergeben würdet, wenn Ihr es selbst nutzen könntet.«

Cherrons Kiefer mahlten, aber dann ließ die Spannung in seinen Schultern nach. »Ich werde froh sein, wenn Ihr aus der Stadt seid«, murmelte er.

»Was hat es denn nun mit diesem Schiff auf sich?«, wollte Gadior wissen.

»Die *Mordkrake* ist schneller als alle Segler, denen Ihr begegnen werdet, und Kiretta, ihre Navigatorin und Steuerfrau, hat Salzwasser im Blut, so viel ist sicher. Aber großes Können macht übermütig, und Kapitän Ulrik dachte wohl, er bräuchte es mit dem Anteil nicht genau nehmen, der dem Rat an seiner letzten Plünderfahrt zustand.«

»Deswegen sitzt jetzt die gesamte Mannschaft im Kerker«, vermutete Bren.

Cherron nickte. »Im Rat sind wir uneins, was wir mit ihnen anstellen sollen. Ob wir alle aufknüpfen oder nur Ulrik oder ob die Neunschwänzige Katze besser wäre.«

»Vor allem aber, wer die *Mordkrake* bekommt.«

»Seid Ihr sicher, dass Ihr noch nie unter den Freien Kameraden des Meeres gelebt habt?«

»Vollkommen.«

»Die *Mordkrake* ist nicht nur ein gutes Schiff, sie ist ein Traum, und für den wird mancher Kapitän weit segeln.« Er verschränkte die Arme. »Vor allem aber wird er sie keinem Rivalen gönnen.«

»Ihr könnt also Streit vermeiden, wenn niemand sie bekommt und wir sie aus der Stadt bringen.«

»Streit! Was für ein harmloses Wort. Man müsste bei jedem Schritt aufpassen, wohin man seinen Fuß setzt, damit man nicht auf dem Blut ausrutscht. Außerdem mag ich Ulrik. Er ist unter mir gefahren, bevor er sich sein eigenes Schiff nahm. Eine ilyjische Barke …« Cherron lächelte bei der Erinnerung, was wegen der unbewegten Kristallaugen verstörend aussah.

»Diesen Gefallen tun wir dir doch gern«, lächelte Gadior, »wenn wir wissen, dass wir wirklich ein Schiff brauchen.«

Unwillig nickte Cherron. »Ich zeige Euch etwas.«

Er entzündete eine Kerze, steckte sie in einen der vielen Leuchter, die kreuz und quer herumlagen – dabei wählte er einen aus, der mit vielen protzigen, bunten Steinen besetzt war, vermutlich farbigem Glas –, und ging voran. »Es ist schon einige Zeit her. Admiral Elljas war Ratsmeister. Ein ziemlicher Haudegen, vorher.«

»Bevor was geschah?«, fragte Bren.

»Bevor diese Lisanne kam. Ich habe sie ja nie gesehen, aber sie muss wohl Titten gehabt haben wie die eskadische Göttin der Wollust und einen Arsch, von dem man die Hände gar nicht mehr lassen wollte.«

»Diese Beschreibung trifft es nicht ganz«, näselte Gadior.

»Jaja, sie war wunderschön, ein ätherisches Wesen, ihre Füße waren eine Liebkosung für den Boden, über den sie schwebte. So verbrämen es die Spielleute. Jedenfalls hat dieser heiße Feger Flutatem ganz schön aufgemischt, als er hier durchgerauscht ist. Elljas war hinterher ein echter Schöngeist, das hat ihn auch den Hals gekostet. Die Kapitäne dulden keinen Schwächling an der Spitze des Rates.«

Er führte sie eine Treppe hinauf. Den Läufer, der über die Stufen gelegt war, hatte man aus Flaggen zusammengenäht. Einige davon waren nicht unbeschädigt in den Besitz der Seeräuber gelangt, wiesen Risse und Brandspuren auf.

Bren überlegte, warum Admiral Cherron ihn an einen Fayé erinnerte. Weder war seine Gestalt androgyn, noch hatte sein

Gang das Schwerelose des Waldvolks. Er war zwar arrogant, aber nicht auf die feingeistige Art, die den Fayé zu eigen war. Seine verschlissene Kleidung war sicher einmal nobel gewesen, hatte aber keine Ähnlichkeit zu den merkwürdigen blaugrünen Blättern, die Alenias' Körper umgaben. Je länger er darüber nachdachte, desto mehr fand Bren, dass es kaum einen Menschen gab, der dem Volk des Nachtschattenwalds so unähnlich war wie Cherron. Dennoch fühlte er sich an die Fayé erinnert. War es etwas in seiner Stimme? Oder entwickelte Bren nun doch so etwas wie ein Magiegespür und fühlte die Zauber, die möglicherweise den Körper vor ihm durchdrangen? Dann hätte sich Cherron dämonischem Wirken anvertraut haben müssen. So viel wusste selbst Bren: Die Fayé wirkten ihre Zauber nicht direkt, sie beschworen Wesenheiten aus dem Nebelland und zwangen diese dazu, die Wirklichkeit zu vergewaltigen. Bren schob den Gedanken beiseite. Er würde schon noch erfahren, was es mit Cherron auf sich hatte.

Das Zimmer, das sie nun betraten, überraschte Bren mit seiner Sauberkeit. Die Bohlen, aus denen der Boden gefügt war, waren kürzlich gewischt worden, die Truhen und Tische wiesen eine klare Ordnung auf. Ein Fernrohr stand auf einem Stativ neben dem Fenster, durch das man ostwärts dem Lauf des Conato Richtung Meer folgen konnte. Es stand offen, mit dem Seewind kam ein schwaches Rauschen herein.

»Wir haben beinahe Niedrigwasser«, erklärte Cherron. »Der Conato fällt tief aus seiner Mündung. Das Donnern warnt den unerfahrenen Seemann, ihr fernzubleiben. Wenn die Mündung befahrbar ist, verstummt es.«

»Dann können Schiffe nicht kommen und gehen, wie es ihnen beliebt?«

Cherron lachte schallend. »Was glaubt Ihr, warum ist dieser Hafen so wertvoll? Die Mündung des Conato liegt in einer trichterförmig zulaufenden Bucht. Die Flut drückt auf einer Breite von drei Meilen herein, dann wird sie auf knapp hundert Schritt zusammengepresst. Das gibt einen Tidenhub von fünfzehn Schritt zwischen Hoch- und Niedrigwasser. Beim höchsten Stand strömt das Wasser entgegen seiner gewöhnlichen Fließrichtung. Das Salzwasser kommt nicht bis Flutatem, aber an ausgesetzten Schiffchen aus Kork könnt Ihr die Umkehrung erkennen. Und wenn die Monde in Neumondposition oder im Vollmond stehen oder auch bei stürmischem Ostwind säuft die Unterstadt ab. Um Eure Frage zu beantworten: Wenn die Monde nicht gerade Reigen tanzen, ist die Mündung zweimal täglich passierbar.«

»In Verbindung mit den Steilhängen ergibt das eine natürliche Festung«, erkannte Bren.

An den Wänden hingen Karten. Bren vermutete, dass es sich bei den zusammengerollten Pergamenten, die auf den Truhen abgelegt waren, ebenfalls um solche handelte. Auf dem Tisch lagen ein Zirkel, ein Maßband und ein Stift.

»Hier plant Ihr Eure Fahrten?«, fragte Bren.

»Jeder Kapitän entscheidet selbst, wohin er den Bug seines Schiffes dreht. Aber wenn er will, kann er sich hier Anregungen holen.« Cherron sah ihn mit schiefem Grinsen an.

Die Augen! Es waren diese unbewegten Kristalle, zu klobig, als dass die Lider sich darüber hätten schließen können, sodass sie ständig unbewegt starrten, die Bren an die Fayé erinnerten. Auch diese hatten keine Pupillen, keine Iris, kein Augenweiß, sondern lediglich ständig geöffnete Höhlen, in denen farbige Nebel wallten. Zwar hatte man bei ihnen den Eindruck, dass in diesen Öffnungen die Tiefe der Unendlichkeit auf einen unvorsichtigen Verstand lauerte, während sich Cherrons Kristalle nach außen wölbten. Aber das Starren war dennoch ähnlich. Es hatte etwas Lebloses.

»Ich denke, wir nehmen das Schiff«, hauchte Gadior. Bren glaubte Andacht in seiner Stimme zu hören.

Der Osadro stand vor dem einzigen Gemälde, das zwischen den Karten die Wände des achteckigen Raumes zierte. Es war nicht besonders groß, erst recht nicht, wenn man es mit den titanischen Kunstwerken verglich, die man in Ondrien zu Ehren der Schattenherren erschuf. Es war weniger als eine Armspanne breit und kaum einen Schritt hoch. Auch der Rahmen war eher schlicht, in leichten Schwüngen gedrechseltes Holz, von dem die Goldbeschichtung abblätterte.

»Ihr seht erstaunlich gut im Dunkeln«, stellte Cherron fest und brachte die Kerze näher an das Bild, damit auch Bren das Motiv erkennen konnte.

Links war Flutatem dargestellt, so, wie sich die Stadt Bren bei ihrer Ankunft präsentiert hatte, als sie vom Hang darauf hinabgeschaut hatten. Der Conato war ein schmales blaues Band, das in einem wolkigen Weiß endete, dem Wasserfall. Dahinter kam eine große, blaugrüne Fläche, die den Großteil des Bildes ausmachte, das am rechten Rand von grauweißen Schlieren begrenzt wurde, in denen stumm schreiende Gesichter angedeutet waren. Davor waren einige Inseln gemalt.

Die Bildmitte nahm eine Galeere ein. Drei Reihen Ruder tauchten in das Wasser. Die Figuren auf dem Deck waren nur angedeutet, ihre Gesichter nicht zu erkennen. Lediglich eine einzige bildete eine Ausnahme. Eine Frau in einem Kleid, das an einem Königshof, aber nicht auf einem Schiff angemessen war. Ihr hüftlanges, schwarzes Haar fiel glatt über ihren Rücken. Der Stoff ließ die Schultern frei, sodass viel von der schneeweißen Haut zu erkennen war, für die der Maler eine noch hellere Farbe gewählt hatte als für die filigran gearbeitete Elfenbeinkrone. Die Frau stand im Bug und sah nach rechts, den Inseln entgegen.

»Welches Ziel hat sie angesteuert?«, fragte Bren.

Cherron machte eine wegwerfende Bewegung. »Irgendeine der Inseln vor dem Seelennebel. Wir wissen nicht, welche. Aber sie ist auf das offene Meer hinausgefahren, nicht an der Küste entlang, so viel ist in Elljas' schmalzigen Oden verbürgt.«

Gadiors dünne Finger näherten sich dem Bild, als wolle er die Farbe ertasten, traue sich jedoch nicht, sie zu berühren. So schwebten die Krallen über den Abbildungen, vor allem über Lisannes Gestalt.

»Ja, mit der Schönen hat sich Admiral Elljas besondere Mühe gegeben. Ihr werdet erkennen, wie dick die Farbe an dieser Stelle ist. Er hat sie immer wieder übermalt. Er soll dieses Zimmer drei Wochen nicht verlassen haben, während er an dem Bild gearbeitet hat. Ließ sich das Essen heraufbringen und die eine oder andere Schönheit mit begabtem Mundwerk. Nicht zum Reden, natürlich.« Sein Lachen ließ den Kerzenschein zittern.

»Was wisst Ihr über den Verbleib der Schattenherzogin?«, fragte Bren.

»Nicht mehr, als ich Euch erzählt habe. Dass sie nach Osten gefahren ist. Auf das Meer hinaus.« Seine starrenden Augen fanden Brens. »Mit einem Schiff.«

»Schon gut. Wir brauchen die *Mordkrake*, so viel ist klar.«

»Wie schön, dass wir uns verstehen. Dann können wir ja jetzt auf die Goldtruhe zurückkommen, von der wir schon sprachen.«

Dass sich Gadior zu fein war, in einen Kerker zu steigen, überraschte Bren nicht. Der Graf hatte ihn allein ausgeschickt, ohne allerdings die beiläufige Anmerkung zu versäumen, er akzeptiere nichts anderes als einen vollen Erfolg bei dem Auftrag, die Mannschaft der *Mordkrake* für die Zusammenarbeit zu gewinnen. Bren konnte sich zwar angenehmere Dinge vorstellen, als hinter einem buckligen, ständig sabbernden Halbidioten in ein tropfendes Gewölbe hinabzusteigen, aber immerhin zweifelte er keinen Augenblick daran, dass die Piraten seinem Anliegen zustimmen würden. Was hätten sie schon zu verlieren? Die Ratten, die aus allen Winkeln fiepten, wenn sich der Fackelschein näherte, waren ihnen bestimmt nicht so sehr ans Herz gewachsen, dass Abschiedsschmerz aufkäme. Noch nicht einmal Sutor interessierte sich für sie. Der schwarze Hund trottete neben Bren her und ließ dabei die Zunge ein Stück weit aus den Lefzen hängen.

Die Frau, die ihnen mit verschränkten Armen entgegensah, war von einem anderen Schlag als die abgestumpften Gefangenen in den Zellen, die sie passiert hatten. Ondrien war ein Vielvölkerstaat, seine Bewohner hatten ihre Wurzeln in unterschiedlichen Traditionen, die im Laufe der Jahrtausende in die Schatten gefallen waren. So kam es, dass einige, wenn auch nicht viele Kriegerinnen in Brens Heeren Dienst getan hatten. Er hatte sie zu respektieren gelernt, gerade weil sie oft unterschätzt wurden. Sie brachten weniger Körperkraft ein als ihre männlichen Kameraden, aber sie konnten zäh sein, sowohl bei Anstrengungen als auch bei Verwundungen. Das Blitzen in den blauen Augen, die ihm jetzt entgegensahen, verriet Bren, dass die Rothaarige zu dieser Sorte gehörte. Ihr Blick war eine einzige Herausforderung, obwohl sie es war, die mit ihren Gefährten hinter Gittern saß. Sie trug ein weißes Kopftuch, das ihrer Mähne nicht Herr wurde, und ein ebenso helles und überraschend sauberes bauschiges Hemd. Die Lederweste war offen, die Beine der dunklen Hose verschwanden in Stiefeln, die wegen der umgekrempelten Schäfte zu groß wirkten.

»Besuch, ihr Wasserratten!«, rief Brens Führer. Einige der etwa ein Dutzend Gestalten rührten sich protestierend und musterten ihn mit mehr oder minder großem Interesse. Keiner von ihnen machte einen Hehl aus seiner Profession. Jeder Einzelne hatte ein Gesicht, das allein jedem Richter zu der Überzeugung verhelfen musste, dass der Hals darunter in einer Schlinge am besten aufgehoben wäre. Auf die Schnelle erkannte Bren nur zwei ohne Narben.

»Verspürt Ihr Lust, einen Kurs anzulegen, auf dem wir etwas von den Küsten im Osten zu sehen bekommen, Kiretta?«, fragte Bren.

»Ihr kennt meinen Namen?«

»Man rühmt die Navigatorin der *Mordkrake*. Bei all dem Dreck und der sparsamen Beleuchtung mag ich mich täuschen, aber außer Euch habe ich noch keine Frau in dieser Zelle entdeckt.«

Sie zuckte mit den Schultern. Schon diese Bewegung verriet, dass ihre Muskeln gut geübt waren und sie größere Lasten zu tragen gewohnt war als das Gewicht eines ausladenden Ballkleids. »Wir waren drei Frauen. Aber Ejina und Fille haben es nicht geschafft.«

»Die eine habe ich gestern rausgeholt«, ergänzte der Führer diensteifrig. »Ist am Morgen verreckt. Sollte die anderen nicht anstecken.«

»Was ist nun mit Eurer Navigationskunst?«, fragte Bren. »Habt Ihr dieses Domizil ausreichend vermessen, oder braucht Ihr noch ein paar Jahre?«

»Ich glaube«, sagte ein Mann, auf dessen Stirn ein Hai tätowiert war und der sich nun zwischen Bren und Kiretta schob, »Ihr sprecht mit dem Falschen.«

»Dann seid Ihr wohl Ulrik.«

»Kapitän Ulrik«, präzisierte der Mann. »Die *Mordkrake* ist mein Schiff.« Seine Jacke hatte bessere Zeiten gesehen. Samt eignete sich nicht für feuchte Kerker. Außerdem war sie etwas zu groß. Bren wunderte sich darüber, dass man ihm in dieser Umgebung die Goldketten gelassen hatte, die dutzendweise über seiner Brust lagen.

Bren streckte eine Hand durch das Gitter. Ulrik grinste, als er sie nahm. Das schuf interessante Linien in dem von schwarzen Bartstoppeln geprägten Gesicht. Sein Händedruck war fest.

»Mein Name ist Bren Stonner.«

»Ihr seid kein Kapitän.«

»Ich fühle mich in einem Sattel wohler als auf Planken.«

»Aber dorthin, wohin Ihr jetzt wollt, kann man nicht reiten, nehme ich an.«

»Und Ihr befindet Euch dort, wo Ihr ganz sicher niemals sein wolltet. Da können wir uns gegenseitig behilflich sein.«

»Cherron schickt Euch?«

»Das wäre etwas viel gesagt. Als ich ihn das letzte Mal sah, hat er mit den Goldmünzen in der Kiste gespielt, die wir ihm auf den Tisch gestellt haben, und meinte, ich würde keine davon wiedersehen, egal, ob Ihr und ich Freunde würden oder nicht.«

Ulrik lachte. »Das hört sich nach ihm an!«

Kiretta kam an das Gitter. Mit noch immer verschränkten Armen sah sie den Wächter an. »Stimmt es, dass du uns rauslassen darfst, wenn er es sagt, Pock?«

Der Angesprochene grunzte, ein Laut, der wohl je nach Zusammenhang Überraschung, Hunger, Wollust oder Neugierde ausdrücken konnte. Kiretta verstand ihn anscheinend als Zustimmung, denn ihr Blick streifte erst Sutor und musterte Bren dann mit unverhohlenem Interesse. »Mir scheint, er hat etwas anzubieten.«

»Sieht jedenfalls nicht nach jemandem aus, der ein paar Kupfermünzen abdrückt, um zu begaffen, wie der beste Kapitän des Meers der Erinnerung blöd durch ein paar Gitterstäbe glotzt«, ergänzte Ulrik.

»Ich kann mir durchaus schönere Anblicke vorstellen. Aber ich brauche ein Schiff. Und die *Mordkrake* ist wohl derzeit frei, ihre Mannschaft scheint auch keine Pläne zu haben – also, ich warte nur noch darauf, dass Ihr mir Eure Treue schwört.«

Ulrik starrte ihn zwei Herzschläge lang an, als hätte Bren vorgeschlagen, er solle sich ein Loch ins Knie bohren und eine Kerze hineinstecken. Dann warf er den Kopf in den Nacken und lachte. Seine Mannschaft fiel ein.

Sutor knurrte. Bren kraulte seine Flanke, um ihn zu beruhigen, während Ulrik grölend durch die Zelle lief und einem seiner Männer nach dem anderen auf die Schultern hieb.

Kiretta beruhigte sich schneller wieder. Sie öffnete ihre Arme. Erst jetzt sah Bren, dass ein Haken ihre rechte Hand ersetzte. Er war größer, als er sich solche Vorrichtungen vorgestellt hatte, seinen Bogenschlag hätte Bren nur mit gespreizten Fingern abmessen können. Dabei wirkte er nicht grobschlächtig. Er war eher das Werk eines Künstlers als eines Schmieds. Mit dem Stumpf war er über einen hölzernen Aufsatz verbunden, um den sich wellenförmige Einlagen aus Eisen zogen. Die Außenseite des Bogens war eine angeschliffene Schneide, das Ende bog sich keck heraus und war so spitz, dass man eine Fliege damit hätte aufspießen können.

Jetzt allerdings näherte es sich Brens Gesicht.

»Ihr sprecht mit den Freien Kameraden der See«, erklärte Kiretta. »Wir sind zu vielen Schandtaten bereit, aber einen Treueeid werdet Ihr niemals von uns hören.«

»Schuldet die Mannschaft dem Kapitän keine Gefolgschaft?«

»Das ist etwas anderes. Der Kapitän ist das Herz des Schiffs, und das Schiff ist das Leben der Seeleute.«

Ulrik trat neben sie, legte ihr schwer die Hand auf die Schulter, was sie dazu brachte, ihren Haken zu senken. »Vor allem führt er seine Männer zum Gold.«

»Aber man gehorcht ihm«, stellte Bren fest.

Ulrik zuckte die Schultern. »Solange er seine Sache gut macht. Wenn nicht, steht es jedem Mann frei, ihn herauszufordern. Danach ist er entweder selbst der Kapitän, oder er ist tot.«

»Wie dem auch sei. Eure Leute folgen Euch, und wenn Ihr mir folgt, dann können wir mit dem nächsten Hochwasser auslaufen.«

»Ihr habt es noch immer nicht begriffen, Staubtreter. Aber da ich gerade nichts anderes zu tun habe, erkläre ich es Euch gern nochmals. Wir schwören niemandem die Treue. Meine Mannschaft nicht, und ich erst recht nicht. Wenn es jemanden gibt, dem ich folge, dann bin ich das selbst. Selbst da bin ich mir oft nicht sicher.« Er legte einen Arm um Kirettas Hüfte, zog sie heran und küsste sie. »Sicher, diese Zelle ödet mich an. Deswegen können wir gern ins Geschäft kommen, aber genau das ist es: ein Geschäft. Und dabei muss ich wissen, worauf ich mich einlasse. Also, worum geht es?«

»Wir suchen jemanden.«

»Und wer ist ›wir‹?«

»Er ist ein Ondrier«, erkannte Kiretta.

Ulrik runzelte die Stirn. »Verzeiht, guter Herr. Unsereins ist so daran gewöhnt, Leute in Gewändern zu sehen, die sie anderen abgenommen haben, dass mir nicht in den Sinn kam, diese könnten die Eurigen sein. Aber so, wie Ihr redet, scheint Ihr tatsächlich Knecht eines Herrn zu sein.«

Bren lächelte. Er würde sich nicht zum Streit reizen lassen. Er hatte eine Aufgabe zu erfüllen. Und im Grunde hatte Ulrik recht. Bren war ein Knecht. »Ich diene den Schatten«, bestätigte er. »Mir sind Schattenfürst Velon und Schattengraf Gadior anvertraut. Sie werden mit uns reisen.«

Ulrik pfiff anerkennend. »Euer Glück, dass wir einen so gut abgedichteten Laderaum haben. Da findet kein Sonnenstrahl hinein.«

»Das kommt uns gelegen. Wir müssen aufs Meer hinaus. Auf den Inseln vor dem Seelennebel vermuten wir jemanden, den wir suchen.«

»Hört sich an, als könnte das lange dauern.«

»Wir haben wenig Muße. Je schneller wir zurück sind, desto besser.«

»Und wenn wir diesen Jemand nicht finden?«

»Wir werden ihn finden.«

»Was zahlt Ihr?«

»Eure Freiheit.«

Kiretta sah Ulrik an, zog sein Gesicht zu sich herüber, küsste ihn. »Freiheit«, flüsterte sie gerade laut genug, dass Bren es hörte.

»Das ist ein Anfang«, meinte Ulrik an Bren gewandt. »Aber insgesamt etwas wenig.«

Kiretta stellte sich auf die Zehenspitzen, knabberte an seinem Ohr.

Er schob sie weg.

»Ich halte es hier nicht mehr aus!«, rief sie mit geballter Faust.

Ein Fehler. Ulrik war schneller, als Bren vermutet hätte. Seine flache Hand klatschte in Kirettas Gesicht. »Schweig, Weib!«

Kurz nur starrte sie ihren Kapitän an, dann zog sie sich zurück.

Ulriks Kiefer mahlten, als er sich wieder Bren zuwandte. Seine Faust schloss sich um einen Gitterstab. »Manchmal vergessen sie, wer sie sind.«

»Wem sie ihre Treue schulden?«, fragte Bren ironisch.

»Sehr witzig. Also. Freiheit. Ich will außerdem einen Anteil an allem Plündergut.«

»Ihr könnt es ganz behalten.«

Ulrik starrte ihn an. »Ihr seid wahrlich keiner von uns.«

»Mag sein. Ich glaube allerdings nicht, dass es viel zu verteilen geben wird. Wie gesagt, wir suchen jemanden. Unser Ziel besteht nicht darin, Beute zu machen.«

»Auf langen Fahrten lässt sich immer etwas einsammeln. Aber gut, darüber brauchen wir nicht weiter zu verhandeln. Was ist mit Euren Leuten? Ihr habt doch welche? Meine Mannschaft wurde dezimiert, und jene, die mir geblieben sind, sind auch nicht mehr frisch wie eine Frühlingsbrise.«

In der Tat sah Bren viele Verbände, ein Bein war sogar geschient. »Vierzig Krieger. Ihre Muskeln sind geübt und sie sind gewohnt, zu tun, was man ihnen sagt. Ihre Disziplin ist hervorragend.«

Wieder ließ Ulrik sein röhrendes Lachen hören. »Das ist das erste Mal, dass ich eine disziplinierte Mannschaft an Bord habe!«

»Eine solche Erfahrung solltet Ihr Euch nicht entgehen lassen, Kapitän.«

»Da mögt Ihr recht haben.« Ulrik streckte seine Hand durch das Gitter. »Pock, schließ auf!«, forderte er, als Bren einschlug.

MEER

Das Verkeilen der Kutsche war eine Aufgabe, bei der die Ondrier keine Seeräuber duldeten. Zwar war das Gefährt noch leer, aber niemand wollte, dass es bei Seegang losgerissen würde. Es gehörte viel dazu, einen Osadro bei Tageslicht zu wecken. Man schickte dazu Leute vor, die entbehrlich waren. Die Essenz eines lebenden Menschen zu spüren, schien beinahe unabdingbar. Aber die Unsterblichen waren stets sehr ungehalten, wenn sie bei Tage geweckt wurden. Bren hatte einmal erlebt, dass einer von ihnen zwei Gardisten, die sich zufällig in seiner Nähe aufgehalten hatten, die Arme ausgerissen hatte.

Kirettas Haken glänzte stahlkalt im Sternenlicht. Sie hatte ihr gelocktes Rothaar mit einem Lederband im Nacken zusammengebunden, sodass es weit über den Rücken fiel. Ihr Lederrock schien für raues Wetter gemacht, aber noch mehr zeigte die Art, wie sie mit gespreizten Beinen an der Ladeluke stand, als sei sie mit dem Schiff verwachsen, dass sie ›Salzwasser im Blut hatte‹, wie man in Flutatem sagte. »Eure Leute arbeiten schnell«, stellte sie fest.

»Ihr Leben besteht aus Disziplin«, gab Bren zurück.

»Tragen sie immer ihre Eisenpanzer?«

»Die Kettenhemden? Ja. Sie ziehen ihre Rüstungen nur zum Schlafen aus.«

»Dann sollten sie aufpassen, dass sie nicht über Bord gespült werden. Mit so einem Gewand sinkt man auf den Grund wie ein Stein.«

»Ich glaube nicht, dass einer von ihnen Lust verspürt, schwimmen zu gehen.«

Kiretta sah an den Masten hoch, an denen schon die Matrosen kletterten, um die Segel vorzubereiten. »Kurz vor Sonnenaufgang ist die Nacht am dunkelsten.«

Bren blickte auf die Lichter beiderseits des Conato. »In Flutatem scheint es selten dunkel zu werden. Man könnte meinen, hier ist nachts mehr Leben als tagsüber. Der Lärm aus den Spelunken ist so laut, dass ich das Donnern des Wasserfalls kaum hören kann. Dabei müsste es doch jetzt am lautesten sein.«

»Er fällt nun am tiefsten, fünfzehn Schritt«, bestätigte Kiretta. Sie kraulte Sutor, mit dem sie sich schnell angefreundet hatte. Dabei war der Hund eigentlich zu wild, um sich von jemand anderem als Bren berühren zu lassen.

Die Krieger signalisierten, dass die Kutsche nun sicher vertäut war. Bren winkte den beiden Männern, die mit den Schattenrossen am Kai warteten.

»Der bleiche Kerl scheint nicht gerade das blühende Leben zu sein«, meinte Kiretta.

»Das ist Irog, Velons Kutscher. Der kälteste Mann, den ich jemals kennengelernt habe. Er antwortet, wenn man ihn etwas fragt, ist aber gern für sich. Auf der gesamten Reise habe ich ihn nie etwas anderes als Wasser trinken sehen. Er isst kein Fleisch und nimmt zu seinem Gemüse kein Gewürz.«

»Das ist die Art Mensch, die Unglück bringt. Wer das Leben von sich schiebt, bei dem bleibt es auch nicht gern.«

»Dafür ist er aber recht alt geworden.«

»Vielleicht mag der Tod ihn auch nicht. Jedenfalls sind es solche Matrosen, die mit Vorliebe von der Mannschaft über Bord geworfen werden, um eine Flaute zu beenden.«

»Dann hat er ja Glück, dass er unter meinem Schutz steht.«

Irog und der Krieger führten die ersten Schattenrosse über die Planke. Man hörte das Holz unter dem Gewicht ächzen und vernahm auch die Schritte der Männer, aber kein Geräusch, das davon gekündet hätte, dass die Hufe aufsetzten.

Kiretta musste es ebenfalls bemerken, denn sie sagte: »Sie sind völlig lautlos.«

Bren nickte. Dasjenige Schattenross, das nicht von Irog geführt wurde, war unruhig, warf den Kopf zur Seite und trippelte. Etwas, das man schlecht beobachten konnte. Das lag nicht am schwachen Schein der Laternen an der Reling oder daran, dass die Wirtshäuser mit ihren Lichtern ein Stück entfernt standen, sondern an dem Umstand, dass der Blick Schattenrosse niemals fixieren konnte. Die Rappen waren stets wie unter einer Schicht Nebel verborgen. Sie gehörten nicht gänzlich der Wirklichkeit der greifbaren Welt an.

Kiretta beunruhigte etwas anderes. »Die Flammen, die aus ihren Augen züngeln – sind die eine Illusion?«

»Ihr könnt Euch daran verbrennen, wenn Ihr das meint.«

Rauch stieg aus den Nüstern der Schattenrosse, bei dem unruhigen auch aus dem Maul. In ihnen brannte ein immerwährendes Feuer.

»Dann gebe ich Euch einen Matrosen an die Hand, der dafür sorgen wird, dass Ihr sie so unterbringt, dass sie uns nicht das Schiff unter den Füßen abfackeln.«

»Ein kluger Gedanke.«

Der Mann, den sie dazu einteilte, war zwar nicht gerade glücklich darüber, folgte aber ihrem Befehl.

»Nur Hengste«, stellte Kiretta fest, als das letzte Schattenross vorbeigeführt wurde.

»Es gibt keine Stuten.«

»Und wie vermehren sie sich?«

»Gar nicht. Sie werden geschaffen. Falls Ihr einmal einen fehlerlosen Rappen erbeutet, werdet Ihr in Ondrien einen ordentlichen Preis dafür erhalten. Den Rest übernimmt der Kult.«

»Ich werde es mir merken. Darf ich mich meinerseits mit einem Ratschlag erkenntlich zeigen?«

Bren hob eine Braue. »Ich höre.«

»Seht Euch um. Wir sind nicht das einzige Schiff, das sich klar zum Auslaufen macht.«

Bren hatte schon bemerkt, dass auch auf einigen anderen Seglern geschäftiges Treiben herrschte. »Ist das ungewöhnlich?«

»Nun, es gab größere Flotten, aber fünfzehn Schiffe sind schon eine recht stolze Zahl.«

»Ihr meint, die wollen sich uns anschließen?«

Grinsend zuckte sie mit den Schultern. »Fragt Ulrik. Ich werde das erste Tageslicht nutzen, um unseren Rumpf zu inspizieren.«

Sie ging zur Reling, wo eine Strickleiter zu einem Ruderboot hinabhing. Sie kletterte so geschmeidig hinunter, dass die fehlende Hand nur auffiel, wenn man darauf achtete, wie sie den Haken nutzte, um an den Sprossen Halt zu finden.

Als Velon und Gadior aus der Halle der Kapitäne kamen, fragte er sie, ob sie Ulrik dort gesehen hätten. Velon verneinte. »Es war ein kleiner Kreis. Admiral Cherron ist ein unangenehmer Zeitgenosse. Er spricht dem Branntwein zu und ermutigt seine Gespielinnen, es ihm gleichzutun. Ihre Essenz lässt zu wünschen übrig.«

»Wir werden besser speisen, wenn wir erst zurück in Orgait sind«, meinte Gadior. »Ist alles zu deiner Zufriedenheit mit unserem Kurs?«

»Kiretta scheint zu wissen, was sie tut«, bestätigte Bren. »Sie hat mir die Karten gezeigt. Merkwürdig, wenn man nie zur See gefahren ist. Strömungen sind dort eingetragen, und es gibt Aufzeichnungen über Farbe und Salzgehalt von Wasser, damit man sich orientieren kann, wenn man vom Kurs abgekommen ist. Ich habe nicht alles verstanden, aber sie wird sich zwischen den Wellen so sicher zurechtfinden wie Ihr in den Gängen von Guardaja.«

»Dann sollten wir rasch zum Ziel kommen.«

»Entschuldigt mich«, bat Velon. »Ich spüre die Sonne nahen.«

»Ja, ich auch«, stimmte Gadior zu. »Unsere Kutsche ist doch sicher?«

»Soweit es sich auf dem Schiff machen lässt, Herren. Wenn die Luke erst geschlossen ist, wird sie doppelt geschützt sein.«

»Gut.«

»Um auf Ulrik zurückzukommen – Ihr wisst also nicht, wo er sich aufhält?«

Spöttisch präsentierte Gadior den Hafen, wie es ein Theatermeister mit seinem Bühnenbild tun mochte. »Hier scheint es gute Sitte für einen Kapitän zu sein, vor dem Auslaufen so viele Tavernen wie möglich zu beehren. Ulrik wird sich dem kaum verwehren.«

Der Morgen dämmerte, kurz nachdem die Osadroi ihr Tagquartier bezogen hatten. Bren ging über das sacht schwankende Schiff, wo jeder, den er ansprach, Gadiors Vermutung über Ulriks Verbleib teilte. Bren überlegte, ob er jemanden schicken sollte, um den Kapitän zu holen, aber dieser konnte ohnehin nicht mehr lange auf sich warten lassen. Zur Mittagsstunde wäre die Mündung passierbar, dann müssten sie schon auf dem Weg sein.

Sutor winselte. Obwohl er eine Woche Zeit dazu gehabt hatte, hatte sich der Hund nicht an die Nähe von Fayé gewöhnt. Das galt auch für Alenias, der unbewegt wie eine Statue im Bug stand. Die Arme mit den beiden Gelenken wirkten besonders fremd, weil er sich wie ein Schattenriss vom heller werdenden Himmel abhob und sie zu den Seiten gestreckt hatte, um sich an der Takelage festzuhalten.

»Es sieht aus, als bekämt Ihr Euren Willen«, stellte Bren fest.

»Ist das ein Fluch oder ein Segen?«, versetzte Alenias.

»Wollen wir nicht alle, dass sich unsere Wünsche erfüllen?«

»Aber ist es gut, zu erhalten, was wir wollen? Solange wir einem Ziel entgegenstreben, hat unser Leben einen Sinn. Aber wenn wir es erreicht haben – was folgt dann?«

Bren zuckte mit den Schultern. »Das nächste Ziel, nehme ich an. Ich wollte ein Krieger werden, dann ein Offizier, dann ein General.«

»Und jetzt? Ein Unsterblicher?«

Bren antwortete nicht. Natürlich wollte er das. Wie jeder Mensch. Das war die Sehnsucht, die in alle Kreaturen eingeschrieben war. Die Sterblichkeit zu überwinden. Aber Bren sprach es ungern aus. Es machte nur deutlich, dass er in dreieinhalb Jahrzehnten nicht erreicht hatte, was Gadior in der Hälfte der Zeit vollbracht hatte. Gut, Velon war älter gewesen, aber er war eine Ausnahme.

»Immer neue Ziele, das ist der Segen eines kurzen Lebens. Im ersten Jahrhundert schmeckt alles interessant.«

Bren sah zu, wie die Schiffe Ladung aufnahmen, vermutlich Proviant. Fässer wurden an Bord gerollt, ein Junge trug Stockfisch an einer Stange auf der Schulter.

»Was hofft Ihr am Seelennebel zu finden?«, fragte Bren.

»Etwas Neues, denke ich.«

»Niemand kehrt von dort zurück.«

»So sagt man.«

»Manchmal scheint mir, Ihr fürchtet die Ewigkeit so sehr wie andere das Ende.«

Er trug sein graues Haar heute offen, der Wind zupfte träge an den Strähnen. »Man fürchtet wohl weder das eine noch das andere, sondern immer nur die Sinnlosigkeit.«

»Entschuldigt mich«, bat Bren, als er Ulrik am Kai stehen sah, wo er einige seiner Goldketten an zwei vollbusige Schönheiten vermachte, von denen eine einen bunten Vogel auf der Schulter trug.

»Auf ein Wort«, bat Bren und nahm Ulrik beiseite, als dieser an Bord kam. »Wie verhindern wir das hier?« Er zeigte auf die anderen Schiffe.

»Ihr schätzt keine Gesellschaft?« Ulriks Atem hätte ausgereicht, einen Schiffsjungen volltrunken zu machen, aber er lallte nur schwach und stand sicher auf den Beinen.

»Kiretta meint, sie wollen sich uns anschließen. Aber ich will nicht wissen, an wem sie sich schadlos halten, wenn sie herausfinden, dass es nichts für sie zu holen gibt.«

»Angst, General?«

»Nein, aber ich sehe einen Streit kommen, in dem es für uns nichts zu gewinnen gibt.«

Er ließ geschehen, dass Ulrik ihm einen Arm schwer um die Schultern legte. »Wisst Ihr, selbst wenn wir es wollten, könnten wir nicht verhindern, dass sie sich uns anschließen. Jeder Kapitän ist Herr seines Schiffs.«

»Das habe ich inzwischen verstanden.«

»Gut. Dann habt Ihr auch begriffen, dass niemand ihnen wehren kann, abzulegen, wann sie wollen, und wenn sie zufällig die gleiche Richtung haben wie wir … nun, dann ist das wohl so.«

»Können wir sie nicht abhängen?«

»Doch, sicher.« Der Überschwang in seiner Stimme war der einzige Hinweis darauf, dass der Alkohol in ihm arbeitete. »Wenn Ihr das wünscht. Die kommende Nacht wird Gelegenheit dazu bieten. Doch das wird sie noch wilder darauf machen, ihren Teil an unserer Beute zu bekommen.«

»Aber es gibt keine Beute.«

»Lasst es mich so sagen: Der größte Schatz ist der, den noch niemand gesehen hat. Die ganze Nacht über hat in den Tavernen ein Gerücht ein neues entzündet.« Er gestikulierte weit mit dem freien Arm, wie ein Baron, der auf den Zinnen seiner Burg stand und seinem Sohn die fetten Weiden zeigte, die sein Erbe waren. »Inzwischen liegt dort draußen, wohin immer wir fahren, so viel Gold, dass ein einzelnes Schiff es gar nicht fassen kann. Und es muss wirklich viel Gold sein, wenn selbst Ondrier sich dafür interessieren.«

Bren schüttelte den Kopf. »Das ist absurd. Ich sagte doch: Wir suchen jemanden.«

»Auch das ist ein Gerücht, das sich hält, wenn es auch gegen den Berg aus Gold einen schweren Stand hat. Aber wenigstens der alte Jussur glaubt daran.« Er tippte mit dem Zeigefinger gegen Brens Brust. »Er hat vor, diese wertvolle Person vor uns zu finden, um sie dann an Euch zu verkaufen.«

»Was?« Unwillkürlich griff Bren nach dem Stab seines Morgensterns.

»Immer mit der Ruhe. Sie sind ein wilder Haufen, aber seht auch den Vorteil! Wisst Ihr, auf welche Hindernisse wir treffen werden?«

»Keiner kann das wissen.«

»Na also. Vielleicht kann man einige zusätzliche Schiffe gebrauchen. Eine Flotte ist überzeugender als ein einzelner Segler. Diese Inselbewohner können verstockt sein, ich weiß, wovon ich rede.«

Das Argument war nicht von der Hand zu weisen. Den größten Teil seines Heers hatte Bren zurücklassen müssen. Und hieß es nicht, dass ein guter Feldherr jeden Krieger führen konnte, so wie ein guter Fechter mit jeder Waffe umzugehen verstand?

»Also gut. Aber dies ist keine Plünderfahrt.«

»Jede Fahrt ist eine Plünderfahrt«, widersprach Ulrik in verschwörerischem Ton.

»Wie heißt diese Stadt?«, fragte Velon.

Es war eine bewölkte Nacht. Die Fackeln in der Bucht schienen auf das ölige Wasser hinaus.

»Ejabon«, antwortete Bren. »Ejabon-vor-dem-Nebel.«

Die *Mordkrake* ankerte abseits des Ufers. Das war ihm lieber, als die Armbrustschützen am Kai im Auge behalten zu müssen. Nicht alle Kapitäne waren so vorsichtig. Das Halbdutzend Liegeplätze war rasch belegt gewesen. Der Lärm aus den Tavernen verriet, wie sich Piraten die Aufgabe vorstellten, die lokalen Gegebenheiten zu erkunden.

In einer Welt ohne Osadroi hätte man Velon und Gadior für Vater und Sohn halten können, dachte Bren, als der zweite

Schattenherr an die Reling trat. *Aus der Nähe dann auch wieder nicht,* korrigierte er sich. Der scheinbare Altersunterschied passte, er hätte sogar für eine weitere Generation zwischen ihnen ausgereicht, aber die Ähnlichkeit beschränkte sich auf die bleiche Haut und die schwebenden Bewegungen. Gadiors jugendliches Gesicht hatte klare, gerade Linien, selbst sein hellblondes Haar schien stets zu wissen, wie es zu fallen hatte, um den Schimmer der Wangen zu betonen. Velon dagegen war für einen Osadro ungewöhnlich füllig, was er durch seine bauschige Kleidung zusätzlich betonte. Bren hätte den Handelsherrn erkannt, auch wenn er nichts von dem Leben gewusst hätte, das Velon vor fünf Jahrhunderten geführt hatte. Bren hatte oft über die Worte nachgedacht, die er bei ihrem Auslaufen mit Alenias gewechselt hatte. *Stets das Neue suchen.* Wenn man Velon betrachtete, konnte man den Eindruck gewinnen, das Streben des Unsterblichen sei erstarrt, eingefroren, als er in die Schatten getreten war. Er würde wohl immer ein Kaufmann sein, auch wenn er keinen Handel mehr trieb.

»Und was tun wir in Ejabon-vor-dem-Nebel?«, fragte Velon.

»Wir haben eine Verabredung mit der Gilde. Das sind hier die entscheidenden Frauen.«

»Frauen?« Velon lüpfte eine Braue.

Bren zuckte mit den Schultern. »Uns kann gleich sein, wer hier das Sagen hat, denke ich. Solange sie uns zu unserem Ziel führen können.«

»Können sie das?«, fragte Gadior. Ein Hauch von Ungeduld schwang in seiner Stimme mit. Mit jeder Nacht, die sie hier draußen verbrachten, wurde wahrscheinlicher, dass ELIEN VITAN SEINEN Ruf an die Schattenherzöge erteilte. ER würde auf Lisanne warten. Aber nicht ewig. Nicht, wenn die Müdigkeit übermächtig würde und IHN zur Burg der Alten zöge.

»Sie waren sehr bestimmt«, berichtete Bren. »Und sie bestanden darauf, mit Euch zu sprechen. Mit denjenigen, die die Entscheidungen für die Flotte treffen.«

Gadior lächelte dünn. »Lass das diese arroganten Kapitäne nicht hören.«

»Ich habe inzwischen gelernt, mit ihnen umzugehen. Sie sind allesamt im Stadtpalast, wo sie sich volllaufen lassen. Für Huren und ein reichliches Mahl ist gesorgt. Ejabon ehrt seine hohen Gäste.«

Velon lüpfte eine Braue. »Und niemand wundert sich, dass wir nicht geladen sind?«

»Ich habe uns entschuldigen lassen. Ich selbst gelte als so gesellig wie ein Barren Waffenstahl, und dass Ihr Braten und Wein wenig abgewinnen könnt, ist bekannt.«

»Aber gegen die Essenz einer netten Dirne hätte ich nichts einzuwenden gehabt.«

»Dafür wird gesorgt sein, wenn wir die Gildenmeisterinnen treffen.«

»Und keiner der Kapitäne wundert sich über unser Fernbleiben?«

Bren lächelte. »Ulrik war ein wenig skeptisch. Aber nicht skeptisch genug für drei Goldstücke.«

Velon schüttelte den Kopf. »Sterbliche begreifen selten, welche Güter wirklich von Wert sind.«

Und das von einem Kaufmann, der dem Gold sicher auch zugetan war, dachte Bren.

»Wir treffen uns also mit den Hohen Damen«, resümierte Gadior. »Wo soll das stattfinden?«

»Sie haben mir das Gebäude bezeichnet. Es hat einen eigenen Anleger.«

»Worauf warten wir?«

»Wir haben noch etwas Zeit. Aber unsere Passage naht bereits.« Er zeigte auf die Einfahrt der Bucht, wo ein dreieckiges Segel das auf den Wellen glitzernde Sternenlicht verdeckte. »Kiretta und Alenias kommen zurück.«

»Er war wieder am Seelennebel?«, fragte Velon.

»Er kann es nicht lassen.«

»Das wievielte Mal war es?«

»Er hat das halbe Dutzend voll. Ich schicke immer Kiretta mit. Ich will nicht, dass eine ungünstige Strömung oder eine überraschende Böe ihn hineinwirbeln. König Ilion scheint ihn zu schätzen.«

»Ja. Wir sollten ihn wohlbehalten zurückbringen.«

Die Pinasse war größer als ein Ruderboot, aber klein genug, damit Kiretta nicht mehr als zwei Matrosen brauchte, um sie sicher zu steuern. Sie ließ sie an der *Mordkrake* vorbeigleiten, um dann an Lee das Segel einzuholen und sie an den Rumpf des größeren Schiffs zu rudern, wo sie vertäut wurde.

»War Euer Ausflug erfolgreich?«, erkundigte sich Bren, als Alenias über die Strickleiter an Bord kam.

»Was ist Erfolg?«, fragte er. Das war schon viel. Er redete selten, seit sie auf See waren.

Gadior sah ihn an. »Sprechen die Geister der Euren zu Euch?«

»Fragt sie«, sagte der Fayé und zeigte hinunter zu Kiretta, bevor er sich mit kurzen Schritten, die Schultern tief gebeugt, in seine Kabine zurückzog.

Die Matrosen wechselten das Segel der Pinasse. Sie zogen schwarzes Leinen auf, das das Sternenlicht ebenso schluckte wie den Laternenschein von der Stadt.

Sie beluden das Boot mit einer Leibwache von vier Mann, bevor Bren und die Osadroi zustiegen.

»Also, was sagen die Ahnen der Fayé?«, wandte sich Bren an Kiretta, als das Tuch gesetzt war und der Rumpf leise und zügig durch die Wellen schnitt, Kurs Ostnordost, beinahe parallel zu den Lichtern des Hafens.

»Sie sind nicht ihre Ahnen«, wandte Gadior ein, bevor die Navigatorin antworten konnte. »Damals erging der Ruf an das gesamte Volk des Nachtschattenwalds, nicht nur an die Alten. Sie sollten die Welt den Menschen überlassen. Diejenigen, die jetzt im Seelennebel gefangen sind, waren Teil der Flotte, die sich aufmachte.«

»Die Unwürdigen«, ergänzte Kiretta.

»Jene, die von den Göttern nicht an die lichten Gestade gelassen wurden«, nickte Gadior. »Aber die Fayé, die wir kennen, lebten auch schon zu jener Zeit. Sie haben sich nur dem Ruf der Götter verwehrt. Sie sind keine zurückgelassenen Kinder.«

»Das stimmt nicht ganz«, sagte Velon. »Der Fluch, der sie unfruchtbar machte, traf sie erst Jahrhunderte später. Einige von ihnen wurden nach dem Auszug geboren.«

»Tatsächlich?« Gadior war offensichtlich überrascht.

»So sagt man.«

Eine Weile sahen sie stumm auf das dunkle Ufer, dem sie sich ohne Hast näherten.

»Dieser Ruf der Götter«, fragte Bren, »war das so etwas wie Elien Vitans Ruf, wenn Er die Schattenherzöge zu sich befiehlt?«

»Was ist der Schattenkönig anderes als ein Gott?«, flüsterte Velon.

Kirettas Hakenhand zog die Ruderpinne mit Kraft und Geschick, bis der Bug auf ein grünes Licht zuhielt, das am Ufer brannte. Die Matrosen passten die Vertäuung des Segels an. Sie machten schnelle Fahrt.

»Was haben die alten Fayé nun gesagt?«, fragte Gadior.

Kiretta schüttelte den Kopf, was die großen Ohrringe, die sie heute trug, zum Klirren brachte. »Soweit ich es beurteilen kann, ist Leid ihre einzige Botschaft. Sie sprechen nicht in ganzen Sätzen. Manchmal glaubt man, ein Wort herauszuhören. ›Schmerz‹ ist häufig dabei, ›Pein‹, ›Verzweiflung‹. Alenias hörte ich einmal ›Verlöschen‹ murmeln, aber ich weiß nicht, ob das sein eigener Gedanke war, oder ob er wiederholte, was seine Ohren vernahmen. Die Fayé haben feine Sinne, sagt man.«

»Aber in den Nebel eingedrungen seid Ihr nicht?«, fragte Bren.

»Dann wären wir jetzt nicht hier. Der Nebel gibt nicht mehr her, was er einmal genommen hat.«

»Da ist er wie ein Pirat«, neckte Bren. »Nimm, was du kriegen kannst, und gib nichts wieder her. Das ist Euer Wahlspruch, nicht wahr?«

Sie grinste. »Das Gesetz der Freien.«

»Wohl eher der Starken«, flüsterte Gadior. Seine Stimme war merkwürdig, niemals laut und doch stets deutlich zu vernehmen. »Mir scheint, auf der *Mordkrake* ist recht offensichtlich, wer wessen Besitz ist.«

»Wie meint Ihr das?«

Etwas in Kirettas Stimme veranlasste den Krieger, der neben Gadior saß, an sein Schwert zu greifen.

»Nun, ich sehe dich oft in Ulriks Kabine verschwinden, wenn er nach dir ruft. Nicht immer leuchtet dein Gesicht vor Freude, nicht beim Hineingehen und nicht beim Herauskommen.«

»Was geht Euch das an?«

Velon lachte leise. »Wenn ein Schattenherr dich mit seiner Aufmerksamkeit ehrt, ist eine pampige Frage nicht das, was man in Ondrien gewohnt ist.«

»Wir sind nicht in Ondrien.«

Jetzt griff auch Bren seine Waffe. Der Stab des Morgensterns lag fest in seiner Hand. Er hoffte, ihn nicht einsetzen zu müssen. Mit Kiretta kam er wesentlich besser zurecht als mit Ulrik. Sie ging ihrer Aufgabe mit großem Verantwortungsbewusstsein nach. Nicht wie seine Krieger, die zum Gehorsam erzogen waren, sondern weil sie das Navigieren und Steuern liebte. Wenn Ulrik nach ihr rief, was Bren ebenfalls beobachtet hatte und was meist geschah, nachdem der Kapitän bereits ein Weinfässchen zu einem guten Teil geleert hatte, dann kam sie oft aus ihrer Kajüte, wo sie unter einer an der Decke schwankenden Öllampe Karten studierte. In der Tat war diese Beziehung auch für Bren ein Rätsel. Ulrik betrachtete Kiretta offenbar als einen Besitz, den es ab und zu zu markieren galt. Die

Laute, die aus seiner Kajüte drangen, wenn die beiden allein waren, ließen keinen anderen Schluss zu. Was nicht bedeutete, dass sie sich auf den jeweils anderen beschränkt hätten. Ein Ring an Kirettas Daumen verhinderte eine Schwangerschaft. Solche magischen Spielereien sicherten auch menschlichen Zauberern ihr Auskommen, obwohl sich ihre Macht nicht mit jener der Schattenherren messen konnte. Jeder an Bord war ausgesprochen freizügig, und auch zwischen den Schiffen fand ein reger Austausch statt. Wahrscheinlich war die Flotte für die Huren auf den Inseln so etwas wie Bienen für Pollen, die sie von Blüte zu Blüte trugen, nur dass die Frauen über die Inseln verteilt wurden und für ihre Passage in Naturalien zahlten. Kiretta hielt sich an den Matrosen schadlos und hatte auch schon zwei Kriegern aus Brens Gefolge gezeigt, wie vielfältig eine Hängematte einsetzbar war. Aber zwischen Ulrik und ihr gab es eine klare Hierarchie. Er befahl sie zu sich, sie kam.

»Er ist der Kapitän«, erklärte sie schlicht.

Als der Steg schon auf dem Wasser zu sehen war, holten die Matrosen das Segel ein und brachten die Ruder aus, um das Boot in Position zu bringen. Zwei unbewaffnete Diener warfen ihnen Leinen zu und legten eine Planke, als die Pinasse vertäut war. Zuerst ging Bren mit seinen Kriegern hinüber. Sie ließen die Schwerter in den Scheiden, aber das machte sie kaum ungefährlicher. Jeder von ihnen hätte es auch unbewaffnet und mit einer auf den Rücken gebundenen Hand mit beiden Dienern zugleich aufgenommen. Dennoch beobachtete Bren genau, wie sich seine Leute auf dem Steg positionierten. Der Zufall kämpfte immer mit, und der blieb keinem Banner lange treu. Bren hatte es zum General gebracht, weil er jeden Vorteil sicherte. Deswegen schritt er entschlossen aus, um die Gruppe vom engen Steg ans Ufer zu bringen, wo sie möglichen Gefahren leichter ausweichen konnten.

Einer der Bediensteten leuchtete mit der grünen Laterne, die ihnen als Signal gedient hatte. Der Kiesweg war sorgfältig geharkt. Nachtfalter umflatterten die Blüten, die sich dem Sternenlicht öffneten. In sanftem Bogen, an einem Teich vorbei, führte der Pfad unter das säulengestützte Vordach eines Palasts. Die Architektur wirkte leicht, beinahe zerbrechlich. Schon die Ballista der *Mordkrake* hätte ausgereicht, die Mauer an jeder Stelle zu durchbrechen. Man war offenbar sicher, dass kein Feind so tief in die Bucht vordränge. Eine legitime Annahme, wurde die Einfahrt doch von zwei Kastellen bewacht. Dennoch fühlte sich Bren unwohl, als er den blanken Marmorsaal mit dem Springbrunnen in der Mitte betrat.

»Dies hier ist dir fremd, nicht wahr, General?«, flüsterte Gadior neben ihm.

»Vertrauen kann gefährlich sein«, gab er zurück und fasste an seinen Morgenstern. Zufrieden sah er, wie seine Krieger auffächerten. »Solange wir uns fremd fühlen, bleiben wir wachsam.«

»Gesprochen als der Kämpfer, der du bist.«

Hinter dem Brunnen waren in einem Viertelkreis Kissen zu einem Gebirge aufgestapelt. Davor lagen weiche Teppiche, auf denen niedrige Tische mit Krügen und Obstschalen standen. Nicht übermäßig viele, dafür edel. Gold schimmerte rot, Glas war in der Form von Muscheln geschnitten und mit Bildern von stolzen Seglern graviert. Einer der Diener deutete einladend auf die Kissen, der andere verschwand durch eine kleine Tür in der Rückwand.

»Wir wollen die Gastfreundschaft gern annehmen«, entschied Velon und nahm in der Mitte Platz. Kiretta hatte ihre Matrosen bei der Pinasse zurückgelassen, schien aber entschlossen, den Anteil der *Mordkrake* am Festmahl zu sichern. Sie griff sich süßes Gebäck von vier Tellern, bevor sie ein Kissen vor einer Schale süßer Trauben wählte.

»Bleibt sitzen, ich bitte Euch«, trällerte eine in ein weit fallendes, aber vorn offenes Gewand gekleidete Frau, als sie zu ihnen rauschte. Ihre vorherrschende Farbe war Gold, ebenso wie bei zweien ihrer Begleiterinnen. Sie trugen Turbane mit Pfauenfedern. Unter den Umhängen bauschten sich Pluderhosen. Der Sitte der Edlen fast aller Völker folgend, hellte bleiches Puder ihre Gesichter auf. Eine Nachahmung der Hautfarbe von Osadroi. Gekreuzte Stoffbänder betonten ihre Brüste mehr, als dass sie sie verbargen.

Gegen die fünf Sklavinnen, die sie mit sich brachten, waren sie dennoch dezent gewandet. Deren Kleidung bestand ausschließlich aus Schleiern, die an dünnen Bändern befestigt waren. Bei einer von ihnen zeugten Narben auf dem Rücken von den Ansprüchen, die ihre Herrinnen an Gehorsam stellten.

»Darf ich vorstellen«, sagte Bren. »Schattenfürst Velon, Schattengraf Gadior, Kiretta, Navigatorin und Steuerfrau. Dies sind die Gildenmeisterinnen von Ejabon: Nerate, Barea und Birra.«

»Danke, General.« Nerates Lächeln war so breit wie das der Galionsfigur der *Schwarzer Hai*, die Bren in Flutatem gesehen hatte. Sie wandte sich an die Osadroi. »Wir wurden von den Entbehrungen Eurer Reise in Kenntnis gesetzt. Ich hoffe, wir können sie ein wenig lindern.« Sie winkte den Sklavinnen, sich neben die Schattenherren zu setzen. Velon betrachtete sie mit unverhohlenem Interesse. Ein Mensch hätte sich wohl die Lippen geleckt.

»General Stonner hat euch gesagt, nach wem wir suchen?«, fragte Gadior.

»Ihr kommt schnell zur Sache. Ich dachte, Unsterbliche hätten mehr Zeit.«

»Was wisst ihr von Lisanne?«

»Sie war hier.« Nerate genoss offensichtlich die Spannung, die die beiden Osadroi ergriffen hatte. Velon schob sogar eine Sklavin beiseite, die versuchte, seine Aufmerksamkeit mit Küssen auf den kalten Hals zu erregen.

»Wann?«, fragte Bren.

Sie griff nach einer Traube und lächelte.

Kiretta verdarb ihre Vorstellung, indem sie ihren Haken benutzte, um sich ein entfernt liegendes Küchlein zu sichern, als wolle sie eine flüchtende Ratte aufspießen. Sie schlug so heftig zu, dass das Eisen die Glasschale zerbrach und in die Tischplatte knallte.

Nerate rümpfte die Nase. »Sagte ich gerade etwas von Ungeduld?«

Kiretta betrachtete ihre Beute. »Nicht alle hier sind unsterblich. Man sagt, manche haben es satt, auf dem Meer zu schippern, ohne Beute zu machen.«

»Dankbarkeit findet bei den Freien Kameraden schnell ihre Grenze, scheint mir«, sagte Gadior.

»Dankbarkeit füllt keine Schatztruhen. Aber«, sie biss in das Küchlein, kaute gründlich, schluckte, »ich gebe zu: Hunger leiden wir auch nicht.«

»Und was ist mit Euch?«, fragte Birra, an die Osadroi gewandt. »Haben wir Eure Vorlieben falsch eingeschätzt?«

Velon seufzte. »Wir sind zwei Wochen auf See, und auch davor war unsere Reise schon weit. Die kurze Zeit für eine Stärkung wird uns nicht zurückwerfen.«

»Das wollte ich immer schon einmal sehen!« Gespannt beugte sich Birra vor.

Velon sah sie an, bevor er sich der Frau mit den Narben zuwandte. Er hob ihr Gesicht am Kinn an. »Wie heißt du, Mädchen?«

»Tinaji.« Eigentlich war sie kein Mädchen mehr. Bren schätzte sie auf knapp zwanzig.

»Lass mich deine Augen sehen, Tinaji.«

Sie hob den schüchternen Blick.

»So ist es gut.« Seine Stimme war wie Samt. »Wovon träumst du, Tinaji?«

»Meiner Herrin zu gefallen.«

Mit sanftem Tadel schüttelte Velon den Kopf. »Und wovon träumst du wirklich?«

»Sklavinnen haben kein Recht auf Träume.«

Ein Lächeln überhauchte seine Lippen. Er zog sie heran. »Flüstere es mir ins Ohr. Niemand braucht es zu wissen.«

Sie tat es.

Er leitete ihr Kinn, wie Gaukler eine Keule führten, die sie auf der Spitze im Gleichgewicht hielten. So brachte er ihre Augen vor seine. Er blinzelte nicht. »Ich könnte es dir geben, weißt du?«

Ein Zittern lief durch ihre bloßen Schultern. Sie seufzte.

»Wirklich. Das könnte ich.«

Sie hielt die Luft an.

»Aber ich werde es nicht tun.«

Diesmal lief das Zittern über ihren Rücken. Sogar Bren, der keine magische Schulung besaß, sah, wie sich die Essenz aus ihrer Brust löste gleich Licht, das sich auf eisüberkrustetem Schnee brach, ein helles Glitzern, fast silbern. Auf dem kurzen Weg zu Velons Nase wurde sie rasch dunkler. Er atmete sie als beinahe schwarzen Rauch.

Niemand sagte etwas, alle lauschten auf Tinajis Wimmern und Velons Atemzüge. Bald blutete sie aus den großen Augen, ein sicheres Zeichen dafür, dass Velon sie nicht schonte.

Irgendwann blinzelte er, ließ sie los. Kraftlos sackte sie in die Kissen. »Ich will nicht unhöflich sein«, behauptete er. »Ihr werdet noch Verwendung für sie haben.«

»Das war …« Nerate schluckte. »Faszinierend.«

»Ihr seid noch nie jemandem von unserer Art begegnet?«, fragte Gadior.

»Niemals.«

Er zuckte mit den Schultern. Unvermittelt wirbelte er herum und schlug einer Sklavin ins Gesicht. Seine Krallen rissen blutige Furchen durch ihre Wange. »Hast du Angst vor mir? Gut!«

Sie hielt sich ihre Verletzung, versuchte, von ihm fortzukommen, aber er griff ihr dünnes Handgelenk. Bren wusste, dass ein

Osadro stärker war als fünf Männer. Aus weit aufgerissenen Augen sah sie ihn an.

»Angst ist genauso gut wie Sehnsucht!« Gadiors Flüstern war so eindringlich, dass es einem Ruf glich. Einem Ruf nach der Lebenskraft seines Opfers. Die Sklavin bäumte sich auf, als würfe sie sich gegen Fesseln. Essenz brach aus ihrer Brust wie Blut aus einer Wunde, die Brens Morgenstern bei einem Volltreffer riss. Es war ein einziger, dicker Schwall. Gadior atmete tief ein. Dennoch ging das meiste im Raum verloren. Achtlos schleuderte er die Sklavin fort.

»Können wir jetzt vielleicht zum Grund unseres Erscheinens kommen?« Seine dünnen Lippen lächelten. »Unsterblich oder nicht, Geduld ist nicht immer meine Sache.«

»Das merke ich«, sagte Nerate. »Um Jasana wäre es wirklich ein wenig schade. Sie war immer folgsam. Glaubt Ihr, sie wird sich wieder erholen?«

Gadior faltete die dürren Hände. »Es gibt wenige Dinge, an denen ich noch geringeres Interesse habe. Wenn du einen Braten verspeist, Sterbliche, kümmert es dich, ob das Schwein hinterher noch quiekt?«

Nerate sah Velon an. »Mir scheint, Euer Begleiter ist ein wenig aggressiv.«

Kiretta seufzte übertrieben. »Eure schöne Glasschale ist jedenfalls kaputt, und das bedaure ich beinahe. Was tut man nicht alles aus Langeweile.« Sie kratzte mit der Spitze ihres Hakens ein Muster in den Tisch vor sich. »Bevor noch mehr zu Bruch geht, sollten wir vielleicht wirklich …«

»Schon gut.« Nerate klatschte in die Hände. »Ich war immer der Meinung, dass Worte nur begrenzt zu überzeugen vermögen. Also seht, was wir zu bieten haben. Ihr dürft es sogar anfassen.« Sie bedachte Kiretta mit einem eindringlichen Blick. »Solange Ihr es nicht kaputt macht.«

Der Diener, der mit der Laterne geleuchtet hatte, trug eine auf einem Seidenkissen ruhende Krone herein. Sie war knochenweiß und filigran gearbeitet, ihre Spitzen liefen in unzähligen Verästelungen aus.

Gadior sprang auf. Velon versteifte sich, hielt die Augen auf die Krone fixiert, als fürchte er, sie könne sich als Illusion entpuppen, schlösse er die Lider.

»Ich sehe, Ihr erkennt sie.« Unüberhörbare Befriedigung troff aus Nerates Stimme. »Wäre Euch daran gelegen, sie zu berühren?«

Gadior stand auf, machte einen Schritt auf den Diener zu, umging mit schlafwandlerischer Sicherheit den leblosen Körper der Frau, deren Lebenskraft er genommen hatte, hielt dann aber inne. Er wandte sich Velon zu. »Schattenfürst, diese Ehre ist Euer.«

»So ist es«, hauchte Velon. Er erhob sich, ging mit gemessenen Schritten zu der Krone und nahm sie von ihrem Kissen. »Elfenbein«, wisperte er. »Genau, wie ich sie in Erinnerung hatte.«

»Dann ist sie echt?«, fragte Gadior.

»Ohne Zweifel.« Er berührte sie nur mit den Fingerspitzen, drehte sie, wagte nicht, sie nah an sein Gesicht zu führen.

»Lisanne überließ der Gilde von Ejabon-vor-dem-Nebel ihre Krone für die Dienste, die wir ihr leisteten.«

Auch Bren stand nun auf. »Ihr habt sie gut verwahrt. Nun werden wir sie mit uns nehmen.«

»Das glaube ich nicht.«

Brens Griff schloss sich um den Morgenstern. »Wo ist die Schattenherzogin?«

»Nicht hier. Nur ihre Krone ist in Ejabon geblieben. Sie mag Euch ein heiliges Artefakt sein, aber es ist nicht unsere Art, Geschenke zu machen.« Sie sah auf die beiden Sklavinnen. Gadiors Opfer regte sich nicht, Tinaji starrte mit leerem Blick gegen die Decke. Sie hatte noch nicht einmal das Blut von ihren Wangen gewischt.

»Was wollt ihr dafür?«, fragte Velon, ohne den Blick abzuwenden. Gadior trat neben ihn, eine Bewegung voller Andacht.

»Wir werden sie Euch überreichen.« Barea und Birra stellten sich neben Nerate. »Auf den Trümmern von Katenos.«

Velon runzelte die Stirn. »Was soll das sein?«

»Katenos ist ein Furunkel am Hintern des Meers der Erinnerung. Und unser einziger Konkurrent im Handel mit einem Gut, das wir sehr schätzen.«

»Alaun«, vermutete Kiretta.

»Ihr kennt Euch gut aus.«

Sie zuckte mit den Schultern. »Ich habe eine gesunde Nase. Östlich Eurer feinen Insel wünschte ich, es wäre nicht so gewesen. Ihr wascht das Färbesalz mit scharfem Zeug aus dem Schiefer, nicht wahr?«

Nerate nickte. »Es hat seinen Grund, dass die Ostseite unserer schönen Insel unbesiedelt ist. Und das sind nicht die wenigen Tage, an denen der Wind vom Seelennebel herüberweht. Meist kommt er aus Westen. Die Bergwerke verbreiten einen unangenehmen Odem, das ist nicht zu leugnen.«

»Ich erinnere mich, das ein oder andere Sklavenschiff mit Kurs auf Ejabon gesehen zu haben.«

»Nicht jeder ist so glücklich wie die Schönen, die in unseren Palästen Dienst tun dürfen.«

Gadiors Opfer war noch immer bewegungslos.

»Und nicht jedes Schiff findet den Weg an sein Ziel«, grinste Kiretta, was ein Stirnrunzeln Nerates zur Folge hatte.

»Genug davon«, bestimmte Velon. »Bren, kümmere dich um diese Kleinigkeit.« Mit sichtbarem Widerwillen legte er die Krone zurück auf ihr Kissen. »Ich will sie schnell erledigt haben.« Er sah die Gildenmeisterinnen an. »Wir wandeln eure Rivalen zu Staub, ihr gebt uns die Krone und sagt uns, was ihr über Lisannes Verbleib wisst. Ist das unser Handel?«

Nerate lachte. »Sagen wir: Wenn wir auf den Trümmern von Katenos stehen, bekommt Ihr die Krone und wir unterhalten uns über alles Weitere.«

»Was soll das heißen?«

Sie legte den Kopf leicht in den Nacken. »Der Preis für diese Ware wurde noch nicht gewogen. Wir werden darüber beraten, während Ihr unterwegs seid. Es wird nicht lange dauern für eine Flotte Eurer Stärke.«

Velon starrte sie an, dann ging er ohne ein weiteres Wort.

Kiretta stand auf. »Mir scheint, dieses Treffen ist vorüber.«

Nerate hob einen Kristallkelch. »Wir erwarten die Kunde von Katenos' Untergang.«

Am Steg hörte Bren leichte, schnelle Schritte. »Geht schon einmal vor«, befahl er seinen Männern. Er wartete, bis Tinaji ihn einholte.

Die Sklavin warf sich zu seinen Füßen und umklammerte seine Knie. »Bitte, Herr, nehmt mich mit! Niemals fühlte ich solches Sehnen! Ich muss Fürst Velon zu Gefallen sein, das ist meine Erfüllung.«

Er löste ihren Griff. »Geh zurück.«

»Aber hier gibt es nur Sklaverei für mich! Habt Mitleid!«

Bren schlug in ihr Gesicht, so kräftig, dass sie in den Kies fiel. »Wenn du dein Schicksal kenntest, würdest du selbst die Peitsche wählen.«

Sie wimmerte, als er sich abwandte.

In der Pinasse, als sie die Hälfte des Rückwegs hinter sich hatten, fragte er Velon: »Was hat sie sich gewünscht? Tinaji, die Sklavin?«

Velon sah auf die dunklen Wellen. »Ein scharfes Messer und den Mut, es ihrer Herrin ins Herz zu stoßen. Das eine mag sie eines Tages finden. Das andere niemals. Aber die Klinge mag reichen, ihr die Flucht zu ermöglichen.«

Bren sah Gadior an. Vielleicht war er der Gnädigere der beiden Osadroi.

Die Schiffe der Flotte segelten im Sonnenuntergang. Land war schon lange nur noch als schmale Inselstreifen am Horizont zu sehen.

»Sie sind lahm wie schwangere Enten«, meinte Kiretta.

In der Tat waren die drei Schiffe, die Ejabon als Verstärkung stellte, die langsamsten im Verband. Selbst Bren konnte erkennen, dass sie nicht auf Schnelligkeit gebaut waren. Ihre Rümpfe waren breit und flach, gut, um Ladung aufzunehmen. Ob die Krieger, die sie trugen, etwas wert waren, würde sich noch erweisen. Überfüllt waren sie jedenfalls nicht. Die Gildenmeisterinnen hatten dafür gesorgt, dass man in Katenos genug Plündergut würde aufnehmen können. Für die vorausgehenden Kämpfe vertrauten sie auf die Piraten.

»Ich lasse mich ungern von Enten kommandieren«, meinte Bren.

»In den Gesichtern Eurer Herren habe ich noch keinen Schnabel entdeckt«, entgegnete Kiretta.

In Ondrien wäre sie für eine solche Rede gestorben. Aber sie waren nicht in Ondrien. Bren lächelte. »Ich spreche von diesen Alaunhändlern aus Ejabon.«

Kiretta zog den Schleifstein über ihren Haken, ließ die letzten Sonnenstrahlen über die Schneide blitzen. »Sie gewinnen nicht gerade Herzen, auch wenn sich ihre Zuckerbäcker auf ihr Handwerk verstehen.«

»Ich bin nicht dazu gekommen, ihre Kuchen zu kosten.«

»Ihr habt unsere Regeln noch nicht vollständig gelernt. Nimm, was du kriegen kannst, und gib es niemals wieder her. Das ist nur der zweite Teil. Der erste empfiehlt, so schnell wie möglich zuzugreifen. Der erste Degen findet sein Ziel. Der zweite schafft es selten auch nur aus der Scheide.«

»Es gibt nicht viele Alte in Eurer Gemeinschaft.«

»Ist das in Eurem Heer anders?«

»Wohl nicht.« Bren betrachtete die auf den Wellen schaukelnden Schiffe. »Wie weit ist es noch nach Katenos?«

Kiretta sah zu einer Insel am Horizont, dann zur Sonne. »Wir segeln gegen den Westwind an. Wir werden beinahe noch die gesamte Nacht unterwegs sein.«

»Wie lange bräuchten wir zurück nach Ejabon?«

»Da hätten wir den Wind von achtern. Drei Stunden, länger nicht. Wieso?«

»Und ohne die Enten?« Er zeigte auf die Schiffe aus der Buchtstadt.

»Zwei. Vielleicht zweieinhalb. Aber das ist nicht unser Kurs.«

»Was haltet Ihr von der Idee, Katenos anzugreifen?«

Sie zuckte mit den Schultern. »Die Kapitäne sind froh, dass es endlich etwas zu plündern geben wird, wenn auch nicht viel. Besser immerhin als die paar Kauffahrer, die wir aufgebracht haben.«

»So denken die Kapitäne. Aber was ist Eure Meinung?«

»Mich wundert, dass Ihr Euch dafür interessiert.«

»Ich schätze klugen Rat, egal, aus welchem Mund er kommt.«

Sie sah ihn an. Dann nickte sie. »Katenos ist nicht viel mehr als ein Felsklotz im Meer, durch die Minen löchrig wie ein wurmstichiger Apfel. Die Eskadier benutzen es als Strafkolonie, obwohl es ihnen nicht gehört. Sie sind ihr Geschmeiß los und bekommen den Alaun zu ermäßigtem Preis. Sie färben gern ihre Stoffe.«

»Das hört sich nicht nach einer reichen Insel an.«

»Es ist eine, die Reichtum verschafft. Wer ihn erntet, lebt woanders.«

»Dann scheint dort nicht viel zu holen zu sein.«

»Und doch ist es besser als nichts. Zudem bekommt Ihr die Krone.«

Bren klopfte mit der Faust auf die Reling, während er auf die Wellen sah. »Die Krone vielleicht. Ganz sicher aber neue Bedingungen. Wer weiß, was den Gildenmeisterinnen noch einfallen wird?«

Ulrik kam die Treppe zum Achterdeck herauf.

»Oh, eines muss man Kaufleuten lassen«, fuhr Kiretta fort. »Sie haben Phantasie, wenn es ums Geschäft geht.«

»Genau das befürchte ich. Welche Lektion lernen sie gerade? Dass sie alles von uns bekommen, was sie wollen. Wir haben keine Zeit mehr. Unsere Mission dauert schon zu lange an. Sie haben uns in der Hand, und das wird ihre Gier entfachen.«

»Nicht auszuschließen. Und die Kapitäne werden auch nicht ewig mit Euch segeln.«

»Sehr richtig«, sagte Ulrik. Er war hart im Nehmen, was Feierlichkeiten anging. Sein Gesicht machte einen ausgeruhten Eindruck. »Auch ich frage mich, wann unsere Schuld wohl abgegolten und dies wieder allein mein Schiff sein wird?«

»Glaubt mir, Kapitän, wir werden Euch nicht länger in Anspruch nehmen, als notwendig ist.«

»Notwendig für Euch. Nicht für mich.«

»Ihr seid zu klug, um mir zu drohen, Ulrik.«

»Selbstverständlich, General. Und Ihr seid zu klug, die Geduld freier Männer zu überschätzen.«

»Wie viele freie Männer werden wohl auf Katenos fallen?«

»Das wissen nur die Götter.«

»Götter?« Bren verzog den Mund. »Ich habe nie einen frommen Mann in Euch gesehen.«

»Oh, wer die See kennt, der weiß auch von den Galeeren, die über ihren Grund rudern. Pentors Schiffe sind die Heimat der Ertrunkenen. Die launische Myratis schickt Stürme und Seebeben, wenn man ihr nicht opfert.«

»Erspart mir die Litanei. Wäre ich ein frommer Mann in meiner Heimat, würde ich ohnehin nur erwidern, dass sich die Schatten über die Welt legen werden. Das Ende der Götter ist besiegelt. Aber darum geht es mir nicht. Sagt, hat Ejabon-vor-dem-Nebel nicht prächtige Paläste?«

Ulrik grinste. »Sie wissen zu leben. Sie können feiern, und sie verstehen, sich für ihr Gold Vergnügen zu kaufen.«

»Viel Gold, schätze ich.«

»Eine der reichsten Inseln im Meer der Erinnerung.«

»Genug Geschmeide für die gesamte Flotte.«

Ulrik lachte aus vollem Hals. »Genug Geschmeide kann es niemals geben. Je mehr Ihr habt, desto schneller rinnt es durch Eure Finger.«

»Mehr jedenfalls, als in Katenos zu holen wäre.«

»Zweifellos. Aber Tote erfreuen sich nicht am Glanz des Goldes.«

»So ängstlich?«

»Wüsste ich es nicht besser, glaubte ich, Ihr würdet vorschlagen, den Handel mit Ejabon zu brechen.«

»Es gibt keinen Handel mit Ejabon. Schattenfürst Velon hat einen vorgeschlagen, aber die Gildenmeisterinnen stimmten nicht zu.«

Verwundert schüttelte Ulrik den Kopf. »Ihr habt die Festungen an der Einfahrt der Bucht gesehen? Ihre Katapulte würden uns zusammenschießen, bevor wir die Stadt erreichen könnten.«

Bren griff den Stab seines Morgensterns. »Ihr werdet mit diesen drei Schiffen fertig?«

»Schneller, als sie merken, was geschieht.«

»Dann lasst die Festungen meine Sorge sein.«

Die Gier strahlte aus Ulriks Augen, aber er war zu sehr Kapitän, um sich kopflos in ein solches Unterfangen zu stürzen. »Wie wollt Ihr sie überwinden?«

»Der beste Weg, nicht von einem Schwert getroffen zu werden, ist, nicht dort zu sein, wo es zuschlägt.«

»Wollt Ihr in Rätseln sprechen?«

Bren sah Kiretta an. »Eine Stunde, um mit den Schiffen fertig zu werden. Zweieinhalb zurück nach Ejabon. Ihr habt die Insel umsegelt. Könnt Ihr uns an Land bringen, ohne dass man uns sieht?«

»Wenn überhaupt, dann nur von Osten. An den anderen Seiten verwehrt Steilküste die Landung. Aber wen genau wollt Ihr dort absetzen?«

»Alle Ondrier und so viele von Euren Leuten, die sich Sturmgold verdienen wollen.«

»Wirklich alle Ondrier?«

Bren blinzelte. Er war schon zu weit gegangen, um jetzt noch umzukehren. »Schattengraf Gadior und Schattenfürst Velon werden mich begleiten.«

Ulrik pfiff anerkennend. »Mir scheint, Ihr könnt tatsächlich Dinge aufbieten, die uns nicht zur Verfügung stehen.«

»Die Festungen kümmern mich nicht. Wir marschieren über Land. Wir nehmen die Gildenmeisterinnen gefangen. Dann werden sie uns die Stadt übergeben, oder sie werden sich wünschen, niemals geboren worden zu sein.« Er zuckte mit den Schultern. »Das werden sie sich ohnehin wünschen, nur etwas später.«

Kiretta sah zurück auf das Kielwasser.

»Ist es zu machen?«, fragte Bren.

Ulrik netzte die Lippen. »Das wäre etwas, worüber man lange im Rat der Kapitäne spräche. Unsere Schiffe lägen tief im Wasser.«

Bren nickte. »Und die Gildenmeisterinnen würden verstehen, dass niemand ungestraft die Schatten narrt.«

»Ondrien gewinnt.« Kiretta sah erst Bren an, dann Ulrik. »Die Kapitäne gewinnen. Ejabon verliert.«

»So soll es sein«, bestätigte Bren. »Lässt es sich machen?«

»Es gibt Klippen an der Ostseite.«

Ulrik fasste ihren Arm. »Für eine Steuerfrau wie dich kein Problem.«

Unter seinem Griff sanken ihre Schultern. »Ejabon wird brennen«, bestätigte sie.

»Ich rieche nichts«, sagte Bren, während die Boote abgeseilt wurden. Außer der *Mordkrake* hatten auch die *Mädchentod* und die *Myratis' Zorn* die Insel umsegelt. Die anderen Schiffe warteteten mit gerefften Segeln auf See darauf, dass die Fackelzeichen von den Festungen gegeben würden.

Kiretta zeigte auf Alenias, der an der Heckreling stand und in die Nacht starrte. »Seht Ihr, wohin sein Haar weht?«

Bren nickte. »Uns entgegen. Ostwind.« Die eigentlich grauen Strähnen leuchteten kupfern, weil Stygron, der rote Mond, beinahe voll am Himmel stand.

Velon zog das Gewand über seiner Brust straff. »In dieser Nacht sind wir die Geister, die auf dem Wind reiten.«

Bren sah die Osadroi an. Bei ihrem Erwachen waren die ejabonischen Schiffe bereits geentert gewesen. Sie hatten seinen Beschluss akzeptiert, er schien ihnen sogar zu gefallen. Schattenherren griffen selten persönlich in einen Kampf ein, eher starben hundert Gardisten für ihre Meister, doch diesmal begleiteten die Unsterblichen ihre unwürdigen Diener. Vielleicht gewannen die beiden einer solchen Unternehmung gerade aus diesem Grund etwas ab. *Wir suchen stets das Neue,* dachte Bren und sah auf Alenias' unbewegte Gestalt. *Wenn ich einen von ihnen verliere, wird der SCHATTENKÖNIG einen Tod für mich ersinnen, von dem man noch lange sprechen wird. Vor allem, wenn ich IHM nicht zum Ausgleich Lisanne bringen kann.* Stand nur zu hoffen, dass die Gildenmeisterinnen wirklich etwas über ihren Verbleib wussten.

»Worauf warten wir?«, fragte Gadior.

»Nach Euch, Herren.«

Wenn es darauf ankam, bewegten sich Schattenherren mit der Sicherheit von Schlangen und der Schnelligkeit von Falken. Sie waren schon im Boot, als Bren kaum sein Bein über die Reling geschwungen hatte.

In der Brandung begann Sutor zu jaulen. Bren kraulte sein Fell. Er fragte sich, ob es auf der Insel Wölfe gab.

Über auffällige Geräusche brauchte er sich keine Gedanken mehr zu machen, als eines der Boote auf einen gezackten Felsen lief. Der Rumpf splitterte der Länge nach auseinander. Es sank sofort. Bren hatte befohlen, dass seine Krieger die Kettenhemden mitnahmen, aber erst an Land anlegten. Deswegen konnten sie alle aus dem Wasser fischen, nur ein Seeräuber blieb verschollen. Sein Holzbein war zum Schwimmen wohl untauglich gewesen. Drei weitere Matrosen ließen sie verletzt bei den Booten zurück.

Kiretta prüfte ihren Kompass. Als alle Rüstungen angelegt waren, zeigte ihr Haken ins Landesinnere.

»Ihr könnt leben und reich sein.« Bren sah den beiden in die Augen. »Oder ihr könnt sterben. Hier und jetzt.«

Bren glaubte nicht, dass Schamgefühl das junge Paar in die laue Nacht geführt hatte, um ihrer gegenseitigen Zuneigung nachzugeben. Von solcher Zurückhaltung hatte er in Ejabon wenig gesehen, vor allem in den gehobenen Kreisen, zu denen die beiden der feinen Kleidung nach zu rechnen waren. Das Kleid, das das verstörte Mädchen gegen ihre Blöße drückte, seit er es ihr zugeworfen hatte, war mit Goldfaden üppig verziert. Der Jüngling hatte seine Hose noch getragen, halb zumindest, als Sutor sie aufgespürt hatte. Bren musste zugeben, dass die Laube in einem Weinhang über den Lichtern der Stadt nicht gänzlich ungeeignet für das Vorhaben war. Vielleicht waren sie wegen der Stimmung gekommen, hatten dem Grusel des Geisterwindes getrotzt, der alle anderen Bewohner in den Häusern hielt, sofern sie keine drängenden Geschäfte hatten. Aber was war schon drängender als die Anziehungskraft der Geschlechter?

Ich mache mir zu viele unnütze Gedanken, schalt sich Bren. »Ihr wisst doch, wo wir die Gildenmeisterinnen finden«, sagte er und kraulte Sutors Brust. Die Fänge des Hunds schimmerten heller als die bleiche Haut der Osadroi. Der Jüngling konnte die Augen nicht davon lassen. Das sprach für seine Klugheit. Sutor hätte ihm nicht nur die Gurgel aus dem Hals reißen, er hätte ihm auch das Genick zerbeißen können.

»Sag du es ihnen«, forderte die Frau.

»Wir machen es anders«, bestimmte Bren. »Wir trennen euch und befragen euch einzeln. Wenn eure Antworten voneinander abweichen, sterbt ihr beide.«

»Ich weiß nicht, wo Birra ist«, kreischte sie, »aber Nerate ...«

»Nicht so laut«, bat Bren. Er wusste, dass er sie jetzt da hatte, wo er sie haben wollte. »Gönnen wir zunächst deinem Liebsten ein wenig Abgeschiedenheit.« Er winkte einem Krieger, damit er ihn wegbrachte.

Die Ondrier sahen aus dem dunklen Hang auf den Ort hinab wie finstere Götter aus einer schwarzen Gewitterwolke, während sie sich bezeichnen ließen, wo die beiden die Gildenmeisterinnen vermuteten. Anscheinend legte jede von ihnen Wert auf umliegende Güter, sodass die Paläste deutlich voneinander entfernt lagen. Velon und Gadior wählten ihre Ziele. Bren wollte ihnen jeweils fünfzehn Krieger mitgeben, aber sie begnügten sich mit zehn. »Du nimmst Birra«, bestimmte Velon. »Der Junge weiß nichts von ihrem Aufenthalt, deswegen sind wir dort unsicher. Vielleicht wirst du dich weiterkämpfen müssen, bis du sie findest. Und wir wollen sie lebend, wenn es sich machen lässt. Wobei mir einfällt – lebend ...« Er musterte die Frau, die sich inzwischen angekleidet hatte.

»Wir haben ihnen versprochen, dass sie unversehrt bleiben«, sagte Bren.

»Haben wir das?«, fragte Velon und fasste ihr Kinn.

Dann seufzte er. »Ja, das haben wir wohl. Aber vielleicht will mir die Dame aus freien Stücken eine Stärkung anbieten?«

Sie wimmerte. »Niemals.« Den Blick konnte sie nicht von den Augen des Osadro wenden, aber ihre Hand tastete nach ihrem Liebsten.

»Wirklich nicht?«

Gadior räusperte sich. »Die Hälfte der Nacht ist bereits vorüber.«

Stirnrunzelnd wandte sich Velon ab. Er knöpfte sein Gewand auf. »Gut, Schattengraf. Dann lasst uns den Sterblichen die Albträume zeigen, die sie fürchten sollten.«

Die Ejaboner hatten hervorragende Waffen, aber am Ende kam es immer auf denjenigen an, der sie führte. Besonders bei einer Hellebarde war es tödlich, wenn man einen Augenblick zu lange zögerte. Das war das Letzte, was die Wache lernte. Dann sprang Sutor an ihre Kehle. Ihr Kamerad verschenkte die Möglichkeit eines entschlossenen Schlags, brachte aber immerhin genug Verstand auf, um mit der beidhändig gepackten Stange einen hohen Hieb abzufangen.

Die Erfahrung eines ondrischen Kriegers hatte er nicht. Hierher hatte Bren nur jene mitgenommen, die bewiesen hatten, dass sie auf einem Schlachtfeld bestehen konnten. Auf einem Schlachtfeld mit echten Gegnern. Der Krieger trat der Wache mit solcher Gewalt gegen die Seite des Knies, dass es mit einem trockenen Knacken brach. In dem Schrei des Mannes war mehr Überraschung als Schmerz, auch dann noch, als die Schwertklinge zwei Handspannen tief durch seinen Lederpanzer brach und blutiges Gurgeln den Laut erstickte.

Bren hielt sich nicht mit den beiden auf. Er konnte sich darauf verlassen, dass seine Männer ihnen den Rest gäben, falls einer von ihnen noch lebte. Entschlossen marschierte er durch den Blumengarten bis zum Palast. Hier schien man keine Wachen für notwendig zu erachten, aber irgendjemand hatte einen leichten Schlaf. Der Tumult im Obergeschoss verriet, dass man die Rufe der Besiegten bemerkt hatte.

Bren sprang die Treppenstufen hinauf. Sutor überholte ihn mit blutverklebtem Maul, kam aber an einer aus edlen Hölzern zusammengesetzten Tür nicht weiter und verharrte knurrend, mit aufgestelltem Nackenfell.

»Birra!«, rief Bren. »Kommt heraus!«

Natürlich war das ein ausgesprochen dummer Ratschlag, aber es gab erstaunlich viele Menschen, die in jeder Situation einem entschlossen vorgebrachten Befehl folgten.

Birra gehörte nicht dazu. »Verschwindet, oder ich zerstöre, was Ihr begehrt, Ondrier!«

Die geschlossene Tür dämpfte ihre Worte, war aber kein ernst zu nehmendes Hindernis. Bren nickte einem seiner Männer zu. Der überschätzte die Festigkeit der Konstruktion. Er wollte sie eintreten, aber anstatt das Türblatt aus der Halterung zu sprengen, brach sein Fuß durch, als hätte er ein Loch in dünnes Eis gestampft. Aufgeregte Rufe antworteten ihm, dann ein Sirren, gefolgt von einem dumpfen Schlag gegen die Tür. »Sie haben eine Armbrust«, stellte er fest, als er sich befreite.

»Aber sie zielen schlecht«, sagte Bren und trat nun selbst zu. Er traf unmittelbar unter der Klinke, sodass das Schloss nachgab und die Tür zitternd aufschwang.

»Bleibt weg!«, kreischte Birra.

Er deckte sich mit dem Schild, aber der Diener, der gegenüber der Gildenmeisterin neben dem Bett stand, war noch damit beschäftigt, seine Waffe zu spannen. Er war ebenso leicht bekleidet wie Tinaji, die Sklavin mit den Narben, an die Bren noch ein paarmal gedacht hatte. Sie saß auf den Laken, so weit wie möglich von der Tür entfernt. Birra dagegen war mit ihrem geschlossenen Nachtgewand einigermaßen sittsam gekleidet. Offenbar sah sie gern zu, weswegen sie wohl auch nicht genug bei der Sache gewesen war, um die Schreie ihrer Wachen zu überhören. Jetzt stand sie vor einem runden Tischchen, auf dem Lisannes filigrane Elfenbeinkrone ruhte. Das alles hätte Bren nicht weiter gestört, im Gegenteil, der Anblick des Artefakts war grundsätzlich zu begrüßen. Nur hielt Birra mit beiden Armen einen schweren Bronzeleuchter über dem Kopf. Ihre Pose ließ keinen anderen Schluss zu, als dass sie beabsichtigte, ihn wie einen Hammer zu schwingen und die

Krone damit in tausend Splitter zu zerlegen. Ein Vorhaben, das schwerlich misslingen konnte.

Bren hielt seine Leute zurück.

»Wie lange wollt Ihr hier so stehen, Gildenmeisterin?«, fragte er.

Ihre Arme zitterten bereits. »Bis Ihr aus meinem Haus verschwunden seid! Und aus meiner Stadt!«

»Lasst uns allein«, sagte Bren zu seinen Männern. »Ich will mich mit der Dame unterhalten.«

Er achtete nicht auf das hektische Mühen des Armbrustschützen, der noch immer an seiner Waffe hantierte, legte den Morgenstern über seine Schulter und ging zu einer Traubenschale. »Darf ich?«, fragte er.

»Verschwindet!« Birras Stimme kippte. »Ihr solltet in Katenos sein!«

Tinajis Blick war Fassungslosigkeit.

Bren zog eine Traube ab und steckte sie in den Mund. »Wir haben uns entschlossen, Euren Wünschen nicht zu entsprechen.«

»Wir hatten eine Abmachung! Die Schattenherren halten ihre Versprechen!«

»Ihr hättet einschlagen sollen, als Ihr die Gelegenheit dazu hattet. Oder noch besser hättet Ihr gar nicht erst Bedingungen stellen sollen. Die Schatten sind geduldig, und sie hätten sich bestimmt erkenntlich gezeigt. Aber sie übertölpeln zu wollen, das war keine gute Idee. Ich kenne niemanden, der jemals damit glücklich geworden wäre.«

»Geht endlich!«

Bren setzte sich mit dem Rücken an die Wand neben der Tür und legte den Morgenstern in seinen Schoß. Sutor, der wohl meinte, dass die Jagd vorbei sei, tapste herein und streckte sich neben ihm aus. Bren vergrub eine Hand in seinem Fell. An der Schnauze klebte das Blut des Wächters.

»Wenn ich gehe«, sagte Bren gedehnt, »wie stellt Ihr Euch dann den weiteren Verlauf der Nacht vor? Ihr könnt unmöglich glauben, dass wir Ejabon-vor-dem-Nebel wieder hergeben werden.«

»Es ist unsere Stadt!«

»Das war sie so lange, bis Ihr die Schatten herausgefordert habt. Bevor die Sonne aufgeht, wird sie unser sein. Aber Ondrien kann nichts anfangen mit einer Insel so weit draußen, und Euer Alaun ist uns egal. Wir werden also wieder abziehen, wenn wir haben, was wir wollen. So lange jedoch sind wir Herren dieser Stadt. Also, ich gehe jetzt hier hinaus«, er zeigte mit dem Daumen auf die Tür, »und Ihr bleibt hier drin. Natürlich könnt Ihr Euch nicht ans Fenster trauen, dafür sind unsere Bogenschützen zu geschickt. Überhaupt wird es ziemlich unangenehm hier werden, mit zwei Dienern und nichts zu essen als ein paar Trauben. Und einer Krone, natürlich.«

Endlich war der Kerl mit seiner Armbrust so weit. Bren wusste nicht, ob er sich so sehr angestrengt hatte, oder ob er so aufgeregt war, jedenfalls zitterten seine Arme dermaßen, dass er Schwierigkeiten hatte, den Bolzen in die Führungsrille zu legen. Bren war versucht, einen Mann zu ihm zu befehlen, um ihm zu helfen, nur um die nervtötende Prozedur zu beenden.

»Diese Krone wird nicht mehr sein als ein Beutel voller Knochensplitter, wenn Ihr nicht sofort verschwindet!«

»Ich bezweifle, dass Ihr so dumm seid, Gildenmeisterin. Ihr braucht die Krone so sehr wie ich. Wenn Ihr sie zerbrecht, zerbreche ich Euch, und das wisst Ihr. Sie ist die einzige Sicherheit, die Ihr habt. Wenn Ihr sie mir allerdings gebt, sehe ich durchaus eine Möglichkeit, dass Ihr noch einen Sonnenaufgang erleben könntet.«

Sie wurde bleich. Offenbar begriff sie erst jetzt, dass nicht nur ihre Stellung, sondern auch ihr Leben in Gefahr war.

»Also, Birra, wie geht es jetzt weiter?«

»Verschwindet«, wiederholte sie, aber es war nur noch ein schwaches Wimmern. »Geht weg.«

Irgendwo im Haus regte sich Widerstand. Stahl, der auf Stahl prallte, erzeugte ein Geräusch, an das sich Bren gewöhnt hatte.

»Was geschieht dort?«, fragte Birra.

»Einige Eurer Leute lernen, dass Schwerter keine Spielzeuge sind. Und dann sterben sie.«

Birra lachte irre. Das gefiel Bren nicht. Wenn sie überschnappte, mochte sie Lisannes Krone zerstören, weil sie die Folgen nicht mehr erfassen könnte. Er musste ihr Denken leiten.

»Stellt Euch vor, wie es sein wird«, schlug Bren vor. »Wir werden fort sein, dorthin, wohin auch Lisanne gezogen ist.«

Birra lachte so heftig, dass sie schwankte.

»Wir nehmen die Krone mit uns«, sagte Bren entschieden. »Aber wir sind fort. In einer Woche oder einem Monat wird diese Nacht für Euch nicht mehr sein als ein Albtraum. Manchmal werdet ihr deswegen vielleicht noch aus dem Schlaf schrecken, aber es wird vorbei sein. Und wir werden nie wiederkommen. Ihr werdet Ejabon regieren. Wie zuvor.«

Erwartungsgemäß verstummten die Kampfgeräusche. Bren wäre enttäuscht gewesen, wenn seine Krieger länger dafür gebraucht hätten.

»Warum ich?«, ächzte Birra. »Warum … Barea … Nerate …«

»Wir kümmern uns auch um sie«, versicherte Bren. »Aber bittet doch Euren Armbruster, die Waffe herunterzunehmen. Sein Zittern macht mich unruhig, und wenn ich unruhig werde, wird mein Hund es auch. Sutor teilt nicht immer meine Geduld.«

Obwohl Birra nicht antwortete, folgte der Schütze seiner Aufforderung.

Die Kerzen machten den Raum hell genug, um den feinen Nebel erkennen zu lassen, der durch das große Fenster hereinkam. Ohne Hast, beinahe, als werde er vom Wind bewegt. Dünne, fast weiße Finger zunächst, dann Schwaden. So fein und durchsichtig wie Dunst über einer morgendlichen Weide. Man musste wissen, worauf man zu achten hatte, um den Unterschied zu sehen. Bei diesem Nebel gab es keine Fetzen, keine Teile, die sich gänzlich von der Hauptmasse lösten. Er war eine zerfaserte, aber zusammenhängende Wolke. Birra war längst jenseits des Verstehens und auch der Bewaffnete hatte keine Augen für das Phänomen, aber in Tinajis Gesicht sah Bren Erkennen. Sie mochte nicht wissen, was sie sah, aber sie ahnte es. Schließlich war sie den Schatten in der letzten Nacht nahe gewesen.

Betont lässig lehnte Bren den Hinterkopf an die Wand. »Habt Ihr Familie, Birra?«

»Ich … was? Wieso?«

»Erzählt mir von Euch. Wie ist das mit den Gildenmeisterinnen? Ich weiß nichts von Ejabon. Gibt es mehrere Gilden, und jede von Euch steht einer vor, oder ist es nur eine, die Ihr gemeinsam leitet?«

Der Nebel kroch an der Wand entlang, bedeckte sie wie Schimmel. Hinter Birras Rücken wallte er tiefer in das Zimmer, in dem er sich jetzt vollständig befand. Durch das Fenster kam nichts mehr nach. Er hätte sich wohl noch weiter verteilen, den gesamten Raum ausfüllen können. Stattdessen wurde er kompakter, zog sich zusammen, verlor an Transparenz.

»Nur eine. Die Gilde der Kaufleute von Ejabon.« Birra sprach wie im Schlaf. Ihre Arme sahen verkrampft aus, obwohl sie nicht mehr zitterten. Stattdessen schwankten sie vor und zurück wie Äste im Wind. Birra hatte etwas von einem Henker, der nach einem langen Arbeitstag erschöpft war, und sich mühen musste, sein Ziel zu treffen. Nur kniete kein Verurteilter zu ihren Füßen, stattdessen schimmerte die Elfenbeinkrone auf dem Tischchen vor ihr. »Es war einmal anders. Vor Jahrzehnten, da gab es die Kaufleute, die Seefahrer und die Schürfer. Aber so ist es nicht mehr. Schon lange …«

Der letzte Teil der Verwandlung vollzog sich sehr schnell. Wie beim Sand in einer Uhr, der auf dem letzten Zoll besonders rasch verrann. Der Nebel zog sich zu einem menschlichen Körper zusammen, Brust, Bauch, Kopf, Arme, Beine. Einen Wimpernschlag später bildeten sich die Finger mit den Krallen aus und die Züge des Gesichts. Es war Gadior, nicht Velon, der hier Gestalt annahm. Die gleichmäßige Färbung seines nackten Körpers war noch nicht ganz präsent, seine Haut noch wie mit Nebel überhaucht, als er schon um Birra herumgriff und ihre Arme packte.

Sie schrie auf und ließ den Leuchter fallen. Er prallte auf ihre Schulter und polterte dann zu Boden.

Der Armbrustschütze ruckte herum und löste seine Waffe aus. Mit dem Glück des Unfähigen jagte er den Bolzen in Gadiors Seite.

»Fass!«, rief Bren und zeigte auf ihn. Sutor schoss vor. Noch bevor Bren auf den Beinen war, war der Armbruster es nicht mehr. Der schwarze Hund begrub ihn unter sich und verbiss sich in seinem Gesicht. Bren ging zu ihnen und schob Sutor zur Seite. Der Blutrausch erforderte eine deutliche Anweisung, damit das halbwilde Tier von seinem Opfer abließ.

Der Kopf des Mannes war entstellt, selbst seine Mutter hätte ihn nicht mehr erkannt. Er wollte die Hände davorschlagen, aber das Tasten an der Wunde musste ihm Schmerzen bereiten, sodass er es sich anders überlegte. Brens Morgenstern machte der Qual ein Ende.

Gadior hatte Birra neben Tinaji auf das Bett geschleudert und stand nun zwischen ihr und der Krone. Seine nackte Gestalt glich einer vollendeten Statue. Gut möglich, dass er den Steinmetzen von Karat-Dor Modell gestanden hatte, ein besseres hätten sie nirgendwo finden können. Nur die Narbe unter dem Brustkorb, wo sein Herz entnommen worden war, verschwand wohl niemals. Sie galt als Mahner, der jeden Osadro an seine Ergebenheit erinnerte.

Mit spitzen Fingern griff der Schattenherr nach dem kurzen Stück des Bolzens, das nicht in seinem Körper verschwunden war. Gleichmäßig ziehend holte er das Geschoss heraus. Seine Miene war eingefroren, das einzige Zugeständnis an die Schmerzen, die die Prozedur ihm verursachen mochte. Die Spitze war tückisch. Sie hatte drei Klingen, alle mit Widerhaken versehen, sodass sie auf dem Weg heraus die Wunde vergrößerte. Gadiors Blut war beinahe schwarz und floss so träge wie erkaltendes Wachs.

Er hielt den Bolzen am gestreckten Arm von sich und ließ ihn auf den Boden fallen.

Tinaji näherte sich ihm auf allen vieren über das Bett, kletterte dabei über ihre wimmernde Herrin. »Meister«, flüsterte sie. Die Narben zogen sich hell über ihren Rücken. »Erbarmt Euch meiner!«

Gadior seufzte, legte ihr die flache Hand auf die Wange. Sein Blut war noch an seinen Fingern. Dennoch lächelte Tinaji selig.

»Verehrung«, murmelte Gadior. »So gut wie jedes andere Gefühl.«

Tinaji schrie, als werde sie abgestochen, während er die Essenz aus ihrer Brust riss. Bren konnte den Blick nicht abwenden, als sich die Falten in ihren Körper gruben. So hätte es ausgesehen, wenn eine Dattel in der Sonne vertrocknet wäre – innerhalb von wenigen Herzschlägen. Das Alter schlug gnadenlos zu, raubte alle Frische aus ihrem Körper, um sie Gadior zuzuführen. Während er den dunklen Schaum einatmete, schloss sich seine Wunde. Er wischte das Blut darüber ab. Erst konnte man noch einen roten Fleck erkennen, wie eine Narbe, der sich aber rasch glättete und schließlich von der umgebenden Haut nicht mehr zu unterscheiden war.

Mit weit aufgerissenem Mund, geöffneten Augen und steif, als hätte die Leichenstarre bereits eingesetzt, kippte Tinaji zur Seite. Die blutigen Tränen auf ihren Wangen waren die einzige Bewegung. Birra schrie so schrill, dass es in den Ohren schmerzte.

Gadior bat mit dem Finger an den Lippen um Ruhe. »Wunden sind so hässlich«, flüsterte er. Er ging in die Hocke, sah Birra an. »Ich hoffe, irgendwo in diesem Haus wird sich angemessene Kleidung für mich finden lassen? Wir werden erwartet. Ich könnte mir niemals verzeihen, die Würde des Augenblicks zu stören, wenn ich dich durch die Stadt begleite.«

Der Ostwind, der über die Hügel fiel, fachte das Feuer in der Stadt an. Die Kapitulation der Festungen hatte nicht ausgereicht, die Seeräuber von ihren Gewohnheiten abzubringen. Bürger, die ihre Häuser löschten, standen den Plünderern nicht im Weg.

»Du scheinst betrübt«, stellte Velon mit Blick auf Nerate fest. »Ich nehme an, du hast dir den Verlauf der Nacht anders erhofft?«

»Ihr versteht es, in das Herz einer Frau zu sehen, Schattenherr«, gab sie tonlos zurück.

Bren saß auf dem Fenstersims. Er spürte die Wärme der Flammen in seinem Rücken. Zwischen Bren und Kiretta war genug Platz, damit Nerate einen guten Blick auf das Feuer hatte, das Ejabon verzehrte. Stygron stand hoch am Himmel, er war beinahe vollständig rund. Diejenigen, die meinten, sein rotes Licht schiene mit Vorliebe auf Blutvergießen, fanden sich in dieser Nacht bestätigt.

»Ich begreife noch immer nicht, was meine Steuerfrau hier macht«, murrte Ulrik.

»Kiretta hat uns gut gedient«, erwiderte Bren ruhig. »Sie hat uns an Land gebracht und bringt oft kluge Gedanken vor. Ich will sie dabeihaben.«

»Ich bin der Kapitän.«

Kiretta verschränkte die Arme so, dass der Haken außen zu liegen kam. Diese Nacht hatte sie verändert. Sie würde nicht mehr zu Boden sehen, wenn Ulrik sie anstarrte.

»Ihr seid der Kapitän«, erwiderte Bren ruhig, »und ich bin der General, der diese Expedition befehligt. Ich sage: Sie bleibt. Wenn die Sonne aufgeht, will ich jemanden um mich haben, der gehört hat, was jetzt gesprochen wird.«

»Ihr habt mich!«

Bren setzte zu einer Entgegnung an, aber Velon unterbrach ihn. »Bitte! Wir sollten uns keinesfalls zu Unhöflichkeiten hinreißen lassen. Es ist mir schon beinahe unangenehm, diese Stadt zu zerstören. Vielleicht können wir das Schlimmste verhindern, aber dazu dürfen wir nicht trödeln. Kapitän Ulrik hier«, er nickte zu dem Seeräuber, »glaubt, dass seine Freunde von der Stadt ablassen werden, wenn ihr ein angemessenes Lösegeld zahlt. Das würde weiteren Ärger ersparen.«

In Nerates Augen glomm Hoffnung unter dem Widerschein des Feuers.

»Aber bevor wir das besprechen können, gibt es Wichtigeres. Ich möchte von dir wissen, wohin sich Lisanne gewandt hat.«

»Und wenn ich es nicht wüsste?«, fragte sie müde.

»Das wäre sehr bedauerlich«, meinte Gadior. »Dann würdet ihr alle drei sterben. Ansonsten können zwei von euch überleben.«

»Nur zwei?«

Bedauernd zuckte Velon mit den Schultern. »Du musst verstehen, dass ihr unsere Geduld über Gebühr beansprucht habt. Wir werden euch nacheinander befragen, damit ihr euch nicht abstimmen könnt. Diejenige, die bei den Antworten am wenigsten zuvorkommend ist … nun, ab und zu braucht die Gilde eine neue Meisterin, oder?«

»Ich verstehe.«

Er ging zu ihrem Sessel, stützte die Hände auf die Armlehnen und beugte sich so weit vor, dass sein Gesicht dicht vor ihres kam. Er trug ein schwarzes Seidengewand, wie es in manchen Ländern Priester kleiden mochte. Die Roben des Kults waren ähnlich geschnitten, aber aus wärmerem Stoff gefertigt. »Wo ist Lisanne?« Er betonte jede Silbe.

Freudlos lächelnd sah sie ihn an. »Sie fuhr in den Seelennebel.«

Es war, als ob die Zeit erstarrte.

Ulrik fand zuerst die Sprache wieder. »Dann ist sie tot.«

Das Schweigen kehrte in den Raum zurück, so gründlich, als seien Ulriks Worte eine Illusion gewesen, eine Unmöglichkeit. Nur von außen drangen Geräusche herein. Rufe, aber entfernt. Das Prasseln des Feuers, Wellenschlag, der Wind, der fauchte, wenn er in die Flammen fuhr. Das Knarren der Takelung der Schiffe, die vor der Stadt lagen wie hungrige Wölfe.

»Sie ist nicht tot«, flüsterte Gadior schließlich. »Ihr Herz schlägt.«

»Das kann ich bezeugen«, sagte Velon.

»Nichts lebt im Seelennebel?« So, wie Ulrik es sagte, klang es wie eine Frage.

»Lisanne lebt nicht«, erinnerte Bren. »Sie ist untot.«

»Was Ihr nicht sagt! Aber ich lebe. Und niemand, der lebt, kann den Seelennebel befahren.«

Kiretta drückte die Lippen gegen ihren Haken, als wolle sie ihn küssen, bevor sie sprach. »Vielleicht hat es einfach nur noch niemand gewagt.«

Ulrik wirbelte zu ihr herum. »Du widersprichst mir?«

»Sie bringt ihre Gedanken ein«, sagte Bren scharf.

»Wir wären die Ersten, die es hinein- und wieder herausschaffen«, sagte sie. »Die Ersten …« Ihr Blick nahm einen verträumten Ausdruck an.

»Und wie soll uns gelingen, was niemandem vor uns gelungen ist?« Ulriks Stimme schnappte über, was zu einem unwürdigen Kiekser führte.

»Heute haben wir eine Stadt genommen, die niemand vor uns geplündert hat.« Sie sah zu den Osadroi.

»Wir könnten einen Zauber versuchen«, flüsterte Gadior. »Aber das wurde noch nie getan. Auch auf unseren Karten markiert der Seelennebel das Ende der Welt.«

»Wenigstens wird Euer Freund Alenias gern von unserem neuen Kurs hören«, sagte Bren.

»Neuer Kurs?«, rief Ulrik. »Wieso neuer Kurs? Ich sagte doch: Es ist nicht zu machen! Wir können nicht weiter!«

»Falsch«, sagte Velon. »Wir können nicht mehr zurück. Der Schattenkönig hat es befohlen.«

»Das ist Euer Problem, nicht meines! Nochmals, es ist nicht zu machen!«

Bren nickte zu Kiretta. »Sie ist anderer Meinung.«

Wütend funkelte Ulrik seine Navigatorin an.

»Nerate, denk jetzt genau nach«, sagte Velon. »Was weißt du über Lisannes Kurs?«

»Gerade nach Osten. Nicht ein Grad Abweichung.«

»Wie hat sie die Mannschaft überzeugt, dorthin zu fahren?«, wollte Bren wissen.

Gadior lächelte milde. »Man merkt, dass du sie nie getroffen hast, General. Sie hat ihre Wege, Loyalität in der Brust eines jeden zu entflammen, der ihren Weg kreuzt.«

»Die Gildenmeisterinnen wollten ihr Silberschwert als Preis, aber sie handelte so weit, dass sie die Krone an seiner statt annahmen.«

»Was für ein Silberschwert?«, fragte Velon. Er sah ehrlich überrascht aus.

Bren war sicher, dass sein eigenes Gesicht keinen anderen Ausdruck zeigte. »Sie wird doch sicher keine Silberklinge mit sich geführt haben?«

Kraftlos zuckten Nerates Schultern im Schein des Feuers, das immer weitere Gebäude ergriff. »Ich war damals noch nicht geboren, aber so wurde es mir berichtet. Sie zahlte mit ihrer Krone, behielt das Schwert und segelte in den Seelennebel, genau nach Osten.«

Gadior trat nah an Bren heran. »Wir werden die anderen beiden befragen, aber dir ist klar, was es bedeutet, wenn sie uns die gleiche Geschichte erzählen. Im Seelennebel werden wir kaum überleben.«

»Und wenn wir ihn nicht befahren«, vollendete Bren den Gedanken, »werden wir ganz sicher sterben.«

Gadior nickte. »Solche Schmerzen, wie ELIEN VITAN für unser Versagen bereithält, können im Seelennebel gar nicht auf uns warten.«

Bren hatte schon die Stiefel ausgezogen und sich auf seine Koje gelegt, als er draußen den Tumult hörte. Erst dachte er, die Anteile aus der Lösegeldzahlung für die Stadt würden verteilt. Birra und Nerate hatten eine stattliche Summe geboten, Barea hatte man aufgrund ihres gewaltsamen Ablebens kurz zuvor nicht mehr befragen können. Aber der Lärm steigerte sich zu einem Johlen, vermischt mit Anfeuerungsrufen. Aus dem durch den Wellengang leicht schwankenden Fenster sah Bren das erste Sonnenlicht auf den Wellen. Weiter im Osten lag noch der Schatten der Berge über dem Wasser. Er lauschte, bis er aus dem Rufen draußen den Namen »Kiretta!« heraushörte. Seufzend zog er die Stiefel wieder an. »Du bleibst hier!«, befahl er Sutor, als er an Deck ging. Seine Hand griff ins Leere, bevor ihm einfiel, dass sein Morgenstern bei einem Krieger war, der die Stachelkugel von Blut, Hirn und Knochensplittern reinigte.

Von Brens Leuten war kaum jemand an Deck, die meisten erholten sich bereits von den Kämpfen der Nacht. Ihre Hängematten waren unter Deck aufgespannt, um die Kutsche herum, in der die Schattenherren ruhten. Ein Kamerad war gefallen, vier verletzt – für die Eroberung einer Stadt ein lächerlich geringer Preis.

Zu den Matrosen der *Mordkrake* hatte sich seit ihrem Aufbruch aus Flutatem ein weiteres Dutzend Halsabschneider gesellt, die auf Gold aus Ulriks Raubzügen hofften. So standen etwa dreißig Seeleute an der Backbordreling, wo ein Matrose mit einem Enterhaken ein Seil hochzog, an dessen Ende eine Schweinsblase befestigt war. Wasser rann von dem nassen Tau. Ulrik stand breitbeinig und mit zufrieden verschränkten Armen etwas abseits und beobachtete das Spektakel.

»Was geht hier vor?«, fragte Bren. »Warum sind die Segel gerefft?« Sie waren noch nicht weit gekommen, Ejabons Kastelle waren noch deutlich zu erkennen. Man sah sogar, aus welchen der Fenster der nördlichen Festung die Flammen schlugen. Die südliche war verschont geblieben. Die Faulheit der Piraten hatte sie gerettet, keiner von ihnen hatte über die Meerenge setzen und seine Leute den Hügel hinaufführen wollen, um eine Anlage zu zerstören, in der es kein Gold zu rauben gab.

»Weil es nicht weise wäre, Segel auf einem Schiff zu setzen, das vor Anker liegt.«

»Wir ankern? Wieso? Die anderen Segler warten doch auch nicht!«

»Schon vergessen, General? Meine *Mordkrake* ist das schnellste Schiff auf diesem Meer. Wir werden sie schon wieder einholen. Heute Mittag liegen wir gemeinsam vor Gateia, wie abgesprochen, und beraten mit den Kapitänen das weitere Vorgehen.«

In Ermangelung des Morgensterns suchte Brens Hand an seinem Dolch Halt. »Keine Spiele, Ulrik. Was geht hier vor?«

Ulrik konnte erstaunlich breit grinsen. »Auf jedem Schiff gibt es nur einen Kapitän.«

An Steuerbord standen zwei Mann, die ein Seil gefasst hatten, das hinter der Reling verschwand. Möglich, dass es sich um das gleiche Tau handelte, dessen anderes Ende gerade an Backbord heraufgeholt worden war.

»Ich weiß, und ich habe Eure Position nie angezweifelt.«

»Was auch sehr klug war, denn für eine solche Dreistigkeit müsstet Ihr mit der Klinge einstehen. An Land mögt Ihr ein großer Mann sein, aber hier bin ich der König.«

»Da das nun geklärt ist – was soll das Theater?«

»Nicht jeder ist so einsichtig wie Ihr, General. Aufsässigkeit werde ich auf der *Mordkrake* ebenso wenig dulden wie Ihr in Eurem Heer.«

»Zieh den Knoten ruhig stramm!«, hörte Bren Kiretta rufen. »Mich werdet ihr nicht so schnell los!«

Jetzt erst fand er sie in der Mitte der Mannschaft. Zwei kräftige Kerle hielten sie, wobei sich die Hand des einen an ihre Brüste verirrte. Er gab sich keine Mühe, es als Versehen erscheinen zu lassen. Die anderen grölten.

»Bind ihr die Beine zusammen! Das macht den Tanz interessanter!« Er nestelte an der Verschnürung ihres Hemds.

»Vorsicht, Genner!«

Er zuckte vor dem blitzenden Haken zurück, den sie erst kurz vor seinem Gesicht aufhielt.

»Treib es nicht zu weit!«, fauchte Kiretta.

Knurrend zog er sich zurück.

Bren stieß die Piraten zur Seite. Einer von ihnen hockte vor Kiretta und war damit beschäftigt, das Tau um ihre Unterschenkel zu schnüren.

»Was habt ihr vor?«, rief Bren.

Mit langsamen Schritten trat Ulrik neben ihn. »Man nennt es ›kielholen‹. Die gute Kiretta war etwas aufsässig in letzter Zeit. Plappert ungefragt ihre Meinung heraus, bis mir die Ohren bluten. Für so jemanden ist kein Platz auf meinem Schiff. Also geben wir ihr Gelegenheit, zu erproben, ob es ihr unter meinem Schiff besser gefällt.«

»Ihr werdet sie unter dem Rumpf durchziehen«, erkannte Bren.

»So ist es«, bestätigte Ulrik zufrieden. »Sie wird alle Qualen einer Ertrinkenden erleben. Ihr Glück, dass wir den Rumpf immer schön instand gehalten haben, deswegen werden ihr auf dem Weg wohl nur wenige Muscheln begegnen. Vielleicht findet sie dennoch eine, die ihr den Rücken aufschlitzt. Das soll schon vorgekommen sein.«

»Ihr müsst den Verstand verloren haben! Jeder sagt, sie sei die beste Navigatorin Flutatems, und eine ausgezeichnete Steuerfrau dazu!«

Ulriks Lächeln verschwand, als er sein Gesicht nahe an Brens brachte. »Und manche behaupten, ich sei der Kapitän der *Mordkrake*. Navigatorin hin oder her, auf diesem Schiff habe ich das Sagen!«

»Wer etwas sagt, der sollte sich zuvor überlegen, ob klug ist, was er sagt.«

»Keine Sorge. Das ist es.« Er sah Kiretta an. »Aber nicht alle machen sich solche Gedanken, bevor sie plappern.«

Sie verzog den Mund. »Wenn du denkst, ich fange jetzt das Betteln an, hast du dich getäuscht. Also legt los, sonst töten mich nicht die Ablagerungen unter dem Rumpf, sondern eure langweiligen Gesichter!«

Ulrik zuckte mit den Schulter. »Ihr habt sie gehört.«

Bren hätte ihm weder die Schnelligkeit zugetraut, mit der er Kiretta packte, noch die Kraft, mit der er sie mühelos über Bord schleuderte. Platschend brach sie durch die Wasseroberfläche.

»Also los!«, rief Ulrik den Matrosen am Tau zu. »Zieht den Fisch an Bord!«

Mit erwartungsfrohem Lachen ging die Meute nach Steuerbord, wo die beiden Matrosen das Tau einholten. Das Schiff neigte sich leicht auf diese Seite.

»Nicht so schnell, Leute!«, befahl Ulrik. »Lasst euch Zeit! Die Schlampe soll ihren Ausflug genießen!«

Alarmiert sahen die drei Krieger, die sich an Deck aufhielten, zu Bren herüber. Er schüttelte den Kopf. Dies war nicht der Kampf der Ondrier. Trotzdem bemerkte er, wie sich seine eigene Faust um den Dolchgriff krampfte. Er blieb neben dem Hauptmast stehen.

Die Menge versperrte ihm die Sicht, aber an ihren anfeuernden Rufen konnte er den Takt erraten, in dem das Tau gezogen wurde. Ein quälend langsamer, wiegender Takt.

Ulrik kam lachend zu ihm. »Keine Sorge, sie fährt so lange zur See, dass sie beinahe schon ein Fisch ist. Außerdem waren wir noch nett zu ihr. Wir haben ihre Hände nicht gefesselt. Sie kann sich vom Rumpf fernhalten und sogar ein bisschen schneller schwimmen, wenn es sie nach Luft verlangt.« Er grinste. »Ihr seht aus, als lägen wir eine Woche bei Flaute auf offener See. Warum so ernst, General? Gefallen Euch unsere Spiele nicht?«

Bren starrte ihn an.

»Vielleicht fehlt Euch die Vorstellung, was gerade geschieht. An Land gibt es so etwas ja nicht.« Er legte Bren einen Arm um die Schultern. »Stellt Euch vor, Ihr habt ein Gebirge über Eurem Kopf. Groß und schwarz. Das sollte Euch gefallen, in Ondrien scheint Schwarz ja die einzige Farbe zu sein, die man zu schätzen weiß. Aber diese Schwärze über Euch ist undurchdringlich. Wie ein Schiffsrumpf eben. Ach ja, es ist ja ein Schiffsrumpf! Das habt Ihr sicher schon erraten. Ihr seid also unter dem Rumpf. Ihr wollt nach oben, weil irgendetwas tief in Euch drin weiß, dass es da Luft gibt. Und Luft ist auf einmal wertvoller als Diamanten, das verrät Euch Eure Lunge. Erst nur ganz dezent. Ein Kribbeln, weil beim Untertauchen ein bisschen Wasser in Eure Nase gekommen ist. Außerdem ist da dieser Druck auf den Ohren, ziemlich lästige Sache. Man kann sich die Nase zuhalten und dagegenatmen, dann geht er weg.«

Die Männer schmetterten ein Seemannslied, das den Takt angab, in dem sie das Tau einholten. Es ging nun etwas schneller.

»Aber wenn Ihr schon einmal das Glück habt, dass Eure mitfühlenden Gefährten Eure Hände nicht gefesselt haben, dann solltet Ihr sie vielleicht sinnvoller einsetzen. Zum Schwimmen etwa. Zurück könnt Ihr nicht, dieses Seil um Eure Beine ist dagegen. Vorwärts geht es erst mal runter, unter dem Kiel hindurch. Von dem haltet Ihr Euch besser so fern, wie Ihr könnt. Erstaunlich, was sich da alles festsetzt. Muscheln und Kalk. Man könnte meinen, die Götter haben die Biester nur geschaffen, um Schiffe langsam zu machen, aber das stimmt nicht. Eigentlich sind sie dazu da, aufsässigen Matrosen das Fleisch aufzuschneiden. Wenn Ihr dabei gewesen wärt, würdet Ihr Euch jetzt an Jaquel erinnern. Ist auf Wache eingeschlafen, der besoffene Hund. Bei ihm waren sie nicht so nett, sie haben ihn längs unter dem Schiff durchgezogen, nicht quer wie bei Kiretta. Sein rechtes Bein hat irgendwo zwischendurch den Oberschenkelmuskel verloren. Er war wirklich froh über den guten Bordschreiner, der ihm ein neues verpasst hat. Na ja, es hat kein Knie und keinen Fuß, aber immerhin ist es ungefähr so lang geworden wie sein gesundes, also steht er nur leicht schräg, wenn ...«

Das Johlen der Bande wurde lauter. Sie zogen die prustende Kiretta an Bord. Bren folgte Ulrik zu ihr.

»Wo warst du so lange, Süße?«, fragte Ulrik.

Ihre Lider flatterten, die Lippen waren blau.

»Ich dachte schon, du wolltest uns gänzlich verlassen.«

Sie lösten ihre Fessel.

Ein Zittern lief durch Kirettas Körper, dann lag sie still. Ihre Kleidung war an mehreren Stellen zerrissen, aber soweit Bren sehen konnte, hatte sie nur Schrammen davongetragen. Die Wunden bluteten oberflächlich, nirgendwo trat der Lebenssaft in Stößen aus.

Dennoch rührte sie sich nicht, als Ulrik ihre Wange tätschelte.

»O nein«, knurrte er. »So schnell stirbst du mir nicht weg!« Brutal schlug er die Faust in ihre Magengrube.

Sie krümmte sich zusammen. Hustend erbrach sie einen Schwall Wasser auf Deck.

»Na also! Wieder unter den Lebenden!« Er strich ihr das nasse Haar aus dem Gesicht.

Sie biss in seine Hand.

Ulrik schrie auf. Er musste dreimal zuschlagen, bis sie ihre Zähne löste. Die Abdrücke bluteten ebenso stark wie ihre Abschürfungen.

»Noch nicht genug!«, zischte Ulrik. »Na gut! Wir haben Zeit für eine zweite Runde. Wenn dir das noch nicht gereicht hat, gefällt es dir sicher besser mit gebundenen Händen!«

»Ulrik!«, rief Bren. »Reißt Euch zusammen!«

»Ich? Ich soll mich zusammenreißen?« Er trat in Kirettas Bauch. »Sagt ihr das, nicht mir!«

Bren hockte sich zu ihr hinunter, während die Matrosen sie schon wieder banden. »Beherrscht Euch!«, raunte er ihr zu. »Schluckt Euren Stolz hinunter! Er bringt Euch um!«

Sie grinste, aber die Schwäche konnte sie nicht abschütteln. »Mag sein. Aber brechen kann er mich nicht. Nicht dieses Mal.«

Ulrik war ungeduldig. Er schlug zweien seiner Männer ins Gesicht, weil ihm die Prozedur zu lange dauerte. Dann warf er Kiretta wieder über Bord. »Schön langsam ziehen!«, befahl er.

»Ihr seid wahnsinnig!«, raunte Bren ihm zu. Er musste an sich halten, um nicht zu schreien, aber er wusste, dass er Ulrik nicht vor seinen Männern bloßstellen durfte, sonst hätte der Kapitän keinesfalls einlenken können. »Bedenkt, dass die fähigste Navigatorin auf Eurem Schiff segelt! Wollt Ihr das aufs Spiel setzen?«

»Diese fähige Navigatorin hätte mir vor noch nicht einmal einer Stunde beinahe die Eier abgebissen!«

»Ach, daher weht der Wind …«

»Es wird Zeit, ihr zu zeigen, wo ihr Platz ist.«

»Aber tot nützt sie Euch nichts.«

»Aufsässig auch nicht. Am Ende kommt sie auf die Idee, bei einem anderen Kapitän anzuheuern und ihm zu helfen, mir die Beute abzujagen.«

Gemurmel erhob sich bei den Männern, die an dem Tau zogen. Sie stemmten sich hinein, aber es bewegte sich nicht.

»Was ist da los?«, verlangte Ulrik zu wissen.

»Das Seil hängt fest!«, meldeten sie.

»Das ist schlecht …«, meinte Ulrik. Er ging zu ihnen, fasste selbst mit an.

Bren bemerkte, dass er den Dolch schon halb aus der Scheide gezogen hatte. Er rammte ihn zurück. Kiretta hatte nicht gut ausgesehen. Sie war erschöpft vom ersten Durchgang, hatte nun die Hände gefesselt und hing offensichtlich irgendwo unter dem Rumpf fest. Keine ermutigende Lage.

Bren trat an die Reling. Das Tau lag straff am Rumpf an und verschwand unter der Wasseroberfläche.

»Alle mit anfassen!«, befahl Ulrik.

Bald legte sich ein Dutzend Männer in das Seil, aber es bewegte sich nicht.

Dann gab es plötzlich nach. Die Seeleute fielen auf das Deck.

Probeweise zog Bren an dem Tau. Es bot keinen Widerstand mehr. Ulrik stellte sich neben ihn. Schweigend sahen sie auf die Wellen hinaus, während Bren mühelos das Seil einholte, bis er das lose Ende in der Hand hatte. Es war offensichtlich zerschnitten worden.

»Dieses Biest …«, zischte Ulrik.

»Da!«, rief ein Seemann und zeigte backbord voraus. Dort schwamm eine einsame Gestalt vom Schiff fort.

»Sie hat ihren Haken stets gewissenhaft geschärft«, sagte Bren anerkennend.

»Boot zu Wasser!«, brüllte Ulrik. »Holt mir die Schlampe zurück!«

»Ihr habt aber nicht vor, sie noch einmal unter dem Kiel durchzuziehen?«, fragte Bren, während er zusah, wie die Männer das Beiboot bereit machten. Kiretta konnte unmöglich entkommen. Selbst wenn sie nicht geschwächt gewesen wäre, wären sowohl Ejabon als auch die nächsten Schiffe zu weit entfernt gewesen, um sie schneller zu erreichen, als die Ruderer sie einholen würden. Außerdem hatte sie nirgendwo Freunde. Jedenfalls keine, die sich mit Ulrik anlegen würden.

Ulriks Blick flackerte wie im Fieber. Bren kannte diesen Ausdruck von vielen Schlachtfeldern. Blutrausch.

»Sie wird lernen, sich zu fügen«, quetschte der Kapitän zwischen den Zähnen hervor. »Oder sie wird ein Fraß für die Fische.«

»Das ist Euer letztes Wort?«

»So wahr ich hier stehe.«

Kiretta hatte wirklich nirgendwo Freunde. Nirgendwo außer auf der *Mordkrake*. Bren schmetterte seine Faust so fest unter Ulriks Kinn, dass er ihn von den Füßen hob. In einem spitzen Bogen flog der Kapitän nach hinten, bis sein Rücken auf die Planken krachte.

»Jetzt steht Ihr nicht mehr«, stellte er fest.

Ulrik fuhr sich mit dem Handrücken über den Mund. »Macht ihn fertig!«, befahl er, als er sich aufrappelte.

Ein Mann mit einem Enterbeil stürzte auf Bren zu.

Den Dolch zu ziehen, die Hüfte zu senken, den Arm wie eine Peitsche zu schwingen und die Klinge bis zum Heft in die Brust des Angreifers zu stoßen war eine einzige, fließende Bewegung. Warm quoll das Blut aus der Wunde über Brens Hand. Er bekam die Waffe nicht sofort frei, also ließ er sie los, als sein Gegner zusammenbrach. »Genug der Kindereien«, sagte Bren.

Ulrik stand inzwischen wieder. Brens Männer hatten ihre Schwerter gezogen und näherten sich ihm, ebenso wie Ulriks Mannschaft.

»Das werdet Ihr büßen«, versprach der Kapitän. »Niemand meutert ungestraft auf meinem Schiff.«

»Es ist keine Meuterei, denn ich habe Euch nie Gefolgschaft geschworen.«

Ulrik spie aus. »Das ist ohne Bedeutung.«

»Und es ist nicht mehr Euer Schiff. Ich fordere die *Mordkrake* für mich.«

Verdutzt sah Ulrik ihn an. »Auf jedem Schiff gibt es nur einen Kapitän.«

»Und der bin ich.«

»Macht Euch nicht lächerlich!«

»Sind das nicht Eure Regeln?« Er stieg über seinen toten Gegner und sah den Piraten in die Augen. »Jeder kann den Kapitän herausfordern. Ich beanspruche dieses Recht für mich. Überlegt es euch. Wenn ihr es mir nicht gewährt, werdet ihr gegen meine Männer stehen. Drei auf Deck, dreißig darunter. Vielleicht nehmt ihr einige von ihnen mit, aber die anderen werden euch in Stücke hauen. Keiner von ihnen wird sich ergeben, mit den Schattenherren in eurem Laderaum.«

Zustimmendes Gemurmel erhob sich. Die Säbel blieben in den Scheiden.

Wieder spie Ulrik aus. »Also gut. Nach unseren Regeln. Vor Gateia, auf den Tauen.«

Bren nickte. »Vor Gateia, auf den Tauen.« *Was immer das bedeuten mag.*

Vor Gateia ankerten die Schiffe so eng, dass sie aneinanderstießen. Die Matrosen polsterten die Rümpfe mit Stoffballen, um Schäden zu vermeiden, während sie die Schiffe mit Seilen vertäuten, die sie von einem Deck zum nächsten warfen. Die von den Segeln entblößten Masten waren wie ein Wald. An ihnen kletterten die Seeleute herum, meist mit freiem Oberkörper, und woben aus Tauwerk das Netz, das der Boden für das Duell um die Herrschaft über die *Mordkrake* werden würde.

»Was sollen wir den Schattenherren sagen, wenn …?« Kiretta brachte die Frage nicht zu Ende. Sie stand aufrecht gefesselt am Hauptmast.

»… wenn ich mit zerbrochenen Knochen auf dem Meeresgrund liegen sollte?« Bren grinste. »Dass die Truppe einen neuen Befehlshaber braucht. Und dass dieser seine ganze Überzeugungskraft wird aufbringen müssen, damit meine Leute nicht auf diesem Eiland zurückgelassen werden.«

Gateia war dicht bewaldet, aber klein, kaum eine Meile an der breitesten Stelle. Es wurde anscheinend angelaufen, um Wasser aufzunehmen und Holz zu schlagen.

Bren zog den Schleifstein über das Entermesser, das man ihm zugestanden hatte. Ulrik durfte seine Waffen frei wählen, weil er ein Kapitän war. In den Gurten, die sich über seiner Brust kreuzten, steckten zehn Wurfmesser. Ansonsten schien er ein passabler Säbelfechter zu sein. Zwei der gebogenen Klingen hingen an seinem Gürtel, die kürzere davon doppelt so lang wie Brens Entermesser.

Kiretta schüttelte den Kopf. »Ist eine Frau das wert?« Sie sah schon wieder recht erholt aus. Mit einer Nacht Ruhe wäre sie wieder einsatzbereit.

»Ihr glaubt, das sei meine Schwäche, nicht wahr?« Der Schleifstein ratschte über die Schneide. »Frauen?«

Kiretta antwortete nicht, lächelte aber ein wenig.

»Das sagen viele«, meinte Bren. »Weil ich meine Krieger manchmal zurückgehalten habe, wenn andere Offiziere es nicht taten. Aber ich muss Euch enttäuschen. Hier liegen die Dinge anders. Wir müssen in den Seelennebel, oder wir werden alle sterben, vielleicht sogar Velon und Gadior. Der SCHATTENKÖNIG, die Welt erzittere vor SEINEM Namen, wird nicht dulden, dass wir SEINEN Auftrag verraten.« Er hielt die Messerspitze in die Sonne, wo sie das Licht so hell zurückwarf, als blicke man in einen Blitz. »Ihr seid wahrscheinlich die Einzige, die uns hineinbringen wird. Und ganz sicher seid Ihr die Einzige, die uns wieder herausbringen kann.«

Zweifelnd sah Kiretta zu dem Netz hinauf. »Habt Ihr schon einmal auf Tauen gekämpft?«

»Nein.« *Aber Ulrik wird das auch nicht jeden Tag tun,* dachte Bren. *Er wähnt sich im Vorteil, weil er glaubt, auf schwankenden Schiffen gelernt zu haben, sein Gleichgewicht zu halten. Er weiß nicht, was es bedeutet, auf einem Schlachtross zu sitzen, in einer Hand den Schild, in der anderen den Morgenstern, die Zügel zwischen den Zähnen, wenn von rechts Pikeniere anstürmen, ein Pfeil gerade tief genug durch den Rückenpanzer schlägt, damit man seine Spitze fühlt, und vor einem ein Schildwall steht, als hätten die Götter einen Keil in die Erde gerammt.*

»Und Ihr habt keine Angst?«

»Angst nicht, nur Respekt. Ulrik hat Angst. Vor den Schattenherren, sonst hätte er es nicht so eilig, die Sache hinter sich zu bringen, solange die Sonne noch am Himmel steht und sie in den Schlaf zwingt. Und vor Alenias.«

»Wo ist er? Ich habe Grauhaar heute noch nicht gesehen.«

»Ulrik weiß, dass sich der Fayé nach dem Seelennebel sehnt. Er liegt gebunden und geknebelt unter Deck, damit er nicht nach seinen Dämonen rufen kann. Ulrik fürchtet wohl, dass mir sonst schwarze Schwingen aus dem Rücken wachsen könnten. Ein ungerechter Vorteil.«

»Kein Panzer, eine kurze Klinge, unvertrauter Grund ... Ich glaube nicht, dass Ihr im Vorteil seid, Bren Stonner.«

Er lachte. »Ihr müsst mir den Rücken stärken, sonst glaube ich am Ende selbst noch, ich würde verlieren. Zuerst wird man im Kopf besiegt.«

Sie seufzte. »Da mein Leben in Euren Händen liegt, will ich gern an Euren Sieg glauben.«

»Anderenfalls würde ja auch Ulrik triumphieren, und das gönnen wir ihm doch nicht.«

»Er ist eine schleimige Kröte. Ich freue mich darauf, zuzusehen, wie Ihr ihn aufschlitzt.«

»So ist es recht.«

Ein Nebelhorn verkündete das Ende der Vorbereitungen. Mit spöttischem Grinsen griff Ulrik in die Takelage und schwang sich hinauf.

»Viel Glück«, wünschte Kiretta zum Abschied.

»Mit Glück hat das Töten nichts zu tun«, gab Bren zurück. »Manchmal begreifen wir die Regeln nicht, nach denen das Nebelland die Seinen ruft, aber es gibt sie. Immer. Waffenstahl ist ehrlich.«

»Ganz wie Ihr meint. Hauptsache, Ihr gewinnt.«

»Da sind wir uns einig.«

Er stellte sich breitbeinig auf das Deck, schwang seine Arme um den Körper, dehnte die Muskeln in der Seite seines Rumpfs. Einen Krampf konnte er jetzt nicht gebrauchen. Seine Krieger sahen mit grimmigen Mienen zu, die Schwerter gefasst und voll gerüstet, als er zum Mast emporkletterte.

Ulrik tänzelte über die Seile zu seiner Ausgangsposition drei Schiffe weiter. Das Netz war nur an wenigen Stellen verknüpft, meist kreuzten sich die Taue unverbunden in der Luft. Die Maschen waren weit, oftmals einen Schritt oder mehr. Dieser Boden würde niemanden auffangen, der stürzte. Erst der Schlag auf die Planken gäbe Halt. Zudem übertrug sich die schaukelnde Bewegung der Schiffe auf das Netz, sodass es sich ständig veränderte. Mit alldem kam Ulrik gut zurecht. Er brauchte nicht ein einziges Mal mit den Händen zu greifen, um sein Gleichgewicht zu halten. An der Mastspitze angekommen, an der eine Flagge mit einem blutroten Wolfsschädel auf schwarzem Grund aufgezogen war, drehte er sich zu Bren um und zog einen seiner Säbel. »Fertig für den Tanz?«, rief er herüber.

Bren überlegte, wie er dieses spezielle Gelände für sich nutzen konnte. Auf festem Boden stellte man ein Heer für gewöhnlich auf hohen Grund, weil es hangabwärts kämpfend mehr

Druck aufbauen konnte. Damit zwang man den Feind zurück, und rückwärtsgehende Kämpfer strauchelten eher. Bei einem Duell stimmte diese Überlegung nicht immer. Zwar konnte auch ein einzelner Kämpfer kräftiger abwärts- als aufwärtsschlagen, aber wenn der Hang steil war, fiel es schwer, die Beine gedeckt zu halten.

Dieser Faktor war hier ohne Bedeutung. Das Körpergewicht der Kontrahenten machte jede Stelle, auf die sie traten, zu einer Senke. Die Schritte fühlten sich an, als bewege man sich in einem Sumpf. Dort gab es auch viel Gestrüpp, an dem man sich verfangen und straucheln konnte, wie hier bei den kreuzenden Seilen.

In anderer Hinsicht war das Netz wie ein mit trügerischem Eis überfrorener See. Manchen Seilen sah man nicht an, wie locker sie hingen, wie tief sie unter der Belastung nachgäben, von den sich ständig verändernden Maschen ganz zu schweigen.

In einem Sumpf suchte man festen Grund und bewegte sich dort nur noch fort, wenn man gezwungen war. Auf dem Eis blieb man eher in Bewegung, mit dem Ziel, den Gegner auf Stellen zu locken, an denen er einbrach. Da Ulrik bereits das erste Wurfmesser hervorzog, entschied Bren, dass das Abwarten keine kluge Strategie war. Er stieg über die Taue auf eine Stelle zu, wo sich viele Seile trafen und so einen vergleichsweise engmaschigen Bereich bildeten.

Den ersten Wurf konnte Ulrik kaum ernst meinen. Er war noch fünfzehn Schritt entfernt, bei dem schwankenden Untergrund und dem nicht gerade lauen Wind hier oben konnte kein Messer auf diese Distanz treffen. Nichtsdestotrotz stieg beifälliges Gejohle von den auf den Decks versammelten Mannschaften herauf.

»Einer vorbei«, grinste Ulrik, »bleiben mir nur noch neun.«

»Passt auf, dass Ihr Euch nicht daran schneidet. Ihr wollt doch nicht mit einem verletzten Daumen an den Rudern dieser Galeeren sitzen, die sich über den Meeresgrund schieben.«

»Pentor wird noch ein paar Jahre auf mich warten müssen!« Ulrik lachte, als er das nächste Messer zog.

Bren erreichte das dichte Geflecht und sah seinem Gegner entgegen. Ulrik verkürzte die Distanz auf zehn Schritt, bevor er das nächste Mal warf.

Bren duckte sich zur Seite, was das Messer fehlgehen ließ, aber das Netz in bedenkliche Schwingungen brachte. Er griff mit der linken Hand zu, um nicht zu fallen.

Er hatte nicht gesehen, dass Ulrik schon das nächste Messer hervorgefingert hatte. Das Blitzen auf der Klinge bemerkte er erst, als sie schon beinahe heran war. Brens Körper reagierte schneller als sein Verstand, als er die breite Klinge des Entermessers vor seinen Bauch riss. Mit hellem Klang prallte Ulriks Waffe dagegen, schnitt nur einen harmlosen Kratzer in die Haut seitlich an seinem Brustkorb. *Das war knapp.* Bren musste seine Taktik ändern. Wenn er hier stehen bliebe, träfe ihn das nächste oder übernächste Messer.

Ulrik dachte jedoch nicht daran, seinen Vorteil aufzugeben. Er schleuderte bereits die nächste Klinge.

Bren hatte sich noch nicht wieder vollständig aufgerichtet und musste sich schon zur nächsten Seite werfen. Mit einem Sprung gab er seine Position auf, ruderte mit den Armen, um nicht zu stürzen, und machte einen weiten Schritt auf das nächste Tau.

Ulrik schrie unartikuliert und kam entschlossen näher. Er schlug einen weiten Halbkreis mit seinem Säbel, dem Bren nur durch einen blinden Schritt rückwärts entkommen konnte. Zum Glück war das Netz hier noch eng genug, damit sein Fuß Halt fand.

Ulrik schleuderte ein weiteres Messer, und diesmal traf er in den Bauch, wenn auch nicht tief. Bren stieß die Luft aus. Er war dankbar dafür, dass der Kampfrausch ihm den Schmerz ersparte, auch wenn er wusste, dass er die Wunde stärker spüren würde, wenn die Aufregung erst aus seinem Blut gewichen wäre.

Ulrik setzte nach.

Bren fing den Säbelhieb mit dem Entermesser ab.

Der Widerstand brachte auch Ulrik ins Taumeln. In der Rückwärtsbewegung hackte er mit einem Spalthieb abwärts.

Bren sprang zur Seite, landete der Länge nach auf zwei Seilen und konnte sich gerade noch festhalten.

Ulriks Säbel schlug in ein anderes Tau, das er dadurch zertrennte. Damit ging auch einem Teilstück des Netzes Stabilität verloren, sodass es merklich nachgab.

Den Moment, den Ulrik brauchte, um wieder sicheren Stand zu gewinnen, nutzte Bren, um seinerseits in eine hockende Position zu kommen.

»Du bist lästig wie eine Laus in meinem Schamhaar!«, rief Ulrik und zog das nächste Messer. Nur noch vier steckten in seinem Gurt, aber ein einziger Volltreffer würde den Kampf entscheiden.

Bren drückte sich nach vorn ab. Das Seil unter seinen Füßen gab merklich nach, doch der Schwung reichte aus, um nah an Ulrik heranzukommen, der mit einem überraschten Schrei das Messer fallen ließ, um mit dem Säbel den Angriff des Entermessers beiseitezuprellen.

Bren achtete nicht auf sein Gleichgewicht und setzte sofort nach, mehr liegend als stehend. Er führte einen wuchtigen Stoß, den Ulrik aber auspendelte.

Bren zog den linken Fuß nach.

Ulrik holte mit dem abwärtsweisenden Säbel so weit aus, dass die Spitze neben seinem Ohr zitterte. Er stach zu.

Bren tauchte kopfüber zwischen den Seilen durch. Fünfzehn Schritt unter ihm standen die Piraten auf den Decks. Kiretta verdrehte den Kopf, so weit sie konnte, um dem Geschehen zu folgen. Der Wind rauschte an seinen Ohren, als er Ulriks überraschten Schrei hörte. Bren hing mit der linken Hand an einem Tau. Mit der Rechten führte er das Entermesser zu einem entschlossenen Hieb, der das Seil durchtrennte, auf dem Ulrik stand. Er hatte die Schneide ordentlich geschliffen und merkte kaum den Widerstand der Fasern, durch die er schnitt.

Ulrik ruderte mit den Armen, als er stürzte. Dabei prallte sein Säbel so heftig gegen das Entermesser, dass beide Waffen in die Tiefe fielen, wo sie, den Schreien nach zu urteilen, einen Zuschauer trafen. Ulrik bekam das zertrennte Seil zu fassen, an dem er jetzt einen Schritt unter Bren hin- und herschwang.

Bren zog sich hoch, hockte sich auf das Netz, das in diesem Bereich nur noch wenig Halt bot. Zweifellos würde sich Ulrik schnell von seinem Schreck erholen, und dann hätte er noch seinen zweiten Säbel und einige Messer, wohingegen Bren unbewaffnet war. Unbewaffnet bis auf seinen Verstand, und der war seit jeher die schärfste Klinge.

Ulrik erkannte, dass der Säbel in seiner jetzigen Lage zu klobig war, also zog er eines der verbliebenen Messer. Dieses konnte er in der Hand halten und gleichzeitig das Seil fassen. Hand über Hand arbeitete er sich nach oben. Misstrauisch beäugte er Bren. Unten auf den Decks herrschte solche Ruhe, dass der Wellenschlag zu hören war.

Bren sah zu, wie Ulrik die Stelle erreichte, wo sein Seil auf einem anderen auflag. Hier konnte er das quer laufende Tau greifen und fühlte sich sichtlich sicherer. Er zog ein zweites Messer.

Zu früh.

Bren sprang in die Höhe. Dadurch wurde Ulriks Körper zum einzigen Gewicht in diesem Teil des Netzes, das sofort in eine spitze Senke nach unten fiel.

Panisch schrie er auf.

Als Bren wieder landete, prallte das Tau, an dem sich Ulrik festhielt, gegen sein Kinn. Das gurgelnde Geräusch verriet, dass er die Zunge zwischen den Zähnen gehabt hatte.

Bren versuchte nicht, aufzustehen. Er warf seinen Körper im Liegen herum und trat gegen Ulriks Gesicht.

Dieser ließ ein Messer fallen, um sich die blutende Nase zu halten.

Bren versteifte sich und rollte über die Längsachse zu Ulrik. Das war nicht schwierig, denn Ulriks Gewicht erzeugte ein hilfreiches Gefälle.

Bren griff das zerschnittene Seil, an dem sich Ulrik hochgezogen hatte. Sein Gegner hätte sicher nach ihm gestochen, aber die Hand, mit der er das Messer hielt, brauchte er, um sich am Tau festzuklammern, da er die andere an seinem Gesicht hatte.

Jammerlappen leben nicht lange, dachte Bren und schlang das lose Seil zweimal um Ulriks Hals, bevor er ihn mit einem Faustschlag in die Tiefe schleuderte. Mit vernehmlichem Knacken brach das Genick.

Ulrik pendelte noch einen Moment im Wind, bevor sich die Verschlingungen lösten und er wie eine zerbrochene Puppe auf das Deck fiel, wo die Piraten schon vorsorglich beiseitegetreten waren.

»Was soll aus Ejabon werden«, fragte Nerate tonlos, »ohne seine Sklaven?« Ihr war anzusehen, dass die Rückkehr der Flotte in der Abenddämmerung ihre schlimmsten Befürchtungen übertroffen hatte.

Bren beobachtete die Menge gefesselter Gestalten, die zwischen den Fackeln warteten, um dann in einer Doppelreihe über den Steg bis zur *Mordkrake* zu gehen. Von hier, aus dem Palast, in dem schon die Gildenmeisterinnen befragt worden waren, bot sich ein perfekter Blick auf die Szenerie. In diesem Moment war Bren froh, dass Tinaji schon tot war. Er hatte sie ein wenig gemocht, gestand er sich im Stillen ein.

»Immerhin habt Ihr jetzt einen Handel mit Schattenfürst Velon«, sagte er.

»Gültig, solange ELIEN VITAN herrscht«, versetzte Nerate bitter.

Fest sah er sie an. »Wärt Ihr lieber tot? Dann stellt Euch in die Reihe.«

»Es gibt angenehmere Arten, ins Nebelland zu gehen.«

Da konnte man ihr schwerlich widersprechen. Die meisten dort unten brachten noch nicht einmal die Kraft auf, zu schreien, wenn die Osadroi ihnen das Leben aus der Brust rissen.

»Wie viele werden sie brauchen?«, fragte Nerate.

Bren zuckte mit den Schultern, was ihm einen leichten Stich von der Messerwunde im Bauch einbrachte. Nichts im Vergleich zu den Schmerzen, die dort unten gelitten wurden. »Ich verstehe nicht viel von Magie, außer, dass der Preis dafür immer Leben ist. Sie benutzen die Essenz, um einen Zauber zu weben, der die *Mordkrake* im Seelennebel schützen soll. Ich glaube nicht, dass das zuvor bereits versucht wurde. Und sie tun es gemeinsam mit Alenias.«

»Dem Fayé?«

Bren nickte. »Die Aussicht, in den Seelennebel zu fahren, hat seine Lebensgeister geweckt. Ich weiß nicht, ob er hier draußen Dämonen rufen kann, aber er ist alt. Ich denke, er versteht sich auf das, was er tut.«

»Wie beruhigend.«

»Vergesst nicht, dass Ihr selbst verschuldet habt, was Eurer Stadt geschehen ist.«

Freudlos sah sie über die Häuser. Viele von ihnen rauchten noch immer.

Gewohnheit ist mächtig, dachte Bren. *Sie trägt weiterhin helles Puder auf der Haut, ahmt die Osadroi nach, wie so viele Edle es tun. Trotz des Leids, das wir ihrer Stadt gebracht haben und noch bringen werden.*

»Mich wundert, dass Ihr eine Mannschaft gefunden habt, die mit Euch segelt.«

»Ihr würdet Euch noch mehr wundern, wenn Ihr wüsstet, dass sie nur aus Freiwilligen besteht. Piraten folgen dem Stärksten, und mein Duell heute scheint viele beeindruckt zu haben. Nun ja, Kirettas Rede von Schätzen, die noch kein Mensch gesehen hat, hat sicher auch ihren Teil dazugetan.«

»Das ist die vorlaute Navigatorin?«

»Die Navigatorin, die ihren Wert kennt«, korrigierte Bren.

Am Steg fielen wieder zwei leblose Körper ins Wasser. Die Nächsten traten vor. Die ondrischen Krieger waren damit beschäftigt, die Menge im Fluss zu halten, der Strom der Essenz sollte nicht versiegen. Die meisten dort unten waren klug genug, sich gegen das Kommende zu wehren, aber keiner von ihnen hatte die Kraft, sich auf Dauer den Schlägen zu widersetzen. Gleich, ob sie am Ende aufrecht standen oder auf allen vieren gekrochen kamen, die Schattenherren riefen nach ihrem Leben, das sie daraufhin als silbriger Schwall verließ und auf der Strecke zum Schiff zu einer dunklen Wolke wurde. Die Leichen schwammen schon so dicht, dass es aussah, als könne man auf ihnen wie auf einem Floß von der *Mordkrake* zum Ufer gehen.

»Wenn wir einen Dunkelrufer hätten, wäre es einfacher.«

»Was soll das sein?«

»Ihr würdet sie wohl Priester nennen, aber sie beten keine Götter an, sondern dienen den Schatten im Kult. Dort bekleiden sie einen speziellen Rang. Ihre Hauptaufgabe besteht darin, Essenz zu ernten. Sie könnten dafür sorgen, dass wenig verloren ginge. Da wir keinen haben, ziehen die Osadroi die Lebenskraft selbst aus den Opfern. Dabei wird viel verschwendet.«

Nerate stützte sich auf dem Fenstersims ab. »Was soll nur aus Ejabon werden?«, flüsterte sie.

»Wie lange dauert es noch, bis die Sklaven aus den Minen eintreffen?«

»Ihr könnt es wohl nicht erwarten?«

»Ich glaube, auch Ihr wäret froh, wenn sie kämen. Der Platz am Ufer leert sich. Ich weiß nicht, ob Ihr in der Stadt noch ein paar Sklaven findet oder nicht. Aber eines verspreche ich Euch: Ob mit oder ohne Sklaven, die Essenz wird nicht versiegen. Nicht einmal für einen Wimpernschlag.«

Nerate schluckte, als sie begriff, dass auch freie Bürger Lebenskraft zu geben hatten, wenn die Unfreien knapp wurden.

Alenias zitterte weder vor Kälte noch vor Furcht. Es war Erwartung, vielleicht sogar Sehnsucht, die seinen Körper beben ließ, während er im Bug der *Mordkrake* stand. Die Schattenherren hatten sich vor Tagesanbruch in die Kutsche unter Deck zurückgezogen. Die Sonne leuchtete inzwischen durch den Seelennebel, aber auf Deck wurde es dennoch nicht hell. Das Schiff näherte sich dem weißen Wallen, umgeben von dunklen Schwaden, als trüge es ein Stück des Nebellands mit sich. Dies war der Schutzschild, den die Osadroi und der Fayé gemeinsam geschaffen hatten. Er hatte beinahe alle Haussklaven Ejabons das Leben gekostet, die Kraft von mehr als dreihundert Menschen war in ihn geflossen. Die Schwaden zogen mit dem Schiff, als seien sie gleich einer Glocke darum befestigt, die sich auch unter Wasser fortsetzte, den Wellen aber keinen Widerstand bot. Wesenheiten trieben darin, die Alenias gerufen haben mochte. Die meisten waren menschenähnlich, aber gehörnt oder mit Reißzähnen und Klauen bewaffnet. Sie waren nicht immer auf gleiche Weise in der Wirklichkeit präsent, sie verdichteten sich wie Rauch in dem dunklen Nebel, wirkten manchmal so fest, dass man sie berühren könnte, starrten aus geschlitzten Pupillen auf die Besatzung, um dann wieder zu verwischen.

Kiretta stand selbst am Steuerrad. Bren sah, dass die Kompassnadel gerade nach links zeigte, oder nach backbord, wie die Seeleute sagten. Ejabon, die glücklose Insel, lag steuerbord achtern. Die See war bislang so ruhig gewesen wie die Matrosen, die stumm ihrer Arbeit an Segeln und Takelage nachgingen, aber jetzt wurden die Wellen höher. Der Bug der *Mordkrake* stieg an, bis voraus kein Wasser mehr zu sehen war, nur weißer Nebel und darüber blauer Himmel, beides durch den rauchigen Schleier des magischen Schilds. Dann kippte er unvermittelt ab, was dazu führte, dass das Heck, auf dem Bren stand, dem entlasteten Ende einer Wippe gleich die Gegenbewegung ausführte und nach oben schwang. Für kurze Zeit lösten sich Brens Füße vom Boden, als der Rumpf auf die Wellen schlug. Wie Fontänen spritzte das Wasser zu beiden Seiten in die Höhe.

Kiretta schrie: »Na komm schon! Mehr kannst du nicht?«

Der Bug hob sich wieder, die *Mordkrake* fand in ein schlingerndes Gleichgewicht. Eine Böe traf sie an Steuerbord wie ein Faustschlag. Die Planken ächzten, als sich das Schiff auf die Seite legte. Nur knapp blieb Bren auf den Beinen.

Es dauerte nicht lange. Die *Mordkrake* pendelte zurück.

Lachend riss Kiretta am Steuerrad, richtete den Bug neu auf den Seelennebel aus. Eine Welle stand vor ihnen wie eine Wand. »Ja!«, rief Kiretta. »Zeig ihnen, wie du klettern kannst, meine Süße!«

Für einen Moment hatte Bren den Eindruck, das Schiff stieße waagerecht in das stehende Wasser wie das Geschoss einer Ballista in eine Wand aus Stroh. Dann bewegte es sich knarrend in die Höhe. Der Aufstieg war so steil, dass Bren fürchtete, es könne wie ein Stein zurückfallen. Krieger und Matrosen suchten Halt, wo immer sie ihn finden konnten. Einer der Ondrier ging über Bord, als sein Halteseil riss. Brens Befehl gemäß trug er keine Rüstung, aber dennoch würde er durch dieses Wetter die Insel kaum erreichen können.

»Das ist es!«, schrie Kiretta, als die *Mordkrake* den Wellenkamm erreichte und vornüberkippte, um in halsbrecherischer Fahrt abzustürzen. Das Salzwasser hatte sie ebenso durchnässt wie Bren, der sich bereits wie ein Fisch fühlte. »Das ist es!«, wiederholte Kiretta. »Genau darum fahren wir zur See! Solch einen Spaß hat man an Land nie!«

Bren gab es auf, den Kurs des Schiffs zu verfolgen. Er konnte ohnehin nicht helfen, also kämpfte er sich zu der Treppe durch, die Achter- und Hauptdeck verband, um sich an deren Geländer festzuhalten. Kirettas Gelächter und ihre Rufe wehten in Fetzen zu ihm herüber, wenn das Krachen der Brecher sie nicht übertönte.

Bren traute dem Frieden nicht, als plötzlich Stille herrschte. Er war nicht der Einzige, überall an Deck kamen die Männer nur langsam auf die Füße, obwohl das Schiff jetzt ruhig lag. Auf Anhieb sah Bren zwei gebrochene Arme.

Kiretta hatte sich wohl heiser geschrien. Sie stand heftig atmend, mit leicht gesenkter Stirn, aber stumm am Steuerrad. Nur Alenias war noch auf seiner Wache im Bug, beide Hände um das Tauwerk geschlossen. Um nicht fortgespült zu werden, musste er Kräfte aufgeboten haben, die über das hinausgingen, was sein alter Körper zu geben imstande war. Ein Blick auf die Unkreaturen, die noch immer unbeeindruckt um die *Mordkrake* trieben, verriet, welcher Art diese Kräfte waren.

Dann berührten sich die schwarzen und die weißen Schwaden, der Schild des Schiffs und der Seelennebel. Bren hielt den Atem an. Er stand auf, ging die Stufen zum Hauptdeck hinunter, dem Bug entgegen. Dorthin strebten auch die dunklen Wesenheiten des magischen Schutzes. Im Seelennebel sammelten sich knochenweiße Gesichter. Ihre Züge waren unverkennbar die von Fayé, dreieckige Formen, Ohren mit langen, zurückweichenden Spitzen, leere Augenhöhlen, die dennoch starrten.

Die *Mordkrake* glitt jetzt mit einer Ruhe durch das Wasser, die dem vorherigen Tumult Hohn sprach. In einer anderen Wirklichkeit aber brach ein Sturm los. Bren konnte nur Ausläufer davon erkennen. Das greifbarste Anzeichen waren der dunkle und der helle Nebel, die nach einer kurzen Phase des Abtastens aufeinander losgingen. So war es also, wenn Geister fochten. Fetzen wurden aus der schützenden Dunkelheit gerissen, in die hellen Schwaden gezogen, wo sie sich auflösten. Vor dem Bug stießen Keile der Finsternis in das weiße Wallen, drückten die darin treibenden Gesichter beiseite, die mit unverkennbarer Pein in den Zügen weichen mussten.

Es gab deutlichere, wenn auch den Sinnen schlechter zugängliche Anzeichen für den Kampf, mit dem sich das Schiff seinen Kurs erzwang. Kälte wischte durch Brens Brust, kurz, aber so intensiv, dass ihm der Atem stockte, als gefröre die Luft in seinen Lungen. Er hörte ein tiefes Seufzen, dessen Ursprung in seinem eigenen Kopf war, knapp unter der Schädeldecke.

Er griff an seinen Morgenstern, obwohl er wusste, dass diese Waffe ihm jetzt nicht helfen würde. Unbeirrt setzte er einen Fuß vor den anderen, bis er neben Alenias stand.

»Wie fühlt es sich an, am Ziel Eurer Reise angekommen zu sein?«, fragte er.

Der Fayé drehte den Kopf, bis die purpurnen Nebel, die ihm die Augen ersetzten, auf Bren gerichtet waren. »Fort mit Euch, Sterblicher«, sagte er. Damit wandte er sich wieder dem Geschehen vor dem Bug zu.

Bren versuchte, zu verstehen, was es bedeutete, nach einem tausendjährigen Leben etwas zu finden, was ihm neuen Sinn gab. Am Ende unzähliger Hoffnungen, vergeblichen Strebens, hinter Siegespreisen, die mit der Zeit schal geworden waren, nach jahrhundertelangem Ringen mit dem Nachtschattenwald, der schon längst nicht mehr freiwillig gab, was das Volk der Fayé begehrte … nach alldem – der Seelennebel. Das unbekannte Land. Das Reich der Fortgegangenen, der Zurückgewiesenen, jener, die sich nach dem Leben sehnten und den Tod nicht fanden. Hatten sie neue Antworten? Alenias glaubte es, musste es glauben. Was, wenn er enttäuscht würde? Wäre das eine Wunde mehr, als er empfangen könnte? Würde dies seine Seele verwischen wie die Nebelfetzen, die rund um das Schiff vergingen?

Es war nicht Brens Angelegenheit. Er wandte sich ab.

Noch immer lag das Schiff ruhig, wobei es beständige Fahrt machte. Auch hinter dem Heck hatten sich jetzt die weißen Schwaden des Seelennebels geschlossen. War der dunkle Schild zu Beginn ihrer Fahrt ein halbwegs gleichmäßiges Gebilde gewesen, wie der Korpus einer Flasche, so war er jetzt in ständiger Bewegung, lag im Streit mit seinem weißen Gegner. An manchen Stellen berührte er beinahe die Bordwand, während er am Bug Raum voraus erkämpfte. Viele der dunklen Gestalten trieben nun beinahe als feste Körper in ihm, schlugen weit ausgeholte Hiebe in die Masse ihrer Feinde, die nur als Gesichter zu sehen waren.

Mit gespenstischer Langsamkeit bohrte sich ein weißer Zapfen durch den Schild. Er war wie die Nadel eines Riesen, die durch Leder stach, das sich erst dehnte, um schließlich doch zum Nachgeben gezwungen zu werden. Nachdem Bren die Welt außerhalb des Schiffs so lange durch den dunklen Schleier gesehen hatte, blendete ihn das ungefilterte Weiß. In sich war es in ständiger Bewegung, aber seine Gestalt als Ganzes wirkte fest wie ein Dorn an Brens Morgenstern. Ohne Hast, aber unaufhaltsam streckte es sich zum Deck herunter. Die Planken schienen ihm keinen Widerstand entgegenzusetzen. Sie wurden durch sein Eindringen nicht beschädigt, verlangsamten den Dorn aber auch nicht. Bren verstand kaum etwas von mystischen Gesetzmäßigkeiten, aber er vermutete die Ursache dafür darin, dass Schild und Dorn zur Geisterwelt gehörten, die Schiffsplanken dagegen zur greifbaren Wirklichkeit. Der Dorn schob sich also durch das Holz, hinunter in den Laderaum. Dort waren die Hängematten der Krieger aufgespannt, die sich aber ohnehin alle auf Deck befanden. Nur die lodernden Augen der Schattenrosse würde der Dorn finden.

Bren wollte schon beruhigt Befehl geben, sich von der knochenweißen Erscheinung fernzuhalten. Der menschliche Geist war der Welt des Mystischen zugänglich, also wäre ein Kontakt mit dem Dorn gefährlicher für Mannschaft und Krieger als für tote Holzplanken. Besser, diese Waffe des Feindes bohrte sich unbehelligt in den verlassenen Laderaum, wo sie keinen Schaden anrichten konnte. Er setzte zu einem Ruf an, als ihm mit einem Schlag einfiel, dass dort unten doch noch jemand war. Die Osadroi in ihrer festgekeilten Kutsche! Velon und Gadior befanden sich in ihrem Tagschlaf, starr, bewegungsunfähig! Der Feind zielte auf das Herz ihrer Expedition. In der stofflichen Welt konnte den Schattenherren kaum etwas anderes als Silber gefährlich werden, aber die Wirklichkeit der Geister folgte anderen Gesetzen.

»Haltet es auf!«, rief Bren und stürzte zu dem Dorn, ohne zu wissen, was er tun konnte. Seine Krieger folgten ihm, zögerten aber ebenso wie er. Immer weiter bohrte sich das Weiß durch die Planken. Über ihnen, wo es durch den Schild stieß, verbreiterte es beständig die Öffnung. Wie der Stachel eines Rabenschnabels, der absurd langsam durch den Panzer eines Ritters schlug.

Bren schwang seinen Morgenstern gegen die Erscheinung. Er hätte ebenso gut eine Nebelwand angreifen können.

»Hier richten wir nichts aus!«, rief er. »Nach unten! Schnell! Wir müssen die Osadroi schützen!«

Die Ladeluke war mit fünf Riegeln verschlossen, die rasch entfernt waren. Bren und seine Krieger fielen die Leiter eher hinunter, als dass sie die Sprossen benutzt hätten. Der weiße Dorn verstrahlte ein milchiges Licht. Hier unten war er nicht mehr steif wie Eisen, sondern wand sich gleich einem trägen Tentakel. Bren brauchte einen Moment, um in dem leblosen, steifen Pferdekadaver ein Schattenross zu erkennen. Im Tod wurden sie wieder zu gewöhnlichen Rappen, nur, dass ihnen die Augen fehlten.

Aber das war jetzt seine geringere Sorge. Der Tentakel näherte sich der Kutsche. »Brecht sie auf!«, befahl Bren.

Ein Krieger schwang ein Enterbeil, das er einem der Seeräuber abgenommen haben mochte. Es war zu klein, um die Tür mit einem Schlag zu durchbrechen, aber der Mann schlug schnell. Drei andere stellten sich zwischen die Kutsche und den Tentakel, ohne dass ein Befehl dazu notwendig gewesen wäre. Sie hoben ihre tropfenförmigen Schilde, bis nur noch ein schmaler Streifen unter der Helmkante ungedeckt war, und zogen ihre Schwerter blank.

Die Tür gab nach. Der Krieger riss sie auf. Unsicher sah er Bren an. Der stellte sich neben ihn. »Warte noch.«

Er sah zum Tentakel, der gerade das nächste Schattenross fand. Lautlos bäumte es sich auf, warf seinen Kopf hin und her. Kein Blick konnte ein Schattenross fixieren, ihre Konturen lagen ständig wie unter einem irrealen Nebel verborgen. Während das Weiß durch seine Brust fuhr, verwehte dieser Effekt. Die Flammen schlugen weit aus seinen Augen, züngelten unter die Deckplanken. Aber das Ringen dauerte nicht lange. Es brach zusammen, steif wie in tiefem Frost gefroren. Aus dem Schädel kräuselten sich zwei dünne Rauchsäulen.

Bren überlegte, ob er Alenias um Hilfe bitten sollte, aber der Weg zum Bug war weit und der Tentakel fand bereits die Richtung auf die Kutsche zu. Todesmutig stellten sich die drei Krieger ihm entgegen. Wie Bren befürchtet hatte, richteten ihre Klingen nichts aus und weder Schilde noch Rüstungen hielten die Erscheinung auf. Die Körper der Krieger aber schienen nicht so leicht durchdringbar zu sein. Der Tentakel schob die Männer ein Stück vor sich her, aber sie stemmten sich dagegen und hielten ihren Gegner so auf. Das würde ihnen nicht lange gelingen.

Bren sah den Krieger an, der die Tür losgeschlagen hatte. »Wir tun es gemeinsam«, sagte er. Der andere nickte, auch wenn Angst in seinen Augen flackerte.

Gadior lag ausgestreckt auf der rechten Liege, Velon auf der linken. Bren wählte Velon. Der Osadro hatte sich nicht die Mühe gemacht, eine Decke über sich zu breiten. Er trug eines seiner üblichen Gewänder, weit und bauschig. Die Arme hatte er vor der Brust gekreuzt, seine Krallen schimmerten metallen in dem milchigen Licht, das durch die offene Tür sickerte, der Ring, der die Würde des Schattenfürsten anzeigte, funkelte an einem bleichen Finger. Ein feines Lächeln lag auf Velons Lippen. Man sagte, Schattenherren träumten von Dingen, für die es in der Sprache der Sterblichen keine Worte gab, und was ihnen Vergnügen bereitete, zerriss einem Menschen den Verstand.

Bren hockte sich neben ihn. »Schattenfürst«, sprach er in sein Ohr. »Ihr müsst erwachen. Ihr seid in Gefahr.«

Keine Reaktion. Natürlich nicht. Draußen herrschte der Tag, wenn auch keine Sonne durch Seelennebel und Schutzschild drang.

Bren schloss die Augen, sammelte seine Entschlossenheit. »Wir haben keine Zeit.« Diese Worte richtete er ebenso an sich selbst wie an seinen Untergebenen.

»Versprecht mir, dass Ihr nicht vergesst, was ich heute tue«, flüsterte der Krieger.

»Ich werde es dir lohnen«, entgegnete Bren. »Und die Schatten werden es auch tun.«

Das schien ihm zu reichen, um Gadior entschlossener zu wecken, als Bren es zuvor bei Velon versucht hatte. Bren sah nicht, was der Mann tat, aber er hörte den Schrei des Schattengrafen, als dieser aus dem Schlaf fuhr. Niemals hatte Bren solche Wut gehört. Er wirbelte herum.

Gadior stand hoch aufgerichtet. Der Krieger war nur noch auf den Beinen, weil der Osadro ihn hielt. Dessen Hand umfasste die Wirbelsäule des Menschen. Sie hatte sie offensichtlich erreicht, nachdem sie den Bauch durchschlagen hatte, in dem der Unterarm zur Hälfte verschwand.

Bren starrte auf die blutigen Finger, die aus dem Rücken ragten, sich bewegten, als würden sie die Saiten einer Laute zupfen, dabei über die Wirbel strichen, die sie aus dem Körper gedrückt hatten. Gadiors Blick wirkte in dem weißen Licht abwesend.

»Herr …«, setzte Bren an. Er schluckte. »Wir sind in Gefahr, Herr.«

»Es ist Tag«, sagte Gadior mit seinem tonlosen Flüstern, das so gar nichts gemein hatte mit dem dämonischen Schrei, mit dem er aus dem Schlaf gefahren war.

»Ja, Schattengraf. Und wir müssen an Deck. Hier unten können wir dem Feind nicht entkommen.«

Langsam drehte Gadior den Kopf. Erst jetzt schien er den Krieger zu bemerken, der schlaff und tot auf seinem Arm hing. Ohne Hast ließ er ihn zu Boden rutschen. Seine Hand machte ein schmatzendes Geräusch, als sie aus der Wunde glitt. Er schüttelte sie aus, um wenigstens etwas von dem Blut loszuwerden. »Du weckst uns nicht ohne Grund«, stellte er fest.

»Das täte ich niemals. Es geht um Euer Leben.«

Gadior nickte. »Tritt zur Seite, Bren. Am besten gehst du schon einmal hinaus.«

Zwei Krieger lagen reglos unter dem Tentakel, aber zwei weitere hatten sich gefunden, ihre Stellung einzunehmen. Die Erscheinung war so weit vorgerückt, dass die Männer zwischen ihr und der Kutsche eingeklemmt waren.

Velon schrie nicht, als Gadior ihn weckte. Jedenfalls nicht laut und zornig, wie der erste Osadro es getan hatte. Es war ein lang gezogenes Klagen, das Bren ein Schaudern über den Rücken kriechen ließ.

Einen Moment später traten die Osadroi aus ihrem Gefährt. Ihre Bewegungen waren steif, hatten nichts von der Eleganz, die sie sonst zeigten. »Geh voran, Bren Stonner«, forderte Gadiors Flüstern.

Die Gardisten erkannten die Absicht ihrer Herren. Einer von ihnen umrundete den Dorn, bis er die der Treppe abgewandte Seite erreichte, und drang dann auf ihn ein. Das todesmutige Manöver zeitigte Erfolg, der Dorn schwenkte von der Treppe fort. Auf den Stufen sah Bren noch einmal zurück. Der Mann war wirklich geschickt, er hatte der Geistererscheinung ausweichen und sich in Sicherheit bringen können.

Auf Deck wurden die Bewegungen der Osadroi noch mühseliger, als steckten sie in Rüstungen mit rostigen Gelenken. Das Schiff schwankte sanft, die Wellen hier waren hoch, trafen aber mit wenig Wucht auf den Rumpf. Sie machten langsame Fahrt. Alenias stand noch immer im Bug, die Takelage fest im Griff.

Velon und Gadior, gebeugt wie erschöpfte Greise, starrten den weißen Dorn an. Ihre bleiche Haut leuchtete in dem Dämmerlicht, das durch Seelennebel und Schutzschild drang.

Der Dorn bewegte sich träge das Schiff entlang. Seine Spitze blieb unter Deck, was ihn aber nicht behinderte. Das Holz der Planken setzte ihm nicht mehr Widerstand entgegen als Nebel. Dort, wo er es verließ, zeigte es keinerlei Beschädigung. Auf seiner Wanderung erreichte er einen Mast, an dem ein Seemann mit einem losgerissenen Segel kämpfte. In den Wanten konnte er der Erscheinung unmöglich ausweichen. Er schrie aus vollem Hals, als er sie nahen sah. Mund und Augen blieben weit aufgerissen, als sie ihn erreichte. Von einem Moment auf den nächsten wurde er so steif wie ein gefrorener Fisch. Das Schaukeln des Schiffs reichte aus, um ihn aus den Seilen kippen zu lassen. Er prallte auf das Deck. Ein vernehmliches Knacken zeugte von den brechenden Knochen, und die Art, wie er lag, ließ keinen Zweifel daran, dass seine Wirbelsäule zerstört war. Dennoch blieb sein Gesicht erstarrt, und auch sonst regte er sich nicht.

»Wie viele von denen können wir entbehren?«, fragte Gadior müde.

Unwillig schüttelte Velon den Kopf. »Sie werden nicht damit fertig«, murrte er. »Das ist eine Aufgabe für uns.« Er wandte sich an Bren. »Sorge dafür, dass uns niemand stört, General.«

Die beiden murmelten etwas, das sich zu einem Gesang steigerte, dessen Worte Bren undeutbar blieben. Die dunklen Unkreaturen, die das Schiff bewachten, verstanden sie offenbar. Sie wurden zu der Stelle gezwungen, an der der Dorn durch den Schutz gebrochen war. Mit sichtbarem Widerwillen näherten sie sich dem mächtigen Feind. Die Osadroi vollführten Gesten, die ihre Diener in den Kampf dirigierten. Schließlich rammte die erste Unkreatur die schrittlangen Hörner in den Feind. Das Kreischen des Dämons drang zu Bren herab, als er sein mit mehreren Zahnreihen bestücktes Maul aufriss. Er trieb sie weit hinein und blieb stecken, wurde vom rotierenden Wirbel herumgerissen, sodass er um den Dorn kreiste, bis sein Körper in der Mitte auseinanderriss und in dunklem Wallen verging. Aber auch der Dorn hatte Kraft eingebüßt, sein Umfang hatte sich reduziert.

Die Geister der Fayé eilten zum Schutz ihrer stärksten Waffe. In einem Kordon fanden sich die weißen Köpfe um den Dorn zusammen.

Die Osadroi zeigten sich unbeeindruckt. Sie achteten nur auf ihre eigenen, dunklen Kämpfer. Velon stieß mit dem Arm vor, als wolle er einen der Dämonen mit der Verlängerung des Zeigefingers aufspießen. Tatsächlich erstarrte die gehörnte Bestie. Sie nahm stärkere Substanz an, wurde von einem rauchigen Etwas zu einer Gestalt, die aus beweglichem Marmor zu bestehen schien. Dunkelgrauem, beinahe schwarzem Marmor, dessen Äderung in blutigem Rot pulste.

Nein, das wirkte nicht nur wie Blut. Es *war* Blut. Deutlich sah Bren, wie es vom Körper tropfte, um sich dann im dunklen Nebel des Schutzschilds aufzulösen. Wenn Bren die Grimasse richtig deutete, war sie von Zorn entstellt. Die Lippen zogen sich weit zurück, entblößten spitze Zähne, zwischen denen eine gespaltene Zunge hervorkam. Die Muskeln am Hals traten dick hervor, die Stirn unter den Hörnern legte sich in wulstige Falten.

»Quält Ihr ihn?«, fragte Bren Velon.

Er erhielt keine Antwort. Offenbar erforderte das Werk Velons volle Konzentration.

Dafür trat Gadior neben ihn. »Welchen Seemann kannst du am ehesten entbehren?«

Verwirrt blickte Bren ihn an. »Ich kenne ihre Fähigkeiten nicht. Ich könnte Kiretta befragen, aber dazu müsste ich sie am Steuerrad ablösen lassen.«

»Das ist die Mühe nicht wert«, bestimmte der Schattengraf. »Bring mir den da.«

Der Mann wandte ihnen den Rücken zu. Er klammerte sich an die Reling und beobachtete das unheimliche Schauspiel.

Bren winkte zwei Kriegern, die ihn packten und zu ihnen schleiften. Er wehrte sich heftig strampelnd. Seine Bemühungen nahmen zu, als er sah, dass Gadior den Dolch aus der Scheide an Brens Gürtel zog. Erst schrie er Dinge wie »Nein!«, »Hilfe!« und »Ich bin unschuldig!«, aber als Gadior sein Hemd zerriss und eine Zauberrune in seine Brust schnitzte, verlegte er sich auf unartikuliertes Geheul.

Abwesend gab Gadior Bren den Dolch zurück. Er säuberte die Hände an einem Fetzen des zerrissenen Hemds. Dann deutete er mit der Rechten auf das Opfer, mit der Linken auf die dunkle Wesenheit, die Velon noch immer fixierte. Wenn sich Bren nicht täuschte, war sie gewachsen. Die Muskeln an den Oberarmen traten stärker hervor.

Gadior zischte Worte, die Bren nicht verstand. Ein glitzernder Essenzstrom löste sich aus der Zauberrune in der Brust des Seemanns und fiel zu dem Dämon hinauf wie Wasser, das eine Klippe hinabstürzte. Innerhalb von zwei Herzschlägen verweste der Pirat.

Velon schrie etwas.

Der Dämon raste davon wie ein Pfeil und rammte in die Versammlung der Fayégeister, die den Dorn schützte. Drei zerriss er, bevor er, kaum merklich gebremst, gegen den Dorn prallte. Er umklammerte seinen Gegner mit beiden Armen und stieß seine Hörner tief hinein. Da sich der Dorn um die eigene Achse drehte, wurde auch der Dämon herumgewirbelt, ließ sich aber nicht abschütteln.

Die Geister der Fayé wirkten unentschlossen, griffen nicht in diesen Kampf ein und ließen sich scheinbar leicht abdrängen, als weitere Dämonen dem ersten folgten und ihrerseits den Dorn attackierten. Sie erwiesen sich jedoch als schwächer als derjenige, den die Osadroi gestärkt hatten. Ein Dutzend von ihnen kostete der Kampf gegen diesen Gegner die Existenz in der greifbaren Welt. Dann aber zog sich der Dorn zurück. Der Schild schloss sich über der *Mordkrake*.

Alenias stand nicht länger unbewegt. Er warf den Kopf von einer Seite zur anderen, kreiste mit ihm wie eine Katze, deren Blick einer Fliege folgte. Die weißen Schemen hatten keinen Angriff mehr auf den Schild gestartet, seit der Dorn vertrieben war, aber immer mehr von ihnen sammelten sich in einiger Entfernung und rasten um das Schiff herum. Alenias fixierte Einzelne von ihnen, folgte ihnen mit seiner Aufmerksamkeit. Wegen der Geschwindigkeit der Wesenheiten erforderte das immer wieder plötzliche Bewegungen, die seinen ganzen Körper herumwarfen. Nur den Griff um die Taue löste er nicht.

Das ruhige Eintauchen der Riemen stand im Gegensatz zu Alenias' Tanz. Da die *Mordkrake* immer weiter an Fahrt verloren hatte, hatten sie die Pinasse und das kleinere Beiboot zu Wasser gelassen und vorausgeschickt. Seeleute und Krieger ruderten sie voran, sodass sie das Mutterschiff an Tauen zogen.

An Bord waren alle von gespannter Erwartung erfüllt. Niemand glaubte, dass der Seelennebel sich geschlagen gab. Bren betrachtete den Schutzschild mit gemischten Gefühlen. Ohne ihn wären sie eine Beute der Geister geworden, daran war nicht zu zweifeln. Aber auch ihre unheimlichen Beschützer waren sicher keine Menschenfreunde. Die rauchigen Gestalten mit Hörnern und Klauen hätten direkt Albträumen entstiegen sein können. Vielleicht war das tatsächlich ihre Heimat, wo ihre geschlitzten Augen unvorsichtige Schläfer suchten, um die spitzen Fangzähne in ihren Verstand zu schlagen.

Die beiden Osadroi saßen gänzlich unbewegt neben dem Hauptmast. Sie hatten es abgelehnt, wieder unter Deck gebracht zu werden, und so hatte man einige Essenzkristalle heraufgeholt. Wer wusste schon, wann sie wieder Zauber würden weben müssen? Bren hoffte, dass sie dazu in der Lage wären. Das Licht des Tages schien weit genug gedämpft, um ihnen keine Schmerzen zu bereiten. Man sagte, dass junge Osadroi sogar bei dichter Bewölkung erwachen konnten. Gadior und Velon aber waren jahrhundertealt, bei ihnen zeigte sich die lähmende Wirkung. Gadior dämmerte vor sich hin, Velon war so starr, dass er auch eine Statue hätte sein können.

Rufe lenkten Brens Aufmerksamkeit auf die Boote.

»Strudel«, meldete Boldrik, der Hauptmann, der nach Bren der höchste Offizier der Expedition war.

Bren folgte seinem vorausdeutenden Arm und sah weiße Spiralen in den Wellen. Dort wurde das Wasser in die Tiefe gerissen, was eine Strömung verursachte, gegen die die Ruderer ankämpften.

»Sie liegen außerhalb des Schilds«, sagte Boldrik.

»Ja.« Die rauchgraue Wand verdunkelte die Sicht auf die Erscheinungen. »Offenbar entstammen sie der Wirklichkeit, die keinen Einlass durch den Schutz hat, der uns umgibt.«

Die Mannschaften versuchten, direkt vor dem Bug zu fahren, um möglichst viel Freiraum zur Umgrenzung des Schilds zu wahren. Dadurch kamen sie sich so nahe, dass sie gegeneinanderstießen. Das Holz des kleineren Ruderboots ächzte bedenklich.

»Bring sie zur Ordnung!«, befahl Bren Boldrik.

Er selbst ging zum Hauptmast und hockte sich vorsichtig vor Gadior. »Herr …«, begann er.

Gadior lächelte dünn. »Keine Sorge, ich schlafe nicht. Was begehrst du?«

Bren schilderte die Lage. »Aber es nützt uns nichts, dass diese Strudel der Welt der Geister entstammen mögen statt unserer eigenen. Sie ziehen das Wasser ab. Da es von innerhalb des Schutzschilds nachfließt, entsteht ein Sog, der die Boote letztlich aus dem geschützten Bereich reißen wird.«

»Lass mich sehen, was ich tun kann«, flüsterte Gadior rau. Er schloss die Augen nicht, sodass Bren sah, wie seine Pupillen nach oben wegdrehten, während er glitzernde Essenz aus den vor ihm ausgelegten Kristallen rief und veratmete.

Vielstimmiges Stöhnen lief durch den Schild, der sie umgab. Die dunklen Gestalten darin wirkten gehetzt, flogen mit ausgebreiteten Armen durch den Rauch, als wollten sie etwas einfangen oder zusammenhalten. Hinter dem Heck näherte sich der Schirm, bis er beinahe das Achterdeck berührte, aber vor dem Bugspriet dehnte er sich aus. Wie ein Fell, das man beim Gerben weitete, beulte er sich nach vorn. Dahinter rasten noch immer die weißen Wesenheiten des Seelennebels umher.

»Pullt!«, brüllte Boldrik.

Bren eilte neben ihn an die Reling.

Die Pinasse lag exakt vor dem Bugspriet der *Mordkrake*, aber das kleinere Ruderboot war weit nach steuerbord abgekommen und in den Sog eines Strudels geraten. Es beschleunigte seine Seitwärtsbewegung, wurde immer weiter aus dem Kurs gezogen und näherte sich dem Rand des Schutzschilds auf zehn Schritt. Das Wasser fiel dort ab wie ein Bach, der einen Hang hinunterstürzte. Die Männer schrien und legten sich in die Riemen, aber in ihrer Panik ging die Koordination verloren. In einer willkürlichen Kakofonie tauchten die Blätter ins Wasser, schlugen aufeinander, behinderten sich gegenseitig.

Einem tollwütigen Wolfsrudel gleich warf sich eine Handvoll weißer Gestalten gegen den Schutzschirm. Die dunklen Dämonen stellten sich ihnen entgegen, wurden aber zurückgedrängt. Auch der Strudel, der bislang mit der Geschwindigkeit des Schiffs gezogen war, änderte seine Richtung und kam näher heran.

Geistesgegenwärtig warf ein Matrose einen Enterhaken zur Pinasse hinüber. Die Kameraden fingen ihn und verkeilten das Eisen an ihrer Reling, um dem Boot einen Anker zu verschaffen.

Diesen hatte es auch dringend nötig. Das Wasser strömte nun so steil in den Schlund, dass die Ruderer am Ende ihrer Möglichkeiten angekommen waren. Einige sprangen über Bord, als das Gefährt den dunklen Schutzschirm erreichte. Doch auch ohne das Boot unter sich waren sie dem Sog ausgeliefert, wurden fortgezogen und wehrten sich mit kräftigen Schwimmzügen.

Das Boot war hinter dem dunklen Schutzschirm, an dem Dämonen mit Geistern rangen, nur noch schwach zu erkennen. Es musste sich zumindest mit dem Bug im Seelennebel befinden, denn einige der weißen Gestalten lösten sich aus dem Kampf und stürzten sich auf die Seeleute.

Das geworfene Seil wurde nun zum Problem. Es war so straff gespannt, dass die Nässe abspritzte, und zog die Pinasse hinter dem Boot her. Das größere Gefährt bekam dadurch eine bedenkliche Neigung. Die Besatzung versuchte das auszugleichen, indem sie die Posten an den Riemen aufgab und sich an der Backbordseite sammelte, um ein Gegengewicht zu bilden.

Dadurch richtete sich der Mast wieder auf, aber die Pinasse wurde auf die Barriere zu gezogen.

»Kappt das Tau!«, rief Bren. »Schlagt es durch!«

Ein fülliger Krieger befolgte den Befehl. Ohne den Zug kippte die Pinasse nun so weit nach backbord, dass die Reling kurz in die Wellen tauchte. Zwei Männer wurden fortgerissen.

Während man sich auf der Pinasse mühte, die über Bord Gegangenen einzusammeln, wozu auch drei kräftige Schwimmer aus dem abgetriebenen Boot gehörten, wurde letzteres noch weiter in den Seelennebel gezogen.

»Wir geben es nicht auf!«, schrie Bren. »Fünf Mann – zu mir!«

Sie griffen in das Seil, mit dem das Ruderboot die *Mordkrake* gezogen hatte. Auch Bren fasste an, drückte sich mit dem Fuß an der Reling ab und legte sein Gewicht gegen den Strudel. Tatsächlich gelang es ihnen, das Seil Hand über Hand einzuholen. Das lag jedoch auch daran, dass der Strudel abflachte und die Dämonen des Schutzschilds sich gegen die Geister durchsetzten, sodass sie die Sphäre vor dem Schiff wieder erweitern konnten. Schließlich verebbte der Sog vollständig.

Während die Männer das Boot weiter heranholten, spähte Bren nach den Überlebenden. Drei Gestalten lagen im Boot, ihre Gesichter waren geistlos, mit weit aufgerissenen Augen, wie die von erschlagenen Fischen.

»Wir haben sie verloren«, stellte Boldrik tonlos fest.

Da schlugen die Geister zu.

Nicht am Bug, wohin sich die Verteidiger konzentrierten, sondern von unten. Ein wütendes Kreischen drang aus dem Wasser herauf, und die dunklen Dämonen huschten unter die Oberfläche, aber da war es schon zu spät.

Kugelförmige Wolken des weißen Seelennebels hatten den Schild durchdrungen und stiegen nun durch die Planken auf, die ihnen, wie schon dem Dorn zuvor, keinen Widerstand entgegenstellten. Drei waren es, sieben, ein Dutzend. In ihnen zeigten sich Fayégesichter. Sie trieben umher. Einige mussten sich orientieren, manche stürzten sich unvermittelt auf Männer, hüllten sie ein, verschlangen sie. Die Menschen brachen in die Knie, aber Bren sah auch, wie ein Krieger eine der Kugeln abschüttelte, die daraufhin wie gewöhnlicher Nebel in einem Windstoß zerfaserte. Auch einige der dunklen Dämonen aus dem Schutzschild lösten sich, machten Jagd auf ihre Gegner, schlugen Fänge und Klauen hinein, zerrissen sie. Laute unmenschlicher Qual waren ihr Lohn.

Alenias wurde von drei Kugeln umschwebt. Jetzt endlich löste er den Griff um die Taue, um magische Zeichen in die Luft zu ziehen. Bren fröstelte beim Anblick der violetten Spuren, die seine Bewegungen hinterließen. Alenias rief laut, aber in dem allgemeinen Tumult drangen nur unverständliche Wortfetzen durch.

»General!«, hörte Bren Boldriks Ruf hinter sich.

Er wirbelte herum.

Gerade rechtzeitig, um das weiße Gesicht zu sehen, das auf die beiden Osadroi herabstürzte wie ein fallender Komet. Ohne Zögern warf sich Bren dazwischen. Gleißendes Licht löschte alles aus, nicht nur seine Sicht, auch das Gefühl für seinen Körper. Er hörte nichts mehr, er spürte nichts mehr. Er sah auch nicht wirklich, und doch traten Bilder vor seine Augen. Sein Vater, in seinen letzten Tagen. Kern Stonner war ein Offizier gewesen, ein Krieger für die Schatten, beinahe sein Leben lang. Bren war in Festungen und Feldlagern aufgewachsen, nachdem seine Mutter ihn weggegeben hatte. Aber das letzte halbe Jahrzehnt war schlimmer gewesen als all die Schlachten mit ihren Toten und Verstümmelten. Vaters Geist war verkrüppelt. Ein Armbrustbolzen hatte ihn getroffen, ragte jetzt abgesägt aus seinem Schädel. Niemand hatte gewagt, ihn zu entfernen. Anfangs hatte man gesagt, Kern Stonner habe Glück gehabt. Er sei der verdammt härteste Oberst im Schwarzen Heer, nichts könne einen Mann mit seinem Willen brechen, erst recht nicht ein Holzsplitter in seinem Kopf. Aber er hatte ihn gebrochen. Ausgehöhlt. Erst seinen Verstand. Er hatte seine eigenen Befehle vergessen, Truppen sinnlos umhergeschickt, bis man ihm das Kommando entzogen hatte. Kurz darauf hatte Bren ihn das erste Mal vor sich hin stieren sehen, der Sabber war ihm aus dem Mund gelaufen, auf den Teller mit seinem Braten getropft. Er hatte seine Würde verloren, und er hatte es gewusst, in seinen lichten Momenten. Fünf unerträgliche Jahre lang hatte Kern Stonner gewusst, dass er eine Posse seiner Selbst geworden war, ein schadenfroher Witz, der in den Lagern von Ohr zu Ohr flog. Bren hatte ihn nur noch selten besucht, als er, vor dem ganze Städte gezittert hatten, in einsamen Betten gelegen hatte. Dann war er den weichen Tod gestorben, sinnlos, unbeachtet, alt und krank.

Bren würde nicht so sterben.

Niemals.

Er würde ein Krieger bleiben, sich unter keinen Umständen die Wehr aus der Hand nehmen lassen. Von niemandem.

Er spürte die Angst. Sie durchdrang ihn ganz. Und danach kam die Sehnsucht. Nach einem Land, das er nicht kannte. Wo die Erde aus Licht war. So wie die Bäume. Überall waren Bäume. Die Stämme golden, die Blätter silbern, die Schatten in allen Farben des Regenbogens schillernd. Wasser wie Kristall. In jedem Windhauch ein schwereloses Lied. Die Sonne so milde wie die Sterne. Kein Mond am Himmel. Nichts hinderte den Fluss der Magie. Einer guten Magie, die erfüllte und vollendete, ganz machte und blühen ließ, formte, erschuf. Eine Gnade der Götter war, kein Frevel gegen sie.

Und das Wissen, dass er dieses Land niemals erreichen würde. Andere, ja, aber nicht er. Nicht der Unwürdige. Nicht er und auch nicht seine Kameraden. Nicht die Zurückgewiesenen. Diejenigen, die gehofft, aber nicht vertraut hatten. Die Zweifler.

Die Fayé des Seelennebels.

Waren sie ihm nicht ähnlich?

War er nicht einer von ihnen? Ein Zurückgewiesener?

Konnte in seiner Lage nicht nur noch ein Narr hoffen? Das Leben hatte ihn erprobt, dreieinhalb Jahrzehnte lang, aber es hatte ihn für unwürdig befunden, ihn mitzunehmen in die Ewigkeit. Es hatte ihn zurückgelassen, auf dass der Tod ihn fände, gemeinsam mit seiner Kumpanin, der Krankheit. Niemand würde Bren in die Schatten führen, er war dem Alter ausgeliefert, jenem Mörder, den die Götter in die Welt gesandt hatten. Dieser Attentäter würde sich nicht abweisen lassen. Mochte Bren auch noch so schnell fliehen, er verfolgte ihn mit ruhigem Schritt, ohne Hast, und irgendwann würde er zuschlagen. Durch das Modern des Fleisches und das Brüchigwerden der Knochen. Jüngere würden das Wohlwollen der Schattenherren gewinnen, sie würden mit den frischeren Aspiranten spielen, wie sie es mit Bren getan hatten, und vielleicht würde einer von ihnen sie genug amüsieren, sodass sie seine Gesellschaft länger um sich haben wollten als die kurzen Jahre eines Menschenlebens. Ja, Bren hatte ihnen treu gedient, er hatte Städte und Reiche unter ihre Herrschaft gebracht, aber amüsant – nein, das war er niemals gewesen. Er war so unterhaltsam wie eine sorgfältig gepflegte Rüstung auf einem Gestell. Niemand schätzte seine Nähe, kein Mensch und auch kein Osadro. Er war nützlich. Das war alles.

Vielleicht war dies schon sein Ende? Der Kampf mit der weißen Wesenheit, auf einem Schiff ohne Wiederkehr inmitten des Seelennebels, der niemals wieder herausgab, was er einmal genommen hatte?

Der Schmerz wrang Brens Seele. Er wusste nicht, ob sein Herz noch schlug oder ob seine Lunge noch Atem schöpfte. Er fühlte nur noch Pein.

Dann ein Schrei, so laut, dass er ihm die Ohren zerrissen hätte, wäre er wirklich gewesen. Das Weiß wirbelte davon. Vor ihm stand Gadior, groß und dunkel, aber nicht, was die Farben der greifbaren Welt anging, wo seine Haut und sein Haar hell waren wie immer. Sein Gesicht war Granit, und eine Erhabenheit umgab ihn, wie sie nur aus den Schatten kam. Finsternis. Die letzte Wahrheit. Hinter ihm zerfaserte die weiße Kugel im Nichts.

Bren lag auf den Knien. Er wollte seinen Dank stammeln, aber seine Zunge verwehrte ihm den Dienst. Er konnte kein Wort formen.

Langsam nur gelang es ihm, seine Umgebung wahrzunehmen. Die *Mordkrake* machte noch immer ruhige Fahrt, die Wellen unter ihr konnten kaum höher sein als in einem Garteneich. Alenias stand unbewegt im Bug.

Aber etwas war anders.

Der Seelennebel blieb weiß leuchtend zurück, und auch der Schutzschild hielt nicht länger Schritt. Offenbar war mehr Zeit vergangen, als Bren wahrgenommen hatte. Über ihnen spannte sich er dunkle Himmel einer bewölkten Nacht.

Nacht

»Das ist nicht leicht zu schätzen«, sagte Alenias. »Mehr als zwei Stunden, weniger als vier.«

»Wenn wir so kurz im Seelennebel gewesen wären, müsste die Sonne hoch am Himmel stehen«, widersprach Bren. »Aber es ist Nacht.«

»Eine Nacht, wie ich sie in fünf Jahrhunderten nicht gesehen habe.« Velon stand vor dem Hauptmast und sah zum Himmel hinauf, an dem zerfaserte Wolken zogen. Ein schwacher Wind strich über das Deck, das vom Seelennebel beleuchtet wurde, der so hell strahlte wie Silion, wenn er in vollem Rund am Himmel stand.

»Von den Monden ist nichts zu sehen«, murmelte Bren.

Velon wies nach oben. »Dort steht Vejata. Sehr klein, aber seine blaue Sichel ist unverkennbar.«

Bren runzelte die Stirn. »Das wird immer merkwürdiger. Ejabon haben wir im roten Licht Stygrons verlassen. Wo ist er nun?«

»Hinter den Wolken vielleicht. Ich bin mir nicht sicher.« Velon wirkte noch immer träge, so wie auch Gadior. Bewegungen schienen ihnen Mühe zu bereiten, sie hielten die Finger, als seien sie eingefroren, die Gesichter waren beinahe reglos. Wie sehr Seelennebel und dämonischer Schutz das Tageslicht auch abgewiesen hatten, es war nicht spurlos an ihnen vorübergegangen.

»Stygron müsste beinahe voll sein«, sagte Bren. Der Anblick der Schwäche seiner Herren berührte ihn unangenehm. Es war ... falsch ... Unsterbliche so angeschlagen zu sehen. »Das Rot müsste auf den Wellen tanzen.«

»Es scheint weder auf das Wasser noch auf das Land«, stellte Alenias fest.

»Welches Land?«

»Voraus.« Er deutete mit seinem dreigliedrigen Arm über den Bug.

Bren sah die schwarze Masse auf dem Wasser liegen. Soweit er erkennen konnte, füllte sie den gesamten Horizont aus. Einige Berge verdeckten die Sterne wie erstarrte Dunkelheit.

Die *Mordkrake* war weitgehend unbeschädigt, die Boote wieder vertäut. An wenigen Stellen waren die Segel eingerissen, kleine Stücke waren von der Reling gesplittert, Auswirkungen der schweren See. Aber weder der weiße Dorn, der solche Verheerungen unter den Kriegern angerichtet hatte, noch die Wesenheiten, die durch den Schild gedrungen waren, hatten Spuren am Schiff hinterlassen. Die Besatzung dagegen war gezeichnet. Krieger und Seeleute saßen erschöpft auf den Planken oder standen stumm in der Nacht, einer ging mit gezogenem Schwert langsam wie ein Schlafwandler umher. Er hielt die Waffe an der Klinge, nicht am Griff, sodass ihn die Schneide verletzte. Manche ließen die Augen geschlossen, einige stierten vor sich hin.

»Diese Nacht hat ihren Preis«, sagte Alenias.

»Aber nicht von jedem wurde er eingefordert«, versetzte Bren. »Mir scheint, Ihr habt etwas von dem gefunden, was Ihr gesucht habt.« Alenias war so frisch, wie Bren ihn noch nie gesehen hatte. Sogar seine Falten hatten sich merklich geglättet. Er war weit von der zeitlosen Jugend entfernt, die man mit seinem Volk verband, aber der zerbrechliche Greis war im Seelennebel zurückgeblieben.

Die Rauchaugen des Fayé sahen ihn an. »Dieser Ort und seine Gesetze sind uns unbekannt. Wir sollten sofort zurückfahren.«

Gadior lachte auf. »Anscheinend hat Euch doch etwas in den Verstand gegriffen. Ihr mögt gefunden haben, was Ihr sucht, aber wir haben das Ziel unserer Mission noch nicht erreicht. Unser Schild ist gebrochen und ich bezweifle, dass dieser angeschlagene Haufen uns heil zurückbringen könnte.«

Bren sah zum Steuerrad. Es war unbesetzt. »Wo ist Kiretta?«

»Sie liegt auf dem Achterdeck und spuckt Schaum«, sagte Gadior. »Ein unappetitlicher Anblick.«

»Aber ohne sie ist die *Mordkrake* höchstens die Hälfte wert!«

»Du hast tatsächlich eine Schwäche für Frauen.«

Bren presste die Zähne zusammen, um sich zu beruhigen, bevor er antwortete. »Ich habe gesehen, wie sie das Schiff durch die Brecher vor dem Seelennebel gesteuert hat. Sie wird uns von großem Nutzen sein.«

»Jetzt sind wir in fremden Gewässern. Deine Navigatorin kennt sie nicht.«

»Sie hat bewiesen, dass ihre Steuerkünste auch an unkartografierten Küsten wertvoll sind. Ich denke an die Landung auf der Ostseite Ejabons, Herr.«

»Bei der ein Boot zu Bruch ging.«

»Und alle anderen durchkamen.«

Gadiors helle Augen starrten ihn an. »Vielleicht findet sie ja ihren Verstand wieder. Als ich sie das letzte Mal sah, kämpfte sie sichtlich darum.«

»Gibt es keinen Weg, ihr zu helfen?«

»Frag ihn.« Er zeigte hinauf zum Achterdeck, wohin Alenias gegangen war, wohl, um den Seelennebel zu betrachten.

»Ich traue ihm nicht«, sagte Bren mit gesenkter Stimme. »Er ist ein neuer Mann geworden, den wir erst noch kennenlernen müssen.«

Jetzt, wo der Fayé fort war, kam Sutor zu Bren. Der große Hund lehnte sich an sein Bein.

Gadior runzelte die Stirn. »Ich bin erschöpft.«

Bren sah zu Velon hinüber. Der Schattenfürst starrte noch immer die Sterne an. Bren bückte sich, hob seinen Morgenstern auf, blieb mit gesenktem Kopf stehen.

»Bitte mich«, flüsterte Gadior.

»Worum?«, fragte Bren.

»Dass ich ihr helfe.«

»Könnt Ihr das denn? Ich meine – die Kraft der Schatten ist nicht die von Heilern …«

»Das stimmt, aber deine Frau ringt mit den Wesenheiten des Seelennebels, so wie du es getan hast. Ich kann sie nicht heilen, aber diese Geister kann ich angreifen.«

»Sie ist nicht meine Frau.«

Gadior lächelte dünn und zuckte mit den Schultern. »Dann finde jemand anderen, den du ans Steuer stellst. Dieses Land voraus interessiert mich.«

Bren sah sich an Deck um. Alle waren gezeichnet, aber einige wären sicher in der Lage, ihre Pflicht zu versehen. Er ballte die Faust um den Stab seiner Waffe. Die Schattenherren werteten Anhänglichkeit an das Sterbliche, vor allem an andere Menschen, als Schwäche, die der Erwählung entgegenstand. Diese Mission war vermutlich Brens letzte Möglichkeit, sich die Ewigkeit der Nacht zu verdienen. ELIEN VITAN selbst nahm Kenntnis davon. Wenn der Bericht Gadiors und Velons gut ausfiele, wäre alles möglich … Aber wenn ELIEN erst schliefe, zählte DESSEN Achtung nichts mehr. Erst in Jahrtausenden würde ER wieder erwachen. Mit dem neuen SCHATTENKÖNIG verbände Bren nichts. Er bräuchte Jahre, um sich neue Verdienste zu erwerben. Jahre, die er nicht hatte. Mit den fünfunddreißig Wintern, die hinter ihm lagen, war er jetzt schon älter als die meisten, die in die Schatten geholt wurden, wie Gadiors jugendliche Gestalt schmerzhaft bewusst machte.

Am vorderen Mast war ein kräftiger Mann damit beschäftigt, seine Kleidung zu ordnen. Offensichtlich hatte er sich also weitgehend erholt. Sicher könnte er das Schiff lenken.

Bren schüttelte den Kopf. »Ich bitte Euch.«

»Wie? Ich habe dich nicht verstanden.«

»Ich bitte Euch«, sagte Bren fest. »Helft Kiretta, Schattengraf. Zum Wohl der Mission.«

»Natürlich«, flüsterte Gadior. »Zum Wohl der Mission.« Noch immer wirkten seine Bewegungen steif, als er sich umdrehte, zum Achterdeck ging und die Treppe hinaufstieg.

Bren folgte ihm. Kiretta lag tatsächlich vor dem Steuerrad. Sie drehte den Kopf hin und her, hustete Schaum aus. Ihre Augen waren so weit verdreht, dass nur noch das Weiß zu sehen war. Krämpfe schüttelten ihren Körper. Alenias stand so reglos an der Heckreling, wie er zuvor im Bug gestanden hatte. Vielleicht blickte sie in das Nebelland oder wenigstens in eine Wirklichkeit, die ihm nahe war, so wie Gadior, als er den Schild ausgedehnt hatte. Bren sah den Seelennebel an, der leuchtete, als würden tausend Laternen in seinem Innern brennen. Seine Schwaden hielten ihn in ständiger Unruhe, aber nur wenige Gesichter waren zu erkennen.

Gadior faltete die Hände, als er neben Kiretta trat. »In ihr sind wirklich faszinierende Unkreaturen am Werk. Es wäre verlockend, sie zu studieren.«

Kiretta schlug kräftig mit dem Hinterkopf auf die Planken, als wolle sie ein Insekt zerquetschen, das sich in ihren Schädel bohrte.

»Aber ich habe dir versprochen, der Kleinen zu helfen, nicht wahr?« Gadior seufzte. »Also dann.«

Kiretta schrie, der Schaum flog in dicken Flocken von ihrem Mund. Sie bäumte sich auf, drückte die Hüfte in die Höhe, berührte den Boden nur noch mit Kopf und Fersen.

Gadior hockte sich neben sie, presste die Finger seiner linken Hand gegen ihre Stirn und schloss die Augen.

Ihr Schrei erstarb, als ihr Atem versiegte. Kiretta zitterte, brach zusammen, sog gierig Luft ein, hustete sie wieder aus. Ihre Glieder zuckten, als wäre in jedes von ihnen ein Dämon mit einem eigenen Willen gefahren. Bren schauderte bei der Erkenntnis, dass dies tatsächlich der Fall sein mochte.

Er wollte sich schon abwenden, sah aber im letzten Augenblick die Bewegung von Kirettas rechtem Arm. Er warf sich auf sie, fing den stählernen Haken ab, zwei Zoll bevor er in Kirettas eigene Brust geschlagen wäre. Sie war stark für eine Frau. Bren hatte Mühe, die tödliche Spitze fernzuhalten. Schließlich gelang es ihm, sie auf den Boden zu drücken und dort zu fixieren, indem er sich mit dem eigenen Gewicht auf den Arm lehnte.

Gadior griff anscheinend ins Nichts, aber als er seine Hand zurückriss, war ein weißes Etwas darin, das er in die Luft schleuderte, wo es sich auflöste. »Der Erste«, sagte er. »Aber nicht der Letzte.«

Mit jedem Geist, den er aus Kirettas Stirn zog, wurde sie ruhiger. Schließlich lag sie still.

»Sie schläft«, erkannte Bren.

»Das würde ich jetzt auch gern«, sagte Gadior. »Ich bin erschöpft. Aber dieses Land reizt mich. Sei so gut und hole mir ein paar Essenzkristalle.«

»Ja, Herr.«

Was sie während der Durchfahrt hochgeholt hatten, war verbraucht. Die Kiste mit den Vorräten befand sich neben der Kutsche im Laderaum. Drei Schattenrosse lebten noch, wenn man ihre Existenz denn Leben nennen konnte. Mit zwei Kristallen, in denen die Essenz grausilber glitzerte, kam Bren an Deck zurück.

Velon und Gadior standen beieinander. Sie nahmen kaum Notiz von Bren, als er ihnen ihre Speise reichte.

»Ich weiß jetzt, warum wir Stygron nicht sehen«, offenbarte Velon. »Es ist ganz klar. Er steht am Himmel der Nacht. Dies hier ist der Himmel des Tages. Nur die Sonne fehlt. Sie müsste all dies überstrahlen, sodass es für jedes Auge verborgen bliebe. Aber sie ist nicht da. Als hätte sie jemand vom Firmament genommen.«

»Das ist …« Gadior machte einige Schritte auf das Deck hinaus, studierte die Sterne, kam zurück. »Ungeheuerlich.«

Bren verstand nichts von den Sternen. Er ging zum Bug, um seinen Kopf zu leeren. Hatte er in dieser Nacht seine Unsterblichkeit aufgegeben? Wegen Kiretta? War er wirklich so schwach, wenn es um Frauen ging, wie manche sagten? Zu schwach für die Ewigkeit?

Vor ihnen lag ein dunkles Land. Aber es war nicht gänzlich schwarz, es gab helle Stellen in dem Massiv. Nicht nur grau, zum Teil auch in einem kalten Licht schimmernd. Metall, das die Helligkeit der Sterne zurückwarf? Wasserflächen? Dann wohl Flüsse, die aus den Bergen herabkamen.

Brens Finger tasteten über die Kette seines Morgensterns. Ein Licht unterschied sich von den anderen. Es war unbeständiger, zugleich wärmer, rot und orange. Er kniff die Augen zusammen.

»Feuer«, murmelte er.

Es war ein großer Brand. Während sie sich ihm mit langsamer Fahrt entlang der Küste näherten, betrachteten sie die seltsamen Pflanzen der Insel. *Wenn es denn eine Insel ist,* dachte Bren, *und kein neuer Kontinent.* Viele Gewächse strahlten ein kaltes Licht aus. Es beleuchtete ihre Umgebung, die dadurch unwirklich schien. In ihrem Licht sah Bren die Umrisse von Büschen und Bäumen, wie er sie kannte, aber die leuchtenden Pflanzen waren davon gänzlich verschieden. Sie ähnelten Blumen, aber doppelt mannshoch oder noch größer. Es gab verschiedene Arten. Bei den meisten entsprangen die fleischigen Blätter schon am Boden. Die Blüten, in die sich ein Mensch hätte hineinlegen können, öffneten sich in den Nachthimmel. Pilze oder Flechten bedeckten Felsen und ganze Hügel. Auch sie schimmerten in einem kalten Licht. Es gab viele Farben, Blau, Grün, Gelb, auch ein zartes Rot, aber sie alle wirkten, als schiene eine bunte Lampe durch klares Eis. Bren konnte sich nicht vorstellen, dass von diesem Licht Wärme ausging.

Dieser Eindruck wurde durch den Vergleich zu dem Feuer besonders deutlich. Inzwischen war das Prasseln der Flammen zu hören. Sie bogen sich im Wind, schickten Funken in den dunklen Himmel. »Dort brennen Häuser«, sagte Bren.

Gadior war anscheinend tatsächlich erschöpft. Er hatte sich unter Deck begeben, um zu ruhen. Velon stand neben Bren im Bug der *Mordkrake*. Noch immer bewegte er sich sparsam, obwohl seit ihrem Auftauchen aus dem Nebel bereits drei Stunden vergangen waren. Drei Stunden, in denen der Himmel weder heller noch dunkler geworden, die Sterne aber merklich gewandert waren.

»Ein Kampf?«

»Das nehme ich an, Herr. Ich sehe zwar keine Krieger, aber auch niemanden, der löschen würde. Wenn ein Unglück das Feuer hätte ausbrechen lassen, müsste sich das Dorf schon längst mit dem Löschen beschäftigen. Gelegenheit haben sie, sie könnten direkt aus dem Meer Wasser schöpfen.«

Einige Häuser waren nur noch schwach glimmende Ruinen, andere waren wegen ihrer Lage im Westen noch verschont geblieben. Es handelte sich um ein Fischerdorf, wie Bren schon viele gesehen hatte, mit Anlegern, an denen halb versunkene Boote festgemacht waren. Über das Meer konnten die Bewohner also nicht geflohen sein, zumindest nicht viele von ihnen.

»Hast du genügend Männer für einen Erkundungstrupp?«

»Ich denke schon«, sagte Bren.

»Gut. Ich werde vorerst an Bord bleiben. Bringe über diese Gegend in Erfahrung, was du kannst. Wir müssen schnell lernen, um Lisanne zu finden.«

»Ja, Herr.«

Ein Matrose lotete die Tiefe aus, während sie auf das Land zuhielten. Dreißig Schritt vor dem Ufer hatten sie noch zwölf

Faden unter dem Kiel. Sie holten die Segel ein und ankerten. Die Strömung drehte das Schiff, bis der Bug beinahe in die Richtung zeigte, aus der sie gekommen waren, war aber bei Weitem nicht stark genug, um sie loszureißen. Kiretta befahl, die Pinasse zu Wasser zu lassen.

Bren ging zu ihr. »Wer soll das Boot lenken?«

»Ich tue es selbst«, sagte sie. »Ich bin Euch schuldig, Euch zu begleiten.«

Prüfend sah er in ihr Gesicht. Die Erschöpfung war ihr noch anzusehen, aber gemessen daran, dass sie gerade eine Besessenheit hinter sich hatte, wirkte sie recht wach. Wie ein zäher Krieger nach einem Marsch. Er nickte.

Die Wellen gingen ruhig, die Wahrscheinlichkeit, dass sie kentern würden, schien minimal. Deswegen ließ Bren die zehn Mann, die er für das Kommando einteilte, ihre Rüstungen anlegen. Gut möglich, dass man sie unfreundlich empfinge.

Bren entschied, auch Sutor mitzunehmen, obwohl dadurch ein Krieger weniger Platz in dem Boot hatte. Der treue Hund verfügte über einen ausgezeichneten Geruchssinn und könnte sie vor Gefahren warnen, die sie selbst vielleicht zu spät wahrgenommen hätten. Zu Brens Überraschung bestand Alenias nicht darauf, mitzukommen. Dabei mochte dies durchaus das Land sein, das der Wille der Götter den Fayé zugewiesen hatte. Er schien jedoch noch immer von denen fasziniert, die im Seelennebel gefangen waren, den er unbewegt wie eine Statue anstarrte.

Die Krieger ruderten mit diszipliniertem Takt bis an einen freien Platz am Steg. Die Boote hier waren offensichtlich zerschlagen worden, ragten nur noch teilweise aus dem Wasser und wären vollständig versunken, wenn sie nicht vertäut gewesen wären.

An Land sträubte Sutor das Fell, entfernte sich unentschlossen von Bren und kam wieder zurück. Es mochte das Feuer sein, das ihn beunruhigte, obwohl der Hund in genügend Schlachten gewesen war, um solcherlei zu kennen. Es war ein Dorf mit knapp einhundert Häusern. Wenn in jedem davon zehn Menschen gewohnt hatten, kam man auf eintausend. Das Meer musste einigermaßen reichhaltige Fischbestände haben, um eine solche Siedlung zu ernähren.

»Wir bleiben beieinander«, befahl Bren. Er ließ keine Wache bei dem Boot zurück. Falls es verloren ginge, hätten sie noch immer das kleinere an der *Mordkrake*, mit dem man sie abholen könnte. Er brauchte die Männer nicht einzuteilen, sie waren erfahren genug, dass einige das Gebiet voraus, andere das hinter ihren Rücken im Auge behielten.

Ein Dachstuhl krachte herunter, was eine Funkenwolke aufsteigen ließ. Auch an anderen Stellen brach das Holz. Glasfenster schien es hier kaum gegeben zu haben, auch Steine hatten bei den einstöckigen Bauten selten Verwendung gefunden. Die Holzbalken waren nicht kunstvoll geschreinert, sondern grob zurechtgehauen, weswegen sie dem Feuer lange Nahrung gaben. Der Ort war weder durch eine Stadtmauer noch durch eine Palisade geschützt. Jenseits der Häuser sah Bren die Pflanzen schimmern, die die Giebel überragten.

Sutor schlug an. Bren hob seinen Schild ein Stück. »Was hast du gefunden, mein Freund?«, fragte er und versuchte, durch den Rauch etwas zu erkennen. Nichts regte sich.

»Auffächern!«, befahl Bren. Das machte es Bogenschützen schwerer und verhinderte, dass man umzingelt wurde, auch wenn man den Vorteil aufgab, sich gegenseitig in einer kompakten Formation decken zu können. Seine Leute waren gute Fechter, sie würden sich behaupten.

Vorsichtig drangen sie zwischen die Häuser vor. Das Feuer beschien einen runden Brunnen, eine der wenigen Konstruktionen, die aus Stein errichtet waren. Die Stangen, an denen die Kurbel für den Schöpfeimer befestigt gewesen war, lagen zersplittert auf dem Boden. Daneben dehnte sich eine Blutlache um zwei Leichen aus.

Der Rauch biss in Brens Augen, als er sich näherte.

»Die sind nicht an Altersschwäche gestorben.« Kirettas Stimme war noch rau, aber das war das letzte Zugeständnis an die Strapazen, die sie kürzlich überstanden hatte.

Die beiden Toten waren Männer, die fünfundzwanzig Jahre alt gewesen sein mochten. Sie trugen Gewänder, die wenig mehr waren als gewickelte Stoffbahnen. So etwas hatte Bren auf Bildern aus Ilyjia gesehen. Ihre Wunden bedeckten ihre gesamten Körper, wesentlich mehr, als nötig gewesen wären, um sie zu töten. Vielleicht waren ihre Feinde sehr wütend gewesen. Ihre Waffen hatten mehr gerissen als geschnitten. Äxte möglicherweise, aber nicht besonders groß. Nicht wie Streitäxte der Barbaren aus Bron, eher wie Enterbeile, die Piraten benutzten.

Wenn sie auch eine merkwürdig rote Haut hatten, waren die Toten Menschen, keine Fayé. Dies waren also wohl doch nicht die lichten Gestade, zu denen das alte Volk auf Geheiß der Götter aufgebrochen war. Hatte Alenias das gewusst? Vielleicht, weil er es im Seelennebel erfahren hatte? War er deswegen an Bord geblieben?

Wieder bellte Sutor. Aus dem Rauch kam ein Dutzend junger Männer. Sie waren mit Eisenstangen und Sicheln bewaffnet. Letztere mochten die Wunden an den Leichen verursacht haben, aber dafür wäre ein halbes Hundert Schläge nötig gewesen.

Sofort bildeten Brens Krieger einen lockeren Kreis um ihn und Kiretta. Die Fremden näherten sich langsam.

»Ich bin Bren Stonner, General der westlichen Dunkelheit. Wer ist euer Anführer?«

Ein Mann mit lockigem schwarzem Haar trat vor, das seinen Kopf wie eine Kugel umgab. Er und seine Gefährten hatten die gleiche rote Haut wie die Toten und trugen auch die Wickelgewänder, allerdings verstärkt um lederne Hemden. Einer von ihnen besaß sogar einen Harnisch, wenn er ihm auch etwas zu groß war. »Ich bin Ribunn«, sagte der Wortführer. »Ihr kommt nicht von hier.«

»Das stimmt.« Die Züge des Mannes waren so fremd, dass Bren Schwierigkeiten hatte, sein Alter zu schätzen. Um die Augen herum wirkte er wie Mitte zwanzig, aber die Falten waren eher die eines zehn Jahre Älteren. »Was ist dies für ein Land?«

»Tamiod, das Reich der Träume.« Bitterkeit lag in seiner Stimme.

»Was ist hier geschehen?«

»Die Chaque haben uns gestraft, weil wir unsere Kinder nicht hergegeben haben. Jetzt wollen wir unsere Toten holen, bevor sie …«

Ein lautes Schwirren unterbrach Ribunn. Er hob seine Eisenstange. Bren wirbelte herum. Instinktiv riss er den Schild hoch, bis seine Oberkante knapp unter den Augen war.

Was immer es für ein Wesen war, es landete mit einem dumpfen Geräusch fünf Schritt von Bren entfernt. Seine Flügel klappten auf dem Rücken zusammen. Es war ein Insekt, aber es ging aufrecht und war menschengroß. Soweit Bren beurteilen konnte, war es nackt. Der Hautpanzer warf den Feuerschein zurück, Fühler vibrierten auf einem Dreiecksschädel, frei schwingende Kiefer, die Brens Kopf in die Zange hätten neben können, schnappten auf und zu. Tellergroße Facettenaugen saßen seitlich am Kopf. Zwei der vier Hände hielten Waffen, die Bren sofort als Ursache der tödlichen Verletzungen erkannte. Es waren gebogene Säbel, aber die Schneiden waren nicht glatt, sondern gezackt, ähnlich einer groben Säge.

»Wir sind keine Partei in diesem Kampf!«, rief Bren. »Wir sind Fremde in Tamiod!«

Zwei weitere Insekten landeten hinter dem ersten, dann noch mehr. Bren verlor den Überblick, der Rauch war zu dicht. Die Insekten schienen nicht verhandeln zu wollen. Sie drangen vor.

Die ondrischen Krieger stellten sich ihren Gegnern. Bren sah ein gerades Schwert an einem Hautpanzer abrutschen. Der Feind schien dadurch keinen Schmerz zu spüren, jedenfalls reagierte er nicht stärker auf den Treffer, als Bren es getan hätte, wäre eine Waffe gegen seinen Schuppenpanzer geprallt. Die Kampfweise mit zwei Säbeln und zwei Handschilden zwang Brens Krieger in die Defensive. Sie fanden sich zu einem Schildwall zusammen.

Einige Schritt vor ihnen gingen drei Gegner so tief in die Hocke, dass sie sich beinahe auf den Boden setzten. Dann sprangen sie ab. Die Flügel entfalteten sich schwirrend. Anscheinend konnten sie sich damit nicht wie ihre kleineren Verwandten in der Luft halten, aber sie konnten ihren Sprung so weit verstärken, dass er sie über die Köpfe der Ondrier trug, sodass sie vor Bren und Kiretta landeten.

Bren zögerte nicht. Er nutzte den kurzen Moment, den die Insekten brauchten, um zurück ins Gleichgewicht zu finden, für einen von unten ausgeholten Schlag mit dem Morgenstern. Sein Gegner blockte die Kette ab, aber die Kugel schwang um das Hindernis und krachte in den Hautpanzer. Der Körper des Insekts war gekerbt, die Taille so dünn, dass Bren sie mit einer Hand hätte umfassen können. Die Stacheln seiner Waffe bohrten sich etwas oberhalb dieser Engstelle durch die dunkel glänzende, harte Oberfläche. Sutor sprang den Gegner an, was ihn umwarf und zugleich Brens Waffe löste, die dabei ein faustgroßes Stück aus dem Hautpanzer riss.

Kiretta brauchte seine Hilfe nicht. Ihr Gegner führte mit beiden Säbeln parallel einen Hieb von oben, den sie mit ihrem waagerecht gehaltenen Degen blockte. Bevor er sich lösen konnte, schlug sie ihm den Haken, der ihre Rechte ersetzte, tief durch die Flanke.

Bren wandte sich dem dritten Gegner zu. Er wich einem der gezackten Säbel aus und blockte den zweiten mit seinem Schild. Der Schlag war nicht besonders kräftig. Die dünnen Glieder konnten keine großen Muskeln bergen.

Offensichtlich war man hier keine Morgensterne gewohnt. Brens zweiter Gegner machte einen ähnlichen Fehler wie der erste, als er versuchte, die Kettenwaffe zu blocken. Diesmal fand die herumschwingende Kugel ein noch lohnenderes Ziel. Krachend barst der dreieckige Schädel. Das Insekt sackte kraftlos zusammen.

Die Angreifer gaben das Schlachtfeld mit weiten Sprüngen auf, so, wie sie gekommen waren. Sechs der Ihren ließen sie als Leichen zurück und einen Ondrier, dem sie den Arm so gründlich zerrissen hatten, dass Bren bezweifelte, dass sich das Glied jemals wieder gebrauchen ließe. Es war der rechte, links hatte der Schild geschützt.

»Keine Verfolgung!«, befahl Bren und zog Sutor von dem Gegner weg, in den er sich verbissen hatte. Hauptmann Boldrik organisierte die Versorgung der Verwundeten.

Ribunn stand vor seinen Leuten. Soweit Bren sah, hatten sie in dem kurzen Scharmützel fünf Männer verloren, alle anderen mussten ihre Verletzungen versorgen. Ribunns Kiefer mahlten in hilflosem Zorn.

»Ihr seid keine Krieger«, stellte Bren fest.

»Nur Chaque dürfen Waffen tragen.«

»Chaque – das sind die hier?« Er zeigte auf eines der Insekten.

»Die Diener der Herren, ja.«

»Herren, gegen die ihr aufbegehrt?«

»Wenn es Aufbegehren ist, die eigenen Kinder zu lieben, dann sind wir Rebellen.«

»Sie haben eure Kinder genommen?«

»Da wir ihnen keine fünf freiwillig gaben, haben sie sich alle geholt.«

Bren sah Kiretta an, die ihren Haken von einem dunkelgelben Schleim säuberte. »Die Schattenherren verlangen ebenfalls oft nach Kindern«, sagte er. »Sie können aus ihren Gefühlen besonders reine Lebenskraft ziehen.«

»Sie scheinen nicht die Einzigen mit solchen Vorlieben zu sein.«

Ribunn trat einen Schritt vor. »Ihr habt recht, wir sind keine Krieger, aber mit Eurer Hilfe …«

Bren hob die Hand und dachte zu spät daran, dass die Geste bedrohlich wirken mochte, da er noch seinen Morgenstern darin hielt. »Wir werden niemandem helfen. Dies ist nicht unser Krieg.«

Sein Gegenüber sah ihn an, versuchte wohl, in seinen Augen zu lesen. Dann wandte sich Ribunn zu seinen Gefährten um. »Wir haben nicht viel Zeit! Lasst uns die Toten bergen, bevor die Chaque wiederkommen!«

Die Tatsache, dass Kinder geraubt worden waren, ging Bren nicht aus dem Kopf. Während die Rebellen die Leichen aufnahmen und auf Packtiere luden, fragte er: »Gibt es in Tamiod Osadroi?«

»Ich habe nie davon gehört.« Ribunn war sichtlich nervös, fürchtete wohl die baldige Rückkehr ihrer Gegner.

In der Tat knurrte Sutor wieder. Ribunns Trupp floh, als zwei Chaque heransprangen.

»Ruhe bewahren!«, befahl Bren. »Verteidigungsstellung!«

Schild an Schild standen die Ondrier hinter Bren, ließen eine Lücke, durch die sich ihr Feldherr in ihren Schutz würde zurückziehen können. »Dies ist nicht unser Krieg!«, rief Bren. »Wir sind nicht eure Feinde!«

»Es freut mich, das zu hören«, antwortete eine Stimme aus dem Rauch. »Ich nehme an, unsere Chaque haben übereilt gehandelt.«

Ein Mann wurde sichtbar. Mit seiner rötlichen Haut und den schräg stehenden Augen ähnelte er den Menschen, denen sie bisher hier begegnet waren. Auch seine Kleidung bestand aus gewickelten Stoffbahnen, die aber wesentlich feiner gewebt und in engeren Falten gelegt waren. In der Rechten hielt er einen Stab, zu kurz und zu dünn, um eine Waffe zu sein. Goldene Ranken verzierten ihn, den Abschluss bildete ein kleiner Totenschädel. Mit der Linken hielt er feuchten Stoff vor

Mund und Nase, um den Qualm nicht einatmen zu müssen. Nur zum Sprechen nahm er ihn fort.

»Mein Name ist Gerriar, meine Worte gelten für Goran von Blutstein. Mit wem habe ich die Ehre?«

»Ich bin Bren, General der westlichen Dunkelheit. Ondrien schickt mich.«

Die Erwähnung des mächtigsten Reichs der bekannten Welt rief keinerlei Reaktion in Gerriars Gesicht hervor. »Nun, Bren, verstehe ich Euch recht, dass Ihr keinen Anteil an dieser Rebellion habt?«

»So ist es.«

»Was tut Ihr dann hier?«

»Wir suchen jemanden.«

»Wen?«

Bren überlegte. »Vielleicht ist das etwas, das unsere Herren miteinander besprechen sollten.«

»Ein ausgezeichneter Vorschlag. Mir kam gerade selbst der Gedanke, dass Ihr unbedingt Blutstein besuchen solltet.«

Bren nickte. Das schien die beherrschende Macht dieses Landes zu sein, also würden sie dort die wirkungsvollste Unterstützung finden.

Bren hörte Hammerschläge. Allmählich lichtete sich der Rauch, weil die Feuer erloschen. Er sah weit genug, um schemenhaft zu erkennen, dass die Chaque Leichen an die Trümmer nagelten.

Gerriar lächelte. »Eine Mahnung für jene, die mit dem Gedanken der Rebellion spielen. Zu ihrem eigenen Wohl müssen ihnen die Folgen vorgeführt werden.«

Die Chaque schienen davon recht drastische Vorstellungen zu haben. Wenn ein toter Körper vollständig befestigt war, zerrissen sie ihn mit ihren gezackten Klingen. Nur den Kopf trennten sie vorher ab und bargen ihn in einem Beutel.

»Wir werden unsere Herren an Land holen«, kündigte Bren an. »Und ihre Wache.«

Gerriars Lächeln gefror. »Wie stark ist diese Wache?«

»Drei Dutzend.«

Er nickte. »Angemessen für hohe Gäste, scheint mir.«

»Ich bin nicht sicher, ob wir schnell genug sein werden, um vor dem Morgengrauen aufbrechen zu können.«

Gerriar grinste breit. »Da seid ganz beruhigt. Ich habe noch niemals einen Morgen grauen sehen, und es würde mich sehr erstaunen, wenn das einmal anders würde.«

Die Pyramide bot einigen Verteidigungswert. Sie war aus massiven, roten Steinblöcken gefügt, ihre Flanken waren so steil, dass Brens Waden beim Aufstieg brannten und der Zweck der Öffnungen, durch die sich Geröll kippen oder siedendes Öl gießen ließe, war für das Auge des Feldherrn nicht zu übersehen, auch wenn sie mit bronzenen Ranken verziert waren.

Auf jeder Stufe traten sie auf frisch gestreute Blumen. »Man scheint sich über unsere Ankunft zu freuen«, sagte Kiretta. Auch ihr war die Anstrengung anzuhören.

Gerriar wandte sich um. »König Goran hat mich angewiesen, Euch an dieser Flanke hinaufzuführen.« Er lächelte servil.

»Sehen die anderen nicht so aus?«, fragte Bren. Er nutzte die Pause, um zurückzublicken. Einhundertfünfzig Stufen zählte der gesamte Aufstieg, zwei Drittel hatten sie geschafft. Allmählich wurde ihm der Schild schwer. Am Fuß der Pyramide waren die drei Schattenrosse deutlich an den aus ihren Augen lodernden Flammen auszumachen. Bren hatte seine Leute angewiesen, niemandem zu verraten, dass sich die Osadroi in der Kutsche befanden. Fünfzehn Krieger bewachten sie. Dazu noch zwanzig Seeräuber, aber ihnen traute Bren nicht. Nur ein Viertel gehörte zur ursprünglichen Besatzung der *Mordkrake*, die anderen hatten sich aus Abenteuerlust oder Goldgier angeschlossen. Es war nicht leicht, zu entscheiden, ob man die größten Halsabschneider besser mitnahm, um sie unter direkter Kontrolle zu halten, oder an Bord ließ, wo sie den Bug vielleicht in eine Richtung drehten, die ihnen aus irgendeinem Grund einträglich erschiene. Von Brens Leuten war noch eine Handvoll an Bord, der er zutraute, das Schiff zu kontrollieren, und eine ebenso große Zahl, deren Verstand noch nicht wieder aus dem Seelennebel aufgetaucht war. Ein Schicksal, das sie mit nicht wenigen Piraten teilten. Vielleicht half die Disziplin dabei, den Griff der weißen Wesenheiten abzuwehren.

»Keine Seite der Pyramide ist wie die andere«, erklärte Gerriar. »Dies ist die für willkommene Gäste. Der Süden ist der Unterwerfung geweiht, der Norden der Züchtigung.«

»Und der Osten?«, fragte Kiretta.

»Den Sehnsüchten und den Nachtmahren.«

»Wir sollten unseren Gastgeber nicht warten lassen«, meinte Alenias. Der Fayé hatte sich nicht nur körperlich verjüngt, er war auch sonst gewandelt. Zuvor hatte sich ein erstickender Geist nach dem Seelennebel gesehnt, immer wieder den Drang dorthin verspürt, weiter nach Osten. Jetzt war sein Leben wiedererwacht, die Lethargie hatte er abgeschüttelt. Aber sein Interesse galt nicht mehr der Entdeckung des Neuen. Dieses Land mit seinen merkwürdig leuchtenden Pflanzen und der immerwährenden Nacht interessierte ihn weniger als die Rückkehr in seine Heimat Amdra, auf die er zwar nicht vehement drängte, die er aber häufig erwähnte. In Tamiod schien er nur diffuse Gefahren zu vermuten, jedoch keine Erkenntnisse, die sein Volk betrafen.

»Kluge Worte, Freund Alenias, die König Goran zu schätzen wissen wird«, sagte Gerriar.

Sie setzten ihren Aufstieg fort. Die Treppe war schräg durch die mannshohen Stufen der Pyramide geschnitten. Um ihre Steigung zu bewältigen, war die Höhe der Tritte größer als ihre Tiefe. Dies war ein gänzlich anderes Prinzip als in den Palästen Ondriens, wo die Stufen weit waren, schon allein um den Damen in ihrer ausladenden Garderobe Raum zu geben.

Der Aufstieg bot aber auch Annehmlichkeiten. Hier wehte ein sanfter Windzug, der die Schnaken fernhielt, die ihnen im Landesinnern schon bald zur Plage geworden waren. Vor allem die heißen Quellen schienen sie auszubrüten. Dies war ein merkwürdiges Land, wo das Licht aus den Pflanzen schien, als zögen sie es aus dem Boden. Im Hain des Fayékönigs hatte Bren den Eindruck gehabt, die silbrigen Blätter hätten die Helligkeit aus der Luft gefiltert. Überhaupt war Tamiod anders. Die Flora wirkte falsch, riesenhaft, ätherisch, andererseits aber völlig verschieden von den vergewaltigten Pflanzen des Nachtschattenwalds. Auch Sutor reagierte anders, er hatte sich auf dem Weg nicht abweisend gegenüber der Natur verhalten.

»Wenn Ihr einen Moment warten wollt, verehrte Gäste – ich werde Euch melden«, sagte Gerriar, als sie die Plattform erreichten. Sie hatte eine Kantenlänge von zwanzig Schritt und wurde beinahe vollständig von einem Gebäude mit spitzem Dach eingenommen. Zwischen den Pfosten bewegte der Wind rote Tuche, die mit farbigen Steinen beschwert waren. Am Rand der Plattform standen Chaque-Wächter. Hoch aufgerichtet waren die Insekten beinahe so groß wie Menschen. Ihre Hautpanzer schimmerten dunkel gleich dem Leib einer Ameise. Auf ihren Rücken lagen zwei Paar Flügel. Bren überlegte, ob sie damit wohl einen Sturz aus dieser Höhe so weit abfangen könnten, dass er ihren Panzer nicht verletzte. Das schien das wesentliche Kriterium zu sein. Bren hatte einige mit tiefen Schrammen am Körper gesehen, die sie jedoch nicht zu beeinträchtigen schienen. War der Panzer aber einmal durchbrochen, schien nichts mehr das gelbflüssige Innere am Auslaufen zu hindern. Bei dem Trupp, der sie in dem dreistündigen Marsch von der Küste hierher eskortiert hatte, hatte Bren kein Insekt mit einer Bandage oder einer sonst wie versorgten Wunde gesehen. Vielleicht hatten sie sich gegen die Rebellen so hervorragend geschlagen, dass sie keine Verluste erlitten hatten. Bren vermutete etwas anderes. Offenbar war ein Chaque entweder tot oder voll einsatzfähig, auch nach einem Gefecht. Dazwischen schien es nichts zu geben.

Es dauerte eine Weile, bis Gerriar zurückkam. Kirettas Neugier verleitete sie dazu, so nahe an einen Chaque heranzutreten, dass sie ihn beinahe berührt hätte. Er blieb so unbewegt, dass Bren in ihm eine Statue hätte vermuten können, hätten die Fühler auf seinem Kopf nicht unablässig ihren vibrierenden Tanz aufgeführt. Davon abgesehen war ein gelegentliches Schnappen der Kieferzangen die einzige Regung.

Der rote Mond Stygron war inzwischen aufgegangen und schien auf die Stadt, die um die Pyramide wucherte. Die Gebäude waren niedrig und mit flachen Dächern angelegt, nur wenige Paläste stachen heraus. Auch von hier oben waren keine Vorrichtungen zu erkennen, die der Verteidigung gedient hätten. Es gab keine Stadtmauer, und auch das natürliche Gelände bot keinen Schutz. Ein Fluss schnitt quer durch das Stadtgebiet, in dem wenigstens zehntausend Menschen wohnten.

Gerriar schob den Vorhang an einer Stelle beiseite. »König Goran geruht nun, Euch zu empfangen, Geehrte!« Mit einladender Geste deutete er ins Innere.

Der Platz auf der Plattform wurde von einem einzigen Raum eingenommen. In seinem Zentrum führte eine Wendeltreppe ins Innere der Pyramide. Kohle glomm in einigen Becken, aber der Hauptteil der Helligkeit kam von kalt leuchtenden Pflanzen, die in Gehängen an der Decke befestigt waren. Da sich ihre Ranken von einer Vase zur nächsten schlängelten, konnte man den Eindruck gewinnen, schimmernde Kraken schwebten unter dem spitzen Dach, breiteten ihre Fangarme aus, um die darunter versammelte Gemeinschaft zu verschlingen.

Auf dem Boden waren Kissen und Decken ausgebreitet, auf denen sich ein Dutzend in edle Stoffbahnen geschlungene Männer und Frauen räkelten und den Neuankömmlingen mit verhaltener Neugier entgegensahen. Die meisten rauchten langstielige Pfeifen, aus denen bunter Qualm aufstieg. Einige Paare hatten sich zusammengefunden, eine Frau ließ sich nicht beim Liebesspiel mit zwei kräftigen Männern unterbrechen.

Diese Dinge nahm Bren nur am Rande wahr. Seine Aufmerksamkeit wurde von dem gekrönten Jungen angezogen, der vor einem Berg goldverzierter Kissen stand und ihnen einladend entgegensah. Bren hätte in dem höchstens achtjährigen Knaben mit den typischen Zügen der Tamioder, der breiten Nase und den lang gezogenen Augenlidern, einen Scherz vermutet, wenn er nicht so bleiche Haut gehabt hätte. Die Haut eines Osadro.

»Das erklärt einiges«, murmelte Alenias, während er sich angemessen verbeugte.

»Ihr meint die ewige Nacht?«

»Ist Euch aufgefallen, mein guter General, dass wir auf der ganzen Insel kein einziges Stück Silber zu Gesicht bekamen? Nein, das wird Eurer Aufmerksamkeit entgangen sein, weil Ihr es so gewohnt seid. Aber auch in unserer Heimat war das anders, vor dem Silberkrieg. Erst seit wenigen Jahrzehnten hat Euer Schattenkönig durchgesetzt, dass alles Mondmetall bei Todesstrafe Eurem Kult auszuliefern ist und zu verschwinden hat.«

»Aber, aber!«, sagte der Knabe und kam mit ausgebreiteten Armen auf sie zu. »Wer wird denn so schwere Gedanken wälzen? Niemanden hier verlangt es nach Silber!«

Er hat also auch das Gehör der Osadroi.

Sein Gewand war aus rotem Stoff gewunden, der glänzte, als sei er nass. Das konnte kaum sein, da seine Bewegungen die Falten so schwerelos pendeln ließen. »Ich heiße Euch willkommen in Blutstein. Was für eine unverhoffte Abwechslung! Ihr kommt gerade recht für unseren nächsten Krieg!«

»Ich sah Ähnliches in Makkar«, berichtete Bren. Eine Laterne beleuchtete das Innere der Kutsche. Gadior und Velon hatten auf einer Liege Platz genommen, Bren saß ihnen gegenüber.

»Dort hat man sich damit eingerichtet, von Ondrien abhängig zu sein. Makkar liegt in einem Talkessel. Die Edlen haben keine Aufgabe mehr, alle Entscheidungen werden ihnen vom Kult vorgeschrieben. Sie fügen sich und erhalten im Gegenzug allerlei Annehmlichkeiten.«

»Dekadenz«, erkannte Velon.

»Wenn ich jemals Dekadenz sah, dann dort oben auf der Pyramide. Dieser König Goran könnte eine Ausnahme sein. Immerhin ist er ein Osadro.«

»Sprich frei, Bren Stonner. Übertriebene Ehrerbietung ist hier nicht angebracht.«

»Wirklich, ich denke, er könnte mehr Feuer in sich haben als seine Höflinge, die er ›Traumlenker‹ nennt. Er nahm nicht an ihren Lustbarkeiten teil. Sie dagegen verloren schnell das Interesse an uns und wandten sich wieder ihren Rauschkräutern zu.«

»Hat er Essenz zu sich genommen?«

»Nicht, als wir dabei waren.«

Velon sah Gadior an. »Ein Osadro, der mit acht Jahren in die Schatten trat«, murmelte er. »Wer ist er?«

»Hat der SCHATTENKÖNIG Euch auf niemanden hingewiesen?«

»Nein, aber ER wusste nicht, wohin unsere Reise führen würde.«

»Jetzt ist mir klar, dass wir es damals schon hätten vermuten können«, sagte Bren. »ELIEN VITAN, die Welt erzittere vor SEINEM Namen, sprach davon, dass ER Lisanne nicht mehr erreichen könne. Ich vermutete ein Hindernis aus Silber, aber wir wissen, dass am Seelennebel die Welt endet, wie wir sie kennen.«

»Und nun treffen wir hier auf einen Osadro«, flüsterte Gadior.

»Es sind sogar zwei, Herr. König Goran von Blutstein und sein Bruder, König Elutan von Nachtstein.«

»Mit dem er im Krieg liegt.«

»Darauf bin ich schon sehr gespannt«, sagte Bren. »So, wie ich Kriege kenne, geht es darum, den Feind mit allen Mitteln zu vernichten. Hier scheint das anders zu sein. Es gibt genaue Regeln, und die Auswirkungen von Sieg und Niederlage scheinen begrenzt.«

»Warum rätst du uns dann, weiter im Verborgenen zu bleiben?«

»Ich habe noch immer zu wenige Informationen, um die Lage einschätzen zu können. Man könnte uns täuschen wollen, oder man hat Dinge nicht erwähnt, die man für selbstverständlich hielt.«

»Wie die Tatsache, dass die beiden Könige Osadroi sind.«

»Ja, Schattenfürst. Hier ist alles merkwürdig. Der Rebell in dem Fischerdorf kannte den Begriff ›Osadro‹ nicht. Und doch sind sie hier.«

»Woher kommen sie?«, fragte Gadior. »Müsste der SCHATTENKÖNIG nicht längst bemerkt haben, dass es Herzen in der Kammer der Unterwerfung gibt, die ER nicht erreichen kann?«

Velon schüttelte langsam den Kopf. »ER hat nach den Schattenherzögen gesucht. Das schließt die meisten Osadroi aus. Wir wissen nichts über die beiden. Vielleicht kamen sie vor Jahrhunderten hierher, vielleicht erst vor Kurzem.«

»Es kann nicht so kurz sein«, wandte Bren ein. »Die gesamte Gesellschaft von Blutstein ist auf den König ausgerichtet.«

»›Kurz‹ nach unseren Begriffen.« Velon lächelte milde. »Wie werden unsere Leute behandelt?«

»Gut.«

»Deine Stirn verrät deinen Unmut.«

»Zu gut, vielleicht. Wein, Speisen, Frauen – als wir von der Pyramide stiegen, war von allem reichlich geschickt worden. Beinahe wie am Königshof.«

»Sorgst du dich, dass unsere Krieger verweichlichen könnten?«

»Die Seeräuber haben, was sie immer wollten. Es wird schwer werden, sie von hier fortzubekommen. Unsere Krieger sind etwas standhafter.«

»Sei nicht zu streng mit ihnen. Wir wollen die Gastfreundschaft dieses Landes nicht beleidigen. Und was deine Bedenken um unsere Sicherheit angeht: Ich schätze sie und dein Pflichtbewusstsein. Aber wir haben einen Auftrag des SCHATTENKÖNIGS zu erfüllen, und wir dürfen nicht länger säumen. Sicher können unsere Sinne Dinge entdecken, die den deinen verborgen blieben.«

»Außerdem«, sagte Gadior, »bin ich neugierig auf diesen Krieg.«

»Habt Ihr schlecht geschlafen, General?«, fragte Alenias. »Ihr wirkt angespannt.«

König Goran erwartete sie vor einem Baum, so gewaltig, wie Bren sie vom Nachtschattenwald in Erinnerung hatte. In der Größe erschöpfte sich die Ähnlichkeit. An diesem Baum gab es weder Äste noch Zweige. Stattdessen hingen riesige Blätter herab, die über Stängel mit dem Stamm verbunden waren. Dieser allerdings hatte eine borkige Oberfläche, die an den erhabenen Stellen rot, darunter in dunklem Grau glomm. Die Helligkeit pulsierte, als atmete die Pflanze. Von den Blättern schimmerte kaltes Licht und tauchte die Wartenden in weiße und violette Töne.

Goran und Gerriar waren von einem Dutzend Menschen umgeben, allesamt in feinstes Tuch gekleidet und mit gelangweilter Leere im Blick. Eine Hundertschaft Chaque schützte sie. Zwei gezackte Säbel und die beiden Handschilde schienen die Standardbewaffnung dieser Wesen zu sein. Anscheinend steckten sie die Klingen niemals weg, jedenfalls hatten sie keine Gehänge, in denen sie sie hätten verstauen können.

»Beim ersten Treffen haben wir uns gut geschlagen«, raunte Bren Alenias zu, während die Kutsche langsamer wurde. »Aber diese Übermacht würde uns brechen.«

»Jetzt wünscht Ihr Euch, Ihr hättet wenigstens einen Eurer wertvollen Herren auf dem Schiff gelassen, nicht wahr?«

Bren fasste den Stab seines Morgensterns. Er war niemand, der über Dinge grübelte, die er nicht mehr ändern konnte. Mit erhobener Hand brachte er den Trupp zum Halten und verbeugte sich angemessen.

»General Stonner!«, grüßte der knabenhafte König fröhlich. Sein Gesicht hatte Ähnlichkeit mit denen, die im Seelennebel trieben, aber es lag wohl nur an der fehlenden Farbe. »Lerne ich nun endlich jene kennen, in deren Auftrag Ihr sprecht? Diesen Schattenkönig und sein Gefolge?«

Langsam schüttelte Bren den Kopf. »SEINE MAJESTÄT ist nicht hier, aber SEINE Gesandten sind es.« Er nickte einem Krieger zu, die Tür zu öffnen und die Treppe auszuklappen. »Schattenfürst Velon und Schattengraf Gadior.«

Eine leichte Unruhe kam in die Chaque, als Goran erstarrte. »Ihr habt nicht erwähnt, dass sie Traumtrinker sind.«

Bren sah zwischen den Osadroi hin und her. »Traumtrinker? Ihr meint, sie sind von Eurer Art?«

»Mein Bruder und ich sind die Einzigen unserer Art«, sagte Goran hart. Dann bewegte sich etwas in seinem Gesicht, ein Lächeln erschien darauf, als entwürfe es ein unfähiger Künstler in mehreren Versuchen. Goran löste sich aus dem Schutz der Chaque und kam mit offenen Armen auf seine Besucher zu. »Welche Freude!«, rief er.

Velons Gesicht war nicht zu deuten, wie er dort auf dem dunklen Gras stand, unter dem leuchtendes Moos wuchs. Er ließ die Umarmung nicht zu, nahm aber beide Hände. »Wir kommen im Auftrag des SCHATTENKÖNIGS in Euer Reich, und wir haben viel zu bereden.«

»Aber sicher«, sagte Goran. Er betrachtete seinen Besucher von der Sohle bis zum Scheitel, wozu er wegen seines kindlichen Körpers den Kopf in den Nacken legen musste. Wenn die Zurückweisung ihn kränkte, war es ihm nicht anzumerken. »Wir werden viel Zeit dafür haben. Eine Ewigkeit.« Er lachte unbeschwert.

Gadior stellte sich schräg hinter Velon.

»So lange?«, fragte dieser.

»Nun, dies ist das Land der ewigen Dunkelheit, nicht wahr? Wir herrschen hier seit Anbeginn der Zeit, Elutan und ich, und so wird es auch immer sein. Wobei mir einfällt: Ich muss Euch unbedingt meinem Bruder vorstellen.«

»Dem, gegen den Ihr Krieg führt?«

»Aber ja! Ich habe keinen anderen.«

»Nun, wir wollen nicht unhöflich sein«, entschied Velon. »Wir werden gern Euren Bruder kennenlernen und dann diesem Krieg beiwohnen. General Stonner berichtete uns, er werde nur wenige Stunden andauern?«

»So ist es.«

»Das soll uns recht sein. Aber danach haben wir eine Angelegenheit größter Wichtigkeit zu besprechen.«

Goran hob eine Augenbraue. »Glaubt mir, in Tamiod gibt es kaum Wichtigeres als einen Traumkrieg.«

»Wir sind mit Euren Sitten nicht vertraut.«

»Eben. Ich bitte Euch, folgt mir. Gerriar, kümmere dich um den General und den merkwürdigen Mann.« Er nickte Bren und Alenias zu. Im Vorbeigehen versuchte er, die Schattenrosse zu fixieren, was seinem Blick ebenso unmöglich sein musste wie jedem, der nicht halb im Nebelland lebte. »Wirklich, hochinteressanter Besuch«, sagte er, setzte an, einem der Schattenrosse den Hals zu tätscheln, hielt dann aber doch seine Hand zurück. »Sehr inspirierend, da bin ich gewiss.«

Als die Osadroi unter den ausladenden Blättern verschwanden, verbeugte sich Gerriar vor Bren und Alenias. »Ich werde die Wachen befehligen. Folgt mir, wir werden zwar nicht am Krieg teilhaben, aber einen ausgezeichneten Blick genießen.«

Auf Bren wirkte Gerriar viel mehr wie ein Hofschreiber als wie ein Krieger. Sein Stab war lächerlich dünn, wie die Querstange einer Schriftrolle. Seine Kleidung bot nicht mehr Schutz als ein Untergewand und sein Körper war schwächlich. Dennoch war nicht auszuschließen, dass er ein guter Stratege war. Bren hatte sich vom Einzelkämpfer zum General hochgedient, aber auch in Ondrien gab es Offiziere, die an Akademien Taktik studiert hatten und niemals mit einem blutigen Schwert auf dem Schlachtfeld gesehen worden waren.

Eine mit Marmor gekennzeichnete Kreisbahn umlief den Baum. Die harten Füße der Chaque klackten bei jedem Schritt darauf wie Hufeisen, die ein Schmied in seiner Auslage auf dem Markt zurechtlegte. Alle zehn Schritt blieb ein Chaque zurück und bezog auf ebenso reglose Weise Posten, wie es seine Kameraden oben auf der Pyramide von Blutstein getan hatten, das Gesicht allerdings nach innen, dem Baum zugewandt.

Eine ähnliche Rotte wie die Gerriars kam ihnen entgegen, auch sie angeführt von einem Mann mit einem Stab, der aber anders gekleidet war. Er trug einen Überwurf aus polierten Steinen, die auf ein weitmaschiges Netz genäht waren. Seine rote Haut war durch die Löcher deutlich zu sehen. Das hiesige Volk machte sich wenig aus den allgegenwärtigen Stechinsekten, die ohnehin das Blut der Ondrier süßer zu finden schienen. Ein Rock bedeckte die Beine des Entgegenkommenden bis zu den Knien. Gerriar und er grüßten sich mit den Stäben. Auch der zweite Trupp ließ Chaque zurück, etwas weiter außen als Gerriars, auf Lücke stehend, ebenfalls mit dem Gesicht nach innen.

»Einer Eurer Kameraden?«, fragte Bren.

Gerriar lachte auf. »Nein. Der Feind. Dies sind Truppen aus Nachtstein.«

»König Elutans Chaque?«

»Sagte ich das nicht?«

»Wollt Ihr Eure Truppen wirklich so verzahnt aufstellen, bevor sie aufeinander losgehen?«

»Die Chaque kämpfen nicht.«

»Sind sie nicht Eure Krieger?«

»Nicht zwischen Blutstein und Nachtstein. Sie dienen den Brüdern.«

»Was machen sie dann hier?«

»Sie sorgen dafür, dass niemand entkommt.«

Bren sah Alenias an, aber in dessen Nebelaugen waren keine Antworten zu finden.

»Seht dort vorn, die Jünglinge und Maiden«, sagte Gerriar. »Das sind die Kämpfer von Nachtstein. Und hinter ihnen die Preise, die den Sieger erwarten.«

Nach dem Bericht aus dem Fischerdorf hätte Bren mit Kindern gerechnet, die dem Sieger zugesprochen würden, aber bei den drei Dutzend Menschen, die Gerriar ihm bezeichnete, sah er kaum jemanden unter zwanzig, dafür einige Greise. Wobei Bren bereits aufgefallen war, dass sich bei dem Volk Tamiods schon früh Anzeichen des Alters zeigten. Sogar die Kinder hatten Falten, manche auch gebeugte Rücken, als würden sie schwer arbeiten, obwohl Bren das nie beobachtet hatte.

»Je nachdem, welche Kämpfer den Krieg für sich entscheiden, gehen die Preise an den Sieger über?«, fragte Bren.

»Ja. Sie alle sind hervorragende Künstler ihrer Städte. König Goran hat sich selbst ausgesucht, wen er fordert.«

»Dann war er in Nachtstein? Der Hauptstadt seines Feindes?«

»Der Residenz seiner Bruders, ja.« Gerriar zögerte, dann hielt er an und wandte sich um. »Hört zu, Bren Stonner. In Eurer Heimat, wo die Sonne steigt und sinkt, mögt Ihr ein guter General sein. Dass Ihr kämpfen könnt, habt Ihr bewiesen. Aber hier zählt das nicht viel. Unsere Kriege werden anders ausgefochten. Diese Kämpfer dort, die jungen Leute mit der eingeölten Haut, werden über Wohl und Wehe ihrer Städte entscheiden. Dörfer werden bald ihre Besitzer wechseln, vor allem aber diese Künstler. Wenn ich Eure Begleiterin gestern recht verstand, würden in Eurer Heimat große Heere bis zur gegenseitigen Vernichtung miteinander ringen, um den gleichen Ausgang zu erreichen. Hier ist es anders. Dieses Mal wird Blutstein triumphieren, oder Nachtstein wird siegen. Das nächste Mal wird es vielleicht anders sein. Dort unter dem Baum«, er zeigte auf eine Gruppe von vielleicht zehn prunkvoll gewandeten Menschen, unter denen Bren einige vom Empfang auf der Pyramidenspitze wiedererkannte, »werden die Edlen träumen. Sie sind die besten Traumlenker Blutsteins, und an anderer Stelle werden sich die fähigsten Nachtsteins versammeln.«

»Was bedeutet das – träumen?«, fragte Alenias.

»Sie senden ihren Geist aus und nehmen Anteil.«

»Am Krieg?«, fragte Bren.

»Am Geschick der Kämpfer, ja.«

»Und diese Kämpfer klettern auf den Baum, um sich gegenseitig umzubringen?«

Gerriar zuckte mit den Schultern. »Das können sie, wenn sie es wollen. Sie können auch versuchen, dem Kampfplatz zu entkommen, was ihre Gefährten geschwächt zurücklassen wird. Dazu finden sie oben am Baum Staubbeutel, mit denen sie die Chaque für kurze Zeit lähmen können. Sieger ist, wer den Traumkristall findet und den Brüdern bringt. Die siegreichen Kämpfer werden geehrt und steigen in die Reihen der Traumlenker ihrer Heimatstadt auf. Die Verlierer fallen unter die Säbel der Chaque.«

»Dann sollte ein Verlierer besser auf dem Baum bleiben«, sagte Bren.

Gerriar grinste. »Dort oben ist angeblich schon jemand verhungert. Er ist noch nicht einmal heruntergekommen, als man seine Familie neben dem Stamm verbrannt hat.«

»Vielleicht war seine Frau hässlich«, meinte Alenias trocken.

Sie setzten ihren Weg fort, gingen die gesamte Runde bis zu ihrem Ausgangspunkt. Die zweite Begegnung mit dem Offizier aus Nachtstein glich im beiderseitigen stummen Gruß der ersten.

»Die Schnaken scheinen sie zu plagen.« Gerriar zeigte auf die Ondrier an der Kutsche, die kaum stillstanden.

»Sie werden nicht daran sterben.«

»Einige der Biester bringen Fieber. Ich lasse Euch eine Salbe schicken, deren Geruch sie fernhält.« Er sah Alenias an. »Ihr scheint nicht von ihnen belästigt zu werden.«

»Mein Volk traf vor langer Zeit eine Übereinkunft mit Tieren aller Art. Wir meiden uns.«

Eine eigenwillige Beschreibung dafür, aus dem Wirken der Götter ausgestoßen worden zu sein, dachte Bren.

Als Gadior und Velon zurückkamen, wurden sie von den beiden Königen begleitet. Bren fand, dass sich Elutan und Goran nicht besonders ähnlich sahen, außer, dass sie offenbar in einem ähnlichen Alter in die Schatten getreten waren und dem gleichen Volk entstammten. Ihre bleichen Körper waren die von Achtjährigen, aber Elutans Nase war gerader und spitzer als die Gorans. Überhaupt war sein Gesicht weniger fett, und er war etwas größer. Seine Kleidung bestand aus einer veredelten Version der Gewandung seiner Untergebenen, die Steine waren aus Obsidian geschnitten, das Netz, das sie hielt, aus irisierenden Pflanzenfasern geflochten. Auch er trug eine Krone, eng gezackt und aus einem schwarzen Metall geschmiedet. Auf seinem hellen Schädel sah sie aus wie ein Riss.

»Bruder«, sagte Elutan, als sie die Kutsche erreichten, »mir kommt gerade ein außergewöhnlicher Gedanke für diese außergewöhnliche Stunde. Wie wäre es, wenn wir den Einsatz für Blutstein veränderten?«

Goran runzelte die Stirn. »Hast du dir die Künstler nicht selbst erwählt?«

»Jetzt hast du Besseres zu bieten.« Er wies auf die Osadroi. »Warum sollst nur du in den Genuss dieser äußerst unterhaltsamen Fremden kommen? Nimm deine Künstler zurück und ernenne sie zum Preis.«

»Was fällt Euch ein!«, rief Bren und griff an seinen Morgenstern, während Gadior und Velon ungerührt blieben.

Die Chaque aus der Garde der beiden Könige klackten mit den Kiefern und hoben drohend die Säbel.

Goran sah seinen Bruder an. »Du kannst nicht beide haben. Lass den Kampf um einen von ihn führen.«

»Dann nehme ich den Blonden. Gadior. Und den da«, er zeigte auf Alenias, »nehme ich dazu.«

»Eure Scherze gefallen mir nicht!«, rief Bren. Er hörte die Rüstungen seiner Krieger, wie sie hinter ihm Aufstellung nahmen.

Gerriar trat nah vor ihn. So nah, dass Bren hätte zurücktreten müssen, um der Stachelkugel genug Schwung zu geben, damit sein Schädel platzte. Doch Gerriar bewies Todesmut. »Die Könige belieben nicht zu scherzen«, sagte er fest.

»Schattenherren stehen zu niemandes Verfügung«, knurrte Bren.

Goran trat einen Schritt vor. »Ich gebe meinem Bruder, was mir beliebt. Ihr seid in Blutsteins Sphäre, somit mein Eigentum.« Sein kindliches Äußeres gab ihm das Aussehen eines verzogenen Bengels.

Bren entschloss sich, zunächst Gerriar aus dem Weg zu räumen, dann Goran den Stiel ins Gesicht zu rammen. Viel Hoffnung hatte er nicht, einen Osadro konnte man unmöglich mit den Waffen töten, die ihm zu Gebote standen. Aber hier ging es nicht um Hoffnung, sondern um Pflicht.

Im letzten Moment spürte er Gadiors festen Griff an seiner Schulter. »Auf ein Wort, General«, flüsterte der Graf und zog den widerstrebenden Bren in die Kutsche. Velon schloss sich ihnen an, bedeutete Alenias, draußen zu bleiben, und zog die Tür zu.

»Sie waren überrascht, uns zu sehen«, sagte Gadior.

»Sie betrachten Euch wie exotische Schmuckstücke, die sie sammeln könnten.«

»Ja«, sagte Gadior. »Aber mit Geschmeide geht man sorgsam um. Ich glaube nicht, dass ich von ihnen etwas zu befürchten hätte. Auch nicht in Nachtstein.«

Bren schwindelte. Unmöglich konnte er einen Schattenherrn aus seiner Obhut entlassen. »Schattenfürst, was ist Euer Urteil?«

Geduldig zündete Velon eine Laterne an. »Der SCHATTENKÖNIG wird äußerste Hingabe von uns erwarten. Wenn wir uns verweigern, werden wir wenig erreichen.«

»Was haben sie von Lisanne berichtet?«, fragte Bren.

»Sie kennen sie nicht. Sie sind ewig, niemand war vor ihnen, niemand wird nach ihnen sein.«

Brens Gedanken standen still. Er versuchte, sie unter seine Disziplin zu zwingen. Nur widerstrebend konnte er Worte formen. »Allein die Schatten sind ewig.«

»So lehrt es der Kult.«

Der Laternenschein mochte täuschen, aber Bren glaubte Verunsicherung auf den Gesichtern seiner Gegenüber zu erkennen. »Ich bitte Euch, verratet mir, was Ihr erfahren habt.«

Sie sahen sich an, bevor Gadior sagte: »Das Gewand Elutans bietet Einblicke. Es enthüllt seine Haut. Auch unter der Brust.« Versagte dem Schattengrafen tatsächlich die Stimme?

Velon fuhr fort: »Er ist unberührt. Er hat keine Narbe. Sein Herz wurde nie entnommen.«

»Aber ...« Bren mühte sich, das Begreifen in seinen Verstand zu lassen. »Jedes Osadros Herz ruht in der Kammer der Unterwerfung.«

»Das dachten wir auch. Wenn diese Brüder aber wirklich ewig sind, wenn sie waren, bevor ...«

Bren zwang sich, das Undenkbare auszusprechen. »Wenn sie vor den SCHATTENKÖNIGEN existierten, wurden sie niemals IHRER Macht unterworfen.« Aber das war unmöglich! Die SCHATTENKÖNIGE hatten den Göttern getrotzt, SIE hatten ihnen die Unsterblichkeit entrissen. SIE hatten die Schatten gerufen. Vor IHNEN hatte es nur Unterwerfung unter den Willen der Götter gegeben, wenn man von der Rebellion der Fayé absah. »Es kann nicht sein.«

»Wir kennen die Macht dieser Brüder nicht«, sagte Velon. »Aber wenn sie seit Äonen in einem Land ohne Sonne leben, können sie gewaltige Kräfte angesammelt haben.«

»Wir sind ihnen vielleicht nicht gewachsen«, flüsterte Gadior.

»Ich kann Euch nicht in die Hand des Feindes geben«, sagte Bren.

»Vielleicht werden sie nur unsere Feinde, wenn wir uns widersetzen.«

Und wir werden ihre Sklaven, wenn wir uns fügen, dachte Bren bitter. Niemals würde er vor Elien Vitan Gnade finden, wenn er einen Osadro verlöre, zumal dann nicht, wenn er die Schattenherzogin nicht zurückbrächte. »Lisanne …«

»Wenn sie wirklich so große Macht besitzen, könnten sie sie für uns aufspüren. Aber das werden sie nur tun, wenn sie uns gewogen bleiben.«

Bren knirschte mit den Zähnen. Er stieß die Tür auf und stieg hinaus. »Ihr bekommt Euren Preis!«, rief er den Brüdern entgegen. »Aber ich werde zu Blutsteins Kämpfern gehören! Ich werde Euch zeigen, wie ein Krieg geführt wird.«

Ein Stich über seinem Schulterblatt erinnerte Bren daran, dass er in unvertrauter Umgebung kämpfte. Es war keine kluge Idee, den Morgenstern ohne den Schutz einer Rüstung über die Schulter zu legen, wie es seine Gewohnheit war. Er wickelte die Kette um den Stab und schloss die Faust darum.

Ejon, Kalib, Buton und Haronn. Das waren seine Kameraden, Jetano war von König Goran zurückgezogen worden, um die gleiche Kopfstärke mit Nachtstein zu wahren. Jetano war nicht froh darüber. Wenn ein Mann mit seinem Leben abgeschlossen hatte, um eine Tat zu vollbringen, die ein neues begänne oder ihm den Tod brächte, kehrte er ungern um. Bren kannte das von den Sturmbannern, die sich in den vordersten Reihen aufstellten, wenn es gegen eine Festung ging. In Tamiod galt das offensichtlich ebenso, daran änderte auch der Umstand nichts, dass die Kämpfer in Brens Augen Ähnlichkeit mit gerade entwöhnten Säuglingen hatten. Wären sie ihm in

Ondrien bei einer Musterung untergekommen, hätte er ihren Müttern geraten, sie ordentlich übers Knie zu legen, um ihnen die Flausen auszutreiben. Das lag nicht an ihrem Alter, das er bei Angehörigen dieses Volks ohnehin kaum schätzen konnte. Halbe Kinder hatten an seiner Seite vor dem Feind gestanden. Eher schon an ihrer Schwächlichkeit, sie hatten die Muskeln von Tänzerinnen. Aber auch das war nicht entscheidend, magere Kerle waren manchmal besonders zäh. Bei den Spähern fanden sich viele von dieser Sorte. Was ihn davon abhielt, auf die Fähigkeiten seiner Kameraden zu vertrauen, waren ihre Augen. Ihr Blick war in die Ferne gerichtet, in eine Zukunft, in der sie sich bedienen lassen und in Sorglosigkeit leben würden. Ihnen fehlte der Fokus auf das Naheliegende, auf das Jetzt. Der Blick des Kriegers, der seinen Feind fand, nichts mehr außer ihm sah, außer der brüchigen Stelle in seiner Rüstung, unter der sein Leben verletzlich war und zerstört werden konnte.

Da man die Hände zum Klettern brauchte, verzichtete Bren auf den Schild. Er trug sein Untergewand und darüber eine vor Brust und Rücken gekreuzte rote Stoffbinde, um seine Zugehörigkeit deutlich zu machen. Die anderen verknoteten ihre Wickelgewänder, damit Arme und Beine frei wurden und sich keine losen Schlaufen an den Blättern verhaken könnten.

Aus der Nähe betrachtet war die Oberfläche des Baums uneben. Sowohl die schwarzrote, borkige Rinde bot Halt, als auch zahlreiche armlange Auswüchse auf den großen Blättern.

Kalib sah ihn an. Seine Augen waren von einem warmen Braun. »Wollt Ihr nicht doch Jetanos Sichel nehmen, Herr?«

Die Kämpfer verwendeten gebogene, hölzerne Säbel mit einer Eisenspitze, die geeignet sein mochte, als Kletterhilfe zu dienen.

»Ich komme schon zurecht.« Bren schob den Morgenstern seitlich unter seinen Gürtel, wo die Waffe die Beinfreiheit nicht behinderte und die Kugel fest anlag, ohne ihn zu stechen.

Eine Maid brachte einen Korb, in dem handtellergroße, biegsame Schoten lagen. Sie waren durchsichtig, enthielten ein Gelee, in dessen Mitte ein Samen wie ein Finger schwamm. Feine Härchen bedeckten die Schoten.

»Die müssen wir schlucken«, erklärte Kalib.

»Warum?«

Kalib nahm zwei heraus, gab eine an Bren weiter und erklärte: »Damit die Traumlenker uns spüren. Es sind die Samen des Baumes. Solange sie in uns sind, gibt er unsere Gefühle weiter.« Er zeigte auf die Edlen, die sich im Dämmerlicht eines ausladenden Blattes auf Kissen niedergelassen hatten. Leuchtende Pollen rieselten auf sie herab. »Gebt acht, dass Ihr die Schote nicht zerbeißt.«

Skeptisch beobachtete Bren, wie Kalib den Mund so weit öffnete, als wolle er eine Weinflasche verschlingen, die Schote hineinschob und schluckte. Ihr Weg durch den Hals war deutlich an der wandernden Wölbung zu erkennen. Kalib schüttelte sich, dann wandte er sich um und ging zu den Kameraden.

Gadior nickte Bren zu. Der Schattengraf stand gemeinsam mit Alenias zwischen einigen Chaque, die, wenn Bren richtig beobachtet hatte, Nachtstein die Treue hielten. Der Fayé hatte die Arme verschränkt. Im Lichte der jüngsten Ereignisse konnte Bren seinen Warnungen nicht widersprechen.

Bren legte den Kopf in den Nacken, wie er es bei Kalib gesehen hatte, öffnete den Mund so weit wie möglich und schob die Schote hinein. Sofort regten sich die Härchen, der Körper pumpte und flutschte durch den Hals. Es war unangenehm, vor allem, weil Bren kurz keine Luft mehr bekam, aber es ging schnell vorüber.

Bis auf Bren standen bereits alle am Stamm, die Kämpfer aus Nachtstein vermutlich auf der anderen Seite, als ein Gongschlag die Männer in Bewegung versetzte. Sie griffen in die Rinde, schlugen mit ihren krummen Klingen nach und zogen sich nach oben. Bren lief los, um den Anschluss zu behalten.

Er spürte, wie sich die Schote in seinem Bauch bewegte, während er den Stamm erkletterte. Er stellte sich vor, wie sich die Haut auflöste und den Samen freigab und fragte sich, wo sich dieser einnisten würde. Immerhin konnte er keinen bleibenden Schaden hinterlassen, denn die Sieger erwartete ja noch ein langes Leben in der Elite ihrer Stadt.

Die unregelmäßig sprießenden Blätter, groß wie das Hauptsegel der *Mordkrake*, verhinderten den Aufstieg in gerader Linie. Bren war froh, seine Stiefel zurückgelassen zu haben, sodass er die Zehen in die Borke krallen konnte. Der Stamm war warm wie ein Stein, der lange in der Sonne gelegen hatte. Da hier keine Sonne schien, musste die Wärme aus dem Inneren kommen.

Man hatte Bren erklärt, dass der Traumkristall, der den Sieg brachte, überall sein konnte. Der Sieger des Vorjahres hatte ihn verborgen. Um den Wettstreit – Bren hatte sich noch immer nicht gänzlich mit dem Begriff ›Krieg‹ abgefunden – in die Länge zu ziehen, war es üblich, ihn nahe an der Spitze zu deponieren, etwa einhundert Schritt über dem Boden.

Bren sah zwei seiner Kameraden über die Blätter huschen. Er selbst setzte den Weg weiter aufwärts fort. Der Aufstieg war leichter als gedacht, beinahe wie auf einer Leiter, wenn man sich auch ab und zu seitwärts bewegen musste. Obwohl ihn der Weg nicht anstrengte und Höhen ihm nie Probleme bereitet hatten, bekam er ein flaues Gefühl im Magen und ein leichter Schwindel drehte sich in seinem Kopf. Vielleicht eine Auswirkung der Schote.

Als er zu kurz griff und einen Halt verfehlte, hielt er inne. Er kniff die Augen zusammen, um den Blick zu klären.

Nur seine lange Erfahrung erlaubte ihm, in dem sirrenden Geräusch eine nahende Schlagwaffe zu erkennen. Instinktiv ließ er sich an dem Stamm herabgleiten, bis er am gestreckten linken Arm hing. Über ihm brach eine Sichel ein Stück Borke heraus.

Sofort griff Bren zu. Eisenhart umfasste er das Gelenk der Hand, die die Waffe hielt. Sein Gegner schrie auf, ein Laut, der zu einem Ächzen wurde, als Bren den Arm mit einem so unerbittlichen Ruck verdrehte und gegen den Stamm schlug, dass die Speiche knapp unterhalb des Ellbogens brach. Wie vermutet sah er sich einem Kämpfer aus Nachtstein gegenüber, klar erkennbar an dem Gewand aus Netz und Steinen. Der Mann riss die Augen schreckgeweitet auf, leistete aber keine Gegenwehr mehr.

Knurrend zog Bren ihn heran und rammte seine Stirn gegen die Nase des Nachtsteiners, die damit zu einem formlosen Brei wurde. Heulend fiel der Gegner in die Tiefe, streifte einen Stängel, prallte noch einmal gegen den nach unten hin breiter werdenden Stamm und blieb dann mit verrenkten Gliedern am Boden liegen. »Kinder«, murmelte Bren. »Keine Krieger.« Sein Vorteil.

Der Schwindel war noch da. Bren befühlte seine Stirn. Da war das Blut des Gegners, aber von diesem Fleck abgesehen tastete er keine Flüssigkeit. Keinen Schweiß. Trotzdem mochte ein Insekt ihn gestochen und eine Krankheit in ihn gepflanzt haben.

Er sah Kalib auf einem Blatt hocken. Er war etwa zwanzig Schritt entfernt, wo sich der leuchtende Untergrund wölbte und steil nach unten bog. Offenbar hatte er etwas gefunden, denn er fingerte an einer Mulde unter einem Aufsatz herum, der wie ein großer Pilz aus dem Blatt wuchs. Bren versuchte, zu erkennen, worum es sich handelte. Er sah Kalib von der Seite, seine Hände verschwanden in der Mulde, tasteten an etwas, befühlten es. Es gab zwischen den Fingern nach wie ein Schwamm. Kalib musste vorsichtig sein, sonst würde er seinen Fund zerstören, der doch so wertvoll werden könnte, falls sich die Dinge gegen den Trupp aus Blutstein wenden sollten. Dann wäre dies sein Schutz, wenn auch nur für einen Augenblick, um ihm Sicherheit zu geben. Freiheit um den Preis des Verzichts auf den Lohn des Siegers …

Bren schüttelte den Kopf. Das waren nicht seine eigenen Gedanken! Es waren diejenigen von Kalib!

Bren stieg auf das Blatt und begab sich zu seinem Gefährten. Der bemerkte ihn am Schwanken des Untergrunds und blickte ihm entgegen.

»Was hast du mir über diese Schoten verschwiegen?«, fragte Bren.

»Ihr habt mich nicht gefragt und wirktet so, als wolltet Ihr am liebsten allein gelassen werden.«

»Sie verbinden uns.«

»Durch den Baum, ja. Wie sollten die Traumlenker sonst unsere Erlebnisse teilen und in ihre künftigen Gewebe einarbeiten?«

Bren entschied, dass jetzt nicht der rechte Zeitpunkt war, Tamiods Rätsel zu ergründen. »Was hast du hier gefunden?«

Kalib hielt etwas hoch, das durch seine zerklüftete Oberfläche Ähnlichkeit mit einem kopfgroßen Schwamm hatte. »Einen Staubbeutel. Mit Wucht gegen einen Chaque geschleudert, lässt ihn das hier für einen Moment erstarren. Lange genug, um aus dem Kreis der Wachen zu entkommen.« Er befestigte seinen Fund am Gürtel. Bren spürte etwas von der Befriedigung seines Kameraden.

»Das bringt uns dem Sieg nicht näher.«

»Aber mich der Freiheit, wenn der Traumkristall von Nachtstein erobert werden sollte.«

»Die haben einen Kämpfer weniger.«

»Und wir haben zwei verloren. Habt Ihr das nicht gespürt?«

Bren schüttelte den Kopf.

»Bei Euch scheint das Band nicht so stark zu sein wie bei uns.«

»Teilen wir uns wieder?«

»So finden wir den Traumkristall schneller.«

Während Kalib weiter nach oben stieg, entschloss sich Bren, den Stamm auf gleicher Höhe zu umrunden. Seine Stärke war der Kampf, hier war er wie ein Wolf unter Ratten. Er konnte der gemeinsamen Sache am besten nützen, indem er möglichst viele Gegner ausschaltete, und diese fände er vermutlich auf der Seite, auf der Nachtsteins Männer ihren Weg begonnen hatten.

Tatsächlich sah er bald eines der Riesenblätter über sich schwanken. Er erkannte sogar den Pfad, den der Mann darauf nahm, da an den Druckstellen die Helligkeit des Blatts abnahm. Inzwischen hatte er auch ein Gespür für den Aufenthaltsort seiner Kameraden. Kalib arbeitete sich beständig weiter nach oben, Haronn war auf einem Blatt auf der anderen Seite und ebenfalls höher. Fehlten noch Ejon und Buton, aber die waren beide gefallen, wenn zutraf, was Kalib berichtet hatte. Das bedeutete, dass dort auf dem Blatt über seinem Kopf nur ein Kämpfer aus Nachtstein sein konnte.

Bren suchte sich einen festen Halt unmittelbar unter dem Stängel und zog den Morgenstern aus dem Gürtel. Dann drehte er den Stab, um die Kette mit der Kugel daran abzulassen. Dabei ging er langsam vor, um möglichst wenig Geräusch zu verursachen. Der Mann auf dem Blatt schien es nicht eilig zu haben, vielleicht studierte er die Senken auf der narbigen Oberseite. Bren wartete, bis sein Gegner den Stamm fast erreicht hatte, dann schlug er an weitem Arm um den Stängel herum.

Die Kugel verfehlte ihr Ziel, aber die Kette traf und verfing sich am Knöchel. Sofort riss Bren seine Waffe herab und brach damit das Gleichgewicht des Feindes.

Mit einem gellenden Schrei rutschte der Gegner ab. Gerade noch konnte er sich in der Borke festkrallen.

Bren schlug nach. Da er sein Ziel jetzt klar vor sich sah, konnte er es nicht verfehlen. Die Kugel krachte in den Rücken, zerschlug die dünnen Steine des Gewands und zerschmetterte die Wirbelsäule.

Mit einem Jaulen, das auch von einem Hund hätte stammen können, verschwand der Mann in der Tiefe.

Als der Gegner aufschlug, schoss eine unangenehme Hitze durch Brens Rücken. Er sog die Luft ein. Offenbar spürte er jetzt sogar ein schwaches Echo dessen, was seine Gegner empfanden! Vor den geschlossenen Augen sah er verzückte Gesichter in einem Kreis, in dem er auch selbst saß. Die Traumlenker!

Die Vision verschwand so schnell, wie sie gekommen war. »Ich beeile mich wohl besser, bevor ich die Zucht über meinen Geist verliere.«

Was immer sein Gegner auf dem Blatt gesucht hatte – er hatte es nicht gefunden. Also kletterte Bren weiter aufwärts.

Die Euphorie traf ihn wie ein Keulenschlag. Er drohte den Halt zu verlieren, weil er die Rinde unter den Fingern nicht mehr fühlte. Stattdessen waren dort glatte, kantige Flächen, spitz zulaufend. Haronn hatte den Traumkristall gefunden! Bren spürte es so deutlich, dass er sein Gefühl nutzen konnte wie eine Kompassnadel, um die Richtung zu bestimmen, in der sich Haronn aufhielt. Er wurde sogar dorthin gezogen. Aufwärts ging es, und eine Vierteldrehung um den Stamm herum. Aber zunächst musste Bren die Kontrolle über seine Sinne zurückgewinnen! Er musste sich so sehr zwingen, an Ort und Stelle zu bleiben, dass seine Muskeln zitterten.

Er hatte die Euphorie noch nicht vollständig zurückgedrängt, als das nächste Gefühl anbrandete. Panik. Da er bereits bemüht war, den fremden Einflüssen Fesseln anzulegen, war seine Reaktion nicht mehr so stark wie zuvor. Dennoch stöhnte er auf, als er einen heißen Schmerz in seinem unteren Rücken spürte, in der Nierengegend. Auf das Brennen folgte ein Reißen in den Armen, dann Taubheit, Kühle, feuriger Schmerz. Er spürte Haronn nicht mehr. Hatte er dessen Schrei gehört? Die Sinne seines eigenen Körpers waren kaum noch zu ihm durchgedrungen.

Er tastete in seiner Wahrnehmung. Haronn war fort. Und der Traumkristall vermutlich in der Hand des Gegners. Da war nur noch Kalib, und der war getrieben von einer Mischung aus

Angst und Entschlossenheit. »Fliehen«, murmelte Bren. »Er will fliehen.«

Dann sah er ihn auch schon, unten am Fuß des Baums. Er ließ seine Sichel fallen und löste den Schwamm von seinem Gürtel. Er rannte auf den Wachkreis zu. Bren spürte Kalibs Aufregung, aber er wollte sich nicht davon gefangen nehmen lassen. Er musste den Traumkristall zurückerobern. Noch war es nicht zu spät dafür, noch musste der Feind seine Beute zu den Königen bringen.

Bren bewegte sich in so weiten Schüben nach unten, wie er zu greifen wagte. Vielleicht kam ihm seine Größe zugute. Er sprang auf ein Blatt, rollte sich über den Rand, spannte die Muskeln an und ließ sich auf das nächsttiefere fallen. Als er nach einem Auswuchs griff, spürte er, wie sich Kalibs Nerven spannten wie Bogensehnen. Er fühlte die Hand den Schwamm aufreißen. Kalib hielt den Atem an, verstreute das lähmende Pulver. Auch Bren war so angespannt, dass er sich nicht bewegen konnte.

Erlösung. Ein Hauch Bedauern. Kalib war durch.

Bren sprang gegen den Stamm, setzte seinen Weg abwärts fort. Er hörte jemanden zu seiner Rechten, griff weniger sorgfältig zu, um gleichzeitig hinunter und seitwärts zu kommen und dabei noch Geschwindigkeit zu gewinnen.

Er war zu langsam. Sein Gegner war geübter in dieser Art des Kletterns. Bren sah ihn vier Schritt unter sich den Boden erreichen. Er hatte die perfekte Stelle gewählt, musste nur noch unter dem leuchtenden Laub hervortreten, um den Königen das Siegeszeichen zu überreichen. Zehn Schritt trennten ihn vom Triumph.

Zehn Schritt und der Morgenstern, den Bren zweimal um sein Handgelenk kreisen ließ und dann schleuderte. Die Waffe streckte sich in der Luft, torkelte um den Schwerpunkt, der nahe an der Kugel lag.

Und traf den Rücken des siegessicheren Mannes, schleuderte ihn mit dem Gesicht voran ins Moos. Aber er war nicht tot, noch nicht einmal allzu schwer verletzt. Ein oder zwei Rippen mochten gebrochen sein oder das Schulterblatt, aber er rappelte sich bereits wieder auf, konnte sich noch bewegen.

Hastig arbeitete sich Bren nach unten, ignorierte das Echo der Schmerzen seines Kontrahenten, sprang die letzten zwei Schritt.

Der Gegner drückte sich von den Knien hoch, kam in einen schiefen Stand, bei dem die linke Seite deutlich abfiel. Statt den Traumkristall aufzunehmen, der neben ihm auf dem Boden lag, ein durchsichtiges Juwel, kaum größer als ein Hühnerei, drückte er sich den schmerzenden Brustkorb.

Versager, dachte Bren. Er bremste seinen Lauf nicht ab, um den Morgenstern aufzunehmen. Stattdessen warf er sich auf seinen Feind, griff Schopf und Kinn und riss den Kopf in eine so heftige Drehung, dass das Genick brach.

Bren sah noch zwei Gegner kommen, doch sie waren zu hoch am Baum. Er las den Traumkristall auf und schritt zügig, aber ohne Hast unter den Blättern hervor. Die Brüder sahen ihm mit lüsternem Ausdruck in den Kinderaugen entgegen. Sie standen auf einem niedrigen Podest, umgeben von einem Dutzend waffenstarrender Chaque. Bren hatte nichts als Verachtung für sie übrig, als er ihnen den Traumkristall reichte.

»Wahrlich, Bren Stonner«, sagte König Goran, »Ihr seid ein Krieger, wie wir noch keinen gesehen haben.«

Gadior schlenderte zu ihm. »Wie erwartet«, raunte er Bren zu. »Ganz wie erwartet.«

»Ihr habt eine niedrige Meinung von uns, Bren Stonner«, sagte Goran. Sein Gesicht zeigte eine Mischung aus Frage und Kränkung, wie bei einem Kind, dem man sein Spielzeug madig gemacht hatte. »Ich weiß es, meine Traumlenker haben es gespürt, während des Krieges.«

In dem Palastraum oben auf Blutsteins Pyramide tanzten junge Maiden für sie. Das Leuchten, das aus den unter der Decke aufgehängten Pflanzen sickerte, schimmerte auf der roten Haut, die mit Ölen geschmeidig gemacht worden war. Der Traumkristall stand in der Mitte des Raums auf einem Dreibein. Es war die Feier des Sieges und zugleich der Aufnahme Brens in die Elite Blutsteins. Schließlich war er der einzige überlebende Kämpfer der Stadt, wenn man von Kalib absah, der fortan sein Leben in der Wildnis fristete. Goran hatte Bren bereits die anderen Edlen vorgestellt. Zwei Dutzend waren es, auch einige Frauen fanden sich darunter. Alle anderen Anwesenden dienten dem Vergnügen der Traumlenker.

»Seid versichert, dass diese Abneigung von mir nicht erwidert wird«, fuhr Goran leise fort. »Ich respektiere Euch. Wirklich, Bren Stonner, Ihr habt mich beeindruckt. Sah ich die Art, wie Ihr im Westen Kriege führt?«

»Wäre dem so – wir würden auf den Trümmern von Nachtstein sprechen, nicht in Blutstein, Majestät.«

Gespannt sah Goran ihn an. Trotz seiner offensichtlichen Merkmale – der hellen Haut, der geschmeidigen Bewegungen – musste sich Bren bewusst machen, dass ein Osadro neben ihm saß. Er nahm Goran noch immer als Kind wahr. Dabei war er älter als Velon, vielleicht sogar älter als … nein, schon der Gedanke war Blasphemie.

»In meiner Heimat schicken Könige ihre Heere aus, um einen Feind zu zerschmettern. Sie bieten so viele Krieger auf, dass allein der Durchzug der Truppen einen Landstrich veröden lässt. Oft bleibt für die Bauern nicht genug Nahrung, um über den nächsten Winter zu kommen. Der Gegner seinerseits befestigt seine Städte, erhöht ihre Mauern, wirbt Söldner an, die Zinnen zu bemannen. Manchmal kommt es nicht zum Kampf, weil man den Ausgang bereits absehen kann. Der Angreifer zieht wieder ab, oder der Verteidiger kapituliert, handelt vorher aber Bedingungen aus. Er muss dann nur Tribut zahlen, statt sich vollständig zu unterwerfen.«

»Warum sollte ein starker Angreifer darauf eingehen?«

»Um die Stärke seines Heeres zu erhalten. Auch ein Sieg kostet ihn Krieger und Material. Für die Schatten hat das allerdings selten Bedeutung. Wenn ELIEN VITAN SEINE Standarten in Marsch setzte, forderte ER meist die bedingungslose Unterwerfung unter SEINE Macht.«

Die Darbietung der Tänzerinnen war beendet. Ein Traumlenker zog zwei von ihnen zu sich, die anderen verließen den Raum durch die sanft wehenden Vorhänge. Ein Chaque führte einen kräftigen Mann herein, der eine bauchige Flasche und eine Fackel dabeihatte und sich schüchtern umsah.

»Ah, der Erste unserer Preise!«, rief Goran. »Sei willkommen und zeige uns deine Kunst, Feuerspucker!«

Der Mann nickte unsicher und entzündete die Fackel an einem Kohlebecken.

»Ihr habt solche Feldzüge geführt, nicht wahr?«, fragte Goran leise.

»Ja, Majestät. Einige.«

Der Feuerspucker spie einige kurze Flammen in die Luft.

»Nun, da Ihr zu meinen Edelsten gehört, Bren Stonner … Würdet Ihr Euch zutrauen, ein Heer für mich aufzustellen?«

»Dazu bräuchte ich die Erlaubnis meiner Herren.«

»Ich bin jetzt Euer Herr.«

»Ein älterer Schwur bindet mich an Ondrien. Ich bin Schattenfürst Velon verpflichtet und auch Schattengraf Gadior.«

Unwillig runzelte Goran die Stirn. »Nehmen wir an, sie entschieden in meinem Sinne. Könntet Ihr es?«

Der Feuerspucker nahm einen Mundvoll von dem brennbaren Öl und setzte eine kleine Vorrichtung zwischen seine Lippen, einer Flöte ähnlich. Als er die Flammen in die Luft warf, formten sie keinen Ball, sondern ein verschlungenes Muster von sich drehenden Reifen, die gerade rechtzeitig erloschen, um weder die Vorhänge noch die Decke in Brand zu setzen. Bren spürte die Hitze, als hätte jemand eine Esse geöffnet. Die Traumlenker bedachten die Vorführung mit Beifall.

»Ihr befehlt doch über ein großes Kontingent von Chaque«, sagte Bren. »Wozu braucht Ihr ein weiteres Heer?«

Goran verzog den Mund. »Sie gehorchen mir nicht in allem. Ein unerfreulicher Gegenstand für eine Plauderei nach dem Sieg.«

Bren nickte und nahm einen Schluck Wein. Das bestätigte die Vermutung, die er hegte, seit er gesehen hatte, wie Blutstein und Nachtstein ihre Truppen für den Wettstreit um den Traumkristall postiert hatten. Die Insektenkrieger mochten den Königen zu Gefallen sein, offenbar sicherten sie auch deren Herrschaft, indem sie als Gardisten fungierten und Rebellionen niederschlugen. Aber ihre tiefer gehende Loyalität galt einer Macht, die andere Interessen verfolgte.

»Die Menschen von Tamiod sind nicht zu Kriegern geboren«, stellte Bren fest.

»Aber Ihr könnt sie erziehen.«

»Aus Gras kann man keine Keule schnitzen.« Er nahm noch einen Schluck. »Ist Euer Bruder ein solches Ärgernis für Euch?«

Gorans Gesicht fuhr zu ihm herum. »Woher wisst Ihr, dass ich gegen Elutan ziehen will?«

»Jeder Herrscher täte das früher oder später«, behauptete Bren. »Macht lässt sich nicht teilen. Nicht auf Dauer. Am Ende setzt sich der Stärkere durch, der Schwächere muss vergehen. Das ist das eherne Gesetz der Welt.«

»Elutan und ich teilen uns Tamiod seit Anbeginn der Zeit.«

Bren zuckte mit den Schultern. »Dann mag es hier anders sein. Dies ist ein fremdes Land für mich. Dort, wo ich herkomme, müsste ein König wie Ihr damit rechnen, dass sein Bruder danach strebte, die Kronen zu vereinigen.«

Nachdenklich sank Goran in sein Kissen zurück.

Der Feuerspucker beendete seine Darbietung und wurde entlassen.

Zwei Träger brachten einen verhüllten Gegenstand herein. Er überragte die Frau, die von einem Chaque eskortiert wurde wie der Feuerspucker vor ihr. Falten verunzierten ihre jugendliche Gestalt, eine Eigenheit der Tamioder. Mit der Kleidung von Blutstein kam sie noch nicht zurecht, die roten Schlaufen fielen unvorteilhaft und entblößten eine Stelle an ihrem Bauch. Das tat ihrem Stolz keinen Abbruch, sie hielt das runde Kinn erhoben, nachdem sie sich verbeugt hatte.

Trotz der wenig ästhetischen Erscheinung stand Goran erwartungsfroh auf. »Das müsst Ihr Euch von Nahem ansehen, Bren Stonner! Es ist etwas ganz Besonderes. So etwas werdet Ihr nicht aus Eurer Heimat kennen.«

Bren folgte ihm vor den Gegenstand. Hinter ihnen sammelten sich einige Traumlenker, angelockt von der speziellen Würdigung, die der König der Sache zuteilwerden ließ.

»Enthülle es!«, rief Goran.

Die Bewegung, mit der die Frau die Verschnürung löste, war beinahe schon trotzig. Das Tuch fiel raschelnd zu Boden und gab den Blick auf ein Bild frei.

Ein Bild, wie Bren tatsächlich noch keines gesehen hatte. Er betrachtete es von der Seite, um sich zu vergewissern, dass es tatsächlich nur Farbe auf einer Leinwand war, die von einem dünnen Holzrahmen gehalten wurde. »Zauberei?«, fragte er.

Goran schüttelte den Kopf mit sichtlicher Befriedigung in den kindlichen Zügen. »Eine reine Illusion der Farben. Nicht wahr, Ligata?«

»Ja, mein König«, bestätigte die Malerin.

Das Raunen der Traumlenker verriet, dass ein solcher Anblick auch für sie ungewohnt war. Das Bild zeigte eine Raubkatze, die sich durch leuchtende Farne schob. Im Hintergrund erhob sich eine schwarze Stufenpyramide, dahinter einige Berge, über denen Wolken die Sterne verdeckten. Bren hatte Meisterwerke gesehen, deren Strich kaum von dem der Natur zu unterscheiden war, wie es auch auf dieses zutraf. Das Besondere waren nicht die Genauigkeit der Beobachtung und die Sicherheit des Pinsels, sondern die *Tiefe* des Bildes. Es wirkte so, als rage der Kopf der Katze tatsächlich aus der Leinwand, und als könne man wenigstens eine Armlänge hineingreifen, bevor man die Berge erreichte. Bren bewegte den Kopf seitwärts, um zu sehen, ob die Motive mitwanderten. Sie taten es nicht, aber die Illusion blieb dennoch erhalten, solange man einigermaßen gerade vor dem Bild stand.

»Berührt es«, kicherte Goran. »Vorsichtig, natürlich.«

Unter Brens Fingern war die Farbe deutlich zu fühlen. Kleine Knoten der Pigmente, der Fluss des Strichs. Nichts davon tiefer, als er mit dem Fingernagel ausmessen konnte, und doch erzeugte es den Eindruck, man könne hineingehen.

»Es ist keine Magie, Herr«, sagte Ligata. »Nur die Kunst der Farbe. Was mich dazu bringt, Majestät, nochmals untertänigst zu erwähnen, dass ich meiner Gehilfen bedarf. Sie sind entscheidend daran …«

Mit unwirscher Geste schnitt Goran ihr das Wort ab. »Ich will nichts mehr davon hören! Andere Gehilfen werden sich finden. Du wirst sie anlernen!«

Ligata senkte den Blick, aber Bren hörte ihre Zähne knirschen.

Als Goran das Bild verhüllen und fortbringen ließ, begaben sich die Traumlenker wieder auf ihre Plätze. Der nächste Künstler war ein Flötenspieler, der seine Lieder auf zwei Instrumenten gleichzeitig darbot.

Bren blieb vor den Kissen stehen. »Es ist ein gelungener Abend, Majestät, aber ich habe Pflichten. Ich muss nach meinen Leuten sehen.«

»Seid versichert, dass es ihnen gut geht. Ich vermute gar, es ging ihnen niemals besser. Es ist für alles gesorgt.«

»Die Sorge eines Generals kann nicht mit Worten beruhigt werden.«

Goran seufzte. »Also gut, ich will Euch nicht unglücklich sehen. Entbietet den Schattenherren meine Grüße, ich werde sie zu gegebener Zeit wieder empfangen und dann ihre Fragen erörtern. Überzeugt Euch also vom Wohl Eurer Schützlinge, aber seid wieder hier, wenn Stygron eine Handbreit über dem Horizont steht.« Er zwinkerte. »Ihr werdet träumen, Bren Stonner.«

Auf der endlos langen Treppe dachte Bren darüber nach, was genau das in diesem Land wohl bedeuten mochte, ›träumen‹. Und darüber, ob es nicht ungewöhnlich war, dass man in Tamiod die gleichen Namen für die drei Monde verwendete wie in Ondrien.

Am Fuß der Pyramide wurde Bren von zweien seiner Krieger erwartet. Sie begleiteten ihn durch die von kühlem Pflanzenlicht erhellten Straßen Blutsteins. Inzwischen wusste Bren, dass die Blätter nicht kontinuierlich leuchteten. Im Gleichklang schwoll ihre Helligkeit etwa zehn Stunden lang an, um dann über den gleichen Zeitraum abzunehmen, als atme Tamiod mit den langsamen Zügen eines alten Drachen, die die Pflanzen gleich Kohlen anfachten und abkühlen ließen.

Die Ondrier waren in einem Stadtpalast untergebracht. Bren hatte erheblich prachtvollere Bauten gesehen. Die Schulzen kleiner Städte, die unter sein Schwert gefallen waren, hatten in größerem Luxus gelebt. Der Bau war zweistöckig und lang gezogen, die Steinschnitzarbeiten an seiner Fassade bewiesen handwerkliches Geschick, aber keine künstlerische Meisterschaft.

Goran hatte wahr gesprochen, als er versichert hatte, Brens Leute hätten alles, was sie nur wünschen könnten. Auf dem kleinen Platz vor dem Palast waren Tische aufgebaut, von denen überreichlich getafelt worden war. Wein wartete in gedrehten Krügen, Sutor fraß von einem Braten, der zu Boden gefallen war. Die Piraten hatten ausgiebig gezecht, einige hatten es nicht in die Betten geschafft. Einer schlief auf zwei rothäutigen Schönen, deren Kleider den Boden zu einem weichen Lager machten. Tamiod würde wohl noch vor Ablauf eines Jahres viele Kinder sehen, die deutlich blasser wären als ihre Mütter.

Die Schattenrosse standen abgespannt neben ihrer Kutsche. Eines von ihnen schnaubte in der Lautlosigkeit, die seiner Art zu eigen war, Rauch in die Luft.

Die Osadroi hatten, ihrer Gewohnheit folgend, Räumlichkeiten im Untergeschoss bezogen, leicht zu verteidigen durch die ondrischen Krieger. Dorthin wollte Bren gehen, aber noch bevor er den Palast betrat, kam Kiretta ihm entgegen. Sie wirkte zu frisch, als dass sie an dem Gelage hätte teilgenommen haben können. »Auf ein Wort, General«, bat sie. Ihr Gesicht war ungewöhnlich ernst.

Da er Kiretta nicht als jemanden kennengelernt hatte, die leichtfertig um eine Unterredung ersuchte, blieb er stehen und bestätigte ihre Bitte mit einem Nicken.

»Nicht mit mir. Jemand anderes erwartet uns. Nehmt Eure Eskorte mit, wenn Ihr wollt. Die ondrische Disziplin wird ihr Schweigen wahren.«

Sie führte sie neben dem Palast in eine Seitengasse, dann noch ein Stück durch die Straßen Blutsteins, bis sie einen Hain erreichten, der von einem Dutzend Eichen gebildet wurde. Zwischen den leuchtenden Pflanzen Tamiods war er eine dunkle Insel.

»Das reicht«, sagte Kiretta und blieb am ersten Baum stehen.

»Ich ahne, wen Ihr mir präsentieren werdet.«

»Das würde mich überraschen. Ich wusste es bis vor ein paar Stunden selbst noch nicht.«

»An einem so abgeschiedenen Ort wird sich niemand verbergen, der in der Öffentlichkeit Blutsteins sprechen könnte. Also ist es kein Bote des Königs und kein Angehöriger der Oberschicht. Jemand aus Nachtstein wäre möglich, einer, der mit dem Ausgang des Wettstreits unzufrieden ist. Aber das glaube ich nicht. Die Brüder sind so vertraut miteinander, dass ihre Gesandten sich bestimmt jederzeit werden aufsuchen können und kein Verlangen nach Heimlichkeit haben. Dazu kommt, dass ich das Wohlwollen bemerkt habe, mit dem Ihr die Rebellen in diesem Fischerdorf betrachtet habt. Euer Blut ist aufrührerisch, das muss an Eurer Profession liegen.«

»Bislang scheint Ihr mit meinen Diensten recht zufrieden.«

»Unbestritten. Aber wir wollen den Mann nicht zu lange warten lassen.« Er wandte sich an das Dunkel zwischen den Bäumen. »Ribunn? Ist das dein Name? Du kannst herauskommen!«

»Euer Verstand ist so scharf wie mein Haken«, murmelte Kiretta, als der Rebellenführer hinter einem Stamm vortrat.

Ribunn fiel vor Bren auf die Knie. Er reichte ihm einen klobigen Gegenstand.

Als Bren ihn nahm und ins Dämmerlicht hielt, erkannte er, dass es ein Helm war. Er war verbeult und hatte seinen Glanz verloren, wo er Rost angesetzt hatte. Eine umlaufende, blanke Kante begrenzte die schwarze Grundfarbe. Sein Träger war vermutlich an dem Axthieb gestorben, von dem ein Riss im Metall über dem Halbvisier zeugte.

»Dieses Geschenk erklärst du besser rasch, Ribunn.« Bren nahm den Morgenstern von seiner Schulter.

Kiretta hob die Hände, eine Geste, die wohl beschwichtigend gemeint war, aber wegen des stählernen Hakens ihre Wirkung verfehlte. »Ich habe ihm zugesichert, dass er unversehrt bleibt.«

»Das hier ist ein ondrischer Helm«, stellte Bren fest. »Solche Formen sind in der Garde üblich. Ich wüsste zu gern, wie er in seinen Besitz gekommen ist. Sein Zustand lässt vermuten, dass er nicht gegen Gold getauscht wurde.«

»Lasst mich erklären, Herr.«

»Genau dazu habe ich dich aufgefordert.«

»Früher war Tamiod kein Land der Dunkelheit. Die Sonne ging über den Bergen auf und verschwand wieder hinter dem Seelennebel, wie es heute die Sterne und die Monde tun.«

Bren hockte sich hin, um das Gesicht des Knienden studieren zu können. »Dein König sagt etwas anderes.«

»Er ist nicht mein Herr. Wer mich tötet, erschlägt einen freien Mann. Und der König lügt, ebenso wie Elutan, sein Bruder. Sie verstehen es mit großem Geschick, jeden zu töten, der die Wahrheit kennt, weil sie wissen, dass die Wahrheit gefährlich für sie ist.«

»Dass die Dunkelheit hier nicht ewig ist?«

»Was war, kann wieder sein. Die Sonne kann wieder steigen, und die Menschen können wieder frei sein, so wie unsere Väter es gekannt haben.«

Bren sah Kiretta an.

»Ich habe Euch versprochen, dass es interessant werden würde«, sagte sie grinsend.

»Mein Vater kannte eine Welt, die nicht friedlich war, aber in der Kämpfe noch zwischen Menschen geführt wurden. Ausschließlich zwischen Menschen. Dorf gegen Dorf, Sippe gegen Sippe. Es endete, als Krieger mit diesen Helmen auftauchten. Niemand weiß, woher sie kamen. Sie töteten viele, blieben aber nur kurz. Als sie verschwunden waren, entstand eine neue Art von Feindschaft unter uns. Einige Dörfer schlossen sich zusammen. Sie überfielen abgelegene Siedlungen, raubten Menschen, oft auch lebend. Bald darauf kamen die Chaque. Sie zogen von Osten heran. Befehligt wurden die Chaque schon damals von Menschen. Sie kamen nicht ausschließlich, um zu töten. Sie nahmen ihre Gefangenen mit sich, um sie nie wieder freizulassen.«

»Sie kamen aus dem Osten?«

»Ja, aus den Bergen.«

»Aber Ondrier hätten von Westen kommen müssen. Aus dem Seelennebel, wie wir.«

»Ich berichte nur, was mein Vater mir sagte, und er hat mich nie belogen. Die Bruderkönige kamen noch später, vor etwa dreißig Jahren. Unter ihrem Befehl blieben die Chaque, besetzten die Dörfer und die Städte, verbrannten viele Siedlungen.«

»Wie zählt ihr die Jahre, wenn ihr keine Sonne habt?«

»Wir haben Schriften, die uns lehren, ihren Lauf aus den Mondzyklen zu errechnen. Sie wurden gerettet, als die Chaque Tamiod im Namen der Brüder unterwarfen. Etwa zu dieser Zeit tauchten auch Pflanzen auf, die wir bisher nicht kannten. All die Sorten, die in der Dunkelheit Licht geben. Es ging sehr schnell. Manche Menschen fügten sich willig, wurden zu Traumlenkern.«

»War es ihnen wirklich eine solche Verlockung, im Nichtstun ihr Leben zu vergeuden?«

Kiretta lachte auf. »Ihr seid seltsam, Ondrier! Seht Euch unsere Mannschaft an. Könnte sie für ein solches Leben anheuern, wie sie es in den letzten Stunden gekostet hat, würde kaum einer zögern. Nicht jeder ist zu Feldlager und Waffenstahl erzogen.«

»In der Tat«, grinste Bren. »Unverständlich.«

»Nachtstein und Blutstein entstanden, die Pyramiden wurden errichtet. Ein gewaltiges Menschenopfer. Hunderte starben auf den Baustellen.«

Bren dachte an die Kathedralen seiner Heimat. Der Kult war ebenfalls nicht zimperlich, wenn es galt, der Größe der Schatten Monumente zu schaffen.

»Beide Pyramiden wurden beinahe zum gleichen Tag fertiggestellt. Kurz darauf wurde ein fürchterliches Ritual vollzogen. Tausende wurden geopfert, um den Traum zu nähren. Es war ein Traum von Dunkelheit.«

»Seitdem geht die Sonne nicht mehr auf«, vermutete Bren.

Ribunn nickte. »Ich wurde in der Dunkelheit geboren, aber die Hoffnung auf das Licht lässt mich leben.«

Bren knetete den Stab seines Morgensterns in der Faust. Es half ihm beim Überlegen. »Das sind in der Tat interessante Neuigkeiten. Du bist ein mutiger Mann, Ribunn, dich mit uns zu treffen. Unter Kriegern gilt es als Tugend, sich ohne Falschheit gegenüberzutreten. Darum will ich dich erinnern, dass ich kein Mann des Lichts bin.«

»Ich weiß. Ihr dient den Schatten, wie Ihr es nennt. Aber Ihr seid ein verständiger Mann, und ich kann mir nicht erlauben, bei der Wahl meiner Verbündeten wählerisch zu sein. Ich sage Euch die Wahrheit, während die Könige Euch belogen haben, wie sie es mit jedem tun. Vielleicht wird Euch das entzweien.«

»Wenn wirklich stimmt, was du sagst.«

»Prüft Goran. Fragt nach der Feuerburg und warum sie die Köpfe unserer Gefallenen dorthin schicken.« Er schluckte. »Und wohl auch unsere Kinder.«

»Feuerburg?«

»Östlich, jenseits des Donnerpasses, wo die Chaque wachen. Den Traumlenkern bleibt wenig verborgen, sie wissen davon. Aber von den Edelsten der Städte abgesehen ist dies ein Geheimnis. Es wird den Königen nicht gefallen, dass Ihr davon Kunde erhalten habt.«

»Was hat es mit dieser Feuerburg auf sich?«

Ribunns Schultern sanken herab. »Wir wissen es nicht. Wir wissen nur, dass die Chaque jeden Menschen enthaupten, den sie töten, und die Köpfe dorthin schicken. Nicht nach Blutstein, nicht nach Nachtstein, sondern zur Feuerburg.«

Bren nickte bedächtig. »Ich werde mich mit meinen Herren besprechen. Wenn zutrifft, was du mir heute berichtet hast, und die Brüder nicht ewig sind, sondern nur wenige Jahrzehnte alt«, er stand auf und legte die Waffe wieder über die Schulter, »dann fallen die Schatten anders auf die Dinge als bisher.«

»Wusstet Ihr, dass Eure Krieger Euch ›der Adler‹ nennen?«, fragte Kiretta, als sie die Stufen der Pyramide hinaufstiegen.

»Ein paarmal habe ich es gehört. Im Westen war ›Stern aus Stahl‹ beliebter.«

»Eisen mit abweisenden Stacheln. Das passt auch.«

Bren hielt inne.

Kiretta ging drei Stufen weiter, dann blieb auch sie stehen und drehte sich zu ihm um. »Ihr pflegt nicht gerade einen vertrauten Umgang mit Euren Kriegern, oder?«

»Ich bin ihr Befehlshaber, nicht ihr Freund. Ich schicke sie in den Tod, wenn es unserer Mission dient. Die Geister der Verstorbenen wispern weniger laut, wenn man ihre Namen nicht kennt.«

Nachdenklich sah sie ihn an. »Wird das so bleiben? Werdet Ihr dann auch noch einsam sein? Wenn Ihr unsterblich seid?«

Bren schnaubte. »Habt Ihr eine Vorstellung, wie wenige erwählt werden? Für mich ist es beinahe schon zu spät.«

Entschlossen schüttelte sie den Kopf. »Ihr werdet es schaffen, Bren Stonner. Ich sah Euch auf den Tauen kämpfen. Der Tod will Euch nicht.«

»Die Abneigung beruht auf Gegenseitigkeit. Ich bin ihm oft begegnet. Erstrebenswertes konnte ich niemals an ihm finden.«

Heute trug sie einen Dreispitz, in dessen Schatten ihre blauen Augen funkelten. Lange schwieg sie, bevor sie sagte: »In einem anderen Leben wäret Ihr ein guter Seeräuber geworden, Bren. Ihr nehmt, was Ihr begehrt. Wenn Ihr erst ein Osadro seid, werdet Ihr die Lebenskraft von jenen nehmen, die sie Euch nicht werden geben wollen. Ich dagegen will nur ihr Gold.«

»Wie viel Gold?«

»Wie meint Ihr das?«

»Das ist das Problem mit der Gier. Sie bestraft den Gierigen mit ewiger Unzufriedenheit. In der Halle der Kapitäne in Flutatem liegt das Geschmeide herum wie Gerümpel. Ihr würdet vielleicht noch töten dafür, aber die Kapitäne beachten es nicht mehr. Sie wollen immer noch Wertvolleres, und so wird es bleiben, bis sie mit einer tödlichen Wunde auf den Planken liegen werden.«

»Und wie ist das mit der Unsterblichkeit? Wann hat man genug vom Leben?«

Bren grinste. »Das könnt Ihr entweder Alenias fragen, oder Ihr wartet fünfhundert Jahre, bis ich Euch Antwort geben kann.« Damit stieg er an ihr vorbei.

»Jetzt habt Ihr es zugegeben! Ihr rechnet damit, dass das Ritual an Euch vollzogen werden wird.«

»Nein«, murmelte Bren. »Aber wenn ich die Wahl habe, für die Ewigkeit anderer zu sterben oder für die eigene zu töten, fällt sie mir leicht.«

Die Frau saß so unbewegt auf einem der Steinblöcke, die die Flanke der Pyramide formten, dass Bren sie nicht weiter beachtet hätte, wenn er es sich nicht zur Gewohnheit gemacht hätte, besonders jene zu mustern, die unauffällig schienen. Gerade diese mochten eine vergiftete Klinge unter dem Gewand tragen. Silions Mondlicht reichte aus, um ihr Gesicht so weit auszuleuchten, dass er sie erkannte.

»Das ist Ligata, eine Künstlerin, die Bilder so tief wie die Wirklichkeit zu malen vermag.« Die Begegnung war ihm willkommen, er wollte nicht länger über den Weg in die Schatten sprechen, der drohte, zu lang für sein Leben zu werden.

Ligata drehte ihnen das Gesicht zu. »Ihr seht eine leere Hülle.« Feuchtigkeit schimmerte auf ihren Wangen.

Stygron stand erst knapp über dem Horizont. Genug Zeit, um ein wenig mehr zu erfahren, entschied Bren. Er verließ die Treppe und stieg auf die Quaderreihe, auf der sich Ligata niedergelassen hatte. »Ich sollte besser im Süden sitzen«, sagte sie bitter.

»Auf der Seite, die für die Unterwerfung steht?«, fragte Bren. »Warum? Ihr seid hier doch hochwillkommen. Man hat um Euch gekämpft.«

Sie schnaubte. »Und jetzt hat man mir alles genommen.«

»Ihr lebt noch«, stellte Kiretta nüchtern fest.

Ligata starrte nach vorn, ins Leere. »Sie haben mir den *Jäger im Dickicht* genommen.«

»Das Bild mit der Raubkatze?«

»Ich habe den König angefleht, weil ich es brauche. Umso mehr, da meine Gehilfen nicht bei mir sind. Ohne Vorlage werde ich nicht imstande sein, die Farben abzumischen und die Striche zu setzen.«

»Es ist Euch einmal gelungen, also werdet Ihr es wieder tun können.«

Schnaubend schüttelte sie den Kopf und starrte ins Nichts.

»Warum haben sie Euch das Bild genommen?«, wollte Kiretta wissen.

Sie bekam keine Antwort.

»Wir werden erwartet«, sagte Bren und ging wieder zur Treppe.

Einer der Chaque auf der Plattform wandte den Insektenkopf und musterte Kiretta, schien aber keine Bedrohung zu erkennen und nahm wieder seine ursprüngliche Haltung ein.

Im Raum zwischen den Vorhängen war der Rauch der Rauschkräuter so dicht, dass er die Sicht trübte. Süßer Geruch weitete Brens Nase. Er wusste nicht von allen Farbtupfern zu sagen, ob sie wirklich in den Schwaden trieben oder lediglich in seinem Kopf existierten.

Goran schien seine Krone ständig zu tragen. Auch jetzt saß der metallische, rot schimmernde und mit sägenartig eng gesetzten Zacken versehene Reif auf seinem Kopf. »Ihr habt Begleitung mitgebracht.«

»Inspiration«, grinste Bren und zeigte auf die Frauen, die zwischen den Traumlenkern lagen. Von denen hatte allerdings keine eine Waffe, geschweige denn einen messerscharf geschliffenen Haken, groß genug, um einem Ochsen damit das Leben aus dem Schädel zu ziehen. Man hätte Kiretta töten müssen, um ihn von ihrer Hand zu schneiden.

Goran lachte. »Ihr findet die Blumen meiner Stadt also nicht lieblich genug. Nun gut, erfreut Euch am Duft Eurer eigenen!« Er zeigte auf einige Kissen, vor denen eine langstielige Pfeife in einem Gestell stand.

Bren spürte, wie Kiretta innerlich grollte, aber sie schwieg.

»Ich hörte«, sagte Bren in beiläufigem Tonfall, während sie sich niederließen, »Ihr ließt Ligatas Bild zur Feuerburg schicken.«

Zorn flammte über Gorans Gesicht. Seine Unterarme zuckten, die Finger zu Krallen gebogen.

Bren glitt einen halben Schritt zurück, gab sich aber nicht der Illusion hin, dass er einem Angriff des Osadro hätte entkommen können. Auch die Verteidigungshaltung, in die seine Arme ohne bewusstes Zutun glitten, hätte wohl nur wenig genützt.

Doch Goran hielt inne. Es kostete ihn sichtlich Mühe, seine Kiefer mahlten, bevor sich eine wächserne Maske über das Gesicht legte und er die Hände sinken ließ. »So. Hörtet Ihr das.«

Treffer, dachte Bren, als sich die Leere, die sein Verstand in Erwartung eines Kampfes geschaffen hatte, wieder mit Gedanken füllte. »Ja, das erzählt man sich auf den Straßen. Muss ein interessanter Ort sein, diese Feuerburg.«

»Wer berichtete Euch davon?«

Bren zuckte mit den Schultern und hoffte, dass es einigermaßen unbekümmert wirkte. »Ich kenne ihn nicht. Einer von denen, die meine Truppen mit Köstlichkeiten versorgen.«

»Um diese schwatzhaften Leute werde ich mich wohl kümmern müssen.«

»Ich weiß nicht, ob ich ihn wiedererkennen würde. Das Licht war schlecht.«

»Macht Euch keine Mühe. Ich werde mich um sie alle kümmern.« Ein grausames Lächeln verzog Gorans Lippen.

Bren runzelte die Stirn. *Die Menschen dieses Landes sind nicht mein Problem.* »Gefiel Euch das Bild nicht mehr? Oder ist es nur eine Leihgabe?«

»Von der Feuerburg kehrt nichts zurück.«

»Das sagt man in meiner Heimat vom Seelennebel.«

»Und ist es nicht wahr?«

»Ich hoffe, wir können diese Weisheit widerlegen.«

»Ihr wollt uns doch nicht so bald verlassen? Woran mangelt es Euch?«

»Ihr wisst, wo unsere Pflicht gebunden ist.«

Goran begab sich zu seinen Kissen. »Es ist Traumzeit.«

»Was tut Ihr?«, flüsterte Bren, als sich Kiretta an ihn schmiegte und ihre Hand unter sein Wams schob.

»Ich versuche, nicht aufzufallen«, behauptete sie.

In der Tat waren die Traumlenker nicht gerade zurückhaltend, was die Würdigung der körperlichen Vorzüge ihrer Gespielinnen anging. Zur Rechten lag der Kopf einer langhaarigen Schönheit im entblößten Schoß eines Edlen, der genüsslich an seiner Pfeife zog.

Kiretta drückte ihre Lippen auf seine. Ihre Zunge öffnete seinen Mund, spielte mit seinen Zähnen. Sie küsste sich sein Kinn entlang bis zu seinem Ohr. »Nehmt auch einen Zug. Ihr müsst ein wenig lockerer werden.«

»Ich will nicht …«

»Seid Ihr sicher?« Ihre Finger kratzten über seine Rippen zu seinem Bauchnabel.

Er löste die Verschnürung ihrer Haare. Die rotlockige Mähne fiel in ihr lächelndes Gesicht.

»Der Entdecker erwacht«, flüsterte sie, als sie die Schwellung in seinem Schritt erkundete.

»Meint Ihr wirklich, wir sollten …«

»Macht Euch keine Sorgen, General.« Sie hielt ihm den Daumen entgegen. Ein bronzener Ring mit einem grünen Stein schimmerte im von der Decke herabsickernden Licht. »Ich bin nicht leichtsinnig.« Solche Artefakte hielten die Fruchtbarkeit einer Frau zurück.

Sie küsste seinen Bauch und löste seinen Gürtel.

Er nahm die Pfeife. Sie war bereits mit glimmendem Rauchkraut gefüllt. Es prickelte in seinem Mund, als er einen Zug davon nahm. Er streichelte ihren Nacken und ihren Rücken, beobachtete dabei aber die Traumlenker. Die meisten spielten das Geschlechterspiel, aber sie waren nicht mit Hingabe bei der Sache. Es wirkte eher wie etwas, das sie nebenbei taten, während ihre Gedanken den Weg in andere Sphären suchten, fernab ihrer Gespielinnen. Goran beteiligte sich an keinem der Genüsse. Er saß in seinem Berg aus Kissen und lächelte Bren zu.

Also gut. Nicht auffallen.

Er schob seine Linke an Kirettas Hüfte und Schenkel hinunter. Die festen und doch runden Formen erregten ihn. Er war dankbar, dass Kiretta seinem Gemächt Platz verschafft hatte, zumal sie gerade bewies, dass ihre Lippen mit ihm umzugehen verstanden.

Funken tanzten vor Brens Augen. Sie sammelten sich in kleinen Wolken, drehten sich zu Spiralen, golden und rot und hellblau.

Bren zog Kirettas Rock zurecht, bis er seiner Hand nicht mehr im Weg war. Er strich über die Innenseite ihrer Schenkel, streichelte die spröden Haare ihres Dreiecks, spürte ihre Wärme.

Die Lichter nahmen zu, als Bren nochmals an der Pfeife zog. Sie verdeckten seine Sicht, lösten sie in farbigen Punkten auf, wie die Kreise, die der Regen in einen Teich schlug.

Er griff unter ihr hindurch, umfasste ihren Hintern, spürte ihre feuchte Wärme an seinem Handgelenk. Sie spannte sich, stöhnte, bedeckte seinen Mund mit ihrem. Sanft biss sie in seine Lippen.

Ob er die Augen öffnete oder geschlossen hielt, machte keinen Unterschied mehr. Er sah nur noch formlose Farben, die ineinanderliefen, sich auflösten, sich neu fanden. Der süße Geruch der Rauschkräuter ließ ihn schwindeln.

Er zog sie auf seinen Schoß. Kalt fühlte er das Eisen ihres Hakens auf seiner Brust. Sie schnitt sein Hemd auf! Der Haken war so scharf angeschliffen, dass das Leinen ihm nichts entgegenzusetzen hatte. Für Haut und Fleisch hätte das Gleiche gegolten, wenn sie ihm übel gewollt hätte. Brens Gemächt verhärtete sich so sehr, dass es schmerzte.

Jenseits seines Körpers fühlte er die Präsenz der Traumlenker. Sie waren ebenfalls hier, in den Farben. Auch Goran war da. Er konnte ihn nicht sehen, aber er konnte ihn fühlen. Er war wie die Nabe in einem Wagenrad, und die Traumlenker waren die Speichen.

Bren spürte Kirettas nackte Brüste in seinem Gesicht, als sie über ihn glitt. Sie waren weich und fest zugleich. Bren schob sich in ihre Scham. Sie seufzte neben seinem Ohr.

Endlich konnte er etwas erkennen. Er spürte, dass hier viel mehr Menschen waren als nur das Dutzend Traumlenker. Auch wenn er die Gespielinnen dazurechnete, kam er nicht auf die Tausenden von Träumern, deren Gegenwart ihm bewusst wurde. Sie waren wie ein Rauschen, wie Wellen auf einem Meer. Die Traumlenker aber waren wie Klippen, Felsen, die aufragten und die Strömung leiteten. Bren dachte an die Bucht vor Flutatem, wo das Gelände das Wasser hochdrückte, bis es den Fluss Conato rückwärtsfließen ließ. Das Wasser war an dieser Stelle nicht anders als an jedem anderen Abschnitt der Küste auch. Allein die lenkende Wirkung der Topografie führte zu dem außergewöhnlichen Effekt. Hier war es ebenso. Was Bren als unbestimmtes Rauschen wahrnahm, waren die Träume der Bewohner von Blutstein. Er verstand nicht, auf welche Weise sie es taten, aber die Edlen auf der Spitze der Pyramide griffen in die Gedanken der schlafenden Menschen, wie ein Knabe Wasser aus einem Bach schöpfte. Sie rührten darin, fächerten die Träume in eine Richtung, verwirbelten sie.

Kiretta ritt ihn, als sei er ein junger Hengst. Kurz nur klärte sich sein Blick in die Welt des Greifbaren. Er sah seine eigenen

Hände auf ihren vollen Brüsten, entblößt von dem weit heruntergerutschten Mieder, ihren zurückgeworfenen Kopf, den feinen Schweiß auf ihrer Haut. Sie hatte ihren Rock nicht abgelegt, er umfloss ihre Schenkel und lag auf seinem Bauch. Er wollte sich nicht durch diesen Genuss ablenken lassen! Er musste verstehen, was die Traumlenker taten. Bren nahm noch einen tiefen Zug aus der Rauschkrautpfeife.

Diesmal sah er mehr als nur Farben, er fühlte sich gerufen und folgte zwischen verschlungene Feuerranken. Hitze sengte seine Haut, Helligkeit schmerzte ihn, aber er fühlte sich auch stark, als sei er der unverwundbare Ursprung der Flammen. Er drehte sich. Neben ihm, über, unter ihm – überall war Feuer. Erst leckte es an ihm, dann durchdrang es ihn, brannte heiß in seinen Muskeln. Er glaubte, vor Kraft zu bersten, sah sich nach etwas um, an dem er sich messen könnte, und fand einen nachtschwarzen Stier. Er rannte auf ihn zu, bevor der Stier seinerseits den Kopf senkte und zum Angriff überging. Bren fasste ihn an den Hörnern, schleuderte ihn herum, genoss die Belastung seines Traumkörpers. Nie war er so stark gewesen. Er löste sich, um nicht völlig in der Vision gefangen zu werden.

Kurz nur spürte er seine Hände, wie sie in der anderen Wirklichkeit über Kirettas vom Schweiß schlüpfrige Haut fuhren, gebremst nur von den harten Knospen ihrer Brüste.

Er gab dem Zug eines anderen Traumlenkers nach. Er sah Ligatas Bild, flach und tief zugleich. Es drehte sich um die eigene Achse, teilte sich, wurde zu vielen Bildern, die in einem Palast hingen, hundert Gemälde zwischen einhundert Fenstern. Die Fenster verloren an Tiefe, wurden zu Bildern, die Bilder dagegen flohen in die Weite, wurden zu ganzen Landschaften, Meeren und Dschungeln und Wüsten. Bren spürte, dass er nicht allein in diesem Schloss war. Viele Träumer waren bei ihm, staunten, bewunderten. Bren kämpfte gegen seine Faszination, rief sich ins Gedächtnis, dass dies nur ein Traum war, dass irgendwo der Traumlenker sein musste. *Du bist nicht wirk-*

lich, dachte er jeder Erscheinung entgegen. Und tatsächlich erschienen sie ihm irgendwann unecht, verloren an Farbe, wurden durchsichtig. Er erkannte den Traumlenker. Er sah jemandem ähnlich, von dem er wusste, dass er sich auf der Pyramide aufhielt, nur war er jünger, kräftiger, schöner. Er schien angestrengt. Bren schwebte nun über dem Palast mit den Bildern. Er sah, dass das Gebäude unvollständig war, nur ein Flügel existierte, danach zerfaserte es in Farben. Der Traumlenker deutete auf diesen oder jenen Teil seiner Schöpfung, verformte ihn, änderte den Traum. Bren sah auch die Reaktion der Masse, ihr Staunen. Nicht, weil er Gesichter erkannt hätte. Er spürte die Gefühle. Und … er sah etwas, das er von den Osadroi kannte. Als silbriger Schaum löste es sich, stieg auf wie Wasserdampf, funkelte in der Luft. »Essenz«, murmelte Bren. Er verstand. Die Traumlenker verwendeten Dinge, die sie selbst beeindruckt hatten, um damit die Gefühle der Träumer anzuheizen. Auch die Schattenherren nutzten Emotionen als Brücke für die Lebenskraft, nach der sie riefen. Die Traumlenker waren wie der Kult in Ondrien – sie ernteten die Essenz! Ein Gedanke, der Bren so sehr aufregte, dass er aus dem Traum zu fallen drohte.

Er sah Kirettas glänzendes Gesicht, ihre flatternden Lider. Von Ferne hörte er ihr Stöhnen. Bren löste sich, suchte nach der Pfeife, griff sie, schob Kirettas Kopf beiseite, zog das Mundstück zu sich, wie ein Verdurstender es mit einem Wasserschlauch getan hätte. Er atmete tief aus, leerte seine Lungen. Dann sog er so viel Rauch ein, wie er nur konnte, füllte seine Brust damit.

Bren dachte nur: *Aufwärts!* Wie ein Taucher, der der Wasseroberfläche entgegenstrebte, ohne zu säumen. Er sah Traumbilder, aber er verwehrte sich, an ihnen zu verweilen. Nicht nur angenehme waren dabei, nicht nur Tänzerinnen, Feuerspucker, Barden, ein Fluss voll mit schäumendem Wein. Es gab auch unheimliche. Die Schattenrosse, ins Gigantische vergrößert, die mit Flammen aus ihren Mäulern eine Stadt verheerten, Chaque, die Leichen entstellten, Köpfe mit ihren Kieferzangen abtrennten, Kinder entzweirissen. Bren suchte immer nur nach der glitzernden Essenz der Träumer und folgte ihr. Auch dann, als ein Traumbild ihn selbst zeigte, den unerschrockenen Kämpfer auf dem Baum mit dem Traumkristall, wie er acht Gegnern gegenüberstand und sie alle mit einem gezackten Säbel aufschlitzte. So war es nicht gewesen, aber darauf kam es nicht an. Es ging um das Gefühl, die Aufregung, den Triumph. Bren folgte weiter der Essenz. Verschiedene Flüsse des silbernen Schaums vereinigten sich, Traumlenker brachten sie zusammen, bis sie zu einem einzigen Strom wurden, der immer schneller floss. Bren glaubte zu ersticken, aber er folgte weiter der Lebenskraft. Gleich einem Tau, dick wie ein Baumriese, drehte sie sich in einen Himmel ineinander verfließender Farben. Dort oben, im Firmament der Unwirklichkeit, stand König Goran mit ausgebreiteten Armen und ließ die Essenz durch sich hindurchfließen.

Bren ergoss sich in Kiretta. Niemals hatte er sich so sehr in einer Vereinigung verloren, so wenig zurückgehalten. Verzweifelt umklammerte er seinen Verstand, wollte ihn nicht aufgeben. Er musste zurück in den Traum. Noch hatte er nicht die ganze Wahrheit gesehen.

Da war ein Berg, ein Kegel, dessen Spitze im Feuer auseinanderspritzte wie ein Brandgeschoss, das an eine Festungswand prallte. Donner erfüllte die Luft. Hier gab es keine Farbe außer dem brennenden Rot des Bergs. Auch die Dame hatte keine Farbe. Sie war weiß in einem schwarzen Himmel, schwebte über dem in alle Richtungen gierenden Feuer. Alles an ihr war weiß wie Schnee, ihre Haut, ihr Kleid, ihr Haar. Ihr Körper war so vollkommen, die Schwünge ihrer Figur, die Züge ihres Gesichts. Als sei sie das nie erreichte Vorbild, das Ideal, dem die Natur bei der Geburt jeder Frau vergeblich nacheiferte. Goran war hier, auch die Traumlenker. Bren sah sie nicht, aber er spürte sie durch ihre Verehrung, die die Luft füllte wie die Blitze eines Gewitters. Sie beteten die Dame an, ihre Herrin. Ihre Göttin. Ihr brachten sie alles dar, ihre Gefühle, ihr Leben, ihre Hingabe, die Essenz, die sie in den Träumen ernteten.

Erschöpft glitt Kiretta von ihm, legte sich auf die Kissen. Bren achtete nicht auf die Zeit, die verging, während sie seine Brust streichelte. Als Bewegung in die Traumlenker kam, das Träumen also ein Ende nahm, ordneten sie ihre Kleidung und standen auf.

Bren war noch benommen. Schließlich löste sich Kiretta von ihm. Er erhob sich mühsam und stellte sich aufrecht vor Goran. »Ich habe gesehen.«

Der kindliche König lächelte. »Ich hoffe, was Ihr saht, war angenehm.«

»Es war erleuchtend.«

Etwas musste in Brens Stimme sein, das Goran verunsicherte. Seine Mundwinkel senkten sich. Leicht runzelte er die Stirn unter der Krone. »Was habt Ihr gesehen?«

»Nicht ›was‹. ›Wen.‹« Er blickte dem König fest in die Augen. »Lisanne.«

Feuer

»Mir scheint, es verlangt jemanden danach, mit uns zu sprechen.« Velon erhob sich mit der Würde eines Feldherrn, der die Kapitulation einer Stadt entgegennahm.

Durch die Palastfenster flackerte Fackelschein. Eine Hundertschaft Chaque eskortierte eine Sänfte, die von einigen Edlen umgeben war. Die Insekten fächerten vor dem Palast auf, aber Bren erkannte keine Angriffsformation darin. Eher schon die geraden Linien, die bei einer Parade Verwendung fanden. Es war das erste Mal, dass er Chaque ohne Säbel sah.

»Deine Beobachtungen waren hilfreich«, sagte Velon. »Vielleicht hören wir jetzt die Wahrheit von diesem Blag.«

»Besser, Ihr geht jetzt«, raunte Bren Kiretta zu. Wenn Osadroi Angelegenheiten untereinander regelten, töteten sie Zeugen manchmal allein aus dem Grund, dass kein unwürdiges Gerede entstehen sollte.

Kiretta drückte kräftig Brens Hinterteil. Sie lachte. »Nun schaut nicht so erbost, General. Keine Sorge, ich bin nicht anhänglich. Ich habe mich nur schon lange gefragt, wie es sich anfühlt, Euch in mir zu haben.« Damit verschwand sie durch die Tür, die zu den Gemächern führte, in denen die Seeräuber untergebracht waren.

Velon, Gadior und Bren mussten nicht lange warten. Zwei mittelalte Männer in den roten Wickelgewändern der Edlen

Blutsteins kamen herein. Sie verbeugten sich tief. »Seine Majestät, König Goran, wünscht eine Unterredung.«

»Er soll hereinkommen«, knurrte Velon.

»Der König wünscht, Euch draußen …«

»Dein König ist nicht länger in der Position, Wünsche zu äußern. Er hat unsere Geduld lange genug strapaziert. Wenn er nicht sofort hier erscheint, wird seine gesamte Stadt dafür leiden.«

Die Männer schluckten. Bren erkannte sie. Sie waren Traumlenker, vor Kurzem noch waren sie gemeinsam auf der Pyramide gewesen. Einer von ihnen ging hinaus, um kurz darauf mit Goran zurückzukehren.

Der kindliche König sah eher beleidigt aus als betroffen. Die Krone saß ein wenig schief auf seinem Kopf. Die Arme hatte er vor der Brust verschränkt.

»Kunst und Schönheit waren schon immer Lisannes Leidenschaft«, flüsterte Gadior.

»Sie hat diesen Namen schon vor langer Zeit abgelegt«, versetzte Goran patzig.

Gadior beachtete ihn nicht. Sein Blick war auf den Traumlenker gerichtet, der ihn geholt hatte. Mit gemessenem Schritt ging Gadior auf den Mann zu. »Wo wir schon von Schönheit sprechen … Ich muss sagen, dass mir die Speise nicht mundet, die Ihr uns gabt. Diese drallen Frauen schmecken schnell schal.«

Seine Krallen strichen über die Wange des Mannes, über seinen Hals. Bren sah, wie sich die Härchen an den nackten Armen aufstellten.

»Andererseits ist es eines Osadro unwürdig, nur aus Kristallen zu leben. Mich verlangt danach, etwas anderes zu kosten.« Er starrte den Traumlenker an. »Hast du Angst vor mir?«

Der Mann sah Hilfe suchend zu seinem Gefährten, dann zu seinem König.

Gadior schnalzte mit der Zunge, zwang sein Gesicht zurück, bis sich die Augen wiederfanden. »Ich glaube wirklich, du hast Angst vor mir. Das ist sehr klug. Es könnte sogar die klügste Regung in deinem Leben sein, denn dies ist jetzt zu Ende.«

»Hennatos ist einer meiner besten Traumlenker!«, rief Goran. »Ich verbiete, dass Ihr Euch an ihm vergreift!«

Bren schob Gorans zweiten Gefolgsmann aus dem Weg und stellte sich so nah vor ihn, dass die Schuppen seines Brustpanzers beinahe das königliche Gesicht berührten. »Ihr verbietet uns nichts mehr, Lügenkönig«, knirschte er. Gern hätte er dem Kind den Morgenstern in den Kopf geprügelt, aber das hätte es nicht getötet. Da seine Waffe nicht mit Silber überzogen war und in Tamiod keine Sonne schien, hatte er keine Möglichkeit, Goran bleibende Wunden zu schlagen. Er wusste aber, dass dies für Gadior und Velon nicht galt, und Goran ahnte es zumindest, denn er verhielt sich ruhig, wenn seine Züge auch vor Trotz starrten.

»O ja«, Gadior küsste die Wange seines Opfers, »du hast Angst vor mir.«

Erschrocken sog Hennatos die Luft ein, wie jemand, der überraschend in Eiswasser fiel. Gleich silbrigem Schaum löste sich die Lebenskraft aus seiner Brust, stieg das kurze Stück zu Gadiors Nase auf, wurde dunkel dabei, bevor er sie veratmete.

»Mehr«, flüsterte Gadior. »Gib mir alles.«

Ein großer Schwall löste sich aus der Brust. Hennatos röchelte, sein Gesicht war voll Qual, tiefe Falten gruben sich hinein, in die das Blut aus den Augen floss. Gadior nahm kaum etwas von der Essenz auf, der größte Anteil verflüchtigte sich in der Luft. Dennoch riss er weitere Lebenskraft aus seinem Opfer. Diesmal schrie Hennatos laut auf. Sein Haar wurde spröde, brach. Die Fingernägel nahmen eine gelbe Farbe an.

»Ich bedaure dich«, flüsterte Gadior. Mit einem schnellen Ruck zerknackte er Hennatos' Genick. Die Wirbel brachen mit dem Geräusch trockenen Holzes. Gadior wandte das Gesicht zu Goran, während er den Toten zu Boden sinken ließ.

»Ich hoffe, er hat gemundet«, sagte Goran.

»Erbärmlich, wenn Ihr meine ehrliche Meinung hören wollt. Die Kost dieses Landes ist mir noch immer fremd. Vielleicht brauche ich etwas mehr davon, um auf den Geschmack zu kommen.«

»War er wenigstens besser als die Dirnen, die man uns bisher geschickt hat?«, erkundigte sich Velon mit ausgesuchter Höflichkeit in der Stimme.

Gadior zuckte mit den Schultern. »Anders. Aber vielleicht finden wir noch welche mit mehr Geschmack.«

Goran schob sich an Bren vorbei. »Wollt Ihr etwa mein gesamtes Gefolge auslöschen?«, rief er.

Mit einer Bewegung, die vor Brens Auge verwischte, glitt Gadior zu Goran und brachte sein Gesicht so nah vor das seines Gegenübers, dass kein Finger mehr zwischen die Stirnen gepasst hätte. »Seid froh, wenn wir darüber vergessen, Eure kümmerliche Existenz zu beenden.«

Goran wich zurück. Sein verbliebener Traumlenker hielt es nicht länger aus, er rannte davon. Niemand hinderte ihn.

Velon legte die Fingerkuppen aneinander. »Vielleicht bietet Ihr uns ja etwas Interessanteres, als Euer Reich zu zerstören.« Nach einer Pause setzte er hinzu: »Die Wahrheit.«

Gorans Zähne knirschten. »Wahrheit formt sich in jedem Geist anders.«

»Ist das eine Einladung, direkt in Eurem Verstand nachzusehen?«, lauerte Gadior. Bren wusste nicht, ob er das bei einem anderen Osadro tun konnte. Bei menschlichen Opfern war er bereits einmal Zeuge geworden, wie ein Schattenherr gegen dessen Willen Wissen aus seinem Kopf gerissen hatte. Der Vorgang hatte einen sabbernden Idioten zurückgelassen.

»Beginnen wir mit etwas Einfachem«, sagte Velon. »Ihr seid nicht ewig. Lisanne hat Euch geschaffen. Euch und Euren Bruder.«

Goran sah aus dem Fenster, wo seine Chaque unbewegt standen, als er antwortete: »Wir haben keine Erinnerung daran, einmal anders gewesen zu sein.«

»Offensichtlich wart Ihr sehr jung, als Ihr in die Schatten geführt wurdet«, stellte Bren fest. *Sie haben niemals ein echtes Leben gehabt.*

»In unserem Geist, in unseren Träumen gibt es kein Davor. Wir können nicht von uns denken als von Säuglingen oder Kindern, die kaum gehen können, wie wir es bei den Menschen sehen. Wir altern auch nicht, wie sie es tun.« Er sah auf den toten Traumlenker, der in den letzten Momenten seines Lebens Jahrzehnte verloren hatte. »Sie welken, verfallen, legen sich nieder und stehen nicht wieder auf. Elutan und ich jedoch *sind* nur. Keine Krankheit, kein Alter, keine Narbe. Eine Zeit lang haben wir uns herausgefordert, uns möglichst schwer selbst zu verstümmeln. Kein Zeichen der Verletzung blieb zurück.« Er hob den linken Arm. »An der Schulter habe ich ihn mir abgeschnitten. Er vermoderte, aber nicht schneller, als ein neuer nachwuchs.«

»Ich gebe Euch einen guten Rat«, flüsterte Gadior. »Langweilt uns nicht mit Erzählungen Eurer Kinderspiele. Ihr wurdet erschaffen wie wir, und ich bin um ein Mehrfaches älter als Ihr.«

Zudem habt Ihr bewiesen, dass Ihr in den Schatten überleben könnt, dachte Bren. Die Machtkämpfe unter den Osadroi waren langsamer, aber erbarmungsloser als Feldzüge. Unsterbliche hatten ein besonders gutes Gedächtnis für ihre Feinde. Sie durften einander nicht töten, aber sie waren Meister darin, Umstände herbeizuführen, die den Tod eines Rivalen zur Folge hatten.

»In einem habt Ihr unrecht, geschätzter Gefährte«, sagte Velon. »Sie gleichen uns nicht gänzlich. Sie haben ihre Herzen nicht dem SCHATTENKÖNIG dargebracht.«

Goran trat an das Fenster. Was sah er dort draußen? Ein Königreich, dessen Asche bald im Wind triebe? Immerhin war er klug genug, um zu erkennen, dass seine Truppen ihm nicht helfen konnten. Bevor die Chaque den Palast betreten hätten, hätten die mystischen Kräfte der Osadroi ihn schon zerrissen.

»Ihr sagt, die Traumgöttin, die Ihr Lisanne nennt, habe mich und meinen Bruder geschaffen. Das denken auch wir. Aber hat die Traumgöttin nicht alles geschaffen? Alle Wirklichkeit ist zunächst ein Traum, ein Wunsch oder eine Angst, bevor sie sich verfestigt.«

»Für die ewige Dunkelheit über diesem Land gilt das auch, nicht wahr?«, fragte Bren. »Es gab eine Zeit, in der die Sonne jeden Tag aufging, und Ihr habt sie erlebt.«

Diese Bemerkung nahm Goran die Kraft. Seine Gestalt sackte zusammen. »Ja«, flüsterte er kaum hörbar. »Die Traumgöttin hat die Sonne erst später verbannt. Wir haben die Erinnerung daran beinahe getilgt. Wenn sich niemand mehr an etwas erinnert, und wenn es nie wieder geschehen wird – ist es dann überhaupt noch wirklich? Wenn die Sonne aus der Wirklichkeit sinkt – ist die Dunkelheit dann nicht wahrhaft ewig?«

Bren atmete tief ein. Er genoss das Gewicht des Morgensterns auf seiner Schulter. Etwas willkommen Vertrautes in diesen Momenten, die ihm so fremd waren. »Viel Zorn ist in uns. Für Euch wäre es gut, wenn wir fort wären.«

Goran sah ihn an. »Was verlangt Ihr dafür?«

»Eure Unterwerfung. Sonst habt Ihr nichts, was Ihr uns geben könntet. Ihr habt aber auch nicht das, um dessentwillen wir gekommen sind. Wir suchen Lisanne. Sie ist auf der Feuerburg, nicht wahr? Dort, wohin Ihr die erlesensten Kunstwerke schickt und wohin die Chaque die Köpfe ihrer Feinde bringen.«

Er blickte Bren lange an und nickte stumm.

»Und Kinder. Als wir ankamen, waren Kinder aus einem Fischerdorf geraubt worden. Lisanne liebt ihre Essenz, nicht wahr?«

»Nicht immer reicht ihr, was ihr die Träume geben.«

»Ligatas Bild – ist es schon dort? Oder können wir den Zug noch einholen?«

»Wenn Ihr Euch beeilt, wird es Euch gelingen.«

»Eine Frage noch«, bat Gadior. Die Freundlichkeit in seiner Stimme war bedrohlicher als alles, was er zuvor getan hatte. »Diese abgeschlagenen Köpfe – was geschieht mit ihnen?«

Goran biss sich auf die Unterlippe.

»Die Wahrheit. Ich kann mir schlecht denken, dass Lisanne Gefallen an verwesenden Leichenteilen hat.«

»Die Wahrheit?« Aus unterlaufenen Augen sah Goran sie an. »Die Wahrheit ist, dass ich es nicht weiß. Elutan und ich wissen nicht viel von der Feuerburg. Die Chaque kommen von dort, und sie kehren zur Traumgöttin zurück, wenn sie ihren Tod nahen fühlen. Vielleicht sind die Köpfe Siegeszeichen, die sie als Tribut darbringen.« Er seufzte, als er wiederholte: »Ich weiß es wirklich nicht.«

»Bren Stonner«, sagte Velon, ohne den Blick von Goran zu wenden, »mach unsere Truppen abmarschbereit. Und geleite seine Majestät zu seiner Sänfte. Ich bin mir sicher, er wünscht, uns persönlich zur Feuerburg zu führen.«

»In Ejabon haben sie sich nicht so zurückgehalten«, murmelte Kiretta ihm zu.

»In Ejabon hatten sie keinen Osadro als Gegner«, erwiderte Bren.

Lautlos stampften die Schattenrosse auf dem gewundenen Weg den Pass hinauf. Die Räder der geschlossenen Kutsche holperten über den steinigen Grund. Velon schlief auf seinem Lager, Gadior ging mit Alenias an der Spitze der ondrischen Krieger. Zwischen den Bewaffneten trugen vier Diener Gorans Sänfte. Die Chaque zeigten kein Interesse daran, ihren König zu schützen. Sie marschierten in konstantem Tempo vor den Ondriern, führten Maultiere, die Karren zogen. Die Kisten darauf mochten abgeschlagene Köpfe enthalten, aber auch mit Tuchen verhängte Gemälde wurden darauf transportiert. Zwei Chaque beugten sich über einen toten Wolf, warteten, bis die Flüssigkeit, die sie auf ihn gespien hatten, sein Fleisch so weit auflöste, dass sie es schlürfen konnten. Aas schien ihnen beinahe so lieb wie Ghoulen.

Kiretta rieb einen ölgetränkten Lappen über ihren Haken. Heute standen keine Sterne am Himmel, Nieselregen durchfeuchtete die Luft. Dennoch konnte man das Leuchten der tamiodischen Pflanzen weit sehen. Beinahe hatten sie den Bergsattel erreicht.

»Für König Goran scheinen sie aber keine freundschaftlichen Gefühle zu hegen. Haben sie Zweifel an ihrer Überlegenheit?«

Bren schüttelte den Kopf. »Das ist es nicht. Ihr habt gesehen, was sie mit der *Mordkrake* getan haben. Ihre Macht würde ausreichen, um die Pyramide von Blutstein zum Einsturz zu bringen.« Es war wohl die Erwähnung des Ortes, die in seine Handflächen das Gefühl von Kirettas vollen Brüsten zurückkehren ließ. Bren ertappte seine Augen dabei, wie sie das Hemd streichelten, das sich über Kirettas Busen spannte.

»Warum hielten sie sich dann zurück? Schattenherren stehen nicht in dem Ruf, ihrer Wut Einhalt zu gebieten. Sehen sie Goran doch als ihren Freund an?«

»Bestimmt nicht. Für sie ist er so etwas wie eine Blasphemie, ebenso wie sein Bruder. Ein Osadro, der sein Herz noch in der Brust trägt, statt es in Ergebenheit dem SCHATTENKÖNIG darzubringen. Undenkbar in Ondrien. Der Kult würde alles tun, um die Asche der beiden in den Wind streuen zu können.«

»Also keine Zuneigung.«

»Nein. Aber eine bestimmte Form von Respekt.«

»Ich dachte, die beiden dächten gering von ihm?«

Bren nickte. »Aber nicht von seiner Schöpferin. Lisanne ist eine Schattenherzogin. Ihr Urteil ist über jeden Zweifel erhaben, und sie scheint Gefallen an den Königen zu finden. Darüber kann sich Velon nicht hinwegsetzen. Wäre Lisanne nicht, würde Goran nicht mehr leben. Oder vielleicht doch, wenn er mit qualvollem Sterben beschäftigt wäre, mehrere Nächte lang.«

»Eine Nacht hat in Tamiod viele Stunden.«

»Osadroi kennen unzählige Arten, Schmerzen zu verursachen.«

Bren sah zurück. Das Tal war schwarz wie ein See aus Tinte, in dem Inseln aus Licht trieben. Die leuchtenden Pflanzen bildeten Gruppen, Haine. Sie wirkten kälter als die sie umgebende Dunkelheit. Wie Schnee auf schwarzem Stein. Bren fröstelte. Der Nieselregen durchnässte seine Kleidung.

»Sieht Lisanne wirklich wie die weiße Frau aus?«

Bren wirbelte zu ihr herum. »Ihr habt sie gesehen?«

Kiretta zuckte mit den Schultern. Im Licht eines leuchtenden Buschs wirkte sie verlegen. »Wir beide, General, waren recht eng verbunden. Für einen Moment fühlte und sah ich, was Ihr saht. Sogar als Ihr …«

»Als ich was?«

Sie räusperte sich, widmete ihre Aufmerksamkeit wieder dem Öllappen an ihrem Haken. »Ich weiß jetzt, wie Männer den Höhepunkt der Vereinigung empfinden.«

Unschlüssig presste Bren die Lippen zusammen. »Und Ihr habt die Traumgöttin gesehen?«

»Ich dachte, ihr Haar hätte schwarz sein müssen. Nicht weiß. Alles an ihr war weiß.«

»Im Traum sehen wir nie die Wirklichkeit.«

»Wie habt Ihr sie dann erkannt?«

Er ging schneller. »Ich weiß nicht viel von ihr, aber alle Berichte stimmen darin überein, dass Lisanne das schönste Wesen ist, dessen Fuß jemals festen Boden berührte.«

»Dann erging es nicht nur mir so. Wisst Ihr, ich fühlte mich nie zu meinem eigenen Geschlecht hingezogen, dazu weiß ich das edelste Teil des Mannes zu sehr zu schätzen. Aber bei ihr … Nein, es war nicht meine Wollust, die mich gefangen nahm. Es war anders, ich weiß nicht, wie ich es beschreiben soll.«

»Der Kult spricht von Hingabe.«

»Ja. So war es wohl.«

Den Rest des Aufstiegs brachten sie schweigend hinter sich.

Auf dem Pass warteten Alenias und Gadior. Pulsierender Feuerschein beleuchtete sie. Bren hielt inne, als er den Berg sah. Seine Form war dem Traumbild ähnlich, er war ein beinahe vollkommener Kegel, aber er stand nicht einsam, sondern war von anderen Bergen umgeben. Flüssiges Feuer rann von seinen Flanken, strahlte manchmal hell, gloste an anderen Stellen dunkel. Dünner Dampf lag über ihm, wo der Regen wagte, ihm zu nahe zu kommen.

Die Chaque setzten ihren Weg unbeeindruckt fort.

Sutor ruinierte die andächtige Stimmung, als er direkt neben Bren sein langes Fell ausschüttelte. Die Wassertropfen flogen dicht wie Hagelschauer in alle Richtungen. Gadior rümpfte die Nase und ging einen Schritt zur Seite. Kiretta lachte. Sie wollte Sutors Rücken tätscheln, hielt sich aber zurück, als der Hund sie anknurrte.

Bren ging neben Sutor in die Hocke und legte den Arm um den kräftigen Leib des Tiers. »Er ist nicht zahm«, erklärte er. »Mich duldet er, weil er auf mich geprägt ist. Ich habe ihn mit Wolfsmilch genährt, als er noch ein Welpe war. Euch wird er niemals auf diese Weise vertrauen.«

»Er ließ sich schon von mir streicheln.«

Bren zuckte die Schultern. »Solche Dinge ändern sich.«

Gorans Träger hielten neben Bren. Der König zog den Vorhang zur Seite. »Dies ist der Ort meiner frühesten Erinnerungen«, sagte er. »Niemals hätte ich gedacht, dass ich ohne Einladung der Traumgöttin hierher zurückkehren würde.«

Bren überlegte, warum es ihm so normal vorkam, wenn Goran von Lisanne als von einer Göttin sprach. War auch er von der Verehrung ergriffen, die Kiretta geschildert hatte? Ohne dass er sich dessen bewusst gewesen wäre?

Er schüttelte den Kopf, als er den Weg fortsetzte. Lisanne war eine Schattenherzogin. Wenn selbst ein SCHATTENKÖNIG, der über Götter triumphiert hatte, ihr solchen Respekt entgegenbrachte, wie ELIEN VITAN es tat – dann begegnete er, Bren, ein Sterblicher, ihr wohl besser auch wie einer Göttin.

Bren hatte nicht geahnt, wie viele Farben Feuer haben konnte. Der aus Basalt gehauene Weg führte durch Becken mit weiß flimmernder Glut, deren Oberfläche so fest schien wie die eines Kampfschilds, mit träge fließendem, rotem Magma, in dem schwarze Brocken trieben, mit gleißend gelben Strudeln, aus denen zischende Fontänen aufstiegen. Die Becken waren wie Beete in einem Garten. Das wenige, was ihn von dem Nieselregen noch erreichte, war Bren eine willkommene Abkühlung. Der Basaltweg war kaum breiter als die Kutsche, machte abrupte Biegungen und fiel an einigen Stellen in einer solchen seitlichen Schräge ab, dass die Chaque Mühe hatten, ihre Maultierkarren abzustützen. Bren dirigierte seine Krieger, um ein Abgleiten der Kutsche zu verhindern. Einer rutschte selbst aus, und Bren bekam ihn gerade noch rechtzeitig zu fassen. Der Fuß des Kriegers tauchte in rote Glut, aber er konnte den Stiefel schnell genug abstreifen, sodass die Haut nur leicht verbrannt wurde. Er umwickelte sie mit einem Fetzen Stoff und marschierte weiter. Bren fühlte Stolz auf das Pflichtbewusstsein, das Ondriens Truppen auszeichnete. Er war ein General. Er hatte dieses Heer mitgeformt.

Der Weg führte nun zwischen hoch auflodernden Flammen aufwärts. Bren wechselte sich mit den Kriegern ab, um die Kutsche zu schieben. Die drei Schattenrosse allein waren dem Gewicht auf diesem Steilhang nicht mehr gewachsen. Der Schweiß ließ Brens Untergewand zu einem nassen Handtuch werden.

»Ich wollte immer schon wissen, wie sich ein Braten im Ofen fühlt«, grinste Kiretta neben ihm. Ihr Rufen übertönte das Prasseln des Feuers nur knapp. Sie drückte mit dem Rücken gegen den Wagen. Ihm gefiel, wie sich ihre Formen unter dem Hemd abzeichneten, das feucht an ihrem Körper klebte.

Vom Himmel war nichts mehr zu sehen, über ihnen schlugen die Flammen zusammen. Von rechts waren es gelbe Zungen, von links tiefrote. Sie rangen miteinander, wie zwei Wolfsrudel, die sich ineinander verbissen.

»Ich beginne, Eure Liebe für die Schatten zu verstehen!«, rief Kiretta. »In solchem Licht kann niemand bestehen!«

»Ihr solltet beim Kult anheuern!«, gab Bren zurück. »Dort sagt man immer, dass niemand auch nur einen Tag lang in die Sonne sehen kann! Das Licht mag für die alten Götter gemacht sein. Die Menschen können es nicht aushalten. Zu viel Dunkelheit ist in ihren Herzen. Wenn das Licht sie vertreibt, verdorrt der Mensch.«

Funken stoben aus den Flammenwänden, regneten herab. Sie füllten die Luft wie Nebel. Bren kniff die Augen zu schmalen Schlitzen zusammen und zog sein Hemd über Mund und Nase. Der Schweiß stank und das Atmen gegen den Widerstand war in der Anstrengung mühsam, aber das war besser, als sich die Luftröhre zu verbrennen. Unwillkürlich überlegte Bren, dass sie keine Möglichkeit hätten, auszuweichen, wenn ein Verteidiger der Feuerburg einen Felsen den steilen Weg herunterrollen würde. Unweigerlich würden sie zermalmt oder in die Flammen gedrängt werden.

»Merkwürdig, dass kein Rauch in der Luft liegt!«, rief er.

Kiretta sah ihn zunächst verständnislos an, nickte dann aber. Es war heiß wie in einem Dämonenpfuhl und die Funken brannten auf der Haut, aber die Luft als solche roch nicht verbrannt. Sie war klar wie auf See.

Bren fand sich schon mit dem Gedanken ab, in eine andere Wirklichkeit gelangt zu sein, in der es nur Hitze und Anstrengung gab, als endlich die Erlösung kam. Die Steigung flachte so plötzlich ab, dass der Basaltweg beinahe unvermittelt in einen ebenen Verlauf kippte, und die Flammenwände blieben zurück. Erschöpft sanken die Krieger zu Boden.

Bren schob sich neben die Kutsche, um den Weg voraus in Augenschein zu nehmen. Ein Krieger, der sich kaum noch auf den Beinen halten konnte, öffnete gerade die Tür des Gefährts für Velon. Die Kleidung des Schattenfürsten hatte gelitten, an mehreren Stellen war sie von Brandlöchern verunziert. Er stieg ins Innere.

Der Weg wurde hier breiter. Nach zwanzig Schritt führte er durch eine hausgroße Öffnung in einer senkrecht aufsteigenden Bergflanke. Zu beiden Seiten taten sich Abgründe auf, aus denen sich Feuersäulen drehten. Magma floss in Spiralen und Bögen, sein Zischen war deutlich zu vernehmen, aber der Schwerkraft waren diese Gebilde entzogen. Das Feuer wahrte seine Form, als flösse es in einem eng begrenzten Becken, obwohl ringsum nichts als Luft war. Einige der Säulen trafen neben der Öffnung auf den Fels, wo sie einen Torbogen bildeten, bevor sie sich an anderer Stelle wieder lösten. Auf ihrem Weg formten sie gequälte Gesichter, die den Ankommenden entgegenstarrten. Sie erinnerten Bren an die Fratzen in den Bäumen, mit denen die Fayé ihre Opfer straften, nur waren diese hier überlebensgroß.

Die Chaque kannten keine Erschöpfung. Unbarmherzig zwangen sie die Maultiere weiter vorwärts, hinein in die Feuerburg. Die Gesichter in dem Flammenbogen schienen nichts Bedrohliches an ihnen zu erkennen. Jedenfalls ließen sie den Durchgang offen. Hätten sie das Feuer davor fallen lassen, hätten die Flammen das Tor wie eine Wand verschlossen. Das hätte auch einen Feldherrn wie Bren vor ein ernsthaftes Problem gestellt, zumal dieser Ort zweifellos zusätzlich von Kräften geschützt wurde, die noch weniger greifbar war als Feuer, das aus einer anderen Wirklichkeit genährt wurde. Vielleicht hatten solche Kräfte sie schon auf dem Weg hierher beobachtet und waren zu dem Schluss gekommen, dass sie ungefährlich waren.

Bren nahm einen Schluck aus seiner Wasserflasche, dann reichte er sie an Kiretta weiter. Er stand auf, löste den Morgenstern aus der Halterung an der Rückseite der Kutsche, und ging zu Gadior und Alenias. »Mir scheint, wir stehen vor dem Ziel unserer Reise«, sagte er.

»Mögen die Schatten deinen Worten Wahrheit geben, General«, flüsterte Gadior. Auch seine Kleidung war versengt, aber Haut und Haar hatten sich bereits regeneriert.

Im Berginnern öffnete sich eine Halle, in der nun die Karren entladen wurden. Die Chaque, die diese Arbeit taten, waren kleiner als diejenigen, die Bren bislang gesehen hatte. Sie hatten den gleichen Körperbau, aber im Verhältnis waren die Kiefer weniger wuchtig, dafür die Facettenaugen größer. Obwohl sie einem Menschen gerade einmal bis zum Bauchnabel reichten, waren sie kräftig genug, um die Kisten ohne erkennbare Mühe zu bewegen.

»Denkt Ihr, Ihr seid bereit, der Göttin unter die Augen zu treten?«, fragte Goran. Kiretta und er fanden sich nun ebenfalls ein. »Dann täuscht Ihr Euch. Auf die Göttin kann sich niemand vorbereiten.«

Velon trat neben sie. Er hatte neue Gewänder angelegt und hielt Lisannes Elfenbeinkrone vorsichtig in den Händen. »Kennt Ihr Euch hier aus, Goran? Wisst Ihr, wo wir sie finden?«

»Die Göttin ist überall. Zwischen uns und unseren Träumen, in den Dunkelheiten unserer Albdrücke. Kein Sehnen, keine Angst ist ohne sie. Sie erscheint, wo es ihr beliebt, und verweigert sich, wo es ihr gefällt.«

»Ihr seid nicht sehr hilfreich«, stellte Bren fest. »Wir sollten den Kunstwerken folgen.«

»Ein kluger Gedanke«, stimmte Velon zu.

In der Burg war es angenehm kühl. Die Chaque trugen die Bilder und das Geschmeide durch eine andere Tür, als sie es mit den Kisten getan hatten. Zu Brens Überraschung war der Berg offenbar in weiten Teilen hohl wie ein Turm. Brücken spannten sich über Abgründe, Pfeiler stützten hohe Decken. Nirgendwo gab es Dreck. Die meisten Strukturen waren aus grau geädertem, schwarzem Stein geschlagen, der eine Oberfläche so glatt wie Marmor hatte. Einige der kleinen Chaque waren damit beschäftigt, sie zu reinigen, obwohl Bren keinen Schmutz entdecken konnte. Feuer war allgegenwärtig, wenn auch nicht so massiv wie auf dem Weg in den Berg. Es drehte sich in der Luft, in flammenden Blüten, die sich in stummem Tanz umeinanderbewegten. An den Wänden formte es Bilder auf dem kalten Stein, Ranken, Katzen, eine Rose, oft auch Ritter in Vollrüstungen. Unter den Brücken floss es in pulsierendem Glühen. Und dann waren da noch diese Erscheinungen, Geister vermutlich, wie Fackelschein auf Nebelschwaden, die sich schnell verteilten, um sich an anderer Stelle wieder zu verdichten.

Sie folgten den Chaque in eine große, aber geschlossene Halle, die von gebogenen Steinbrücken gehalten im Berg hing wie ein Schiff in seinem Dock. Am Eingang rekelte sich eine Tänzerin auf einem Podest. Ihr biegsamer Körper bestand aus hellem Rauch. Unermüdlich bewegte sie sich zu einer unhörbaren Musik, wobei die geisterhaften Füße den Stein unter ihr niemals berührten.

Bren konnte nicht erkennen, woher das Licht in diesem Raum kam. Die Luft selbst schien schwach zu leuchten, was ein Schimmern auf dem vielen Gold und Platin hervorrief, das hier versammelt war, und ein Funkeln aus den Edelsteinen lockte. Niemals hatte Bren so viele Schätze an einem Ort gesehen. Gemälde, Vasen, Leuchter, Juwelen, Statuen. Die Tänzerin war nicht der einzige gefangene Geist, eine Frau mit einem seltsam schönen Schmerz auf dem Gesicht stand auf einem ähnlichen Sockel. Auch Bücher fanden sich, gebunden in edle Umschläge, die Titel mit Gold ausgelegt, der Seitenschnitt passend gefärbt.

»Was hält sie?«, fragte Kiretta.

Bren erfasste sofort, was sie meinte. Die Kleinodien hingen nicht von der Decke, waren nicht an der Wand befestigt und standen nur selten auf Sockeln. Sie verharrten einfach schwerelos in der Luft, als sei dies der ihnen vorbestimmte Platz, der keiner Fixierungen gegen etwas so Triviales wie die Schwerkraft bedürfte. Die Chaque waren mit den Gesetzmäßigkeiten dieser Halle vertraut. Sie befreiten die neu hinzugebrachten Kunstgegenstände von ihren Umhüllungen, trugen sie scheinbar willkürlich durch den Raum und stellten sie in die Luft, wo sie blieben, als seien sie schon immer dort gewesen. In der Tat wirkte das Arrangement meist perfekt. Wo das nicht der Fall war, verschoben die Chaque einige Gegenstände, bis die Harmonie wieder vollkommen war.

Staunend betrachteten Bren und seine Gefährten die Schätze. Sie achteten nicht auf die Zeit. Irgendwann sammelten die Chaque das Material ein, das nicht mehr gebraucht wurde, und verließen die Halle.

Velon hielt noch immer die Elfenbeinkrone in den Händen. Kiretta betrachtete eine Blume, die aus Rosenquarz geschnitten war. Die Blüte, obwohl steinern, bewegte sich in einem unfühlbaren Hauch.

Alenias starrte auf einen Wirbel aus Rauch. Bren fand ihn eher unspektakulär, vor allem inmitten der Kleinodien, die diesen Saal füllten, aber die Sinne des Fayé mochten ihm andere Einsichten gewähren.

Bren wusste nicht, warum er sich der Tür zuwandte, die mit einem Rahmen aus Rubinen verziert war, aber es konnte kein Zufall sein, denn die anderen taten es zur gleichen Zeit. Kurz nur sah er die Frau in dem nachtschwarzen Kleid, das sich hart gegen die schneeweiße Haut abgrenzte. Ihre Lippen waren rot wie süßer Wein, über den Augen hatte sie blaue und grüne Farbe in der Form von Vogelschwingen aufgetragen. Ihr schwarzes, glattes Haar fiel bis zu ihrer Hüfte, ein blauer Schimmer lag darauf. Die Hände liefen in langen Fingern aus, filigrane Krallen drohten wie Stilette.

All das erfasste Bren binnen eines Herzschlags. Dann wurde sein Blick gen Boden gezwungen. Er kniete so heftig nieder, dass es beinahe schon ein Sturz war. Seine Fäuste prallten auf den Boden, die Ehrfurcht drückte gegen seinen Nacken wie ein Joch. Neben sich hörte er Kirettas Knie auf den Boden schlagen.

Bren zitterte.

Womit hatte er nur sein Leben verschwendet?

Warum war er nicht viel früher hierhergekommen?

Welchen Sinn hatte eine Existenz, die nicht dieser Frau diente? Gab es die Welt aus einem anderen Grund, als Lisanne zu Gefallen zu sein?

Als er das Brennen in seiner Brust nicht länger aushielt, holte er vorsichtig Luft, wagte es jedoch nicht, aufzublicken.

Niemals hatte er solche Schönheit gesehen wie in dem kurzen Moment zuvor. Sie war sphärischer als in seinem Traum! ›Vollkommenheit‹ war nun ein sehr greifbarer Begriff für ihn. Welch unverdiente Gnade! Ein solcher Anblick war ein Menschenleben wert. Nein, hundert Menschenleben! Niemand konnte ein Recht darauf haben, selbst für einen Gott wäre das Verlangen danach ein Frevel gewesen.

Und dennoch. Bren konnte nicht widerstehen. Langsam, ängstlich, hob er die Augen.

Alenias kniete ebenso wie Kiretta und er. Die Osadroi standen noch, was Bren stille Bewunderung abnötigte, hatten aber die Köpfe demütig gesenkt. Lisanne verharrte einige Schritt vor der Rubintür. Alle Kunstwerke wurden durch ihre Gegenwart zu dem Gestümper von Dilettanten, wie Burgen, die Kinder im Sand zusammenschoben.

Velon trat zu ihr, kniete nieder und bot ihr mit beiden Händen die Elfenbeinkrone dar. »Elien Vitan, die Welt erzittere vor Seinem Namen, begehrt, dass Ihr in Euer Eigentum zurückkehrt, Hoheit.«

Lisanne ließ ihn knien, ging um ihn herum. Sie bewegte sich mit der Eleganz einer Feder, die auf einem sanften Windhauch glitt. »Warum bringst du sie zu mir, Goran?« Jeder Sänger hätte beide Augen für diese Stimme gegeben und jeder, der Musik genoss, hätte sich mit Freuden beide Ohren durchstechen lassen, wenn er sie zuvor einmal hören dürfte.

»Sie ließen mir keine Wahl, o Göttin der Träume. Sie drohten mit meiner Vernichtung und der meiner Stadt.«

»Und warum hast du nicht diese gewählt?«

»Ich hoffte, Euch wäre an meiner Existenz gelegen.«

Bren konnte den Blick nicht mehr von der Schattenherzogin wenden. Ein neues Gefühl wallte in ihm auf. Wie hatten sie es wagen können, hierherzukommen, und Lisanne so zur Last zu fallen? Niemals hätten sie hier eindringen dürfen! Hätte er die Kraft gefunden, sich zu bewegen, wäre Bren davongerannt, um sie nicht länger mit seinem Anblick zu beleidigen.

»Ich bitte Euch, bleibt bei uns, Göttin«, hauchte Goran. Er wirkte verletzlich, wie er in seinem kleinen, kindlichen Körper neben Gadior stand. »Ohne Euch endet der Traum.«

Lisanne kam auf Bren zu. Er wollte seinen Blick zu Boden zwingen, aber es gelang ihm nicht. Er brauchte seinen ganzen Willen, um zu atmen.

Lisanne blieb vor Kiretta stehen. »Zeig mir das, Kind«, verlangte sie und streckte die Hand aus.

Bren verstand nicht, was sie meinte, aber Kiretta nickte untertänig. Sie setzte sich auf und hob ihre Rechte, bot Lisanne den Haken dar.

Die perfekten Finger strichen darüber, fuhren den Bogen nach. Kiretta hatte den Schleifstein immer gewissenhaft benutzt, Bren konnte sehen, wie der Stahl in das weiße Fleisch schnitt. Lisannes Braue zuckte. Auch er empfand es als Erlösung, als sich die Wunde spurlos schloss, sobald die Osadra den Finger vom Haken löste, und damit die Störung in der ansonsten makellosen Ästhetik ihrer Haut verschwand.

Lisanne griff den Unterarm und betrachtete die hölzerne Halbkugel, mit der er abschloss und die der Befestigung des Hakens diente. Zwei umlaufende, wellenförmige Eisenlinien waren darin eingesenkt. »In seiner Unvollkommenheit ist er nicht ohne Ästhetik«, urteilte Lisanne. »Die Verbindung von Fleisch und Metall scheint vielen leichterzufallen als die von Kopf und Geist.« Sie gab Kiretta frei.

Niemals hatte Bren einen so perfekt geschwungenen Rücken gesehen. Lisanne schwebte den Weg zurück, den sie gekommen war. Neben Velon, der unbewegt wie eine Statue verharrte, die Krone noch immer mit gestreckten Armen vor sich haltend, fragte sie: »ELIEN will sich zur Ruhe begeben?«

»ER will Euch, Hoheit.«

Sie setzte ihren Weg fort.

»ER braucht Euch.«

Sie ging durch die Rubintür, war im Schatten dahinter kaum noch zu erkennen.

»Bedenkt, ER wird glücklich sein, Euch jeden Wunsch zu erfüllen!«, rief Velon.

Sie hielt inne.

Drehte sich um.

»Jeden? Das hat ER gesagt?«

Velon schwieg. Verzweifelte Hoffnung lag auf seinem Gesicht.

Lisanne kam zurück, ohne Hast, und nahm die Krone aus seinen Händen. Sie drehte sie hin und her, betrachtete die feinen Spitzen, setzte sie aber nicht auf. Sie ließ den Blick über ihre Besucher schweifen, wandte sich ab und ging. »Ich werde Euch meine Entscheidung mitteilen.«

Bren verspürte den Drang, allein zu sein. Er hatte Lisanne gefunden, wie der SCHATTENKÖNIG es befohlen hatte. Sie war in einem Traum gewesen, zugleich aber auch in einem Berg aus Feuer. Und in einem Abgrund seiner Seele, den Bren nicht verstand. Seit er alt genug war, um ein Schwert zu heben, hatte er die Feinde Ondriens niedergeworfen, einen nach dem anderen. Er hatte mit Kameraden in Schlachtreihen gestanden, hatte Siege mit ihnen errungen und sie sterben sehen. Immer war ihm klar gewesen, dass geschliffener Stahl ihn würde verletzen können. Manchmal stellte er sich vor, wie eine Klinge in seinen Bauch stieß, wie eine Axt seine Schulter zerschmetterte oder ein Pfeil seinen Schenkel an den Sattel heftete. Nie hätte er gedacht, dass sein Herz verwundbar war. Lisanne hatte ihn mühelos, ohne Gegenwehr, besiegt, nur durch diese eine Begegnung. In dieser Stunde fühlte sich Bren schwächer als jemals zuvor.

Er wanderte über die Brücken, sah auf die in der Luft schwebenden Feuererscheinungen, ohne sie wahrzunehmen. Während er die Wege in seinem Inneren erforschte, machte er sich keine Gedanken darum, wohin er die Schritte seines Körpers lenkte. Er wandelte durch eine riesige Burg voller Flammen und Schatten. Er könnte ewig hier herumgehen, ohne an seinen Ausgangspunkt zurückzukehren. Irgendwann würde er nach dem Rückweg fragen. Überall waren hier Chaque, und er hatte gehört, wie man ihnen in Blutstein Befehle gegeben hatte, also verstanden sie die Sprache der Menschen. Bren hielt den Stab seines Morgensterns umfasst, als könne er damit die Verbindung zu seiner früheren Zuversicht bewahren. Er griff so fest zu, dass das Leder seines Handschuhs knirschte.

Irgendwann sah er etwas, das seine Aufmerksamkeit erregte. Eine der Kisten, die die Chaque gebracht hatten. Sie war aufgebrochen worden, das Stemmeisen stand noch daneben. Zwei der kleineren Vertreter ihres Volkes hoben Köpfe heraus.

Es waren tatsächlich die abgeschlagenen Köpfe von Menschen! Ein bärtiger Mann und ein Mädchen, das gerade zur Frau erblüht war.

Erst jetzt fiel Bren auf, dass die Brücke, auf der er stand, und der Raum, den er beobachtete, anders gestaltet waren als die Bereiche der Feuerburg, die er zuvor gesehen hatte. Der Stein war hier rauer, ähnelte eher Basalt als Marmor, auch wenn die grauen Schlieren geblieben waren. In dem Raum lag ein Geflecht armdicker, roter Adern auf dem Boden, verband sich an manchen Stellen zu Knäueln und zog sich an den Wänden hoch, einige Stränge liefen durch Öffnungen in andere Kammern. Dorthin trugen die beiden Chaque auch die abgetrennten Köpfe. Ein weiterer kam ihnen entgegen und ging zu der Kiste.

Bren trat in den Raum.

Der Chaque blieb stehen, wandte ihm das Gesicht mit den monströs großen Augen zu und zischte ihn an.

»Ich bin Bren Stonner …«

Ein lauteres Zischen unterbrach ihn. Die kleinen Flügel klappten surrend aus dem Rücken.

»Ich bin Bren …«

Drei große Chaque kamen hinzu. Sie waren mit Spießen bewaffnet, deren Spitzen mehrfach gezackt waren. Auch ihre Waffen waren also darauf ausgelegt, einem einzelnen Gegner schreckliche Wunden zu reißen, statt sie schnell aus einem Körper lösen und den nächsten Feind stellen zu können.

»Ich …«

Die drei waren nicht geschwätzig. Sie gingen sofort zum Angriff über. Einer von ihnen vollführte dabei einen waghalsigen Sprung, bei dem er gegen die Decke prallte, sodass er eher abstürzte als landete.

Bren wusste diesen Vorteil zu nutzen. Entschlossen trat er dem Gegner die noch zitternden Beine weg und stampfte auf das Gelenk der Hand, die den Spieß hielt. Er hätte es dabei belassen und versucht, die Situation gütlich zu regeln, wenn die anderen beiden nicht auf ihn zugestürmt wären. So zerschmetterte sein Morgenstern den Insektenschädel.

Er drehte sich zur Seite, um den Spießen auszuweichen. Es gelang ihm nur unvollkommen. Eine der Waffen hakte unter die Schuppen seines Panzers und riss einige davon heraus. Er spürte das Brennen an seiner Seite.

Dennoch führte er seine Drehung weiter, nutzte ihren Schwung für den Morgenstern, legte seine ganze Kraft in einen waagerechten Schlag. Er traf einen Chaque mit der Kette an einem Arm. Die Kugel schwang herum und bohrte die Stacheln in den Hautpanzer über dem Bauch. Sofort riss er seine Waffe zurück. Mit einem Knacken löste sich ein Teil des Panzers, gelbe Flüssigkeit spritzte heraus.

Aber der letzte Chaque säumte nicht. Während Bren noch mit dem zweiten Gegner beschäftigt war, stieß er zu. Mit einem Schild hätte Bren den Angriff abfangen können, so musste er ihn ablenken. Seine Linke fuhr herab. Er bekam den Spieß zu fassen, griff aber in die letzten Zacken vor dem Schaft. Er verdrängte den Schmerz, drückte die Waffe zur Seite, damit sie seinen Unterleib verfehlte.

Der Gegner prallte gegen ihn. Taumelnd zwang er Bren rückwärts. Die Kieferzangen verbissen sich im Schuppenpanzer.

Bren führte von oben herab einen Hieb mit dem Stab des Morgensterns. Das Facettenauge war nicht zu verfehlen und bot ihm kaum Widerstand. Der Schmerz musste mörderisch sein, auch für ein solch fremdartiges Wesen, aber davon ließ sich der Chaque nicht ablenken. Bren hatte Sorge, dass die Kiefer früher oder später den Weg durch den Schuppenpanzer finden könnten.

Er nahm den Stab in die schmerzende Linke und fasste mit der Rechten die Kette, um den Radius der Kugel auf den nahen Gegner anzupassen. Dann ließ er sie einen engen Bogen beschreiben und schmetterte sie gegen die Flügel des Chaque.

Auf diese Weise hatte der Morgenstern weniger Wucht als gewöhnlich. Bren brauchte mehrere Schläge.

Zudem hatte der zweite Gegner noch nicht aufgegeben, obwohl so viel von der gelben Suppe aus seinem Körper lief, dass er in einem kleinen See stand. Schwankend richtete er seinen Spieß aus und stach nach Bren.

Der Stoß vermochte seinen Schuppenpanzer nicht zu durchdringen, ließ Bren aber wanken.

Endlich gab der Panzer des Gegners nach, der Bren umklammert hielt. Mit zwei weiteren Schlägen erweiterte Bren die Öffnung. Der Griff wurde schwächer, gab aber noch nicht nach.

Ein weiterer Lanzenstoß war auf Brens Kopf gezielt. Er tauchte zur Seite weg, soweit ihm das trotz der Umklammerung möglich war. Wütend schlug er mit dem Morgenstern nach dem entfernteren Gegner. Er traf gut, unter dem oberen rechten Arm. Die Stacheln drangen tief ein. Die Wucht warf den Chaque um und riss Bren die Waffe aus der Faust.

Er knirschte mit den Zähnen. Bren stieß die Rechte in die Wunde, die er seinem Gegner in den Rücken geschlagen hatte. Die dickflüssige Masse darin war kälter als Blut. Er ertastete ein Organ, umfasste es und riss es aus dem Körper.

Endlich brach der Chaque zusammen.

Inzwischen hatten sich mehrere kleine Angehörige des Insektenvolks eingefunden. Sie schienen nicht kämpfen zu wollen. Stattdessen trugen sie die Kiste mit den abgeschlagenen Köpfen fort.

Heftig atmend nahm Bren den Morgenstern auf. Angewidert betrachtete er den gelben Schleim, der seine rechte Hand und den Unterarm bis fast zum Ellbogen überzog. Immerhin lagen jetzt beide gegnerische Krieger reglos.

Er überlegte noch, wie er sich reinigen könnte, ohne den Schleim in die Schnittwunde an der linken Hand zu bekommen, als Lisanne in der Tür auftauchte, durch die auch er den

Raum betreten hatte. Hätte er sie nicht an ihrer Schönheit erkannt, hätte die Reaktion seines Körpers ihm verraten, wer ihm gegenüberstand. Bevor er es recht begriff, war er schon auf den Knien.

»In manchen Dingen sind sie empfindsam«, drang die Stimme an sein Ohr, gegen die selbst der Gesang eines erlesenen Chors Gejaule war. Lisanne hielt den Blick auf die Chaque gerichtet, bis sie verschwunden waren.

Dann wandte sie sich wieder Bren zu.

Er wunderte sich darüber, dass er sie so selbstverständlich ansehen konnte.

Sie kam zu ihm. »Bist du verletzt?«

Bren tastete an seiner Seite, wo der Schuppenpanzer gebrochen war. Rot und feucht klebte Blut an seiner Hand. »Nur Kratzer, Schattenherzogin.«

Sie lächelte. Eine Regung, für die manche Männer gestorben wären und noch mehr gemordet hätten.

»Steh auf, Bren Stonner.«

Mein Name! Sie kennt meinen Namen! So ungehörig es war, in der Gegenwart dieser Osadra aufrecht zu stehen, so undenkbar war es, ihrem Wunsch nicht Folge zu leisten. Bren empfand es als Wunsch, nicht als Befehl. Als Wunsch des Schicksals. Des Plans, nach dem die Welt geformt war. Widerstand wäre unverzeihliche Anmaßung gewesen, eine Störung im Geflecht, das das Leben zusammenhielt.

»Du bist ein Krieger.« Lisanne hob eine Hand, berührte beinahe sein Kinn. »Ich sehe den Mut hinter all der Verwirrung.« Wieder lächelte sie. »Du denkst, ich verstünde nichts vom Krieg. Aber das ist falsch. Meine Art kennt nicht nur die Erfahrungen des eigenen Lebens.«

Bren schluckte. »Die Essenz?«

»Ja. Hier nehme ich noch mehr von den Menschen in mich auf als damals in Ondrien.« Sie wandte sich um. »Folge mir, Krieger.«

Er blieb einen halben Schritt hinter ihr, als sie über die Brücken und durch die weiten Hallen gingen. Hatte er vorher seine Umgebung kaum wahrgenommen, weil er in schweren Gedanken gefangen gewesen war, so war sein Denken nun ganz auf Lisanne gerichtet. Es kam ihm unwirklich vor, so dicht bei einem vollkommenen Wesen zu sein, dass er es hätte berühren können. Das hätte er niemals getan, es war unvorstellbar, sich Lisanne weiter zu nähern. Unauffällig wand er sein Schweißtuch um den Schnitt an der linken Hand.

»Du wirst vielleicht verstehen, Bren.«

»Was verstehen?« Er bemerkte, dass sie die Elfenbeinkrone nicht bei sich hatte. Bedeutete das, dass sie ihm eröffnen wollte, dass sie sich entschieden hatte, dem Befehl des SCHATTENKÖNIGS zu trotzen? Der Gedanke fühlte sich an wie eine Giftschlange, die an der Brust zischelte. Zugleich war Bren von der Gewissheit überzeugt, dass jede Entscheidung, die sie traf, unumstößlich richtig war.

»Der Seelennebel schafft eine besondere Umgebung. In Tamiod ist möglich, was mir in Ondrien verwehrt war.«

Für Bren war kaum vorstellbar, dass einer Schattenherzogin in Ondrien etwas unmöglich gewesen sein sollte. Ihn schwindelte bei dem Gedanken, dass jemand Lisanne etwas willentlich hätte vorenthalten können.

»Hier kann ich die Sonne niederhalten. Die Grenze zu anderen Wirklichkeiten ist durchlässig. Die Götter können Gesetze der Natur nicht bedingungslos erzwingen.«

Er hatte das Gefühl, Lisanne erwarte eine Antwort von ihm. Mühsam brachte er hervor: »Ich sah Euch in den Träumen.«

»Ja. Hier bin ich die Göttin. Ist das nicht amüsant?«

Bren fand nichts Erheiterndes daran. Er fand es angemessen.

»Hier kann ich die Wirklichkeiten formen, vermischen, aus Schrecken und Sehnen Greifbares schaffen. Magie, die erschafft, anstatt zu zerstören, hast du davon schon einmal gehört?«

»Niemals, Herrin.«

»Die Menschen zahlen einen Preis dafür. Wann immer sie träumen, geben sie von ihrer Lebenskraft. Kaum einer wird älter als dreißig Jahre, obwohl es keine Krankheiten gibt.«

Für Bren war das Alter der Tamioder schwer zu schätzen. Er hatte vermutet, dass dies an den fremden Zügen lag, den Eigenheiten eines fremden Volkes. Jetzt begriff er, dass es in den Auswirkungen der Träume eine weitere, sogar die wichtigere Ursache hatte. Er versuchte sich vorzustellen, welche Menge an Lebenskraft das bedeutete. Soweit er wusste, gab es nur drei Osadroi in Tamiod. Und wie viele Menschen? Einhunderttausend vielleicht? Die jede Nacht … Wie mühelos im Vergleich zu den Riten des Kults!

»Sogar in das Nebelland kann ich greifen.« Plötzlich war etwas entsetzlich Trauriges in ihrer Stimme.

Es erschütterte Bren so tief, dass Tränen in seine Augen stiegen. Wie nur konnte er das Leid lindern? Ein Wesen wie Lisanne durfte keinen Kummer empfinden! Sie war der Grund, aus dem die Welt existierte!

»Auch nach diesen Jahrzehnten, auch, da Tamiod ganz nach meinem Wunsch geformt ist, reicht meine Macht nicht aus.«

»Wozu, Herrin?«

»Du wirst es sehen. Und ich will hören, was du dazu zu sagen hast.«

»Soll ich Schattenfürst Velon holen? Oder Schattengraf Gadior?«

»Mir ist an der Meinung eines Menschen gelegen.« Sie sah ihn an. »Eines Kriegers, der noch nicht vergessen hat, wie es ist, vom Tod bedroht zu sein.«

Lange gingen sie schweigend, Treppen stiegen sie meist aufwärts. Bren fand die Brücken, Gänge und Räume verwirrend, umso mehr, als überall Feuer in der Luft hing.

»Darf ich eine Frage stellen, Herrin?«

»Was willst du wissen?«

»Was taten die Chaque, bevor sie mich angriffen? Wofür wollen sie die Köpfe?«

»Eigentlich nicht die Köpfe. Das Hirn reicht ihnen, um ihre Larven zu nähren. Du hast ihre Ammen gesehen. Jeder Chaque braucht Hirn um sich, wenn er schlüpft. Das von Rindern tut es auch, aber bei Menschen ist es besonders nahrhaft.«

»Ein seltsames Volk.«

»Ich habe es aus Albträumen geschaffen.«

Sie erreichten einen Durchgang, der in Flammen stand. Es gab kein Holz, das hätte brennen können, nur Feuer in einer steinernen Türöffnung. Es prasselte wütend, als wollte es sich lösen und Bren verzehren.

Lisanne flüsterte etwas.

Das Feuer war fort, als wäre es niemals da gewesen.

Der Raum war rund und durchmaß weniger als fünf Schritt. In seinem Zentrum erhob sich ein Eisenquader, groß wie ein Sarg. Eine Mulde war in seiner Oberseite ausgebuchtet. Ein Mann lag darin, angetan mit einem weißen Gewand aus feinstem Stoff. Es war so dünn, dass es die Formen seines Körpers verriet. Bren hatte genug Krieger gesehen, um in ihm seinesgleichen zu erkennen. Die Muskeln waren anders verteilt als bei einem Schmied oder einem Seefahrer. Dieser Mann war kräftig, vielleicht sogar kräftiger als Bren, und zugleich hatte er sich geschmeidig gehalten. Er wäre ein gefährlicher Gegner.

Aber er schlief. Das sorgsam gestutzte, brünette Haar wirkte dunkel gegen die helle Haut. Die gerade Nase und die hohen Wangenknochen dagegen deuteten auf eine Herkunft aus südlichen Ländern hin, wo die Menschen bronzene Haut hatten. Die drei Edelsteine am Kragen seines Gewandes waren ein deutlicher Hinweis auf seine Heimat. Ein Diamant, ein Rubin, ein Saphir. Silber, Rot, Blau. Silion, Stygron, Vejata, die drei Monde.

»Ilyjia«, flüsterte Bren. Dort hatte der Tempel der Mondmutter sein Zentrum.

Hinter ihnen schossen die Flammen hoch und blockierten die Tür.

Lisanne beachtete ihr Prasseln nicht. Sie nickte stumm und ging zu einem Schwert, das ohne Scheide an der Wand hing. Seine Klinge leuchtete in warmem Orange. Sie strich zärtlich darüber. »Sein Blut regt sich noch. Nach all den langen Jahren.«

»Mondsilber!«, rief Bren. »Die Berührung muss Euch Schmerz bereiten!«

Sie lächelte bitter. »Das tut sie. Sehnsucht schmerzt immer, nicht wahr?«

Bren blinzelte verwirrt. Der Schläfer war offensichtlich ein Mondschwert, ein Paladin, der sein Leben dem Kampf für die freie Menschheit und gegen die Osadroi verschworen hatte. Ein Feind. Was machte er hier? Warum duldete Lisanne ihn? Mit einem Wink hätte sie sich seiner entledigen können.

Aber sie sah nicht so aus, als ob sie das gewünscht hätte.

Im Gegenteil.

»Ihr …« Bren schluckte. »Ihr liebt ihn.«

»Ist das so leicht zu erkennen?«

»Vergebt mir!« Er fiel auf die Knie. Die Wunde an seiner Seite brach wieder auf.

»Es gibt nichts zu vergeben. Deine Beobachtungsgabe spricht für dich. Erhebe dich.«

»Aber …« Zögernd stand Bren auf. »Er ist ein Mensch.«

Der bittere Ausdruck auf Lisannes Gesicht ließ sein Herz zerfließen. »Ein Mensch, ja.« Sanft küsste sie die Lippen des Schläfers. »Beinahe schon im Nebelland angekommen. Doch nicht ganz. Er wollte mich töten, weißt du?«

Bevor er begriff, was er tat, fasste Bren seinen Morgenstern. Es fiel ihm schwer, die Faust wieder zu lösen.

»Ich habe ihn besiegt. Von seiner Lebenskraft genommen, als meine Ewigkeit zu enden drohte. Wir sind verbunden. Auf immer. Hier, wo die Wirklichkeiten verfließen, kann ich ihn manchmal berühren. Ganz vorsichtig nur, wie eine Schneeflocke. Aber es ist möglich. Und er spürt meine Gegenwart.«

Dafür also bezahlen die Bewohner dieses Landes mit ihrem Leben, erkannte Bren. *Für den Kontakt einer, deren warmes Leben seit Jahrtausenden nur noch Erinnerung ist, zu jemandem, der die greifbare Welt verlassen und das Nebelland beinahe schon betreten hat.*

»Doch ich kann ihn nicht zurückholen.« Sie ballte die Fäuste. »Diese Macht ist mir nicht gegeben.« Sie sah Bren an. »Ein SCHATTENKÖNIG mag es vollbringen können. Ich nicht.«

»Aber ELIEN VITAN hat es Euch verweigert?«

»Und mich verbannt, weil ich von Helion nicht lassen konnte.«

»Seit Jahrzehnten schon darf Euer Name in Ondrien nicht mehr ausgesprochen werden. Man gießt Blei in die Münder derer, die es dennoch wagen.«

»Aber jetzt schickt ELIEN nach mir.«

Bren neigte stumm das Haupt.

»Vielleicht gewährt ER jetzt, was ER damals verweigerte«, sagte Lisanne. Sie strich über die Gestalt des Schläfers. »Helion muss mit uns kommen. Dafür gebe ich Tamiod auf.«

»Ich bin sicher, Schattenfürst Velon wird zustimmen.«

»Ja, er würde alles tun, um sich vor ELIENS Zorn zu retten.«

Bren netzte die Lippen. Es stand ihm nicht an, das Verhalten oder die Wünsche der Schattenherzogin zu bewerten. »Wann können wir aufbrechen? Wir sind schon viel länger unterwegs, als wir vorgesehen hatten.« Er würde mit dieser Frau, diesem vollkommenen Wesen, auf einem Schiff sein! Und dann wochenlang mit ihr gemeinsam reisen! Die unermessliche Ehre haben, für ihre Sicherheit zu sorgen! Die größte Verantwortung, die einem denkenden Wesen zuteilwerden konnte.

»Wir können sofort aufbrechen. Aber es wird jemanden geben, die wir von unserem Vorhaben überzeugen müssen.«

»Wer könnte Euch aufhalten?«

»Ich bin so etwas wie der Verstand der Chaque. Aber ich bin nicht ihr Herz. Das ist ihre Königin. Sie dienen mir, erfüllen alle meine Befehle. Der Tod eines der Ihren bedeutet ihnen nichts. Aber das Volk als Ganzes muss überdauern. Wenn ich gehe, wird ihnen der Geist fehlen.«

»Wenn Ihr sie geschaffen habt, könnt Ihr sie dann nicht zerstören?«

»Die Königin und ich sind in besonderer Weise verbunden. Ich gab einen Teil von mir für sie. Wenn sie stirbt, wird das ein Beben in der Magie auslösen.«

»Kann es Euch verletzen?«, fragte Bren erschrocken. Er bewegte sich so heftig, dass sich die Seitenwunde mit beißendem Schmerz bemerkbar machte.

»Mich und jeden, der eine Verbindung zur Welt der Schatten hat.«

»Auch Velon und Gadior? Unmöglich kann ich zulassen, dass einem von Euch etwas zustößt!«

Sie lächelte. »Ein Krieger bis zum Grund deines Herzens, nicht wahr? Aber es gibt einen Weg. Wenn wir ruhen, unser Körper in Stasis liegt und unser Verstand nur schwach mit der greifbaren Welt verbunden ist, wird uns die Erschütterung nicht erreichen. Diese Kammer hier ist die sicherste in der Feuerburg. Hierher können Velon, Gadior und ich uns zurückziehen. Doch wir können nicht gegen die Königin kämpfen.«

Bren nahm den Morgenstern von seiner Schulter. »Dann wird diese Ehre mir gehören.«

Grundsätzlich hätte Alenias dämonische Wesenheiten beschwören können, um Bren im Kampf gegen die Chaque zu unterstützen. Es hätte ihm sogar leichterfallen mögen als an anderen Orten, weil in Tamiod die Grenze zum Nebelland außergewöhnlich brüchig war. Aber dazu hätte der Fayé ein Ritual wirken müssen, das einige Stunden in Anspruch genommen und vor allem menschliche Opfer erfordert hätte. Da mit Ausnahme von Kiretta alle Piraten in Blutstein zurückgeblieben waren,

waren Brens Krieger die einzigen Menschen in der Feuerburg, und sie alle hatten sich in den vergangenen Wochen zu sehr verdient gemacht, um ein solches Ende zu finden. Bren bezweifelte, dass die Osadroi ebensolche Skrupel hatten, aber sie wussten, dass man die Krieger auf dem wochenlangen Rückweg noch bräuchte. Jedenfalls hatte Bren den Gedanken verworfen, Alenias um Hilfe zu bitten. Ihm wäre ohnehin nicht wohl dabei gewesen. Der Fayé verjüngte sich nicht mehr so rasch wie unmittelbar hinter dem Seelennebel, aber der Prozess schritt weiter fort. Je vitaler er wurde, desto offensichtlicher wurde für Bren, dass er etwas verbarg. Er war zu klug, um weiterhin ständig von Umkehr zu sprechen, und nun, da sie Lisanne gefunden hatten, konnte er sich ohnehin gewiss sein, dass das Ziel aller in der gleichen Richtung lag, nämlich westlich des Seelennebels. Aber Bren bemerkte, dass Alenias trotz seines Geistes, der wieder regen Anteil an seiner Umgebung nahm, noch immer den Kontakt zu den Ondriern mied. Mit den Seeräubern dagegen hatte er bei ihrem Aufbruch aus Blutstein sogar gescherzt. Er hatte den Seelennebel befahren, auf den er seine Hoffnung gesetzt hatte. Irgendetwas hatte er dort gefunden, vielleicht sogar das Neue, das seinem Leben Sinn gab. Dass dieser Sinn im Nachtschattenwald zu verwirklichen war, leuchtete Bren noch ein. Damit war ihm auch klar, dass den Ondriern, die keine Fayé waren, darin keine Rolle zukam. Aber dass Alenias sie mied, mochte bedeuten, dass, was immer jetzt sein Sehnen war, nicht die Billigung der Schattenherren gefunden hätte. Darum war Bren froh, dass Alenias mit den Truppen vor der Kammer des Paladins blieb, statt gemeinsam mit den Osadroi in ihrem Inneren zu warten.

Als Zeichen besonderer Gunst hatte Lisanne Bren einen Kampfschild überlassen. Zunächst hatte er Bedenken gehabt, weil er den eigenen gewohnt war, sein Gewicht exakt bewegen konnte, ohne bewusst darüber nachzudenken. Aber Lisannes Schild war größer, was auf einem langen Marsch oder beim

Kampf zu Pferd hinderlich gewesen wäre, sich nun aber günstig auswirkte, da er direkt in den Kampf ging. Er war tropfenförmig und deckte ihn vom Hals bis unter das Knie. Lisannes Wappen war eine Katze, die meist elegant schreitend dargestellt wurde. Hier aber fauchte ihr Haupt dem Gegner mit spitzen Zähnen entgegen, während es durch einen Ring aus Feuer brach – im Wortsinne, denn Flammen loderten aus dem Schild. Sie mussten ihre Nahrung aus einer anderen Wirklichkeit ziehen.

Mit einem Pfiff rief Bren Sutor an seine Seite. Der Hund spürte die Anspannung seines Herrn. Er hatte die Lefzen zurückgezogen, Speichel troff hinunter, als er sich mit gesenktem Kopf näherte. Bren warf einen letzten Blick auf seine Krieger. Sie waren auf der sich über einen Abgrund spannenden Brücke postiert, die vor der Flammentür endete, und an taktischen Punkten der drei Räume, durch die man diese Brücke erreichen konnte. Wer immer sie überqueren wollte, würde sich nicht nur einer drei Reihen tiefen Formation entschlossener Schwertkämpfer gegenübersehen, sondern auch im Schussfeld mehrerer Armbrüste stehen.

Bren nickte ihnen zu und machte sich auf den Weg. Lisanne hatte ihm beschrieben, wie er die Chaque-Königin fände. Er müsste so tief wie möglich in den Berg hinabsteigen und dann einen runden Raum exakt im Zentrum finden. Zusätzliche Zuversicht gewann er durch das Leinentuch, das Lisanne ihm mitgegeben hatte. Es war mit einem Sekret getränkt, das die Königin absonderte, wenn sie ihre Eier legte. Die darin enthaltene Witterung wäre stark genug, um Sutor auf die Fährte zu setzen.

Kiretta sprang von einer Balustrade herab und landete federnd neben ihm. »Was glaubt Ihr, wohin Ihr so allein geht, Bren Stonner?«

»Ich bin nicht allein«, sagte er. »Sutor begleitet mich.«

»Und ich werde es auch tun.«

»Davon weiß ich nichts.«

»Dann ist ja gut, dass ich es Euch jetzt mitgeteilt habe.« Sie grinste.

Er setzte seinen Weg fort. »Mein Vorteil besteht darin, nicht aufzufallen. Ich will niemanden bei mir haben.«

»Oh, ich werde Euch nicht behindern. Und ich denke, Euer Schuppenpanzer macht mehr Lärm als das Leder meines Hemds.«

»Er bietet den Säbeln der Chaque auch mehr Widerstand.«

»Seid Ihr besorgt um mich?«, fragte sie kokett und hob dabei ihren messerscharfen Haken, als wolle sie sich damit eine ihrer roten Locken aus dem Gesicht streichen.

»Ihr benehmt Euch albern.«

»Mag sein. Aber Ihr könnt unmöglich glauben, dass ich zur Gardistin tauge. Erst recht nicht für ein paar Leichen, die nicht begreifen wollen, dass sie tot sind.«

Er bedachte sie mit einem finsteren Blick.

Kiretta seufzte. »Bren, Ihr habt mir zweimal das Leben gerettet und mich zur Kapitänin gemacht. Ich will nicht in Eurer Schuld stehen.«

»Eine Ansicht, die mir nicht zu einer Piratin passen will, die fraglos erntet, wo sie nicht gesät hat. Aber wenn es Euch beruhigt – auf der Pyramide habt Ihr mir alles zurückgezahlt, was Ihr mir geschuldet haben mögt.«

Ihre flache Hand kam so überraschend heran, dass sie ihn beinahe im Gesicht getroffen hätte. Nur seine jahrelange Erfahrung ermöglichte ihm ein schnelles Abducken, sodass sie gegen den Schild schlug.

Sie schrie auf, wohl mehr vor Überraschung als vor Schmerz. Die Flammen entzündeten das Hemd, dessen feine Spitze unter dem Lederärmel hervorschoss. Hastig drückte sie es an ihrem Bauch aus.

»Sutor!«, rief Bren, um den Hund zurückzuhalten, der den Angriff ahnden wollte. Knurrend und mit aufgestelltem Nackenhaar verharrte er. Bren senkte den Schild. Er lag gut am Arm, und der Griff der linken Hand war fest. Der Schnitt aus dem letzten Kampf war nicht tief gewesen und der Verband unter dem Handschuh war sorgfältig gewickelt.

Kiretta funkelte Bren zornig an. »Ich bin keine von denen, die mit ihrem Körper bezahlen! Ich wollte Euch, und ich nahm mir, was ich wollte! Merkt Euch das!«

Er zuckte mit den Schultern. »Für derlei habe ich keine Zeit. Wenn Ihr Euch nicht abbringen lassen wollt, dann kommt mit. Aber erwartet nicht, dass ich Rücksicht auf Euch nehmen werde. Ich mache es auf meine Art.«

»Von mir aus. Ich werde mich zügeln, um Euch noch ein paar Gegner übrig zu lassen.«

Er stutzte, dann musste er lachen. Sie stimmte ein.

Die Chaque begegneten ihnen mit Gleichgültigkeit. Sie gingen vollständig in ihren Tätigkeiten auf, die vorwiegend mit der Reinigung aller Konstruktionen in der Feuerburg zu tun hatten. Auf dem Weg abwärts passierten sie auch eine Schmiede, in der einige Chaque, ebenfalls kleinere Vertreter ihres Volkes, die gezackten Säbel hämmerten. Ihre Esse war ein Becken im Gestein, das weiß glühendes Magma enthielt, über dem die Luft flimmerte. Andere tauschten Wandteppiche in einer gebogenen Halle aus. Sie verrichteten die Arbeiten wie Schweigemönche.

»Am besten versuchen wir gar nicht, ihnen auszuweichen«, schlug Kiretta vor. »So halten wir es auch, wenn wir eine Stadt auskundschaften. Wachen suchen nach Leuten, die etwas verbergen wollen. Ihr habt Lisannes Wappen auf dem Schild. Die Chaque wissen nichts von ihrer Feindschaft, also müssen sie annehmen, dass es einen Grund für unser Hiersein gibt.«

Bren nickte. »Ich glaube auch, dass Lisanne uns hilft. Sie ist der Verstand des Schwarms, auf einer gewissen Ebene jedenfalls. Jeder Chaque denkt für sich, aber in einem Kampf etwa werden sie immer von einem Menschen geführt. Neue Situationen scheinen sie schlecht beurteilen zu können. Jetzt liegt Lisanne in Stasis, das wird die Trägheit ihrer Geschöpfe verstärken.«

Sie behielten recht. Anspannung und Vorsicht verhinderten ein Gespräch, aber in der Stunde, die sie für den Abstieg brauchten, wurden sie nicht aufgehalten. Dennoch kamen sie schwerer vorwärts. Die Architektur wandelte sich, entsprach immer weniger menschlichen Bedürfnissen. Rote Adern, wie Bren sie schon in der Kammer gesehen hatte, in der die Chaque die Köpfe der Kiste entnommen hatten, zogen sich in zunehmender Zahl an Wänden entlang, legten sich über den Boden und wanden sich um Brücken. Das Gestein war hier weniger sorgfältig bearbeitet, nahe am Boden war es roh zurechtgehauener Basalt. Auch hier trieben Feuergeister in der Luft, aber kunstvolle Flammenskulpturen an den Wänden fehlten, und an manchen Stellen waren die Wesenheiten so selten, dass Bren froh um das Licht war, das von seinem brennenden Schild ausging.

»Keine Treppen mehr«, stellte Kiretta fest.

Bren verstand nicht, was sie in ihm sah. Er glaubte keinen Moment daran, dass sie einer Vorstellung von Ehre anhing, die das Abtragen einer Dankesschuld einforderte. Hatte sie sich in ihn verliebt? Hatte er ihr Anlass dazu gegeben?

Spielte das jetzt und hier eine Rolle?

Er zog das Tuch aus dem Gürtel, das er von Lisanne erhalten hatte, und drückte es gegen Sutors Nase. Es war nicht das erste Mal, dass er den Hund als Fährtensucher einsetzte. Das Tier wusste, was es zu tun hatte.

Sutor lief einen Kreis, stieg über Knäuel der sich wie Äste windenden Adern. Nach einer Weile hielt er inne, schnüffelte intensiver, ruckte mit dem Kopf hin und her. Er führte die Nase über den Boden, an den Adern entlang, hob dann den Kopf, witterte wieder. Er knurrte.

»Such!«, befahl Bren.

Sutor lief voran, so schnell, dass seine menschlichen Begleiter Schwierigkeiten hatten, Schritt zu halten. Der Boden war uneben wie felsiger Talgrund. In den Wänden fanden sich viele Nischen, in einigen davon schliefen Chaque.

Sutor schlug an. Sein Bellen hallte in dem Raum wider, in den er gerannt war. Er stellte zwei kleine Chaque, die ein graues Ei trugen, das halb so groß war wie sie selbst. Hier gab es nur wenige schwebende Feuer, sodass sich die Sicht in Schatten verlor. Dennoch sah Bren feuchten Schleim von dem Ei tropfen.

Hier waren sie nicht wohlgelitten. Die Chaque zischten sie aufgeregt an, wenn sie sich auch nicht bewegten, weil sie das Ei nicht loslassen wollten.

»Jetzt gilt es!«, rief Bren und schmetterte dem Ersten die Stachelkugel in den Schädel.

Kiretta brauchte nicht viel länger, um mit einem aufwärtsgeführten Hieb den Körperpanzer des Zweiten zu spalten.

Das Zischen verstummte, das Ei fiel zwischen den Zusammenbrechenden zu Boden und gab ein anklagendes Knacken von sich.

Der Raum war nicht groß, höchstens zehn Schritt im Durchmesser, aber ausgesprochen uneben. Boden und Wände waren aus wabenartigen Strukturen geformt. Drei Feuerräder drehten sich still etwa in Kopfhöhe, zu klein, um alles auszuleuchten.

Bren zog Sutor am Halsband von dem Ei fort und in die Mitte des Raums. »Such! Irgendwo muss es weitergehen! Hier muss noch ein Ausgang sein!«

Kiretta betastete das Ei. Angewidert sah sie ihre Hand an. »Es ist ganz warm!«, sagte sie.

»Wenn wir Glück haben, wurde es gerade erst gelegt. Dann ist die Königin nicht weit!«

Sutor drehte sich in einem so engen Kreis, als wolle er seinen eigenen Schwanz erhaschen. Er heulte wie ein Wolf.

»Wir haben nicht viel Zeit!«, rief Kiretta. »Ich höre schwere Schritte kommen!«

Bren vernahm sie auch, und dazu das Summen der Flügel, die den Sprüngen der Chaque-Krieger Weite gaben.

»Wo ist sie, verdammt?«, rief Bren. »Lisanne sprach von einem runden Raum! Wir sind an der richtigen Stelle!«

»Vielleicht ist sie gerade nicht zu Hause?« Die Anspannung, mit der Kiretta den Säbel hielt, passte nicht zu ihren lockeren Worten. Sie wusste, dass die Krieger der Chaque ungleich härtere Gegner waren als die Arbeiter, die sie so leicht überwunden hatten.

Etwas tropfte auf Brens Schulter.

Er trat zur Seite.

Wieder kam etwas Zähflüssiges herunter, traf neben ihm auf den Boden.

Bren hob den Schild und betrachtete etwas Monströses, das an der Decke hing wie eine Gewitterwolke. Er brauchte einen Moment, um zu erkennen, was die jetzt lang zuckenden Flammen anleuchteten. Zu fremd waren die Formen des Körpers. Der Unterleib war geschwollen wie ein schwarzes Segel, das von einer Brise gebläht wurde. Er war in mehrere überlappende Segmente eingeteilt, die sich gegeneinander verschoben, weil ein Zittern den Körper durchlief. Verglichen mit dem Unterleib war der Rumpf lächerlich klein, etwa wie bei einem kräftigen Menschen. Die Facettenaugen nahmen nur einen winzigen Anteil des Kopfs ein, die Kiefer waren verkümmert. Arme und Beine der Königin verschwanden in der Dunkelheit über ihr, wo sie sich mit ihnen festhalten mochte.

Bren schüttelte den Schild ab. Er legte ihn so, dass sein Flammenwappen oben lag, damit es möglichst viel ausleuchtete. Sutor kläffte in einem fort, als Bren die Wand erkletterte.

Kiretta nahm ihren Säbel zwischen die Zähne und machte sich ebenfalls an den Aufstieg.

Die Königin schien nun zu begreifen, was ihr drohte. Sie zischte, ein Laut, der in ein helles Kreischen überging, als Bren den Morgenstern in ihren Unterleib schmetterte.

Durch den einzigen Zugang drangen Chaque-Krieger ein. Von Blutrausch erfüllt stellte sich Sutor ihnen entgegen. Den Ersten sprang er mit solcher Wucht an, dass er ihn umwarf. Die anderen kamen die Wände hoch, um ihrer Königin zur Hilfe zu eilen. Ihre harten Glieder knackten auf dem Stein.

Noch einmal schlug Bren zu, aber Kiretta hatte die bessere Position. Sie konnte mit ihrem Säbel den Rumpf erreichen. Ihr Stich war jedoch zu kraftlos geführt und glitt am Hautpanzer ab.

Die Königin gurgelte. Dann spie sie eine Wolke gelben Nebels in Kirettas Gesicht. Bren konnte nicht erkennen, was genau geschah, aber er hörte Kiretta husten. Er stieg etwas höher in die Wand, fasste den Stab am äußersten Ende und schlug einen weiten Schwinger. Mit voller Wucht traf die Kugel eines der Beine, mit dem sich die Königin an der Decke festkrallte.

Kreischend verlor sie den Halt. Kurz hing sie noch an zwei Gliedern, die das Gewicht aber nicht halten konnten. Dann fiel sie. Die Wände bebten, als sie aufschlug. Kiretta rutschte ab.

Die Chaque-Krieger sprangen mit surrenden Flügeln herab, um die Königin zu schützen, auf die sich jetzt Sutor mit weit aufgerissenen Fängen stürzte. Der Hund hatte einmal ein Pferd niedergerungen, aber dieser Gegner war noch größer.

Die Königin lag auf dem Rücken und strampelte mit ihren unverletzten Gliedern. Bren konnte sich nicht vorstellen, dass sie sich aus eigener Kraft fortbewegen konnte, wahrscheinlich wurde sie von einem Dutzend Arbeiter getragen. Sie war etwa so groß wie die Kutsche, in der die Osadroi reisten. Mehr als zwei Drittel dieser gewaltigen Masse machte der Unterleib aus, der in einer Öffnung auslief, durch die wohl die Eier gelegt wurden. In ihrem Eitergelb war dies die hellste Stelle des ansonsten schwarzen Körpers, der bläulich schimmerte, wo Licht auf ihn traf. Die Facettenaugen dagegen wirkten, als ob Kohlen in ihnen glühten. Wie hundert kleine, verrauchte Spiegel warfen sie die Flammen zurück, die aus Brens Kampfschild loderten. Die vergleichsweise kleinen Kiefer schnappten, während sich der Kopf viel weiter drehte, als dies bei einem Menschen möglich gewesen wäre. Dabei flogen Speichelflocken aus dem Maul der Königin, von blubbernden Geräuschen begleitet.

Kiretta rutschte direkt neben den Kopf der Gegnerin. Sie hatte den Säbel verloren, also benutzte sie ihren Haken, den sie tief in ein Auge schlug.

Wieder spuckte die Königin eine gelbe Wolke aus. Kiretta hustete, während sie auf den Leib der Gegnerin trat und den Haken in das andere Auge hackte.

Drei Chaque-Krieger umringten Sutor, nur einer sprang zu Kiretta. Sie waren wirklich nicht sonderlich klug, konnten das Ausmaß der Gefahr, die von den jeweiligen Angriffen ausging, nicht abschätzen. Dennoch war der eine Krieger genug, um Kiretta gefährlich zu werden, die offensichtlich Schwierigkeiten hatte, bei Bewusstsein zu bleiben.

Noch einmal sah Bren auf die drei Chaque, die Sutor einkreisten. »Die Schatten über euch!«, fluchte er. Das letzte Stück zum Boden sprang er. Er zog seinen Dolch, sodass er zwei Waffen führte, als er Kiretta zur Hilfe kam. »Stirb!«, schrie er, um die Aufmerksamkeit des Kriegers zu erlangen.

Der ließ sich jedoch nicht ablenken. Er führte einen Hieb gegen Kiretta. Gerade noch fing sie ihn mit dem Haken ab. Der gelbe Nebel aus dem Mund der Königin hatte sie so geschwächt, dass sie die Waffe nicht vollständig abhalten konnte. Die gezackte Klinge zerschnitt ihr Lederhemd. Bren brüllte unartikuliert und schmetterte den Morgenstern auf die Schulter des Insekts.

Das verschaffte ihm endlich die Aufmerksamkeit. Der Chaque sah aus wie jemand, der eine schwere Last auf einer Seite trug, als er sich umwandte. Bren gab ihm keine Gelegenheit, sich auf ihn einzustellen. Er stach den Dolch aufwärts, spießte ihn bis zum Heft zwischen den Kiefern hindurch in den Schädel.

Sutor jaulte.

Bren wirbelte herum. Einem der drei Gegner hatten die Fänge ein Bein zermalmt, aber jetzt war es um den Hund geschehen. Ein Säbel riss ihm den Muskel aus dem rechten Hinterlauf.

Bren knirschte mit den Zähnen, als er den Dolch aus dem toten Chaque zog. Er zog sich auf die Brust der Königin, eine Wölbung von den Ausmaßen eines Weinfasses. Da waren weder Haut noch Fleisch, die hätten nachgeben können. Es fühlte sich an, als hätte er einen Eisenharnisch unter sich. Eitergelbe Flüssigkeit rann aus den von Kirettas Haken zerfetzten Augen. Bren musste sich überwinden, als er unter die schnappenden Kiefer griff, um den Kopf zurückzudrücken. Der Hals war kaum dicker als ein Handgelenk. Wohl deswegen waren die Muskeln so schwach, dass Bren in einem Arm genug Kraft hatte, um sich gegen sie durchzusetzen und den Weg für seine Waffe zu erzwingen. Er benutze den Dolch wie ein Schlachtermesser, mit dem man einen Knochen zerteilte.

Das Strampeln der königlichen Glieder endete, sie falteten sich auf dem Körper zusammen. Bren fühlte sich wie eine Fliege, um die sich eine fleischfressende Pflanze schloss. Aber die Glieder hatten keine Kraft mehr. Mühelos konnte Bren sich befreien und von der Brust rutschen.

Die verbliebenen Chaque schienen von einem Augenblick auf den anderen zu vergessen, was sie hier taten. Sie stolperten durch den Raum, ohne den erbärmlich jaulenden Sutor zu beachten. Vor der Tür stießen sie zusammen. Einer der beiden schlug daraufhin mit seinen Säbeln zu und hackte dem anderen den Kopf ab, bevor er hinausging.

Kiretta fand in einen schwankenden Stand. »Haben wir gesiegt?«, fragte sie.

Bren ging um den toten Riesenkörper herum. Eines war noch zu tun.

Er kniete sich neben Sutor. Winselnd legte der Hund den Kopf auf seine Oberschenkel. Den Hinterleib konnte das Tier nicht mehr bewegen. Bren griff in sein Fell, kraulte seine Brust, den Hals.

Kiretta kam zu ihnen, hockte sich hin. Jetzt wehrte sich Sutor nicht mehr dagegen, dass sie ihn streichelte. »Ich weiß, Ihr habt ihn als Welpen aufgezogen«, flüsterte sie.

Bren blinzelte. Er wollte nicht, dass sie seine Tränen sähe. Wenn man einen Hund aufzog, ihn nährte und für ihn sorgte, war er einem treu bis ans Ende. Hunde waren so viel besser als Menschen.

»Wir sollten ihn sofort verbinden. Wir können ihn abwechselnd tragen.«

Und dann?, dachte Bren. Magie war eine Kraft der Zerstörung, nicht des Heilens. Weder die Osadroi noch Alenias hätten Sutor helfen können, selbst wenn sie es gewollt hätten. Der anstrengende Weg nach Blutstein, zur Küste, durch den Seelennebel, über das Meer der Erinnerung … Selbst wenn sich die Wunde nicht entzündete, wäre Sutor ein Krüppel, und er hätte immer Schmerzen.

Bren kraulte noch einmal den Hals, umfasste dann die Schnauze, zärtlicher, als er je eine Frau berührt hatte, und zog den Kopf nach hinten. Sutor ließ es geschehen. Er vertraute ihm bis zuletzt.

Die Dolchklinge war lang genug, um das Herz zu erreichen, als er sie in die Brust stieß.

»Wir haben getan, wozu wir gekommen sind. Gehen wir.«

»Nur noch ein paar Stunden bis zur Küste«, stellte Bren fest.

Von Blutsteins Pyramide aus war der Verfall deutlich zu erkennen. Die Leuchtpflanzen, die Tamiod über Jahrzehnte in ihre kalte Helligkeit getaucht hatten, faulten. Ihr Gestank lag in der Luft wie bei einem Acker, der mit Gülle getränkt war. Selbst hier oben konnte man ihn riechen. Noch waren sie nicht vollständig erloschen, aber ihre Blätter lagen schlaff am Boden, glommen nur noch wie ein Docht, dem das Wachs ausging. So dunkel war die Stadt lange nicht gewesen. Aber war die Stunde vor der Morgendämmerung nicht auch in Ondrien finster? In manchen Tempeln fanden zu dieser Zeit besondere Andachten statt, in denen Seelenbrecher die Kraft der Schatten priesen und ihr erneutes Erstarken für die Zeit prophezeiten, wenn die Sonne wieder unter den Horizont sänke.

»So endet es also«, sagte Goran.

Kopflos schwärmten die Chaque durch die Gassen. Hier oben hatten sie den Aufbau eingerissen, der ihm als Residenzsaal gedient hatte. Sie befolgten keine Befehle mehr. Niemand wusste, was in ihren Gedanken vorging, aber dass sie in Aufruhr waren, war offensichtlich. Am besten ging man ihnen aus dem Weg. Wer ihnen zu nahe kam, konnte unvermittelt angegriffen werden, ob er ein Edler, ein Kind oder ein anderer Chaque war.

»Ja«, sagte Velon. »Jetzt und hier endet Euer Traum.« Er wandte sich Goran zu. Gemeinsam mit Bren und Lisanne, die in ihrer erhabenen Unbewegtheit einem vollkommenen Marmorbildnis glich, standen sie zwischen den Trümmern auf der Pyramide. Kiretta war mit einigen ihrer Leute ins Innere gestiegen, sie suchte nach Ribunns Rebellen, die angeblich gefangen und dort eingekerkert worden waren und zu denen sie eine gewisse Verbundenheit verspürte, wohl wegen ihrer Freiheitsliebe.

Velon sah Goran an. »Auch Ihr müsst nun enden.«

Die Augen in dem kindlichen Gesicht blinzelten.

Velon verbeugte sich auf Lisanne hin. »Schattenherzogin, wenn Ihr Euch den SCHATTENKÖNIG gewogen halten wollt, ist es nicht klug, IHN von der Erschaffung einiger Osadroi gegen SEINEN Willen wissen zu lassen.«

Sie drehte Velon das Gesicht zu.

Jede ihrer Bewegung löste in Bren das Verlangen aus, niederzuknien und ihr zu Diensten zu sein. Es war nicht mehr so stark wie in der Feuerburg, aber weit mehr als Einbildung.

»Goran ist mein Kind«, sagte sie.

Bren ertappte sich dabei, dass er sich schützend vor Blutsteins König stellen wollte.

»Er hat länger gelebt als andere Kinder«, versetzte Velon ungerührt.

»He!«, protestierte Goran. »Wieso redet Ihr über mich, als sei ich nicht hier? Sprecht mit mir!«

»Wäre nicht meine Ergebenheit zur Schattenherzogin«, sagte Velon mit einer Sanftheit in der Stimme, wie sie ein samtenes Dolchfutteral besaß, »Ihr hättet den Abmarsch aus der Feuerburg nicht mehr erlebt.«

Lisanne sah wieder hinunter. Dort unten standen die Schattenrosse, an ihren brennenden Augen gut zu erkennen, hinter ihnen die geschlossene Kutsche, in der nicht nur Gadior ruhte, den eine starke Müdigkeit überkommen hatte. Auch Helions Sarkophag war darin, ein schwerer, aus Stein geschnittener Behälter. Niemand hatte zu klagen gewagt, als sie ihn hineingewuchtet hatten.

»Ich habe der Traumgöttin stets gut gedient!«, rief Goran.

»Es gibt keine Traumgöttin mehr. Lisanne ist jetzt wieder eine Schattenherzogin.«

Noch trägt sie ihre Krone nicht, dachte Bren. Er spürte das Gewicht des Flammenschilds, den sie ihm gegeben hatte, auf seinem Rücken. Es war ihm angenehm.

Goran sah Hilfe suchend zu Lisanne, die aber kein Interesse mehr für ihre Umgebung zeigte und ungerührt nach Westen blickte.

»In Ondrien wärt Ihr niemals erwählt worden«, erläuterte Velon. »Hier wart Ihr nützliche Werkzeuge, Euer Bruder und Ihr, aber in Ondrien sind Osadroi keine Diener, sondern Herren. Wer über die Schatten gebietet, gehört zu den Meistern, die die Welt formen.«

»Ich bin ein König!« Gorans Stimme kippte.

Velon lächelte dünn. »Glaubt Ihr das selbst? So viele Jahre in der Unsterblichkeit, und noch immer seht Ihr nicht hinter den Schein?«

»Ich bin ein König«, wiederholte Goran ruhiger.

»Wenn das so ist, dann zeigt mir das Heer, das Eurem Befehl folgt.«

Goran setzte an, brachte aber kein Wort heraus und schloss den Mund wieder.

»Schon bevor sie den Verstand verloren, waren die Chaque nicht Euch ergeben. Bren berichtete mir von Eurem Versuch, ihn gegen Nachtstein zu schicken, weil die Chaque Euch nicht gehorchten. Sie hielten Euch bei Laune, das mag sein. Aber in Wirklichkeit kannten sie nur eine Herrin. Die einzige echte Osadra von Tamiod.«

»Sie waren mir unterstellt!«

Velon lachte leise. »Nur, damit das Volk seine Aufmerksamkeit auf Euch richtete. Weil die Schattenherzogin geruhte, in der Feuerburg ungestört zu bleiben. Erkennt Ihr denn nicht, dass Euer einziger Daseinszweck darin bestand, die Träume lebendig zu halten? Die Schrecken Eurer Chaque für die Ängste, die Annehmlichkeiten Eurer Edlen für die Sehnsüchte. Alle Untertanen fürchteten das eine und begehrten das andere. Wenn sie träumten, dann fühlten sie, und sie richteten ihre Gefühle auf diejenige, die ihnen alles gab, das Gute und das Böse, die Traumgöttin, Lisanne. Das war die Brücke, über die die Essenz ging.« Er trat einen Schritt näher zu Goran. »Diese Brücke wird nicht länger gebraucht.«

Goran lachte unsicher. »Ihr werdet mich nicht töten! Das wagt Ihr nicht! Ich bin der Sohn der Traumgöttin!«

»Ein interessanter Gedanke, aber Osadroi haben keine Kinder. Nicht so wie Menschen. Ihr seht ihr auch nicht ähnlich.

Mag sein, dass Ihr Euch nicht an Eure Eltern erinnert, Ihr müsst jung gewesen sein und das bisschen Gedächtnis, was in Eurem Verstand war, ließ sich bestimmt leicht heraustrennen. Das machte Euch noch loyaler.«

»Loyal! So ist es! Ich war immer loyal! Wenn Ihr Lisanne liebt, dürft Ihr mir nichts antun! Ich werde mit Euch kommen in dieses Land, wo die Sonne scheint!«

»Einen merkwürdigeren Begriff für Ondrien habe ich noch nie gehört«, sagte Bren. »Und wenn ich mich nicht täusche, wird auch hier bald die Zeit der immerwährenden Nacht enden.«

Ein Schaudern fuhr über Brens Rücken, als Lisanne sprach. Die Perfektion ihrer Stimme ließ ihn Scham ob der Unvollkommenheit der eigenen empfinden. »O ja, die Sonne wird sich zurückholen, was ihr so lange verwehrt blieb. Der Taktschlag von Tag und Nacht wird wieder einsetzen, und sie wird heißer brennen, als sie es jemals zuvor tat. Tamiod wird eine Wüste werden. Vielleicht wird die Spitze dieser Pyramide noch aus dem Sand ragen, aber niemand wird mehr hier sein, um sie zu sehen.«

Goran machte einige Schritte auf Lisanne zu, wie ein Hund, der zu seiner Herrin wollte, aber fürchtete, geprügelt zu werden. Sie hatte sich nicht umgewandt, als sie gesprochen hatte, sah noch immer nach Westen.

Velon trat nun nah an Goran heran. »Ihr seid eine Beleidigung für unsere Art. Wer Euch erblickt, wird über uns lachen. Das wäre ein Ärgernis. Was also sollten wir mit Euch anfangen in Ondrien? Euch in einen Kerker werfen?«

»Das wagt Ihr nicht!«, rief Goran, machte aber einige Schritte rückwärts, bis er gegen Bren stieß. Bren fasste seine Schultern.

»Ihr werdet mich nicht anrühren.« Es klang beschwörend, wie Goran das sagte. »Ihr wollt die Traumgöttin nicht beleidigen. Ich dagegen …«

Goran rammte den Ellbogen mit viel mehr Kraft zurück, als Bren erwartet hatte. Schmerz brannte durch Brens Oberschenkelmuskel. Er löste den Griff. *So oder so – er ist ein Osadro. Er besitzt Schnelligkeit und Kraft der Unsterblichen.*

Mit einem unartikulierten Schrei sprang Goran vor.

Bren rieb seinen Schenkel, um ihn wieder geschmeidig zu machen. Ihm fehlten die Sinne, um die Magie, die Velon und Goran aufeinanderschleuderten, vollständig erfassen zu können. Er nahm sie als finsteres Wabern wahr, dunkler als das Schwarz der Nacht. Wie eine Korona legte es sich erst um Gorans Kopf, dann um Velons, der grausam lächelte, als er die Arme ausbreitete. Wegen des Umhangs wirkte er wie eine riesige Fledermaus, die die Schwingen entfaltete. Der Eindruck verstärkte sich, als sich die Finsternis vom Haupt zu den Händen ausbreitete.

Goran und er hielten einige Schritt Abstand zueinander, während sie sich umkreisten. Lisanne stand noch immer unbewegt, lediglich wenige Zoll hatte sie den Kopf gedreht, als wolle sie den beiden ihr Ohr leihen.

Es war ein ungleicher Kampf. Goran hatte nie echte Gegner kennengelernt. Velon schleuderte etwas gegen seine Brust, wie eine finstere Flammenzunge.

Goran brach stöhnend in die Knie.

Velons Finger krampften sich zu Klauen, als er näher kam. Sein Gesicht verzerrte sich zu einer Fratze des Hasses. »Ja!«, zischte er. »Zeig mir deinen kümmerlichen Verstand, du unreifes Blag! Gib mir alles davon!« Mit schnellen Schritten war er bei ihm, schlug ihm die Krallen in den Kopf.

Goran schrie, als Velon die Daumen in seine Augen presste. Bren war froh über die Finsternis, die um die Hände wallte und so den Blick auf die Zerstörung verhüllte, die die Fingernägel anrichten mussten.

»Gib mir alles!«, quetschte Velon zwischen den Zähnen hervor. »Jetzt erkennst du die Macht der Schatten! Lerne, was Schmerz ist! Das Kinderspiel ist aus!«

Lisanne schien nicht abgestoßen von dem Schauspiel. Voller Würde schritt sie darauf zu. Eine Weile sah sie es sich an, bevor sie seufzte: »Genug, Velon. Keine Kindereien mehr.«

Der Schattenfürst schien den Schädel seines wimmernden Opfers auseinanderreißen zu wollen, besann sich dann aber. Der Zorn erstarrte auf seinem Gesicht, als er zurücktrat.

Gorans Augen waren Wunden, aus denen schwarzes Blut über die runden Wangen lief. Bren hatte zu viele Verletzungen gesehen, als dass diese seinem Magen Probleme bereitet hätte, obwohl sie zu den schlimmeren gehörte. Man sah ständig anderen Menschen ins Gesicht, deswegen hatte man eine genaue Vorstellung davon, wie es aussehen musste. Eine Verletzung wie diese kam einem besonders falsch vor, mehr, als es bei einem verkrüppelten Glied der Fall war.

Lisanne strich über Gorans Hinterkopf. »Du warst mir ein guter Sohn.«

Bren wusste, dass ein Schattenherr jede Verletzung heilen konnte, die nicht mit Silber geschlagen war. Wenn Goran Zeit und vor allem Essenz erhielte, würde seine Auseinandersetzung mit Velon keine Spuren hinterlassen.

Kirettas Schritte waren erst zu hören, als sie beinahe bei ihnen angekommen war. Sie kam über die Wendeltreppe, die im Zentrum der Plattform ins Innere der Pyramide führte. Ribunns rechten Arm hatte sie sich über die Schultern gelegt. Wo der linke hätte sein sollen, hingen Fleischfetzen aus der Schulter, baumelten um den gesplitterten Ansatz eines Oberarmknochens. »Sie haben ihn gefressen«, murmelte er in einem fort.

Hinter ihm stiegen weitere Piraten herauf, auch einige Rebellen, die allesamt Spuren von Misshandlungen zeigten, wenn auch nicht so deutlich wie ihr Anführer. Sie alle knieten nieder, niemand vermochte sich der Ausstrahlung der Schattenherzogin zu entziehen.

Lisanne beachtete die Menschen nicht, ihre Aufmerksamkeit war ganz bei Goran. Er atmete heftig, was ungewöhnlich für einen Osadro war. Die Unsterblichen brauchten keine Luft zum Leben, sie verwendeten sie nur, um sie an den Stimmbändern vorbeistreichen zu lassen, wenn sie sprachen. Erinnerte sich sein Körper an die Sterblichkeit?

»Ich gab dir alles an Leben, woran du dich erinnern kannst«, flüsterte Lisanne. »Jetzt fordere ich es zurück.«

Gorans Atem stockte. Er warf den Kopf in den Nacken, riss den Mund weit auf, aber kein Laut fand hinaus. Es war ein absurder Anblick, wie er dort mit zur Seite geworfenen Armen kniete und die Schultern immer weiter nach hinten drückte, während sich seine Hüfte seiner Göttin entgegenreckte, als würde sie mit Gewalt dorthin gezogen. Sein malträtierter Körper hielt den widerstreitenden Kräften nicht stand. Mit trockenem Krachen brach das Rückgrat an mehreren Stellen. Seine Schultern klappten auf sein Gesäß wie die Seiten eines Buchs, das man zuschlug. Bren sah weg. Sein Blick fand Kirettas blaue Augen.

Noch immer murmelte Ribunn vor sich hin, auf den Knien wankend. »Die Chaque haben meinen Arm gefressen. Ich habe es genau gesehen.« In seinen Augen flackerte der Wahnsinn.

»Wie sieht es drinnen aus?«, wollte Bren wissen.

»Sie sind orientierungslos«, sagte Kiretta. »Gehen ein paar Schritte in eine Richtung, wenden sich dann in eine andere. Wenn sie jemals ins Freie finden, dann aus Zufall. Einem Schläfer können die Chaque gefährlich werden, wenn sie in ihn hineinlaufen. Sie hacken auf alles ein, was ihnen zu nahe kommt. Solange man ihnen ausweicht, hat man kaum etwas zu befürchten.«

Er nickte. Ribunns Geist war offensichtlich an einem Ort, an dem ihn niemand erreichen konnte. Bren kannte das von Schlachtfeldern. Bei manchen überlebte nur der Körper, andere hatten auch mit zerschlagenen Armen und abgetrennten Beinen noch einen wachen Geist, der sich nicht brechen ließ und sie zu geehrten Scholaren machte. Solche Veteranen wurden gern vom Kult verpflichtet, um den Gläubigen zu zeigen, wie wahre Hingabe aussah.

Goran hatte sein letztes Opfer gebracht, wenn auch nicht freiwillig. Seine Kleidung war mit dem Klumpen verschmort, zu dem sein Körper geworden war. Nur die Krone hatte der Verformung getrotzt. Alles andere war wie schwarzes Wachs, und es trocknete weiter aus. Bren hätte sich nicht gewundert, wenn Goran binnen kurzer Zeit zu Asche geworden wäre.

Lisanne und Velon sahen sich stumm an. Kein Lächeln, kein Nicken, kein Blinzeln. Velons Gesicht hatte die gewohnte Neutralität zurückgewonnen, mit jenem Hauch Arroganz, der den Zügen der meisten Unsterblichen eigen war.

Ohne ein Wort wandten sie sich zur Treppe und begannen, die Stufen hinunterzusteigen, hinab zu der Stadt der verlöschenden Leuchtpflanzen, die in den Geburtswehen des ersten Tages nach einer langen Nacht lag. Sie nahmen die Treppe auf der Ostseite, jene für die Träume und Nachtmahre. Die Sterblichen folgten den Osadroi.

Einer der Piraten besaß die Kühnheit, Gorans Krone an sich zu nehmen. Kiretta bedachte ihn mit einem strafenden Blick. Er zuckte die Schultern. »Einmal Plünderer, immer Plünderer.« Er probierte die Krone auf, behielt sie dann aber doch lieber in der Hand.

Bis auf Ribunns Nuscheln brachten sie den Abstieg schweigend hinter sich. Vor der Kutsche verharrten sie. Das Gefährt ragte groß und dunkel auf, wie eine Verheißung der Zukunft. »Begleite uns, General«, sagte Lisanne und öffnete die Tür.

»Was, wünscht Ihr, soll wegen der Chaque geschehen?«, fragte Bren, als er den Schild vom Rücken nahm, ihn an die Kutsche lehnte und ihr folgte. Hinter ihnen schloss Velon die Tür.

Lisanne murmelte ein Wort, das an Brens Ohr schmolz wie eine Schneeflocke. Sein Verstand konnte es nicht erfassen, geschweige denn erinnern. Ein grünes Leuchten schien auf, bis es das Innere der Kutsche erfüllte. Helions Sarkophag zwischen den Liegen machte das Gefährt eng. Gadior lag reglos, mit vor der Brust gekreuzten Armen.

»Die Chaque werden vielleicht zu einer neuen Ordnung finden«, sagte Lisanne. »Vielleicht auch nicht. Das Leben ist seltsam und schwierig ohne Königin.« Sie stellte sich an den Sarkophag, während sich Velon und Bren setzten.

»Die Sonne geht auf«, sagte sie. »Ich werde so tief schlafen wie lange nicht mehr.«

»Ich werde persönlich über Euch wachen auf dem Weg zur Küste.«

»Nein«, sagte Velon fest. »Es gibt noch einen Zweiten, der sterben muss.«

Lisanne sah Bren an. Die Gefühllosigkeit in ihrem Blick machte Bren von Neuem deutlich, wie fremd sie war. Keine menschliche Mutter hätte so kalt gegen ihre Kinder sein können. Selbst Brens eigene Mutter hatte ihren Schmerz niederkämpfen müssen, bevor sie ihn weggegeben hatte. Lisanne dagegen schien für den zweiten Bruderkönig etwa das Gleiche zu empfinden wie für eine lästige Schmeißfliege.

»Wenn dies Euer Befehl ist, will ich ihn ausführen«, sagte er. »Aber ich kann Euch nicht schutzlos lassen. Ich werde die Rebellen mit mir nehmen, die wir gerade befreit haben. Meine Krieger werden Euch schützen, die Piraten das Schiff segeln.«

»So soll es sein«, beschloss Lisanne.

Bren erkannte, dass er in den Augen der Osadroi entbehrlich war. In ein paar Jahrzehnten würde er ohnehin sterben, und Menschen gab es viele. Mit Lisanne bei sich würde sie auf dem Heimweg nichts aufhalten. Eine Hybris, die übersah, dass die Osadroi kaum handlungsfähig waren, wenn die Sonne am Himmel stand. Vielleicht hätte er sie überzeugen können, dass ein fähiger Befehlshaber nicht durch irgendeinen beliebigen anderen Krieger zu ersetzen war. Aber das wollte er nicht.

Wenn er Elutan von Nachtstein tötete, wäre das ein Verdienst, das vor dem SCHATTENKÖNIG Erwähnung finden mochte. Zumindest Velon würde es gefallen. Bren brauchte alle Fürsprecher, die er kriegen konnte. In den nächsten Wochen würde er zum Unsterblichen werden. Oder niemals.

»Auch ein General tötet nicht oft einen Osadro«, sagte Velon.

Mit Bitterkeit zog Lisanne die Waffe ihres Geliebten aus der Halterung an dem Sarkophag. Die Klinge leuchtete in dunklem Orange. Drei Osadroi waren in ihrer Nähe, und Magie war gewirkt worden. Das weckte auch altes Blut.

»Helions Mondsilberschwert ist gut dafür«, sagte sie nur.

Grausamkeit, überlegte Bren, war eine genügsame Bestie. Sie war nicht wählerisch, richtete sich im Herzen jedes Menschen ein und fraß vieles, um sich daran zu stärken und zu wachsen. Langeweile konnte sie nähren, Hybris, Machtgier. Herrscher waren oft grausam, wahrscheinlich musste man sogar ein gewisses Maß an Grausamkeit mitbringen, um herrschen zu können. Aber der Wunsch, andere zu quälen, war nicht allein den Fürsten vorbehalten. Auch Untertanen verspürten ihn. Die Niederen hatten nur weniger Gelegenheit, ihre Grausamkeit so auszuleben, dass man sie sah. Der Steinmetz, der jeden Tag von seinem Meister geknechtet wurde, schlug daheim seine Frau. Der kleine Junge fing einen Vogel und rupfte ihm bei lebendigem Leibe die Federn aus, erfreute sich an seinem schmerzerfüllten Gesang. Bren glaubte nicht alles, was der Kult lehrte, aber daran, dass die Schatten im Herzen jedes Menschen wohnten, zweifelte er nicht. Ob man sie stets nähren sollte, das war eine Frage, bei der er mit den Seelenbrechern nicht übereinstimmte. Ein Mann musste seine Gefühle beherrschen, sonst wurde er von ihnen beherrscht und ließ sich von seinem Pfad abbringen. Die Finsternis war stark, es mochte sogar angehen, dass sie die stärkste Kraft überhaupt war. Aber man musste sich ihrer bedienen, statt zu ihrem Spielzeug zu werden.

Den Rebellen, ihr Leben lang unterdrückt, waren solche Überlegungen fremd. Dies war die Stunde ihrer Rache. Lange bevor sie Nachtstein erreichten, hörten sie die Schreie der Gemarterten, und das grimmige Lächeln auf den Gesichtern von Brens Begleitern verriet ihre Einschätzung, dass die Folterinstrumente in neue Hände gewechselt waren. Sie behielten recht.

Nachtstein lag nicht weit entfernt von Blutstein, etwa vier Stunden waren sie marschiert. Es besaß ebenso wenig eine Stadtmauer wie seine Schwesterstadt. Bren spürte Zorn in sich aufsteigen über so viel Unfähigkeit in der Kriegführung, wie sie die Jahrzehnte in Tamiod geprägt haben musste. Jeder Hauptmann im Schwarzen Heer hätte die jeweils andere Stadt vernichten können. Ein Jahr Ausbildung für frisch ausgehobene Truppen, dann ein entschlossener Angriff. Aber der Sieg war ja gar nicht der Zweck gewesen. Den Krieg als solchen hatten Lisanne und die Brüder gewünscht, die Unsicherheit, die Ängste wachhielt, und die Erfolge, die Triumphgefühle anstachelten. Beständige Brücken für die Lebenskraft, die sie den Menschen in ihren Träumen entzogen hatten. Bren hatte studiert, worauf die Macht in verschiedenen Reichen gründete. In Ondrien hing sie von der Nähe zu den Schatten ab, vor allem zu ihrer greifbarsten Verkörperung, dem SCHATTENKÖNIG. In Ilyjia war die gesellschaftliche Etikette wichtig, bei den Fayé die Zugehörigkeit zu einer Fallan, einer Art Sippenverband, den man allerdings auch wechseln konnte. In Bron zählte allein Kraft, in Milir musste man eine lange Ahnenreihe haben und sich zudem mit dem Schwert beweisen. Die Seeräuber von Flutatem hielten die offene Zurschaustellung von Gier und die erfolgreiche Befriedigung derselben in Ehren. Waffenstahl, die Gnade jenseitiger Mächte, Gold – das fand man in verschiedenen Anteilen immer wieder. Tamiod war anders gewesen. Hier hatte alles von der Inspiration abgehangen, der schöpferischen Gedankenkraft und der Fähigkeit, sie gegen die schlafenden Mitbürger einzusetzen. Die Elite der Insel hatte aus Künstlern und Traumlenkern bestanden. Jetzt brach die Zivilisation zusammen, fiel zurück in primitivste Barbarei.

Bren vermutete Elutan in der Pyramide. Sie war das mit Abstand wuchtigste Gebäude, und wenn er seinem verstorbenen Bruder ähnelte, brachte er nicht genug Verstand auf, um zu begreifen, dass seine Welt gerade zu Staub zerfiel und er deswegen besser die Flucht ergriffe.

Zu Brens Verwunderung war die Sonne noch immer nicht aufgegangen. Die Dunkelheit schien hartnäckiger, als selbst Lisanne erwartet hatte. Trotz der verdämmernden Leuchtpflanzen und des bedeckten Himmels war es in Nachtstein hell. Viele Häuser brannten. Für Handlungen ähnlich denen, die ihr Feuerschein offenbarte, hatte Bren bereits Untergebene hinrichten lassen. Sie schürten Unmut unter den Besiegten, waren Garanten für die nächste Rebellion.

Aber das interessierte die Rebellen nicht, und hier, in Tamiod, war es auch nicht Brens Sache, wenn Besiegte bei lebendigem Leibe an Haustüren genagelt wurden, wenn jemand menschliche Ohren auf eine Schnur zog, damit er sie als Kette um den Hals tragen konnte, wenn man Traumlenkern ihre Genitalien zu essen gab, wenn man reiche Nachbarn mit ihrem eigenen Gold fütterte, bis sie daran erstickten. Er ging ungerührt weiter auf die schwarze Pyramide zu. Einige der Rebellen, die mit ihm gekommen waren, übergaben sich, andere schlossen sich den Mordbrennern an. Die meisten folgten ihm. Schließlich hatte er ihnen versprochen, dass sie Zeugen wären, wenn ein König erschlagen würde. So erreichte er mit zwanzig Bewaffneten den Fuß der Treppe.

Nachtsteins Pyramide war aus Basaltblöcken gefügt, bei denen sich niemand die Mühe gemacht hatte, ihre Oberflächen glatt zu schleifen, wie Bren es in der Feuerburg gesehen hatte. Sie waren mannshoch und mit abgekochten Hüftknochen geschmückt. Elutan hatte sich scheinbar mehr für Grausamkeiten erwärmen können als sein Bruder.

Bren wollte gerade den Stiefel auf die erste Stufe setzen, als sich die Erde aufbäumte wie ein Bulle, den eine Wespe stach. Krachend taten sich Risse in den Basaltblöcken auf. Nur mühsam hielt sich Bren auf dem zitternden Boden aufrecht. Ein harter Schlag war es gewesen, wie der Hammer eines Titanen, nach dem der Grund eine Handspanne tief unter ihm weggesackt war. Jetzt folgten schwächere Erschütterungen. Brens Begleiter traf es schlimmer, schreiend brachen sie in die Knie. Ihre Gesichter zeigten Schmerz, nicht bloß Erschrecken. Ein Traumlenker, der schon das Bewusstsein verloren hatte, nachdem man ihn mit beiden Handgelenken an einen stinkenden Baum genagelt und vorher oder nachher die Beine abgeschnitten hatte, sodass er unweigerlich verbluten musste, wenn die schlampigen Verbände endgültig durchnässten, riss die Augen weit auf und schrie so laut, dass er das Donnern der Naturgewalt übertönte.

In dem schwächer werdenden Zittern wich Bren einigen Bruchstücken aus, die von der Pyramide herabpolterten. Er schien der Einzige zu sein, der keine Schmerzen litt. Immerhin fand Ribunn dadurch in die Gegenwart zurück. Er faselte nicht mehr von Chaque, die seinen Arm gefressen hatten, und sein Blick war klar, als er aufstand.

»Was war das?«, fragte Bren.

Zögerlich schüttelte Ribunn den Kopf. »Man hat mir einmal einen Pfeil aus dem Rücken gezogen. Das hier hat sich so ähnlich angefühlt. Aber jetzt ist es weg. Habt Ihr nichts gespürt, Herr?«

Stumm schüttelte Bren den Kopf. In den Gesichtern der anderen Rebellen sah er Verstehen aufkommen und mit diesem auch Furcht. Solchen Regungen durfte ein Anführer keinen Raum zur Entfaltung geben. »Weiter!«, befahl er.

Die Pyramide hatte viele Risse, aber ihre Struktur war noch intakt. Entschlossen schritt er die Treppe hoch. Mit einem Blick zurück sah er, wie sich einige Chaque wieder aufrappelten. Ob auch sie eine innere Pein gelitten hatten oder ob lediglich das Beben sie zu Boden geworfen hatte, konnte er nicht feststellen. Sie taumelten ebenso orientierungslos durch die Straßen wie zuvor.

Beim Aufstieg spürte Bren die Wunde an seiner Seite, die er in der Feuerburg empfangen hatte. Sie war ungefährlich, er glaubte nicht, dass sie sich entzünden würde, aber die Bewegungen beim Erklettern der hohen Stufen ließen den Schorf brechen.

Ribunn tat sich schwer. Mit seiner verbliebenen Hand hielt er sich fest, kletterte mehr einen Hang hinauf, als dass er eine Treppe gestiegen wäre. Aber er beklagte sich nicht.

»Du solltest den Stumpf ausbrennen und verbinden«, sagte Bren mit Blick auf Ribunns Verletzung. Das Blut, das von dem gesplitterten Oberarmknochen tropfte, war beinahe so durchsichtig wie Wasser. Kein gutes Zeichen. Das Wundfieber mochte Ribunns Leben noch fordern.

»Wie Ihr meint, Herr.« Er klang unbeteiligt.

Anders als in Blutstein hatte auf der schwarzen Pyramide offensichtlich ein steinernes Gebäude gestanden. Das Beben hatte nur die untersten Reihen intakt gelassen, alles, was darüber gewesen war, lag nun als Bruchschutt herum. Fratzen mit langen Fangzähnen schmückten die Steine, geflügelte Ungeheuer und krallenbewehrte Monstrositäten. Zwischen den Trümmern entdeckte Bren das, was er erhofft hatte. Ein gähnendes Loch im Boden, das den Zugang ins Innere gewährte. Rauch kräuselte daraus hervor.

Die Gewohnheit ließ Bren ins Leere greifen, bevor er sich besann, dass er diesmal seinen Morgenstern nicht dabeihatte. Er senkte die Hand, bis sie den Griff des Mondsilberschwerts fasste. Der Flammenschild warf zuckende Helligkeit voraus.

Er reagierte auf Brens Anspannung, die Erwartung des baldigen Kampfes. Darin glich er Sutor, der auch jede Stimmungsschwankung seines Herrn erkannt hatte. Der Dolch schien mit doppeltem Gewicht am Gürtel zu hängen. Bren drängte den Gedanken an seinen treuen Begleiter zurück. In einem Kampf konnte jede Ablenkung dazu führen, dass ein Mann seinem Gefährten ins Nebelland nachfolgte.

Elutan eiferte Lisanne in ihrer Vorliebe für Kunstwerke nach. Das Beben hatte in den Innenräumen der Pyramide viel umgestürzt und durcheinandergeworfen, aber unübersehbar waren hier Bilder, Vasen und Statuetten so angeordnet gewesen, dass man immer einige von ihnen im Blick hatte, egal, wo man sich aufhielt. Eine Schnitzerei lag in einem Kohlebecken, das sie wohl effektvoll beleuchtet hatte, und brannte lichterloh. Ihre Flammen hatten einen Vorhang entzündet. Einige seiner Fäden waren aus Metall gezogen, sodass sie im verbrannten Bereich wie verrußte Gräten in der Luft hingen. Der Rauch biss in den Lungen. Bren schnitt Stoff von einer dünnen Decke, die über einem Berg Kissen lag, und tauchte ihn in das mit Duftöl versetzte Wasserbecken, das davorstand. Dann band er ihn vor Mund und Nase, um seine Lungen zu schützen, und riet den Rebellen, dasselbe zu tun. Seine Begleiter, bewaffnet mit Knüppeln, durch die sie Nägel geschlagen hatten, und gezackten Chaque-Säbeln, waren so beeindruckt von dem Reichtum, den sie um sich sahen, dass sie den Zweck ihres Hierseins beinahe vergaßen und sich gegenseitig zum Weitergehen ermahnen mussten. Immerhin kam keiner von ihnen auf die Idee, zu plündern. Wenn der Erste damit begönne, wäre es mit der Disziplin vorbei. Noch bestimmte die Faszination, im Herzen der Tyrannei zu sein, ihr Denken.

Zwei Stockwerke tiefer hörte Bren den Traumlenker, bevor er ihn sah. Hier brannte nichts, erst der Flammenschild holte den Mann aus dem Dunkel, der wie ein verzweifeltes Kleinkind neben einem mannsgroßen Bernsteinblock kauerte. In dem halb durchsichtigen Material war eine junge Frau eingeschlossen, die die luftige Kleidung einer Tänzerin trug. Man hatte wohl versucht, ihrer Bewegung in der Erstarrung eine beschwingte Leichtigkeit zu geben. Es war misslungen. Die Glieder waren im Tod verkrampft und das Gesicht zeigte Qual und die Angst einer Sterbenden, die mit den letzten Gedanken die Schönheit des Lebens erkannte, das aufzugeben sie ein Lügner verführt hatte. Offenbar war dieses Kunstwerk nicht gut genug gewesen, um es Lisanne zu überbringen, und nicht so sehr missraten, dass Elutan es fortgeworfen hätte. Der Traumlenker schien irgendetwas damit zu verbinden, vielleicht hatte er das Mädchen gekannt. Als Brens Schild es beleuchtete, hafteten die verheulten Augen des Mannes an den Zügen, die beinahe noch die eines Kindes waren. Die polierten, schwarzen Steine in seinem Netzgewand klackten bei seinen tiefen Atemzügen.

Bren brachte das Schwert in sein Blickfeld.

Er reagierte nicht darauf.

»Wo ist dein König?«, fragte er.

Seine Lippen formten zunächst stumm ein Wort, bis Bren es schließlich zu verstehen glaubte. »Onita.« Ein Name?

»Das ist einer von ihnen«, sagte Ribunn.

»Wenn du etwas aus ihm herausbekommen kannst, dann frage ihn, wo wir Elutan finden.«

Ribunn zuckte die Schultern, was wegen des fehlenden Arms merkwürdig aussah. Er ging zu dem Traumlenker und trat ihm so heftig ins Gesicht, dass er hintenüber auf den Boden schlug. Seine Stimme war dagegen paradox freundlich. »Wir sind Gäste auf der Suche nach deinem Herrn. Wo mag er sich wohl aufhalten?«

Der Traumlenker kam wimmernd wieder in eine sitzende Position. »Der König wollte uns …«

Diesmal kam Bren das Beben stärker vor als beim ersten Mal. Der Boden bäumte sich weniger auf, als dass er sich zur Seite bewegte, wie ein Teppich, den man jemandem unter den

Füßen wegriss. Nur Brens Kampferfahrung hielt ihn auf den Beinen. Er nutzte die gleichen Schritte, die ein Kämpfer auch anwandte, wenn harte Schläge ihn ins Taumeln brachten. Die Tamioder um ihn herum schrien, am lautesten der Traumlenker. Er hörte sich an, als demonstriere ein Foltermeister seine Kunst an ihm. Der Stein ringsum knackte und krachte, Staub rieselte aus der Decke. Der zweite Stoß war schwächer, löste aber einige Brocken, die Bren mit dem Schild von seinem Kopf ablenkte. Die dritte Erschütterung war nur noch ein Zittern. Auch als der Boden schon einige Zeit ruhig lag und die Rebellen die Fackeln wieder aufnahmen, die sie aus Stoff und Holzbruchstücken improvisiert hatten, und ihre Schrammen versorgten, schrie der Traumlenker noch. Er war nur still, wenn er Luft holte.

Bren hockte sich vor ihn. Sein Gesicht blutete, Ribunns Tritt hatte die linke Wange aufgerissen, aber das konnte nicht der Grund für die Schmerzen sein, die er litt. Die Augen waren schreckgeweitet, die Hände wrang er mit solchen Krämpfen, dass er sich bald die Finger bräche.

»Wo ist dein König?«, fragte Bren nochmals.

Der Traumlenker reagierte nicht. Er schrie in einem fort.

Gerade noch parierte Bren einen Keulenschlag, der auf den Kopf des Mannes gezielt war.

Die Waffe entfiel Ribunns Faust. Der Einarmige starrte ihn an. »Er sagt uns ja doch nichts!«

»Er ist auch keine Gefahr.«

»Er hat uns lange genug unterdrückt. Er und seinesgleichen. Jetzt ist die Stunde unserer Rache!«

»Warum willst du ihn töten?«

Ribunn presste die Zähne aufeinander, bevor er antwortete. »Dies ist nicht Euer Land, General, und nicht Euer Krieg. Es waren unsere Kinder, die man entführt und getötet hat. Ich habe Euch geholfen. Nun stellt Euch nicht zwischen mich und meinen Zorn.«

Bren atmete tief. Dann wandte er sich ab. Der König war vermutlich noch weiter unten in der Pyramide, überlegte er, als er hinter sich dumpfe Schläge, ein Knacken und ein Spritzen hörte. Die Schreie des Traumlenkers verstummten.

Kurz darauf war Ribunn wieder bei ihm. Er sah Bren an, schwieg aber.

Im nächsten Stockwerk war Bren froh, das nasse Tuch vor Mund und Nase zu haben. Der Flammenschild beleuchtete dicke Schwaden, die grün, purpurn und golden in der Luft hingen. Auf dem Boden lagen Scherben von buntem Glas und Tonkrügen. Bren trat auf eine zerbrochene Pfeife. Er konnte nicht weit sehen, nicht nur die Schwaden trübten die Sicht, sondern auch Tuche, die von der Decke hingen und den Raum in kleine Bereiche unterteilte, wie in der Waschküche eines großen Schlosses. Einige brannten und illuminierten so die farbige Luft.

Die Scherben knirschten unter den Sohlen der Rebellen. Die diffusen Lichter warfen ihre Schatten vergrößert in den Nebel, durch die Bewegung der Schlieren teils so verzerrt, als hätten sie drei Arme oder zwei Köpfe.

Auf dem Boden lagen zwei Chaque, deren Panzer aufgebrochen war. Bren erkannte sofort, dass diese Wunden nicht von den Säbeln geschlagen worden waren, die nun einige Rebellen aufnahmen. Auch Ribunn tauschte die Keule, an deren verbogenen Nägeln zähflüssige graue Masse klebte.

Bren legte sein Schwert ab und betastete die Hautpanzer. Eines der Löcher war beinahe handtellergroß und kreisrund. Er wälzte den Chaque herum. Die Waffe hatte ihn durchschlagen, war am Rücken wieder ausgetreten, wo das Loch aber kleiner war. Eine Reiterlanze, wie milirische Ritter sie verwendeten, konnte solche Spuren hinterlassen, oder auch das Geschoss einer Ballista. Keine der beiden Waffen war für den Einsatz in dieser Umgebung geeignet.

Der Rumpf des anderen Chaque war von der absurd dünnen Taille bis zum Hals gespalten. Auch hier war der Ausgangspunkt eine runde Eintrittswunde, etwa dort, wo man bei einem Menschen den Bauchnabel erwartet hätte.

»Herr!« Einer der Rebellen hielt ihm ein Metallstück hin. Es war ein zu einem Halbkreis gebogenes Band mit einem Scharnier, in dem ein gebrochener Bolzen steckte.

»Eine gesprengte Fessel?«, fragte Bren. Er nahm das Schwert auf.

An der Wand fanden sie Eisenketten. Das Bruchstück passte in die Handschelle. Hier war keine Lustsklavin gefesselt gewesen. Die Gelenke, die man damit gebunden hatte, waren dicker als Brens.

Ein Schnauben ließ ihn herumwirbeln. Der Flammenschild beleuchtete Ribunns Tod. Er zappelte auf den armlangen Hörnern einer Schimäre. Ein Stierkopf saß auf dem Körper einer Frau, die aus Bron hätte stammen können, denn Bren reichte ihr gerade einmal bis zu den Schultern. Mit einem Ruck des kräftigen Nackens schleuderte sie Ribunn davon. Eine Perlenkette roter Blutstropfen verband die Hörner mit dem schlaffen Körper, der gegen die Wand prallte.

Die Rebellen wichen zurück, als sich die Stierfrau Bren zuwandte.

»Welcher Albtraum hat hier Gestalt angenommen?«, murmelte er.

Das Haupt hatte keine Augen, und die spitzen Reißzähne hätte man nicht an einem Stier vermutet. Geifer troff von den Fängen, die Hörner glänzten dunkel, Blut rann von ihnen über die Stirn. Der Frauenkörper war nackt. Kleine Schnitte zogen sich über Rumpf und Arme. Die schweren Brüste starrten Bren hasserfüllt an. Wo die Warzen hätten sein sollen, öffneten sich blutunterlaufene Augen. Die Frau beugte sich vor, richtete die Hörner auf Bren aus.

Das Geschöpf verursachte Bren Abscheu, aber er hatte keine Angst. In einem Kampf hatte er nie Angst. Als beobachte er einen anderen, dem er Ratschläge erteilte, wich er dem schnaubenden Angriff aus.

Die Hörner schlugen gegen die Wand. Sie mussten sehr hart sein, denn sie hielten der Wucht des Aufpralls stand. Die Frau wirbelte zu ihm herum und richtete sich dabei auf.

Damit bot sie ihm ihren ungeschützten Bauch dar.

Bren stieß zu. Die Mondsilberklinge wurde dunkler, als sie in den Körper drang. *Natürlich. Magie muss dieses Wesen geschaffen haben.*

Die Stierfrau brach in die Knie.

Bren zögerte, das Schwert in eine Brust zu stoßen, die ihn ansah, aber der Nacken war so dick und kräftig, dass er fürchtete, die Klinge könne stecken bleiben. Also schützte er sich mit dem Schild, während er die Gegnerin umkreiste. Er stieß das Schwert seitlich durch ihren Brustkorb.

Leblos sackte sie zusammen. Der Dampf eines letzten, heißen Atemzugs verließ das Maul.

»Interessante Haustiere haben sie hier«, sagte er.

»Traum und Albtraum, Herr«, meinte ein Rebell.

Bren sah zu Ribunns schlaffem Körper hinüber. »Lebt er noch?«

Der Mann, der neben ihm kniete, schüttelte den Kopf. Vielleicht war es besser so. Das Wundfieber war niemals freundlich zu denen, die es besuchte. Selbst wenn er es überlebt hätte, wäre er ein Krüppel geblieben.

Aber das alles war jetzt unwichtig. Bren hatte noch immer einen Befehl zu erfüllen. Die Hoffnung, dass ihm das gelingen würde, stieg, als das Mondsilberschwert, das nach dem Tod der Stierfrau wieder vom Rot ins Orange gewechselt war, auf der nächsten Treppe zu leuchten begann. Seine Helligkeit nahm mit jeder Stufe zu. Das heilige Metall der Mondmutter lag im Widerstreit mit dem Wesen und der Magie der Osadroi. Die Paladine aus Ilyjia verstärkten auch ihre Rüstungen damit, um sich vor der Macht der Schattenherren zu schützen.

Sie fanden Elutan in misslicher Lage. Ein Quader hatte sich bei den Beben aus der Wand gelöst und war auf ihn gestürzt. Er lag eingeklemmt unter der Last, die zehn kräftige Männer nur mit Mühe hätten bewegen können. Ein Mensch wäre sofort tot gewesen, denn die Kante des Blocks hatte ihn knapp oberhalb der Hüfte getroffen und zweifellos seine Organe zerquetscht und sein Rückgrat splittern lassen. Aber das war nicht seine einzige Verletzung. Ein Chaque, vor Wahnsinn zitternd, hackte mit zwei Säbeln auf ihn ein. Er schlug fürchterliche Wunden in Arme, Oberkörper und Kopf. Dann hüpfte er durch den Raum wie ein Huhn mit abgeschlagenem Haupt. Der ächzende Elutan heilte seine Wunden, zumindest die schwersten. Irgendwann gelangte der Chaque wieder bei ihm an und hackte erneut los.

Bren vermutete, dass sich der Osadro unter anderen Umständen hätte befreien können. Der Quader mochte die Grenze seiner Körperkräfte aufzeigen, aber mit der Macht der Schatten hätte er sich bestimmt zerschmelzen lassen. Doch die Angriffe des Chaque lenkten ihn ab. Zudem mochte er unter den Beben gelitten haben, die offenbar jene am stärksten quälten, die am tiefsten mit Lisannes Traumwelt verbunden waren.

»Wir sollten ihn dort lassen«, meinte ein Rebell. »Er hat es verdient.«

»Früher oder später würde er entkommen.«

»Wir könnten Wachen aufstellen. Und noch ein paar Chaque einfangen und hierherbringen.«

Bren sah ihn an. »Wer wird die Chaque einfangen? Du? Und wie viele wirst du fangen, bevor dich einer in Stücke haut? Ich glaube nicht, dass du so schnell heilst wie ein Unsterblicher.«

Der Mann runzelte die Stirn. »Trotzdem. Es gefällt mir, ihn so zu sehen.«

»Wir sind nicht gekommen, um dir einen schönen Anblick zu bieten. Du und ihr drei, geht nach links! Die anderen nach rechts! Wir werden den Chaque töten.«

»Aber Herr …«

»Du kannst dir aussuchen, ob ich erst dich töte, bevor es an den Chaque geht! Ich dulde keinen Widerspruch!«

Sie machten es, wie Bren befohlen hatte.

»Was …« Elutan spuckte Blut, als Bren neben ihn trat. »Was habt Ihr da, General?«

»Mondsilber. Ihr könnt es spüren, nicht wahr? Schmerzt es?«

Elutan lachte. »In der letzten Stunde habe ich mehr Schmerzen gelitten als in meinem gesamten früheren Leben.«

»Ich bin hier, um Euch zu erlösen, Majestät.«

Elutan lächelte erst. Dann begriff er, was Bren meinte. Er sah auf die Klinge, die jetzt dunkelrot glänzte. Die Mondmutter weinte blutige Tränen vor Zorn über den Frevel, den die Schattenherren darstellten, sagten manche. Andere meinten, dass das im Mondsilber gebundene Blut eines Paladins gegen den Feind aufbegehrte. Vielleicht traf beides zu.

»Sagt ihr, dass es ein wundervoller Traum war«, bat Elutan.

Bren nickte.

Er nahm das königliche Haupt mitsamt der Krone an sich.

Bren konnte nicht entscheiden, ob die Schreie die Geburt einer neuen Welt anzeigten oder ob sie den Tod eines Landes beklagten. Die Tausenden, die sich in Pein am Ufer wanden, hätten es auch nicht zu sagen vermocht. Zu sehr wurden sie von dem Schmerz beherrscht, der ihre Körper hin und her warf. Bren hatte sich mit harten Stößen den Weg durch die Masse bahnen müssen. Die Piraten, die ihn zur *Mordkrake* gerudert hatten, sahen aus, als hätten sie eine Woche lang selbst gebrannten Rum gezecht, was ja auch nicht weit von der Wirklichkeit entfernt war, nur dass edlere Tropfen den Weg ihre Kehlen hinuntergefunden hatten. Die meisten von ihnen wären sicher gern in Tamiod geblieben.

Dem *alten* Tamiod, allerdings. Der Gestank der verrottenden Leuchtpflanzen war bestialisch, und die Gewalt in den schuttbedeckten Straßen war selbst für raue Gesellen kaum amüsant.

Kiretta stand die Freude, Bren wiederzusehen, offen auf dem Gesicht. Die Stimmung auf Deck war eine merkwürdige Mischung aus der Geschäftigkeit, die dem Auslaufen vorausging, und der Ehrfurcht, die Lisannes Gegenwart erzwang. Kommandos wurden nur geflüstert. Die Matrosen waren bemüht, die Schattenherzogin auf ihren Wegen über das Deck nicht zu stören, und immer wieder fielen sie auf die Knie, wenn sie gerade keine Aufgabe zu verrichten hatten.

Auch Bren ließ sich auf die Knie nieder, als er ihr die kleine Truhe entgegenstreckte, in der er Elutans Haupt und Krone verstaut hatte. Sie war das schönste Behältnis, das er auf die Schnelle hatte finden können. Das Holz war leicht und so gründlich geschmirgelt, dass es sich wie Samt anfühlte. Dünne Goldbeschläge verzierten die Kanten. Auf dem Deckel bildeten Perlen ein Blumenmuster.

»Was bringst du mir, General?«

Diese Stimme! O Macht der Schatten, diese Stimme! »Was Ihr verlangtet, Hoheit.«

Lisanne beließ die Truhe in seinen Händen, als sie sie öffnete. Ein feines Lächeln bog ihre Lippen, während sie den Inhalt betrachtete. »Er hat mir gut gedient in dieser merkwürdigen Zeit. Wie ein Sohn, manchmal unartig, aber im Herzen treu.«

»Niemand könnte Euch untreu sein, Schattenherzogin.«

Sie klappte die Truhe zu. »Bring das unter Deck, damit Velon es sieht, wenn er erwacht. Und hol mir meine Krone herauf. Du weißt, wo du sie findest.«

»Ja, Hoheit!« Bren stand auf.

»Ach, General.«

»Herrin?«

»Den Schild magst du behalten. Doch Helions Schwert …« Sie streckte den Arm aus. Ihre Finger entfalteten sich wie die Flügel eines Schmetterlings vor seinem ersten Flug.

Bren gürtete die Waffe ab und legte sie hinein.

Sie nahm sie mit einer Zärtlichkeit, wie Bren sie noch niemals beobachtet hatte. Die Klinge funkelte in tiefem Orange. Als sie mit den Kuppen über das Metall strich, richteten sich die Härchen an ihrem Handgelenk auf, als fröstelte sie.

»Warum schmerzt Ihr Euch?«, wagte Bren zu fragen.

»Manchmal brauchen wir Schmerzen, um uns daran zu erinnern, dass wir wirklich sind. Bring mir jetzt meine Krone.«

»Jawohl, Schattenherzogin.«

Die Kutsche war wieder unter Deck angebunden und verkeilt, die Schattenrosse hatten mehr Platz als auf der Herfahrt. Diejenigen aus der Besatzung, deren Verstand auf dem Weg hierher im Seelennebel geblieben war, saßen gefesselt an den Bordwänden, damit sie der Mannschaft nicht hinderlich wurden. Die Krieger, die hier wachten, nickten ihrem General zu. Sie schienen nicht überrascht, ihn unverletzt zu sehen, sie kannten ihn nur siegreich.

Bren bewegte sich im Innern der Kutsche vorsichtig, um Velon und Gadior nicht versehentlich zu wecken. Die Wahrscheinlichkeit war gering, aber die Auswirkungen sehr gefährlich, auch für ihn. Er stellte die Truhe mit Elutans Kopf neben Helions Sarkophag und nahm die Elfenbeinkrone von dem schwarzen Samtkissen, auf dem sie ruhte. Sie fühlte sich warm und hart an. Vermutlich war sie viel härter, als ihre zerbrechlich wirkenden Formen vermuten ließen. Sie passte zu Lisanne.

Bren ließ den Flammenschild zurück, als er an Deck ging. Der Einsatz in Nachtstein hatte ihn erschöpft, am liebsten hätte er auch den Schuppenpanzer abgelegt, aber Lisanne wünschte ihre Krone.

Sie wartete vor der Kapitänskajüte, neben der Treppe, die zum Achterdeck hinaufführte. Drinnen verhängten einige Männer die Fenster mit dickem Stoff.

»Die Sonne ist noch immer nicht aufgegangen, Hoheit«, sagte Bren und kam sich dumm vor, weil er etwas erwähnte, dessen sie sich zweifellos selbst bewusst war.

»Das wird sie bald. Der Traum ist bereits vorüber. Dieses Land schläft nicht mehr, es treibt dem Wachen entgegen.« Sie nahm die Krone und setze sie mit einer fließenden Bewegung auf ihr Haupt. »Sie ist mir ungewohnt geworden.«

Bren merkte erst, dass er kniete, als er zu ihr aufsah. Er konnte sich keinen Ort denken, an dem diese Krone vollkommener ausgesehen hätte als auf dem Kopf der Schattenherzogin. Ihr langes Haar floss glatt darunter hervor, nicht eine einzige Locke schien verschoben.

Die Männer kamen aus der Kajüte, zwei Piraten und ein Krieger. Sie fielen so heftig vor Lisanne auf die Knie, dass einer mit der Stirn auf die Planken schlug.

»Mir scheint, alles ist bereit«, sagte Lisanne. »Lass die Anker lichten und Westkurs setzen.«

»Aber wir sind nicht vor dem Seelennebel geschützt«, wandte Bren ein.

Unter ihrem Blick fühlte er sich wie ein schmelzender Schneeball. Wie konnte er es wagen, Lisannes Wunsch infrage zu stellen? Sie war eine Schattenherzogin, sie würde jeden Weg erzwingen, wenn sie es wünschte. Und wenn es ihr beliebte, dieses Schiff dem Wahnsinn der alten Fayé auszuliefern, dann war auch dies ihr Recht. Demütig senkte er das Haupt. Etwas in ihm hoffte, jemand möge kommen und es abschlagen. Es war eine Erlösung, das Schließen der Tür zu hören.

Bren stieg zum Achterdeck hinauf. Kiretta stand am Steuerrad. Stumm sahen sie sich an.

»Sie wünscht, dass wir Westkurs nehmen«, sagte er dann.

»Wir sind bereit. Er«, ihr Haken zeigte zur Reling, »kann es kaum abwarten.«

Alenias stand unbewegt bis auf das silbrige Haar, das der leichte Wind zupfte, und starrte zum Seelennebel. Das Klagegeschrei, das von Land herüberdrang, interessierte ihn nicht.

»Jetzt bekommt er ja auch endlich seinen Willen. Wir kehren heim.« Er sah die Besorgnis in ihren Augen. »Lisanne wird sich um alles kümmern. Bringt nur Euer Schiff auf Kurs, Kapitänin.«

»Aye.« Sie rief ihre Befehle. Die Ankerkette rasselte, als sie eingeholt wurde, die Segel knallten, während sie sich entrollten. Nun, da Lisanne ihrem Blick entzogen war, arbeiteten die Seeleute wieder mit den üblichen Flüchen und dem von kaum unterdrückter Wut geprägten Gebaren, das Bren von ihnen kannte. Die *Mordkrake* knarrte, als sich der Spriet nach Westen ausrichtete und der Wind in das Leinen griff. Alenias stellte sich wieder in den Bug und fasste die Taue, um festen Halt zu gewinnen, obwohl das Meer beinahe unbewegt war.

Kiretta beobachtete den Mann im Krähennest. Sie hielt das Steuerrad jetzt ruhig. Zwei Seeleute standen bereit, sich mit ihr in das Ruder zu werfen, sollte das notwendig werden.

Bren trat an die Heckreling. Im Glimmen der modernden Leuchtpflanzen sah er die Menge am Ufer stehen. Einige waren auf die ausgebrannten Ruinen des Fischerdorfs geklettert, um ihrer Göttin nachzusehen. Sie waren schon zu weit entfernt, um noch ihre Gesichter zu erkennen, aber ihr Wehklagen hörte Bren über das Rauschen der Wellen. Es wurde nur langsam leiser.

Dann schwoll es plötzlich an, wurde zu einem kollektiven Aufschrei, unterstützt von einem Donnern, unter dem die Erde zitterte. Die Menschen stürzten übereinander, Spalten taten sich im Boden auf, durch die Magma an die Oberfläche quoll. Wo es das Wasser berührte, stiegen Dampfsäulen auf. Eine kräftige Brise wehte von achtern. Bren spürte, wie das Heck der *Mordkrake* angehoben wurde, als der Druck auf die Masten ihren Bug in die Wellen presste.

»Ruder leicht backbord!«, rief Kiretta. Vermutlich wollte sie den Bug entlasten. Die Planken knirschten, als sich das Schiff drehte.

Diesmal war es nicht mit einem einzelnen Erdstoß und einigen Nachbeben getan. Das Land zitterte noch immer. Die

Unruhe verstärkte sich sogar, als sei es ein erwachender Riese. Ganze Schollen rutschten ins Meer.

»Welle von achtern!«, rief Bren.

Kiretta sah über ihre Schulter. Die Wasserwand war drei Schritt hoch. »Das nehmen wir, wie es kommt! Festhalten!«

Der Befehl wurde rufend weitergegeben.

Der Aufprall war sanfter, als Bren erwartet hätte. Das Wasser lupfte die *Mordkrake* an und ließ sie wieder ab.

Doch das nächste Beben war stärker. Es wurde von einem Knall begleitet, als schlüge ein Schmied unmittelbar neben Brens Ohr einen Hammer auf den Amboss. An mehreren Stellen spritzten Fontänen in die Höhe. Selbst der Himmel riss auf. Das erste Mal seit beinahe einer Woche sah Bren die Sonne. Mit gleißenden Fingern stieß sie durch die Öffnungen in der Dunkelheit, als wolle sie Spieße aus Licht in das Land bohren, das sich ihr so lange entzogen hatte.

»Noch eine Welle!«, rief Bren.

Sie war höher. *Viel* höher.

Kiretta fluchte. »Wir müssten ihr den Bug entgegendrehen!«, rief sie. »Aber dazu bleibt keine Zeit! Wir kommen nicht mehr rum! Also lassen wir uns von ihr in den Hintern treten! Da ist es wenigstens weich!«

Bren fühlte sich tatsächlich wie vom Esel getreten, als die Welle das Heck traf. Die *Mordkrake* gewann an Geschwindigkeit, die sie auch beibehielt, als das Wasser unter ihr hindurchgerollt war und sie schwankend zurückließ.

Die Brise wurde zum Sturm. Größtenteils wehte er aus Osten, aber zwischendurch schien er immer wieder die Orientierung zu verlieren, kreiste in Wirbeln, riss an den Segeln, bevor er seine Richtung wiederfand.

»Mehr kannst du nicht?«, schrie Kiretta. Sie lachte aus vollem Hals, obwohl sie triefnass war. »Mehr nicht? Bisschen schwach geworden auf die alten Tage, was?«

»Mit wem spricht sie?«, fragte Bren einen Piraten, der sich neben ihm an der Reling festband.

Er grinste. »Mit Myratis. Kiretta stellt sich die Seegöttin als alte Hure vor, launisch, aber man kann gut mit ihr saufen.« Auch er lachte.

Das Meer war jetzt so rau, dass ständig Wasser an Deck spritzte, selbst auf Brens Höhe. Bren tat es dem Seemann gleich und band sich fest. Die *Mordkrake* wurde mal nach steuerbord geworfen, mal nach backbord, aber mit der Küste als Orientierungspunkt schätzte Bren, dass sie Kurs hielten. Ein Brecher traf das Schiff mit solcher Wucht, dass ein Mann über Bord ging. Bren warf ihm ein Tau nach, und das beinahe Unmögliche geschah. Er bekam es zu fassen. »Helft mir ziehen!«, rief Bren.

Ein Seemann und einer seiner Krieger eilten über die schwankenden Planken heran und fassten mit an. Mit vereinten Kräften zogen sie den Mann an Bord, wo er ausgiebig Wasser erbrach. Bren wurde mulmig bei dem Gedanken, dass er noch immer seine Rüstung trug und sänke wie ein Stein, wenn er über Bord ginge. Aber hier konnte er sie nicht ablegen, ohne davongespült zu werden. Er musste unter Deck.

Gerade wollte er sich auf den Weg dorthin machen, als ihn ein Anblick im Osten gefangen nahm. Silbriges Glitzern stieg vom Ufer auf. Es blieb unbeeindruckt von aller Gewalt der Elemente. Sturm und Beben konnten die Lebenskraft nicht erfassen, die in einer großen Wolke die Menschen verließ, ein letztes Opfer an ihre Göttin. Zügig strömte die Essenz hinter der *Mordkrake* her, wurde dabei dunkler. Sie war ein tiefgrauer Schaum, als sie durch die Heckfenster der Kapitänskajüte ins Innere floss. Die geschlossenen Vorhänge behinderten sie nicht.

Im Osten eroberte die Sonne immer größere Stücke des Himmels. Seine vorherrschende Farbe war jetzt ein sattes Gold, in dem einige dunkle Flecken verloren trieben. Aber der erste Morgen nach Jahrzehnten konnte Brens Verstand kaum erreichen. Er fragte sich, wie viele Jahre Menschenleben gerade jetzt über dem Meer schwebten. Es war wie ein riesiger Teppich, der sich von Osten her bis zum Schiff absenkte. Er wirkte so massiv, als könne man seinen Fuß daraufsetzen. Würde jemand in Tamiod lange genug leben, um die Sonne hoch am Himmel stehen zu sehen? Oder forderte die Schattenherzogin alles von ihren Untertanen?

Das Schiff ruckte unter Brens Füßen. Im ersten Moment glaubte er, einen Brecher übersehen zu haben, aber so war es nicht. Eine Welle lief durch das Holz, als sei es selbst flüssig. Sie erfasste die Planken, die Reling, die Masten. Protestierend ächzten die Segel unter der unmöglichen Bewegung.

Irritiert sah Kiretta zu ihm herüber, aber er konnte nur mit den Schultern zucken. Er war kein Magier.

Eine zweite Welle lief durch das Schiff.

Dann eine dritte.

Sie nahmen am Heck ihren Ursprung, in der Kapitänskajüte, bei Lisanne. Dort wurden sie regelmäßig erzeugt, wie ein Pulsschlag. Jede Bewegung ließ das Holz ein wenig dunkler zurück, als fielen tiefe Schatten darauf und zögen darin ein gleich dem Öl, mit dem die Seeleute die Planken behandelten.

»Was geschieht mit meinem Schiff?«, rief Kiretta über das Heulen des Windes.

»Es ist nicht länger Euer Schiff«, gab Bren zurück. »Wir sind in Lisannes Welt, und alles darin ist ihr Eigentum.«

Das Holz kehrte nun nicht mehr in seine ursprüngliche Form zurück, wenn eine Welle es durchlaufen hatte. Lisannes Wille formte es. Das Ruderblatt schwoll hinter dem Heck an. Die Reling wuchs in die Höhe, wie Palisaden.

»Ich kann sie nicht mehr lenken!«, rief Kiretta.

Bren löste das Seil, mit dem er sich festgebunden hatte, und stellte sich neben sie, hielt sich am Steuerrad fest. »Lasst gut sein. Es liegt nicht mehr in unserer Hand.«

Das Holz wurde immer dunkler, schließlich sogar finster, schwärzer als schwarz, als sich die Masten zurückbogen und auf das Deck legten und die Reling so hoch wuchs, dass sie sich schließlich über ihren Köpfen schloss. Dabei schwitzte es die Helligkeit förmlich aus, sodass sie sich in einem von milchigem Schimmern erfüllten Hohlkörper befanden. Bren sah die Verunsicherung auf den Gesichtern der Piraten und vermutete, dass sich seine eigenen Züge nicht wesentlich von den ihrigen unterschieden. Kein Sterblicher gewöhnte sich an das Wirken der Schatten, zu entgegengesetzt war ihre Weisheit allem Lebenden.

Die Geräusche von Wellen und Böen klangen hohl durch die jetzt vollständig geschlossene Wand. »Wie im Innern einer Flasche«, murmelte Kiretta. Sie musste nicht länger schreien, um sich Gehör zu verschaffen.

»Machen wir noch Fahrt?«, fragte Bren.

»Ja, auch wenn ich es mir nicht erklären kann. Ohne Segel und Ruder müsste uns die See wie Treibholz umherwerfen, aber wir halten Kurs und werden auch nicht merklich langsamer. Vermutlich werden wir allmählich ausgleiten. Ich glaube nicht, dass wir es in den Seelennebel hineinschaffen werden, geschweige denn hindurch.«

Hinter ihnen wurde das Knirschen des Holzes lauter, aber am Heck bewegte sich nichts, soweit sie sehen konnten.

»Das große Ruder?«

»Aber wohin drehen wir?«

Kiretta leckte über ihre Lippen. »Wisst Ihr, woran mich seine Form erinnert hat, bevor es unserem Blick entzogen wurde?«

»Sagt es mir.«

»An eine Schwanzflosse.«

Verdutzt sah Bren sie an. »Ihr meint, Lisanne will uns auf diese Weise durch den …«

Er verstummte, als überall erschrockene Rufe erschollen. Der Bug kippte steil ab. Bren rutschte weg, konnte sich aber noch festhalten. Kirettas Haken traf beinahe seine Hand, als sie ihn um das Steuerrad schlug.

»Wollen wir hoffen, dass wir nun wirklich eine Art hölzerner Fisch geworden sind!«, rief Bren.

Ringsum knirschte das sich bewegende Holz.

»Wir sinken, und doch sinken wir nicht«, flüsterte Kiretta andächtig. »Wir fahren unter dem Seelennebel hindurch ...«

Bren versuchte zu begreifen, was gerade geschah. Sie befanden sich im Innern eines hölzernen Hohlkörpers, zu dem das Schiff geworden war. Er war vollkommen wasserdicht, und er bewegte sich wie ein Fisch, mit Biegungen seines Körpers und Flossenschlägen. Totes Holz, das größte Geschenk der Götter, das Leben selbst, nachahmend, sich verhaltend wie ein Tier. »Die Macht der Schatten ist endlos«, flüsterte er. »Niemand kann sie ermessen, niemand sie fassen, niemand ihr widerstehen.«

Das Schiff sank nicht mehr, aber es bewegte sich noch. Bren und Kiretta setzten sich an die Heckwand. Instinktiv legte er den Arm um ihre Schultern. Ihre Muskeln fühlten sich gut an, nicht zu stark, aber kräftig genug, um von einem selbstbestimmten Leben zu zeugen. Sie lehnte den Kopf gegen ihn.

Die Menschen an Bord konnten nichts tun. Manche gingen umher, andere verhielten sich so ruhig wie Bren und Kiretta. Für einige Seeleute war die Demonstration der finsteren Sphäre zu viel. Sie kauerten sich zusammen, nagten an ihren Fingern, wippten wimmernd vor und zurück. Finsternis löste sich aus der Bordwand, waberte ins Innere hinein, wurde aber zurückgezwungen und vereinte sich wieder mit dem Holz.

Beständig war das Knacken zu hören.

Irgendwann kamen Gadior und Velon an Deck. Stumm musterten sie ihre Umgebung. Bren ging zu ihnen und erstattete Meldung darüber, was geschehen war und noch geschah. Sie sagten nichts darauf, schienen die Situation mit Sinnen zu untersuchen, die Bren fremd waren.

Das Glas, das die Stunden maß, war zu Bruch gegangen, sein Sand zwischen die Planken gerieselt. Da sie keine Sterne sehen konnten, überhaupt nichts außerhalb des Schiffes wahrnahmen außer einem gelegentlichen Schlag, der von einem großen Fisch herrühren mochte oder von den tentakelbewehrten Ungeheuern, die so manches Bild in Seemannstavernen zierten, verloren sie das Gefühl für die verstreichende Zeit. Bren befahl, alle Lichter zu löschen. Das milchige Leuchten reichte vollkommen aus und er wollte nicht, dass Flammen die Luft verzehrten, die hier ebenso knapp war wie in einem Keller. Er legte jetzt endlich seinen Schuppenpanzer ab. Dann schlief er ein.

Eine innere Unruhe weckte ihn. Mit dem ersten Blinzeln erkannte er Lisanne. Ihre weiße Haut strahlte beinahe, wie sie vor der Kapitänskajüte stand. Bren drückte sich in eine kniende Position hoch. »Hoheit«, sagte er.

Das Schiff bewegte sich nicht mehr in sich, es schaukelte nun im Wellengang.

»Wir sind angekommen«, flüsterte Lisanne müde, während um sie herum die Menschen erwachten.

Bren sah sich um, aber sie waren noch immer ringsum von der Bordwand eingeschlossen. Er nahm tiefe Atemzüge, hatte jedoch nicht das Gefühl, dass sie seine Lungen gefüllt hätten.

»Was ist mit meinem Schiff?«, fragte Kiretta. Auch sie kniete. »Der Rumpf ist verzogen, die Masten sind in das Deck gewachsen, von dieser Umhüllung ganz zu schweigen. Es ist kaum mehr seetüchtig, wir haben Glück, wenn wir nicht sinken.«

»Du enttäuschst mich, Kind«, sagte Lisanne.

Bren sah Kiretta erschrecken. Er fühlte den Schmerz der Zurechtweisung selbst, obwohl sie nicht ihm gegolten hatte. Kiretta weinte.

Lisanne traf vor dem Abstieg in den Laderaum mit Velon und Gadior zusammen.

»Meine Herren!«, rief Bren. »Wir sehen noch nicht einmal, wo wir sind. Wie sollen wir …«

Lisannes Seufzen ließ ihn verstummen. »Habt ihr denn keine Äxte auf diesem Schiff? Keine Arme, sie zu schwingen? Aber gut, wenn ihr so schwach seid …«

Sie warf die Hände über den Kopf. Mit mörderischem Krachen zerbarst die hölzerne Halbkugel, die sich über dem Schiff gewölbt hatte. Die Bruchstücke flogen in alle Richtungen davon, landeten mal früher, mal später platschend in den ruhigen Wellen, die sie umgaben.

Bren sah an steuerbord den hell leuchtenden Seelennebel, wie eine weiße, wallende Wand, in der vereinzelt Gesichter trieben. Über ihnen stand Stygron zu drei Vierteln voll an einem Nachthimmel, der schon vor der Dämmerung kapitulierte. Frische Luft fiel auf sie herab. Dankbar atmete Bren durch.

Als er sich wieder umsah, waren die Osadroi verschwunden. Die Klappe, die unter Deck führte, war geschlossen.

»Seht Euch das an«, bat Kiretta mit zitternder Stimme.

Er stellte sich neben sie an die Reling. Im Licht des Seelennebels trieben tote Fische. So viele, dass zwischen der *Mordkrake* und dem weißen Wabern kaum eine Welle zu sehen war, nur große und kleinere geschuppte Körper. Schollen, Haie, Gelbdrassen, auch Tintenfische waren zu entdecken. »Finsternis verlangt immer nach Leben«, flüsterte Bren.

»Land ahoi!«, rief ein Seemann von backbord.

Das rote Licht eines hellen Stygron schien auf eine Insel, die sich dunkel aus dem ruhigen Meer erhob. »Ejabon-vor-dem-Nebel«, erkannte Kiretta sofort.

Schatten

Bren klopfte. »Es wird Zeit!«, rief er durch die Tür. Der Flammenschild glomm vor sich hin. Sein rotes Leuchten warf zusätzliche Schatten an die zerklüftete Wand. In vielen Nischen standen Öllampen, die für gedämpftes Licht sorgten. Schon ein Blick in diesen Gang reichte aus, um alle Zweifel daran zu zerstreuen, dass sie zurück in Orgait waren. Dies war archetypisch ondrische Architektur – wo immer möglich, sorgten Vorsprünge für Schattenfall.

»Komm doch rein!«, kam Kirettas Stimme von der anderen Seite.

»Aber Herrin …«, protestierte die Schneidermeisterin noch, als Bren die Tür schon aufdrückte.

Kiretta stand auf einem Schemel. Zwei Zofen hockten neben ihr und befestigten die Goldborte am weit fallenden, schwarzen Rock, während die Meisterin an ihrem Rücken das enge Oberteil zunähte. Der raffinierte Schnitt setzte Kirettas Dekolleté perfekt ins Bild, die Schultern blieben frei, aber eine Dreierreihe gekräuselten Stoffs verband den Rumpf mit den Armen. Die ausladende Spitze an den Handgelenken, aus der sich an der rechten Seite der blank polierte Haken schob, kontrastierte gemeinsam mit dem weit fallenden Rock zu der engen Taille, die Bren unwillkürlich an die Chaque erinnerte. *Aber*, dachte er grinsend, *ihre Gestalt ist um einiges gefälliger als die der Chaque.*

»Es schickt sich nicht, jetzt einen Mann im Raum zu haben!«, zürnte die Meisterin.

Kiretta lachte. »Glaubt mir, dieser Mann hat bereits jeden Zoll meines Körpers kartografiert und sich alles genommen, was ihm daran gefällt!«

Bren hoffte, dass sie ihr lockeres Wesen hier, im Nordschattenland, würde bewahren können. Er ging zu ihr und küsste sie. Durch ihre Position auf dem Schemel war sie etwas größer als er, was ihr sichtlich gefiel. Die Spitze ihres Hakens kitzelte seinen Nacken.

»Ich insistiere!«, keifte die Schneiderin. »Ihr müsst stillhalten, sonst verderbt Ihr das ganze Kleid!«

»Ja doch«, seufzte Kiretta und richtete sich wieder gerade auf.

Missmutig zog die Schneiderin den Stoff zurecht. Sie würdigte Bren keines Blickes. Die Art, wie sie die Nadel führte, hatte Ähnlichkeit mit Dolchstößen.

Bren fand Kirettas Wandlungsfähigkeit erstaunlich. Als sie sich nähergekommen waren – auf der Reise über das Meer der Erinnerung, durch Flutatem, den Nachtschattenwald der Fayé, dann durch Ondrien –, hatte sie ihm anvertraut, dass sie aus den Beutestücken ihrer Seeräuberzeit immer Kleidung gewählt hatte, wo andere begierig auf Gold und Waffen gewesen waren. Sie trug ungern zweimal das gleiche Hemd. So hatte sie auf dem Ritt nach Norden immer wieder Neues ausprobiert, feste Umhänge, einen Lederharnisch, Pelz. Jetzt eben ein Ballkleid, und auch dieses stand ihr gut, was sicher nicht nur der Kunst der Schneiderin zu verdanken war. Kirettas Muskeln waren auffällig stark für eine Dame, und der wuchtige Haken war natürlich etwas, das man am Hof von Ondrien noch nie gesehen hatte, aber vielleicht mochte beides eine neue Mode setzen.

»Warum lachst du?«, fragte Kiretta.

Er schüttelte den Kopf. Die Vorstellung von jungen Damen, die sich mit Gewichten um Kräftigung mühten, wie man es im Süden in den Tempeln des Stiergottes tat, und überlegten, ob sie sich um der Schönheit Willen eine Hand abschneiden und durch einen Haken ersetzen sollten, war nicht leicht zu erklären, vor allem nicht, solange die Schneiderin und ihre Zofen hier waren. Er wandte sich ab und verbarg sein Lächeln, als er sich bei der Überlegung ertappte, wie die Zofen wohl ihre Arbeit täten, mit einer Hakenhand. Vielleicht würden ihre Modelle nicht in einem Dorn auslaufen, sondern in einem Nadelkissen.

»Könnt Ihr Euch nun doch einmal bewegen?«, bat die Schneiderin. »In den Schultern drehen.« Kritisch beäugte sie ihr Werk, als Kiretta die Arme abwinkelte und sich zur Seite wandte. »In Ordnung, jetzt andersherum, wenn es Euch gefällt.« Sie seufzte. »Nicht perfekt, aber es muss wohl reichen. Die Sonne ist bereits untergegangen.«

Kirettas Zimmer lag oberirdisch, in einem Seitenflügel des Palasts des SCHATTENKÖNIGS. Durch die Fenster sah man das letzte Leuchten der Abenddämmerung über der schneebedeckten Ebene, die sich hinter der Stadt erstreckte. Bren dagegen war in einer tiefen Kammer untergebracht, neben Lisanne. Als Schildritter musste er seine Herrin schützen.

»Sehr richtig«, sagte Bren. »Wir werden erwartet.«

Die Schneiderin funkelte ihn an. »Wer pünktlich ist, kennt seinen Wert nicht.«

»Vor dem Angesicht des SCHATTENKÖNIGS hat niemand einen Wert«, versetzte Bren.

Dennoch bestand die Schneiderin darauf, die Borte einer letzten Inspektion zu unterziehen. Erst dann zog sie sich mit ihren Zofen zurück.

Kiretta stieg vom Schemel. »Nimm mich in die Arme. Hier ist es immer kalt.«

Der Flammenschild auf seinem Rücken schränkte Brens Bewegungsfreiheit ebenso ein wie der Schuppenpanzer, der erst vor einer Stunde vom Rüstungsmacher zurückgekommen war. Die zuvor notdürftig ausgebesserte Stelle, wo ihm in der Feuerburg die Wunde geschlagen worden war, war nicht mehr vom umliegenden Panzer zu unterscheiden. In Orgait arbeiteten nur die Besten ihres jeweiligen Handwerks. Aber Brens Kleidung war nicht für Zärtlichkeiten geeignet.

Er küsste Kirettas Nasenspitze. »Bist du sicher, dass du nicht bereust, mit uns gekommen zu sein?«

»Eine Kapitänin ohne Schiff ist keine Kapitänin«, nuschelte sie in seine Brust. Die *Mordkrake* hatte man nach der Fahrt unter dem Seelennebel hindurch nicht mehr ein Schiff nennen können. Sie war ein völlig verformtes, notdürftig schwimmendes Etwas gewesen. Sie hatten Holz geschlagen und Flöße daraus gezimmert, um sie überhaupt in den Hafen von Ejabon schleppen zu können, denn die Beiboote waren wie die Masten mit dem Schiff verwachsen und damit unbrauchbar gewesen. Zu ihrem Glück hatten sie noch zwei Piratenschiffe angetroffen, sodass die Gildenmeisterinnen – Birra, Nerate und die neu ernannte Yasinka – nicht auf den Gedanken hatten verfallen können, ihre Schwäche auszunutzen, und überdies die Fahrt nach Flutatem gesichert gewesen war.

»Die Kämpfe hier sind andere, als du gewohnt bist«, flüsterte Bren. »Aber du wirst in ihnen bestehen. Du bist stark genug, nicht nur mit den Muskeln.«

Sie löste sich von ihm und knuffte ihn mit dem Haken gegen die Rüstung. »Auf in den Kampf!«

Der Weg zum Audienzsaal war leicht zu finden. Immer in Richtung Zentrum, und immer nach unten. Die Osadroi, vor allem die hohen Würdenträger, ruhten gern in der Tiefe. Ihnen wollte man einen langen Marsch durch den Palast ersparen.

Velon erwartete sie vor der Doppelflügeltür, neben der zwei Gardisten Wache standen. Eine symbolische Vorkehrung, kein Feind würde es so tief in das Herz der Macht schaffen.

»Schattenfürst!«, grüßte Bren mit einer Verbeugung.

Kiretta knickste. Erstaunlich, wie natürlich diese Bewegung an ihr wirkte, als hätte sie sich diese nicht erst gestern von einer Hofdame beibringen lassen.

Der beifällige Blick, mit dem der Schattenherr Kiretta musterte, gefiel Bren nicht. Zu oft hatte er ihn gesehen, wenn Velon aus Dorfschönheiten jene gewählt hatte, von der er hatte kosten wollen.

Der Osadro erriet seine Gedanken. »Sorge dich nicht um dein Mündel.« Er lächelte dünn. »Ich habe bereits gut gespeist. Lasst uns hineingehen.«

»Warten wir nicht auf den Schattengrafen?«

»Er hat nicht auf uns gewartet.« Die Worte hörten sich an wie Eis, das vor Überspannung knackte.

Kiretta klappte ihren Fächer auf, als sich das Portal von Geisterhand öffnete. Das Rauschen Hunderter Gespräche brandete ihnen entgegen. Beinahe alle Anwesenden waren Osadroi. In dem Saal gab es nur eine einzige Sitzgelegenheit, den Schädelthron des SCHATTENKÖNIGS. Niemand sollte es in SEINER Nähe zu bequem haben. Noch war der Thron leer.

Dünne Säulen aus grauem Stein schraubten sich in die Höhe, versickerten in einem wallenden Nebel, aus dem ein diffuses Leuchten drang. Das einzig Ebene in dem Raum war der Boden. Seine Grundfarbe war Schwarz. Mit Grau waren die gequälten Gestalten der alten Götter eingearbeitet. Die Füße der Gäste traten auf die Mondmutter, auf den Stiergott, auf Pentor, der an die Ruder seiner eigenen Galeere geschmiedet war. Hier hatten sie keine Macht. Hier herrschten die Schatten, die von zahllosen Erkern an den Wänden geworfen wurden. Bren löste den Flammenschild vom Rücken und schob ihn über den Arm. Das kam ihm angemessener vor.

»Wissen sie es?«, fragte Kiretta.

Die Osadroi standen in Gruppen zusammen, die sich an den Machtverhältnissen orientierten. Die Schattenherzöge bildeten die Zentren der Aufmerksamkeit, solange ELIEN VITAN noch nicht hier war. Um sie gruppierten sich kleinere Kreise mit den Fürsten im Mittelpunkt, die wiederum von ihren Grafen umgeben waren, den Baronen, den Baronets ohne eigenes Lehen. Zirkel an Zirkeln an Zirkeln.

»Einige bestimmt.« Noch hatte sich Lisanne nicht gezeigt. Sie waren mit mehreren Schlitten aus verschiedenen Richtungen in die Stadt gefahren, um die Beobachter zu verwirren. Andererseits flammte ihre Katze auf Brens Schild. Das wiederum mochten manche für eine Täuschung halten. Wer hatte die besten Spione? Wer streute die Gerüchte am geschicktesten? Wem nützte es am meisten, wenn die anderen Schattenherren dieses oder vielleicht doch besser jenes glaubten? Wer wäre dankbar für eine zutreffende Nachricht, wen konnte man mit einer falschen bloßstellen? Eine Art, Krieg zu führen, die Bren nur unvollkommen beherrschte. Die Schattenherzöge dagegen waren Meister darin. Niemals hatte Bren so viele von ihnen an einem Ort gesehen. Seit beinahe zweihundert Jahren waren sie nicht mehr vollzählig zusammengekommen.

Sie folgten Velon, der sich lächelnd neben eine Säule stellte. Sogar Bren konnte erkennen, dass in dem Nebel unter der Decke Geister trieben, ätherische Gestalten mit flüchtigen Körpern, die eher an Zungen von Dunkelheit erinnerten als an Menschen.

»Sind das Verdammte?«, flüsterte Kiretta. Bren hörte das Zittern in ihrer Stimme.

»Manche glauben das. Andere sagen, sie sind einfach fremde Wesenheiten, beschworen aus einer Wirklichkeit jenseits menschlichen Begreifens.« Die dritte These, dass es abtrünnige Diener der alten Götter seien, die in den Schatten Zuflucht gefunden hatten, verschwieg er. Die neue Welt, die Kiretta betreten hatte, raubte schon manchen den Verstand, die in sie hineingeboren waren. »Sie schützen den SCHATTENKÖNIG, die Welt beuge sich SEINEM Namen.«

»Die Welt beuge sich SEINEM Namen«, wiederholte sie flüsternd. Es war das erste Mal, dass sie eine Formel des Kults sprach.

Velon begrüßte die Getreuen, die sich um ihn sammelten. Bei den meisten hielt er die Hand länger, als nötig gewesen wäre, und wechselte noch einige Worte mit ihnen, die sich für

Bren wie Floskeln anhörten, aber in ihrer Bedeutung weit darüber hinausgehen mochten.

»Das dort drüben ist Xenetor«, flüsterte er Kiretta zu, um ihren Geist beschäftigt zu halten.

»Wieso hat er Narben im Gesicht? Verheilen nicht alle Verletzungen, wenn man unsterblich wird?«

»Er trägt sie seit Jahrhunderten. Er ist der Krieger unter den Schattenherzögen, immer bewaffnet und gerüstet. Wie bei jedem Schattenherzog ist alles, was ihn betrifft, von Legenden umrankt. Der Kult behauptet, er habe Narben, weil es ihm so gefalle. Ich glaube eher, dass sie von Mondsilber geschlagen wurden, in einer Nacht dreifachen Vollmonds.«

»Vielleicht stimmt beides?«, überlegte Kiretta. »Ulrik war der Splitter einer abgebrochenen Pfeilspitze unter die Haut eingewachsen. Er hätte ihn herausschneiden können, aber er wollte ihn als Andenken behalten, damit er nie zu leichtsinnig würde.«

»Das ist ihm nicht gelungen«, stellte Bren trocken fest.

Kiretta verbarg ihr Lächeln hinter dem Fächer.

Als Schattenfürstin Widaja zu ihnen herüberkam, ordnete sich das Gefolge hinter ihr wie ein Keil. Bren vergewisserte sich, dass Velon sie bemerkt hatte, bevor er Kiretta erklärte: »Sie herrscht über die Wetterberge, nördlich von Amdra. Niemand erschlug so viele Fayé wie ihre Truppen. Man nennt sie den Tod der Unsterblichen.«

An diesem Namen gemessen sah sie harmlos aus. Sie war hochgewachsen und verlängerte ihre schlanke Gestalt noch durch ihre Frisur, indem sie das brünette Haar in der Form einer Lanzenspitze auftürmte. Die Damen unter ihren Anhängern imitierten dies teilweise vollkommen. Zudem schien es ein Bekenntnis der Treue zu Widaja zu sein, helle, beinahe weiße Kleidung zu tragen. Manche Hemden hatten einen Stich ins Grüne, andere waren zartblau oder sandfarben. Alle waren sie deutlich heller als bei den Gefolgsleuten der anderen Schattenherzöge, die der ondrischen Vorliebe für das Schwarz huldigten. Unter diesen war selbst das Dunkelrot von Velons Samt beinahe eine Fackel.

»Ich wusste es!«, rief Widaja mit Blick auf Brens Flammenschild. »Man durfte ihren Namen wieder aussprechen, kurz nachdem Ihr aufgebrochen seid!«

»Schattenherzogin!« Velon verbeugte sich leicht. »Welche Freude, Euch zu sehen.«

»Vergebt, mein guter Velon, dass ich Euren Reisegefährten entführte. Ich musste einfach erfahren, was Ihr erlebt habt.«

Erst jetzt entdeckte Bren Gadior in Widajas Gefolge. Die helle Kleidung war allzu ungewohnt an dem jugendlich erscheinenden Osadro. Mit einem festen Druck um den Unterarm hielt Bren Kiretta zurück, als sie zu einer Bemerkung ansetzte. Wo Unsterbliche mit Worten fochten, waren Menschen gut beraten, zu schweigen.

Widaja löste die Augen von Lisannes Wappen. »Zu bedauerlich, dass SEINE MAJESTÄT uns heute nicht mit SEINER Anwesenheit beehren wird.« Sie wartete ab, bis sich Velons Braue lüpfte. »Man trug mir zu, der SCHATTENKÖNIG ziehe es vor, zu ruhen. Von vier Nächten erwacht ER jetzt nur noch in einer. Macht Euch keine Gedanken, mein guter Velon, Ihr wart so lange fort, niemand kann erwarten, dass Ihr vollständig im Bilde seid, was die Verhältnisse in Orgait betrifft. Wenn Ihr es wünscht, werde ich gern für …«

Der selbstzufriedene Ausdruck floss von ihrem Gesicht, als ein Raunen durch die Menge ging. Alles wandte sich dem Portal zu. Die meisten der wenigen Menschen im Saal knieten nieder, auch Kiretta und Bren. Die Osadroi verbeugten sich, selbst die Schattenherzöge neigten die Häupter.

Alle Osadroi besaßen eine unnatürliche, ätherische Schönheit, aber Lisanne degradierte sie wie eine schwarze Rose unter Feldblumen, als sie den Saal betrat. Die erstaunten Geräusche verstummten unter ihren lautlos schwebenden Schritten. Als nähme sie eine Gardeformation ab, bewegte sie den Kopf mal ein wenig nach links, dann nach rechts. Sie sah alles, würdigte aber niemanden mit besonderer Aufmerksamkeit. Ihr Kleid zog eine kurze Schleppe hinter sich her, die feinen Spitzen der Elfenbeinkrone wirkten bedrohlich, wie gebogene Stilette. Um ihren Hals lag ein Gespinst aus Platin, in dem schwarze Perlen glänzten.

»Erhebt euch«, befahl sie, als sie bei Bren ankam.

Die Worte wirkten wie eine Lücke in einem Schildwall. Sofort war der Saal wieder von Gesprächen erfüllt, manche lösten ihre Anspannung mit überraschten Rufen.

Etwas Verletztes lag in Widajas Lächeln. »Ihr habt Euch rargemacht.« Im Vergleich zu Lisannes perfekter Modulation klang ihre Stimme plump, wie eine Möwe neben einer Nachtigall.

»Ich habe Interessanteres gefunden, als die Macht der Schatten aufzuteilen«, sagte Lisanne. »Ich habe sie in neue Regionen getragen und bringe von dort neues Wissen mit.« Sie musste sich bewusst sein, dass jedes ihrer Worte von einer begierigen Masse aufgesogen wurde. Die ersten Äußerungen einer der Mächtigsten des Reiches, die für Jahrzehnte verbannt gewesen war! Im Kult würden unterschiedliche Auslegungen dieser Sätze Gräben aufreißen.

»Viel hat sich verändert seit Eurem Weggang.«

»Ich habe gehört, dass sterbliche Reiche an die Schatten gefallen sind.« Es klang gelangweilt, als tue Lisanne Widaja einen Gefallen, indem sie sich zu dem Gespräch bereitfand. »In meinem Herzogtum jedoch hat sich wenig getan, nicht wahr?«

»Nun, es bliebe zu diskutieren, was davon noch Euer Herzogtum ist.« Deutlich genug sah Widaja zu Gadior. »Vielleicht sind Karat-Dor, Guardaja und die Grenze zum Nachtschattenwald zu viele Dinge, um sie einer Rückkehrerin zuzumuten, die sich um«, sie tat, als habe sie Mühe, eine respektvolle Formulierung zu finden, »so bedeutende Dinge verdient gemacht hat.« Schnell fügte sie hinzu: »Natürlich obliegt es dem nächsten SCHATTENKÖNIG, Ondrien zu ordnen, wie es IHM gefällt.«

»Natürlich.« Lisannes Lächeln war eiskalt wie das einer Mörderin, die jemanden betrachtete, der ihr Gift getrunken hatte.

»Ihr spracht von neuem Wissen.« Widaja fand in ihren Plauderton zurück. »Man munkelt, Ihr hättet auch eine alte Schwäche mit zurückgebracht. Welches von beiden ist es wohl, das Euch jetzt zum Schädelthron zieht?«

Lisannes Gesicht gefror. »Wenn der SCHATTENKÖNIG ruft – wie könnte ich fernbleiben? Ich habe IHM Treue geschworen.«

»Haben wir das nicht alle? Und sind wir nicht stets bestrebt, immer nur SEINEN Willen zu tun? IHM stets ohne Widerspruch gehorsam zu sein? Wie es das Gesetz verlangt? ER ist das Herz der Schatten, nur was IHM gefällt, soll bestehen, was IHM ein Ärgernis ist, muss vergehen.«

Lisanne hob das Kinn ein wenig an, schwieg aber. Ihre blauen Augen funkelten wie Saphire.

»Stimmt Ihr dem nicht zu?«, bohrte Widaja. Sie schien zu wachsen.

Bren konnte die Macht der beiden Schattenherzoginnen körperlich spüren. Sie fühlte sich an wie ein kalter Windhauch, der von den beiden ausging.

»Der Weisheit Eurer Worte kann niemand widersprechen«, sagte Lisanne. »Doch wenn es ELIEN VITAN gefällt, meinen Rat zu hören, dann werde ich mich nicht erdreisten, ihn zu verweigern.«

»ER hat nach Eurem Rat verlangt?« Ein angespanntes Zittern war in Widajas Stimme. »In welcher Angelegenheit?«

Lisanne fand ihr Lächeln wieder. »Wer weiß?« Beinahe kokett zuckte sie mit den Schultern. »Vielleicht findet Ihr jemanden, der den Mut hat, IHN danach zu fragen.«

Widaja überlegte. Die Stille war in den Thronsaal zurückgekehrt.

»ER ruht heute Nacht?«

Stumm, aber deutlich nickte Widaja.

»Nun, Euer Rat ist mir wertvoll wie stets. Ich sollte mich darüber kundig machen, was in Orgait geschehen ist.« Sie wandte sich Bren und Velon zu. »Kommt.« Ihnen voran schritt sie aus dem Saal.

Vier Gardisten standen an Helions Sarkophag in Lisannes Gemächern. Drei waren so jung, dass ihre Wangen kaum Flaum zeigten, einer beinahe ein Greis. Lisannes Rückkehr hatte Kult und Garde überrascht, und sie war besonders anspruchsvoll, was die Bewaffneten anging, denen sie die Bewachung ihres Wertvollsten anvertraute. Unter mehr als einhundert hatte sie ein Dutzend ausgewählt, die sich in ihrem Dienst abwechselten. Die Kriterien dafür waren Bren unbekannt. Er sah den Gardisten an, dass der Drang, auf die Knie zu fallen, als Lisanne den Raum betrat, gegen den Befehl aufbegehrte, aufmerksam die Stellung zu halten. Er konnte es ihnen gut nachfühlen.

Das Mondsilberschwert hing, entblößt von seiner Scheide, mit der Klinge nach unten an der Wand hinter dem geschlossenen Sarkophag. Das Metall reagierte mit einem nur schwachen Glühen auf die Ankunft der Osadra, als würde Helions Blut schläfrig in der Anklage gegen den Frevel, den die Existenz der Schattenherrin darstellte.

Sieben Zimmer bildeten Lisannes Gemächer. In diesem, das nur zugänglich war, wenn man den Raum durchquerte, in dem sie auf einem großen, mit roten Laken bezogenen Bett schlief, gab es keine Einrichtungsgegenstände außer zwei Kristallen, die auf Dreibeinen standen und ein helles Licht ausstrahlten. Mit der gleichen Zärtlichkeit, die Bren schon während der Reise mehrfach beobachtet hatte, strich Lisanne über den Deckel des Sarkophags. Der Stein war mit Schnitzereien versehen, die Schilde und Schwerter zeigten, die um einen Baum mit wuchernder Krone angeordnet waren, über dem die drei Monde standen. »Wir warten«, befahl sie.

Bren nahm den Flammenschild ab und stellte ihn mit der Spitze auf den Boden, als er an der Wand Stellung bezog. Hier war er nicht im Weg, konnte aber zugleich jeden aufhalten, der in feindseliger Absicht durch die einzige Tür eindränge. Das war natürlich äußerst unwahrscheinlich, aber wenn seine Anwesenheit hier überhaupt einen Sinn haben sollte, dann den, Lisanne zu schützen. Jetzt, da er in ihrer Nähe war, kam ihm das ganz selbstverständlich vor, wie der Sinn seines Lebens. Aber er wusste, dass diese Erkenntnis nicht immer so präsent war. Wenn sie schlief, wenn er neben Kiretta lag oder auch nur getrennt von ihr im Palast unterwegs war, dann fragte er sich, ob dies wirklich die Aufgabe war, mit der er Ondrien am besten diente. Er war ein General, hatte bewiesen, dass er Heere in die Schlacht führen, Kriege gewinnen konnte. Jetzt war er Schildritter, eine Mischung aus Herold und Leibwächter. Weder für das eine noch für das andere war er ausgebildet. Er war immer besser im Angriff als in der Verteidigung gewesen, seine stärkste Waffe, der Morgenstern, eignete sich kaum zur Parade und überhaupt nicht, um jemand anderen zu decken. Die Feinheiten des Protokolls, die ein Herold mit der Muttermilch aufsog, waren für ihn schon immer dünnes Eis gewesen. Aber jetzt war er bei Lisanne, und daher waren die Zweifel an der Aufgabe, die sie ihm zuwies, jetzt nur eine ferne Erinnerung. So fasste er den Stab seines Morgensterns und wartete. Wie sie befohlen hatte.

Elien kam allein. Er betrat den Raum wie eine Raubkatze. Helions Klinge leuchtete so blutrot wie die aus einem Edelstein geschnittene Krone des Schattenkönigs. Bis auf diesen Schmuck war Er schlicht gekleidet, in Schwarz, wie es Seine Gewohnheit war. Er sah Lisanne an, die tief knickste. Drei der Gardisten knieten nieder, ebenso wie Bren, der vierte beließ es bei einer tiefen Verbeugung, die Faust um den Schwertgriff geschlossen. Bren hielt den Atem an. Offenbar war der junge Mann in seiner Verehrung für die Schattenherzogin und seiner Treue zu ihrem Befehl gefangen. ELIEN überging den Vorfall. Nachlässig winkte ER mit der Hand, man möge sich erheben.

Lisanne ließ den SCHATTENKÖNIG nicht aus den Augen, als ER an den Sarkophag trat und sich mit beiden Händen daraufstützte. Der Schild verriet Brens Anspannung durch die Flammen, die so hell aus dem Wappen züngelten, dass sie tiefe Schatten an die gegenüberliegende Wand warfen. Die Sorge stand überdeutlich in Lisannes blauen Augen. ELIENS Hände waren die eines Künstlers, sie hätten einem Harfenspieler gehören können, aber Bren erahnte die Kraft, die darin lag. Wie lang hatte sich die Finsternis in diesem Körper gesammelt? Zehntausend Jahre? Zwanzig? Hundert? ELIEN hätte den massiven Steindeckel zu Staub zerreiben können, hätte ER es gewollt.

»Erzähle mir von deinen Söhnen«, forderte ER.

»Wenn EUCH jemand berichtete, ich sei ihre Mutter gewesen, so ist das nicht richtig. Ich schuf die beiden, wie ich andere zuvor in die Schatten führte.«

»Wirklich ganz so? Nach allen Gesetzen, die ich euch dafür gab?«

Lisannes Schweigen war schrecklich. Es schmerzte in Brens gesamtem Körper.

Endlich antwortete sie. »Ihre Herzen verblieben in ihrer Brust. Es gab keine Möglichkeit, sie EUCH zu schicken. Der Seelennebel verhinderte es.«

»Hast du es versucht?«

Demütig senkte sie den Kopf. »Nein, MAJESTÄT. Es erschien sinnlos.«

»Sinnlos.« ELIENS Flüstern war bedrohlicher, als es ein Schrei hätte sein können. »Du bist eine Schattenherzogin, Lisanne. Eine der besten. Ich liebe dich wie kaum eine andere, das weißt du.«

»Was wisst IHR von Liebe, MAJESTÄT?«, fragte sie bitter.

Er legte den Kopf leicht schräg. »Vielleicht willst du mich etwas darüber lehren?«

Sie schwieg.

»Nein?«

»Es steht mir nicht an, EUCH zu lehren.«

»Aber den Sinn meiner Gesetze infrage zu stellen, das steht dir an?«

»Nein, MAJESTÄT.«

»Warum hast du es dann getan? Jahrzehntelang?«

»Ich brauchte Zeit zum Nachdenken.«

Ein halbes Jahrhundert, dachte Bren. *Länger als mein bisheriges Leben.*

Aber ELIEN schien die Erklärung zu akzeptieren. Für Osadroi hatte Zeit eine andere Wertigkeit. »Nun, da du nachgedacht hast – zu welchem Schluss kommst du?«

»EUER Gesetz ist weise. Es muss befolgt werden. Ich forderte das Leben von Elutan und Goran zurück und bitte für mich selbst um eine Bestrafung, die EUCH angemessen erscheint.«

»Dafür will ich mehr von dem wissen, was du tatest.« ER wandte sich an Bren. »Was hast du dort gesehen, wohin mein Befehl dich geschickt hat, Bren Stonner?«

Bren musste sich überwinden, zu sprechen. »Ein Land ewiger Nacht, das Schattenherzogin Lisanne aus ganzem Herzen als seine Göttin verehrte.«

»Gadior berichtete mir davon. Eine Göttin. Wie seltsam. Fahr fort.«

»Die Brüder zogen sich Traumlenker heran, um die Essenz von den Schläfern zu ernten. Aber sie sind nicht mehr. Goran verging vor meinen Augen, Elutan enthauptete ich selbst. Sein Kopf ist inzwischen zerfallen. Nur seine Krone ist von ihm geblieben. Das Letzte, was ich von Tamiod sah, war das Sterben seines Volkes und der Aufgang einer nach Rache dürstenden Sonne.«

»Waren die Menschen in diesem Land betrübt, ihre *Göttin* zu verlieren?«

»Ihr Wehklagen war weithin zu hören.«

ELIEN richtete sich auf. »Sie haben sie geliebt? Alle?«

Unsicher sah Bren zu Lisanne, doch sie zeigte keine Regung. »Nein, MAJESTÄT. Es gab Rebellen gegen Lisannes Ordnung.«

»Ernüchternd, nicht wahr? Immer gibt es Unzufriedene. Egal, wie man die Menschen behandelt, ob hart oder sanft, niemals sind sie alle zufrieden. Aufruhr liegt ihnen im Blut. Sie brauchen ihn, um sich zu entwickeln. Das muss man wissen, wenn man sie beherrscht. Sättigung macht sie rebellisch, mehr noch als Not. Aber sage mir, Bren Stonner, diese Brüder, waren wenigstens sie ihrer Göttin treu?«

»Sie taten, was ihnen aufgetragen wurde.«

»Aus Liebe?«

Bren dachte nach. »Ich glaube, dass sie Lisanne liebten und verehrten, ja.«

»Merkwürdig, diese Liebe. Sie fügten sich also widerspruchslos in das Schicksal, das Lisanne ihnen zuteilte?«

Zögernd schüttelte Bren den Kopf. »Goran bat mich, seinen Bruder zu beseitigen, auf dass er allein herrsche.«

ELIEN lachte. Es klang, als könne ER damit alle Lichter der Welt ersticken. »Was soll ich noch mehr hören, Lisanne? Du strebst in allem nach Vollkommenheit, aber wenn es um Menschen geht, ist sie schwierig zu erreichen, noch schwieriger zu erhalten. Ein Bild ist irgendwann fertig. Ein Mensch niemals. Man muss sie ständig hegen. Glaubst du, du bist geschickter darin als ein Schattenkönig?«

»Natürlich nicht, MAJESTÄT«, hauchte sie.

Wieder stützte ER sich auf den Sarkophag. »Ich kann weiter zurücksehen als du und auch weiter voraus. Ich weiß, was gut und richtig für dich ist, Lisanne. Das hier«, ER nickte zu dem Sarkophag vor sich, »ist es nicht. Es ist eine Beleidigung deines gesamten Wesens, sich an etwas so Unvollkommenes zu binden.«

»Wo die Schatten noch nicht gefallen sind, sagt man, unsere bloße Existenz sei eine Beleidigung«, flüsterte Lisanne.

»Oh, das ist sie. Eine Beleidigung schwacher, vergangener Götter. Ich aber bin weder schwach noch vergangen.«

»Nein, MAJESTÄT. EUER Wille ist das Maß der Welt.«

»Und doch willst du dich nicht fügen.«

»Ich kann nicht, MAJESTÄT. Wenn meine Unfähigkeit EUCH beleidigt, dann vernichtet mich.«

ELIEN runzelte die Stirn. »All diese Zeit, all die Träume, all die Essenz und du hast nichts erreicht, nicht wahr? Wenn ich dieses Behältnis öffnete, fände ich ihn in Stasis, wie damals, in Ilions Palast im Nachtschattenwald. Dem Verfall entzogen, aber auch der Teilhabe am Leben.«

»So ist es«, bestätigte sie. »Aber ich habe etwas erreicht. Ich kann ihn fühlen, manchmal, und er spürt meine Gegenwart.«

»Doch das reicht dir nicht, und deswegen kommst du zu mir gekrochen.«

»EURE Macht über die Schatten vermag, was mir unmöglich ist.«

»Doch mein Wille, Lisanne ... mein Wille steht dem entgegen.«

Brens Herz setzte einen Schlag aus, als Lisanne auf die Knie sank und zu ihrem König aufsah. »Ich bitte EUCH, MAJESTÄT. Fordert, was immer IHR begehrt.«

»Steh auf. Dein Schauspiel ist unwürdig.«

Sie gehorchte.

»Ich werde sein Leben nicht zurückrufen, aber ich könnte dir gestatten, ihn in die Schatten zu führen.«

»Er würde es nicht wollen.«

»Das schert mich nicht.«

»Ich verbiete es. Er wäre unglücklich.«

Schwindel ergriff Bren. Was war die größere Ungeheuerlichkeit? Dass Lisanne wagte, dem SCHATTENKÖNIG, dem Herrn der Welt, etwas zu verbieten? Oder dass dieser Paladin offensichtlich gering schätzte, wonach sich jeder in Ondrien sehnte? Wonach sich Bren sehnte? Worauf er kaum noch zu hoffen wagte? Nun, da die Kluft zwischen Lisanne und ELIEN so offen vor ihm klaffte, musste er, der Schildritter der Rebellin, sich wohl endgültig damit abfinden, zu sterben. Nicht jetzt, aber irgendwann. Die Schattenherzogin riss alle in ihrer Nähe in Ungnade. Dennoch war seine Verehrung in ihrer Gegenwart ungebrochen. Besser verdammt mit ihr als erwählt mit einer anderen.

War ihr Unglück nicht allein Helions Schuld? Diese Impertinenz, diese Frechheit, gegen die Schatten aufzubegehren, ihre größte Gabe auszuschlagen! Hatte er nicht sogar einst versucht, Lisanne selbst zu töten? War nur mit knapper Not daran gehindert worden? Und dieser Nichtswürdige zog sie nun in die Ungnade wie ein Steinblock am Fuß eines Verurteilten, den man in einen See stieß!

»Was, wenn ich dieser Scharade ein Ende machte?«, fragte ELIEN.

»Das liegt in EURER Macht und EUREM Ermessen. Ich habe mich mit allem in EURE Hand gegeben. Nur eines könnt IHR nicht erzwingen. Meine Ergebenheit. Ich habe mich einmal verweigert, ich könnte es wieder tun. Wollt IHR mich wirklich in Fesseln schlagen, um mich zur Burg der Alten zu bringen?«

Lange sahen sie sich an. Erinnerungen aus Jahrtausenden wanderten über die Brücke dieses Blicks.

ELIEN trat einen Schritt zurück. »Mich dauert, dass du den Trotz gegen mich in deiner Umgebung duldest. Selbst hier, in meinem eigenen Palast.«

Mit einer Geschwindigkeit, die die Bewegung vor Brens Augen verwischte, fetzten Lisannes Krallen durch Rüstung und Bauch des Gardisten, der nicht vor dem SCHATTENKÖNIG gekniet hatte. Seine Gedärme klatschten gegen die Wand, hinterließen beim Herunterrutschen einen hässlichen Fleck, während ihr Besitzer zuckend zusammenbrach, offenbar noch nicht gänzlich verstehend, dass er tot war. Sein Blut färbte Lisannes ehemals weiße Hand dunkel und sprenkelte ihr Gesicht.

ELIEN wandte sich ab. In der Tür blieb ER stehen, drehte sich halb um. »Du lässt dich von Gefühlen leiten wie eine Sterbliche. Erinnere dich, dass ich weiß, wo dein Herz schlägt, auch wenn du es vergessen hast.«

Die Kathedrale von Orgait kauerte sich auf einen Hügel südlich des Palastbergs. Der Kultbau bedeckte den gesamten Südhang, kroch ihn wie eine schwarze, schleimige Schnecke hinauf, bildete gleich Fühlern mehrere Türme aus, von denen jedoch keiner die Höhe des Palasts erreichte, und fiel dann architektonisch mit immer kleiner werdenden Gebäudeflügeln ab. Wenn man sich aus dem Westen näherte, war es leicht, sich in dem schwarzen Schattenriss unter dem bewölkten Himmel einen Verehrer vorzustellen, der sich vor dem Palast des Meisters der tiefsten Schatten zu Boden warf.

Es tat Bren gut, der vor Gerüchten schwirrenden Residenz für einige Stunden zu entkommen. ELIEN hatte Lisanne getötet. Nicht in zornigem Rausch, sondern ganz kalt, hatte sie zerstückelt, jedes ihrer perfekten Körperteile in magischen Nebel eingeschlossen, damit es nicht zerfiele, und die Sammlung als Gaben für besonders Verdiente zurückgelegt. Während der Zeremonie SEINER Bettung wollte ER diese Zeichen der Anerkennung verteilen.

Nein, im Gegenteil, ER hatte Lisanne erwählt. Sie war auf SEINEN Befehl gegangen, damals, um ungestört von allen Überlegungen, die Ondrien beunruhigten, einen besonderen Auftrag auszuführen. Sie hatte wahlweise die Unterwerfung verschiedener Götterkulte oder gleich der gesamten freien Welt ausgehandelt.

Oder sie war ganz woanders gewesen. Hatten ihre Begleiter nicht berichtet, sie hätten Lisanne im Seelennebel gefunden?

Sie war in das Nebelland gereist, das auf mystische Weise auch mit der Burg der Alten verbunden sei. Dort hatte sie die SCHATTENKÖNIGE in IHREM langen Traum gefunden, IHNEN einen undenkbaren Dienst erwiesen. Nun trug Lisanne Splitter IHRER Wesenskerne in sich. ELIEN VITAN würde sich zur Ruhe betten, aber kein anderer SCHATTENKÖNIG erhöbe sich an SEINER statt. Lisanne würde von nun an IHREN Willen verkünden.

Letzteres Gerücht ging zu weit. Man hatte den Osadro gerügt, der es verbreitet hatte, und seinem gesamten menschlichen Gefolge die Zungen herausgeschnitten. Als Erinnerung musste er sie an einer Kette um den Hals tragen, bis der neue SCHATTENKÖNIG in Orgait einträfe.

Trotz dieser Mahnung kamen immer neue Gerüchte auf. Die Version, ELIEN habe sich einfach noch nicht entschieden, war zu uninteressant, um viele Anhänger gewinnen zu können.

Bren war sich der Spione bewusst, die ihm durch die Straßen der Stadt folgten. Vielleicht hätte er doch ein paar Krieger mitnehmen sollen. Andererseits hätte er bei einem Angriff in den nächtlichen Gassen wenigstens ein paar Gegner vor sich, bei denen sein Morgenstern etwas wert wäre.

Das Pferd schnaubte unter ihm. In gemächlichem Takt klackten die Hufeisen auf das Pflaster. Bei Einbruch der Nacht hatte es noch geschneit, aber die Straßen waren sauber gefegt, wenigstens in diesem Viertel. Als Bren die Kathedrale hinter sich ließ und die südlichen Ausläufer erreichte, wo die Häuser in weniger gutem Zustand waren, fanden sich noch einige Wehen.

Das Südkastell galt bei der Garde als unangenehmster Posten in Orgait. Das lag an der Nachbarschaft zur Festtafel mit ihrem an manchen Tagen erbärmlichem Gestank. Das so bezeichnete Gebäude war so weit südlich errichtet, wie es die Befestigungsanlagen ermöglichten, weil der Wind selten aus dieser Richtung wehte. Offenbar fand gerade ein Schmaus statt, denn Bren stach der widerlich süße Geruch in die Nase, den er vom Abgehen der Schlachtfelder nach einem Sieg kannte, wenn die Leichen moderten. Im Westen galt es als vornehm unter den Osadroi, ihn mit Duftölen maßvoll nachzuahmen. Eine Sitte, die bewies, dass das Denken der Unsterblichen anders als das der Menschen war, zumal Osadroi feinere Sinne hatten als ihre Untertanen.

Die Festtafel bot mehrere Zugänge. Der Oberbau hatte vier Stockwerke, in denen die Ränge kreisförmig angeordnet waren. Über Treppen waren die Plätze zu erreichen. Die Ghoule kamen durch unterirdische Gänge. Bren gab sein Pferd einem Burschen neben dem prächtigsten Tor, dessen Rahmen wallende Schatten nachahmte, in denen sich Gestalten mit dünnen, langen Armen und monströsen Fängen wanden. Hier betraten die Fütterer die Festtafel. Das Gebäude hatte kein Dach, sodass das Johlen der Menge ungehindert herausdrang. Bren hatte an dem Spektakel niemals etwas Anregendes gefunden und wunderte sich, dass es Velon offenbar gefiel.

»Ich habe Euch schon erwartet, Herr!«, begrüßte ihn ein Dunkelrufer.

Die unverhohlene Vorfreude auf seinem Gesicht war Bren ein Rätsel. Er hatte nie Nähe zum Kult empfunden. Auch wenn seine Lehren kaum bestreitbar waren, erschienen Bren seine Zeremonien affektiert. Sie hatten wenig gemein mit dem klaren, einfachen Dienst eines Schwertmanns, wie er ihn lebte. An diesen speziellen Dunkelrufer konnte er sich jedenfalls nicht erinnern. »Wie heißt Ihr?«

»Attego, Herr. Stets Euer Diener.« Tatsächlich beugte er das Haupt, wie die Kleriker es für gewöhnlich nur bei Osadroi taten. Er klatschte in die Hände, woraufhin sich das Tor öffnete.

Bren durchquerte den Gang und trat auf den Steg hinaus. Das Geländer war etwas höher als seine Hüfte. Hier, im Innern des Runds, sorgte die Menge für ein beständiges Rauschen, das sich zu einem Tosen steigerte, wenn die Darbietung besonders spektakuläre Momente hervorbrachte.

Nachdem er so lange mit ihm gereist war, erkannte Bren Velon sofort, obwohl der Osadro am äußersten Ende des Stegs stand, exakt über der Mitte des runden Sandbodens vier Schritt darunter. Eine zweite Person stand neben ihm, aber eine dritte beanspruchte Brens Aufmerksamkeit, indem sie ihm entgegenkam, die Arme vor der Brust kreuzte und sich mit an die Schultern gelegten Händen verbeugte.

Der Mann mochte dreieinhalb Jahrzehnte gesehen haben. Das Haupthaar hatte er bis auf einen kräftig blonden Zopf geschoren, der weit über seinen Rücken fiel. Auf diese Pracht schien er stolz, denn die Kupferringe, die er hineingeflochten hatte, schimmerten dicht an dicht. Das Hemd trug er an den Ellbogen geschnürt. »Monjohr Getana«, stellte er sich vor.

»Ihr seid der Ghoulmeister«, sagte Bren.

»Eben der, General Stonner.« Sein Grinsen offenbarte sorgsam gefeilte Zähne.

Bren nickte. »Ein ehrenhafter Beruf.« Er hoffte, dass seine Zweifel an dieser Aussage nicht zu deutlich zu hören waren. Es erforderte keine besonders edlen Talente, Ghoulmeister zu sein, und wohl auch keine Selbstzucht, wie der Kugelbauch an dem ansonsten eher schwächlich wirkenden Körper bewies. Da die Gehilfen den direkten Kontakt zu den Untoten übernahmen, war es auch keine gefährliche Profession, wenn man davon absah, dass es reichlich Neider gab, die nicht wählerisch waren, wenn sie eine Möglichkeit sahen, die begehrte Stelle verfügbar zu machen. Einer der vielen Posten in Orgait, die man mit Intrigen und Skrupellosigkeit erlangen konnte, um dann die dunklen Früchte der Hauptstadt zu genießen. Immerhin hatte er den Vorzug, dass er nicht erforderte, den Oberen des Kults die Treue zu schwören.

Wenn sich Monjohr mehr Anerkennung gewünscht hatte, war es ihm nicht anzumerken. Sein Grinsen blieb, als er weiter den Steg entlangzeigte. »Ihr habt den Schattenfürsten zweifellos entdeckt. Bitte entschuldigt mich für einen Moment. Man verlangt Nachschub. Sie sind hungrig heute Nacht.«

Das Schmatzen, das von unten heraufdrang, war nicht zu überhören.

Monjohr und Bren passierten einander. Erst, als Bren Velon beinahe erreicht hatte, erkannte er die Frau, die neben ihm stand. Sie schwenkte einen angefaulten Arm über dem Abgrund hin und her und ließ ihn fallen. In der Rechten hielt sie den Zeremonialstab mit dem Kinderschädel. Ihre Haut war beinahe so bleich wie der Knochen, was durch den Gegensatz zu ihrer schwarzen Robe besonders deutlich wurde.

»Ah, Bren! Da bist du ja!« Beinahe freundschaftlich legte Velon ihm die Hand auf den Oberarm. »Du erinnerst dich sicher an Nachtsucherin Jittara.«

Bren hatte oft genug mit den Mächtigen des Kults zu tun gehabt, um in dem Zittern von Jittaras Brauen die Überraschung seines Gegenübers zu erkennen. »Es ist nicht lange genug her, als dass ich Euch hätte vergessen können«, sagte er.

»Ich bin sehr erfreut, General«, behauptete Jittara, ohne sich jedoch zu bemühen, ihre Stimme über die Temperatur eines beständigen Nordwinds hinaus aufzuwärmen.

»Ihr bewegt Euch weit fort von Karat-Dor.«

»Ich gehe, wohin der Kult mich schickt.«

Und wo die Macht sich so sehr ballt, dass Ihr sicher sein könnt, dass ein wenig davon an Euch kleben bleibt. Bren trug den Flammenschild lange genug, um an dem Prasseln zu hören, dass er aufloderte, auch wenn er es nicht sehen konnte, weil er den Schutz über den Rücken geworfen hatte.

Velon betrachtete die beiden interessiert, als erwarte er, sie würden sich jeden Moment an die Gurgel gehen.

Jittara trat zur Seite, um ihm Zugang zum Futterbehälter zu gewähren. »Es ist kaum noch etwas da. Monjohr holt Nachschub.« Ein Kinderfuß lag verlassen in dem Gitterkorb.

»Nur zu!«, ermunterte Velon ihn. »Tu der Menge den Gefallen!«

Bren fasste das Leichenteil am großen Zeh und trat an das Geländer. Unten balgten sich einige Ghoule um den Arm, den Jittara ihnen zugeworfen hatte, die meisten waren jedoch unmittelbar vor dem Steg versammelt. Bren fand sie noch abstoßender als die Chaque, deren vollkommene Fremdheit Distanz schuf. Bei den Ghoulen dagegen war deutlich erkennbar, dass sie einmal Menschen gewesen waren. Ihre Proportionen waren verformt, die Kiefer monströs vergrößert, die Arme lang und dünn, Hände wie Vorschlaghämmer. Die meisten hatten nur noch einige Haarbüschel oder waren gänzlich kahl, Buckel waren häufig, und immer waren die Augen klein und tief eingesunken. Dennoch ließ sich ahnen, dass sie Bren einmal gar nicht so unähnlich gewesen waren. Jetzt drängten sie sich dort unten, auf ihren Festschmaus hoffend, zogen sich zurück, stießen sich beiseite, stiegen sich auf die Schultern. Die Haut, von der Bren wusste, dass sie bei gutem Licht blaugrün war, schimmerte durch Kleidung, die während der Umwandlung zerrissen war.

Bren ließ den Leichenfuß fallen und wandte sich im gleichen Moment ab.

»Die Fütterung scheint dir kein Vergnügen zu bereiten«, sagte Velon.

Bren zuckte mit den Schultern. »Darauf kommt es auch nicht an. Ich befolge Befehle, gleich, ob ich Freude daran habe.«

»Was sagst du dazu, Jittara? Ist solche Einfachheit nicht eine Gnade?«

»Ich werde darüber meditieren, Schattenfürst.« Devot neigte sie das Haupt.

Velon lachte leise. »Nun, uns scheint die Speise vorläufig ausgegangen. Willst du uns von deinen Bedenken berichten, solange wir auf Nachschub warten?«

»Ich weiß nicht, ob dies der rechte Ort ist, Herr«, gab Jittara zu bedenken.

»Oh, gerade war er es noch. Ist es die Gesellschaft, die dir nicht behagt?«

Jittara tat, als suche sie etwas in der Menge auf den Rängen. Die Zuschauer wirkten gelangweilt, die ersten verließen sogar schon ihre Plätze. Satte Ghoule boten kaum Unterhaltung. Es war nicht damit zu rechnen, dass sie sich gegenseitig die Fänge ins Fleisch schlügen. Dazu mussten sie halb wahnsinnig vor Hunger sein, und der Futterneid musste mit wenigen, gut platzierten Brocken geweckt werden.

»Nun, Jittara?« Der Hauch einer Drohung lag in Velons Frage.

Sie sah den Osadro so starr an, dass Bren klar war, dass sie den Blickkontakt zu ihm mied. »Diese Kiretta verhält sich unangemessen. Ich möchte sie befragen.«

»Sprecht geradeheraus«, forderte Bren. »Ihr meint nicht ›fragen‹. Ihr meint ›foltern‹.«

»Das ist eine spezielle Art der Befragung.«

»In der Tat. Eine, nach der manch ein Gesprächspartner nie wieder etwas sagen kann, weil ihm die Zunge fehlt.«

»So weit will ich noch nicht gehen.«

»Noch nicht? Das beruhigt. Aber verratet mir, warum wollt Ihr Kiretta überhaupt *befragen*?«

»Sie trifft sich mit Menschen.«

»Ungeheuerlich!«, rief Bren aus. »Was für cin Skandal! Und Ihr glaubt, dass dies die Sicherheit der Schatten bedroht?«

Böse funkelte sie ihn an. Wie schaffte sie es nur, den Eindruck zu erwecken, auf ihn herabzusehen, obwohl sie kleiner war? »Ausgerechnet mit der Gesandtschaft aus Milir!«, spie sie ihm entgegen.

Viele menschliche Herrscher hatten ihre Gesandten am Hof des SCHATTENKÖNIGS. Tatsächlich gab es kaum jemanden, der keine Beziehungen zum mächtigsten Reich der Welt unterhielt. Sogar aus Ilyjia gab es eine kleine Delegation, wenn sie auch nur aus einem vergreisten Ehepaar und seinem Sohn bestand.

»In Milir verehrt man die Stärke, und Stärke hat sie immer fasziniert«, sagte Bren.

»Das sieht man! Sie hat eine Statur, als hätte sie ihr Leben lang Kornsäcke geschleppt.«

»Das tat sie nur, wenn das Schiff, das sie aufbrachte, welche geladen hatte.«

Velon beobachtete beide mit stiller Belustigung.

»Woher hat sie eigentlich ihren Haken?«

»Es bedarf keiner Folter, sie danach zu fragen«, empfahl er. Im gleichen Moment wunderte sich Bren darüber, dass er selbst nie mit Kiretta darüber gesprochen hatte. »Aber ein Haken ist nicht verboten.«

»Verboten ist das, was jenseits der Grenzen liegt, die die Starken setzen.«

Bren grinste. »Wir sind uns ja einig, dass Kiretta stark ist. Da dürfte sie einen erheblichen Spielraum besitzen.«

»Gebt Ihr nur ihren Auslauf. Ihr habt Euch immer gut um Tiere gekümmert, sagt man. Was ist eigentlich aus Eurem Hund geworden?«

Beherrscht sagte Bren: »Ich war bei ihm, als er starb.«

»Das können meine Seelenbrecher von ihren Welpen auch sagen. Nur, dass sie sie selbst ins Nebelland bringen.«

Das habe ich bei Sutor ebenfalls getan, dachte Bren und spürte Velons Blick auf sich.

Das Schicksal seines treuen Gefährten ging die Nachtsucherin nichts an. »Also habt Ihr nichts weiter gegen Kiretta in der Hand, als dass sie mit Menschen spricht? Und Ihr findet es angemessen, diese lächerliche Sorge vor einen Schattenfürsten zu bringen?«

Sie setzte ihren Zeremonialstab ein Stück vor, lehnte sich schwer darauf, während sie ihren stechenden Blick in seine Augen bohrte. »Wenn ich sie befragen dürfte, hätte ich vielleicht mehr. Mir missfällt der Gedanke, dass eine Frau, die außerhalb Ondriens aufgewachsen ist, die den Schatten nicht die ihnen schuldige Verehrung darbringt, unbehelligt in der Nähe der verehrten Osadroi herumlungert. Zumal sie ständig bewaffnet ist.«

»Es mag Eurer Aufmerksamkeit entgangen sein, aber Kirettas Haken ist zwar kunstvoll gefertigt, jedoch aus Stahl, nicht aus Silber.«

Jittara ächzte. »Das wäre ja auch ganz unvorstellbar!«

»Mir dagegen fehlt die Phantasie, mir vorzustellen, wie Kiretta einem Osadro gefährlich werden sollte.«

Die Menge rumorte. Froh über die Ablenkung, sah Bren Monjohr zurückkommen. Er war nicht allein, zwei beladende Träger begleiteten ihn. Und ein gefesseltes Mädchen.

»Bist du mit unserem Ghoulmeister vertraut?«, fragte Velon. »Man sagt, er teile die Vorliebe seiner Schützlinge für leicht verdorbenes, ungekochtes Fleisch.«

Bren erinnerte sich an die angefeilten Zähne, aber das Mädchen zog seine Aufmerksamkeit auf sich. Es war zehn Jahre alt, vielleicht jünger. Kein Kind aus der Gosse, dafür war es zu sauber, das Haar zu sorgfältig frisiert, die Kleidung zu fein. Die großen Augen waren mit dunklem Strich nachgezogen.

Velon streichelte ihm den Kopf, als die Gruppe sie erreichte. Die Träger tauschten die Behältnisse mit den Leichenteilen aus.

»Monjohr«, sagte Velon. »Zeig dem General, warum man dich den Fayé nennt.«

Das war allerdings eine Bezeichnung, die Bren nicht mit dem untersetzten Mann in Verbindung gebracht hätte. Dann aber hob der Ghoulmeister, entschuldigend lächelnd, die Linke. Sie war nicht ungewöhnlich, bis auf einen verkümmerten, zweiten Daumen, der aus dem Handballen spross. Monjohr zeigte, dass er ihn bewegen konnte, auch wenn er zu klein war, als dass er Kraft hätte bergen können.

»Ist sie nicht hübsch?«, fragte Velon, den Blick auf dem Kind. »Und doch – eine Mörderin. Oder ein Mordwerkzeug, wenn man es so betrachten will. Sie hat die Rivalen ihrer Eltern vergiftet.«

»Ein folgsames Kind«, sagte Bren.

»Was würdet ihr mit ihr machen?«

Jittara lächelte kalt. »Wir sollten eine Säge holen. In kleinen Portionen haben mehr Ghoule etwas von ihr, und ihre Schreie werden die Menge erfreuen. Zugleich wird es abschreckender sein.«

Das Kind sah Velon starr an, als hörte es nicht, was gesprochen wurde. Möglich, dass der Schattenherr den Geist des Mädchens gegriffen hatte.

»Und du, Bren? Was würdest du tun?«, fragte Velon.

Bren packte die Kleine und warf sie über das Geländer in die Tiefe. Das Kreischen der Ghoule wurde schnell von den Rufen der Menge übertönt.

Velon ignorierte das Treiben unten auf dem Sand. Er sah Bren an. »Du handelst schnell.«

Ja, aber nicht so schnell, dass ein Osadro mich nicht hätte aufhalten können, hätte es ihm nicht gefallen. »Ich bin ein Mann der Tat.«

Velon lächelte. »Das weiß ich.«

Der Bann fiel von dem Mädchen. Es schrie nun doch, als die Ghoule es zerrissen. Sie waren dumm, ihnen fehlte sogar der Instinkt, eine Beute zu töten. Sie wollten nur fressen, und wenn sie gereizt waren, so wie jetzt, bemerkten sie den Unterschied zwischen frischem und angegammeltem Fleisch erst im Maul. Dennoch starb das Kind auf diese Weise schneller, als wenn man es Jittara überlassen hätte. Noch gnädiger wäre gewesen, wenn es sich beim Aufprall das Genick gebrochen hätte. Bren hätte es mit dem Kopf nach unten über das Geländer schleudern sollen.

Velon wandte sich an Jittara. »Ich danke dir für deine Beobachtungen. Wir werden uns im Palast sicher noch einmal begegnen.«

Die Nachtsucherin blickte erst Velon, dann Bren an und zog ein säuerliches Gesicht, als sie knickste.»Wie Ihr wünscht, Schattenfürst.«

Gemeinsam sahen Bren und Velon ihr nach, während Monjohr seinen Schützlingen neue Leichenteile hinunterwarf. »Willst du sie tot wissen?«, fragte Velon. »Stell dir vor, ihre Glieder lägen jetzt in diesen Körben. Ich könnte es veranlassen, wenn ich wollte.«

»Wollt Ihr denn?«

»Das ist nicht meine Frage. Willst du es, Bren? Ich schätze dich, du hast dich auf der Reise als sehr nützlich erwiesen. Ich werde dir gern einen Gefallen tun.«

Bedächtig schüttelte Bren den Kopf. »Ich schlage meine Kämpfe selbst und sehe meinen Feinden in die Augen, wenn ich sie töte.«

»Ganz wie du willst.« Velon lächelte.

Ich bin ein Machtfaktor geworden, erkannte Bren. *Man umwirbt mich, sogar Velon. Wohl wegen meiner Nähe zu Lisanne. Aber da ist noch etwas anderes. Jittara dient dem Tempel von Karat-Dor. Ihr Tod würde Gadior schwächen, und Gadior ist jetzt in Widajas Gefolge. Ich weiß nicht, warum er Lisanne untreu geworden ist. Aber wie könnte ich das auch? Er mag seine Bande zu Widaja schon vor Jahrzehnten geknüpft haben. Vielleicht auch erst nach unserer Rückkehr. Nichts ist gewiss in den Schatten.*

Sinnend warf Bren eine halb verschimmelte Hand zu den Ghoulen hinunter. *Anscheinend braucht man sich nur einige Zeit in Orgait aufzuhalten, damit selbst jemand wie ich die Grundzüge der Intrige erlernt.* Er ließ eine weitere Hand folgen. *Aber nur ein paar Atemzüge in dieser Stadt sind nötig, um zu verstehen, dass der Verbündete von heute derjenige sein kann, der einen morgen an die Ghoule verfüttert.*

Er sah Velon an.

Wer ewig leben will, hat keine Freunde.

Bren ertappte sich bei der Frage, ob der SCHATTENKÖNIG wohl wusste, dass die Intensität, mit der der Flammenschild brannte, die Anspannung seines Trägers verriet. Ein dummer Gedanke, hatte der SCHATTENKÖNIG doch andere Möglichkeiten, solcherlei in Erfahrung zu bringen, wenn es IHN überhaupt interessierte. Aber wer hätte schon Bren Beachtung geschenkt, wenn auch Lisanne anwesend war?

Die Tribute anlässlich der Erweckung waren in Gruppen aufgestellt. Die meisten Generationen vergingen, ohne dass es zu einem Wechsel auf dem Schädelthron kam. Nun aber war die beste Ernte gesammelt worden. In ganz Ondrien waren die Seelenbrecher und Boten der Schattenherren ausgeschwärmt, in jede Stadt, jedes Dorf, um jene zusammenzutreiben, von denen sie glaubten, sie könnten dem SCHATTENKÖNIG gefallen. Jetzt wurde offenbar, ob dies tatsächlich der Fall war. Nur Bren und Lisanne begleiteten ELIEN VITAN, als ER unter offenem Himmel von Gruppe zu Gruppe schritt und musterte, was IHM angeboten wurde. Die Osadroi waren auf den Terrassen des fallenden Gartens versammelt und beobachteten sie gespannt. Aus dem Hügel, auf dem der Garten angelegt war, brachen heiße Quellen an die Oberfläche, was eine großzügige Begrünung erlaubte. Hier aber, wo die Menschen standen, war es kalt. Ihr Atem malte helle Wolken in die Nachtluft unter dem klaren Sternenhimmel. Einige waren nur leicht bekleidet, wohl, um dem SCHATTENKÖNIG mit den Formen ihrer Körper zu gefallen. Ein Vorhaben, das aus zwei Gründen misslang – Gänsehaut war selten attraktiv, und mit Lisanne als Vergleich erschien jeder Mensch wie eine verwachsene Missgeburt.

Dreizehn waren in jedem Tribut zusammengefasst, so war es Sitte. Normalerweise oblag es einem Schattengrafen, einen Tribut zusammenzustellen, manchmal tat es auch ein Baron, was dann als Zeichen gelten konnte, dass er sich von seinem Herrn abheben wollte. Es sei denn, er war von ebendiesem dazu aufgefordert worden, einen Tribut zu leisten, damit die

Grafschaft durch die höhere Anzahl besondere Ergebenheit zum SCHATTENKÖNIG zeige, oder gar als Strafe für die Baronie. Der Verlust von dreizehn Menschen war nicht spürbar, aber je nach Art des Auswahlverfahrens standen hinter jedem von diesen, die hier versammelt waren, einhundert, die die Selektion nicht überlebt hatten. Manche Schattenherren führten ein strengeres Regiment als andere.

Vier Tribute hatte der SCHATTENKÖNIG bereits abgelehnt. Diener des Kults hatten die Menschen erdrosselt, sie würden den Schatten nützlich sein, indem sie die Ghoule stärkten. Aus drei weiteren Tributen hatte ELIEN einzelne Menschen entfernen lassen. Zwei Frauen und sieben Männer hatte ER sanft berührt, an Wange oder Hals. Keine SEINER Gesten entging den Osadroi, die ein paar Dutzend Schritt entfernt zwischen den Kohlebecken standen, die dunkle Schatten aus den Pflanzen schufen. Zwischen ihnen flatterten die Schleier unbeachteter Tänzerinnen.

»Ein Tribut aus Ilyjia«, sagte ELIEN. »Dorther kommt doch auch dein Sterblicher.«

»So ist es, MAJESTÄT«, bestätigte Lisanne.

Bren runzelte die Stirn. »Ilyjia ist unser Feind«, murmelte er. Die beiden Alten, die als ilyjische Gesandte am ondrischen Hof Dienst taten, waren nicht zugegen. Dennoch, die aus gewickel ten Stoffbahnen bestehende Kleidung und die gerade geschnittenen Gesichter ließen kaum Zweifel an der Herkunft der Menschen. Anders als bei den anderen Tributen war keine Ergebenheit in ihren Gesichtern zu lesen. Sie trugen Fesseln.

»Das stimmt, General. Aber nicht alle Fürsten Ilyjias sind so verbohrt. Manche erkennen, dass in den Schatten mehr Macht liegt als in ihrem Königshaus oder im Tempel der Mondmutter.« Nachdenklich betrachtete ER die hochgewachsenen Menschen. »Ich will niemanden aus diesem aufsässigen Land um mich haben.« Ein sanfter Wink, und die Kleriker verrichteten ihr Werk mit den Schlingen.

Auch aus anderen Reichen waren Tribute eingetroffen, dann aber meist von den jeweiligen Herrschern geschickt. Aus Milir etwa waren es dreizehn verurteilte Verbrecher, die als Zeichen des Wunsches nach Frieden auch mit dem nächsten SCHATTENKÖNIG dienen sollten. ELIEN akzeptierte sie.

»Ich stehe zu meinem Wort«, sagte ER zu Lisanne, während sie weitergingen. »Ich habe gesagt: Ich werde diesen Helion nicht erwecken, also werde ich es auch nicht tun.«

Brens Herz setzte einen Schlag aus, als er sah, wie sich Lisanne verkrampfte.

»Dann ...«, setzte sie an, doch ELIEN fuhr fort.

»Aber ich schätze dich, Lisanne. Wirklich. Durch die Jahrhunderte habe ich mich an dich gewöhnt, und mir würde etwas fehlen, wenn ich dich bei meinem nächsten Erwachen nicht sähe.«

Eine Frau mit hochgesteckten, gewachsten Locken löste sich aus dem Tribut, den ELIEN nun begutachtete. Sie trug ein edles Gewand und goldene Spangen um die Arme. »Nehmt mein Leben, o SCHATTENKÖNIG!«, rief sie, als sie sich zu SEINEN Füßen auf den Boden warf. »In einer Welt ohne ELIEN VITAN will ich nicht sein!«

Beiläufig, wie man eine Fliege zerdrückte, fasste ELIEN Kinn und Hinterkopf und brach ihr mit einem Ruck das Genick.

»Ich habe kein Verlangen danach, im langen Traum Xetiras Klagen zu hören«, fuhr ER fort.

Der lange Traum war eine der vielen Legenden, die der Kult weder bestätigte noch als Häresie verdammte. Offenbar hatte die Theorie einen wahren Kern. Demnach waren die SCHATTENKÖNIGE in der Burg der Alten nicht gänzlich ohne Bewusstsein, sondern standen in Kontakt miteinander, in einem Austausch, anders als bei einem Gespräch, eher wie bei dem Band, das zwischen einem Osadro und den Menschen entstand, von denen er häufig Essenz nahm. Einen solchen Menschen konnte er über weite Entfernungen spüren und ihm auch empathisch seine Wünsche mitteilen. Was XETIRA mit Lisanne verband, wusste Bren nicht.

Seufzend blieb ELIEN stehen. »Ich werde mich beim nächsten Schattenkönig für Helions Heilung einsetzen. Aber nur, wenn du neben mir in der Burg der Alten stehst.«

Demütig neigte Lisanne das Haupt, wobei die Elfenbeinkrone fahl schimmerte. »So sei es, MAJESTÄT.«

Bren fragte sich, ob es vor einhundertsiebenundneunzig Jahren auch so gewesen war. Von den Menschen, die auf den Plätzen, in den Häusern und den Palästen Orgaits versammelt waren, war natürlich keiner dabei gewesen, von den Osadroi jedoch einige. Ondriens Hauptstadt quoll aus den Fugen, ihre Bevölkerung hatte sich in den Tagen vor dem Thronwechsel mindestens verfünffacht. Die Herbergen konnten die Besucher bei Weitem nicht aufnehmen. Vor den Mauern war ein Wald aus Zelten gewachsen, trotz der Kälte. Den unsterblichen Verbündeten der Schattenherren, den Fayé, waren Gemächer im Königspalast zugewiesen worden. War es Zufall, dass dreizehn von ihnen die Delegation Amdras bildeten? Bren fand noch immer verwunderlich, dass Alenias sie anführte. Er hatte es kaum erwarten können, nach Amdra zu kommen, aber das Heimweh hatte nur einen Tag angehalten. Auf der Rückreise hatten die Ondrier kaum Ilions Königshof verlassen, als er und seine Begleiter auch schon zu ihnen aufgeschlossen hatten. Hier in Orgait schien er keine Unruhe mehr zu verspüren. Bren hatte kaum Zeit gehabt, mit ihm zu sprechen, und auch Alenias schien nicht an der Konversation mit den alten Reisegefährten gelegen. Mit der Arroganz der Fayé verbrachte er die Zeit unter seinesgleichen. Tatsächlich glich er nun wieder den Seinen, denn die Verjüngung hatte, mit Ausnahme des grauen Haars, alle Spuren der einstigen Greisenhaftigkeit von ihm genommen. Jetzt stand die Delegation Amdras auf einem der nach Süden gehenden Balkone und sah zum Kathedralhügel. Das Objekt ihrer Aufmerksamkeit verband sie mit beinahe allen Bewohnern Orgaits. Bren kannte nur vier Ausnahmen. Die Wachen, die an Helions Sarkophag ihre Pflicht versahen.

Bren selbst stand mit Kiretta am Fenster des Gemachs, das ihr zugewiesen war. Sie hatten sich geliebt, jetzt lag wohlige Erschöpfung in seinen Gliedern. Sie schmiegte sich an seinen Rücken und ließ die Hand über seine Brust gleiten. »Hast du Angst vor dem, was kommt?«, fragte sie.

Der Anblick der Kathedrale konnte Unwohlsein wecken, selbst für jemanden, der sein Leben lang im Dienst der Schatten stand. Finsternis quoll daraus hervor, dunkler als Schwarz, ungerichtet, zu allen Seiten ausgreifend wie Feuer, aber langsamer. Wenn man an die Ränder ihrer Zungen sah, konnte man beobachten, wie das Sternenlicht flirrte, bevor es von den finsteren Flammen verschluckt wurde.

Er nahm Kirettas Finger, führte sie zu seinen Lippen und küsste sie. »Nein. Was geschehen soll, wird geschehen.«

»Hoffst du noch auf die Unsterblichkeit?«

»Niemand weiß, was der nächste SCHATTENKÖNIG tun wird.«

Sie führte die kalte Spitze ihres Hakens über seinen nackten Bauch. Er mochte es, sie auf der verletzlichen Haut zu spüren. »Ich meine, weil deine Verdienste Elien galten und man doch sagt, ein neuer Schattenkönig sei an nichts gebunden.«

»Lass uns schweigen«, bat er.

Alle Schattenherzöge waren in der Kathedrale versammelt. Der Kult machte ein großes Geheimnis darum, was sie dort taten. Ein Teil davon war ein Zauber, der ihre Reise zur Burg der Alten in nur einer Nacht bewirken würde. Kein Sterblicher kannte die genaue Lage dieses Orts, aber näher als dreißig Meilen konnte er unmöglich sein. Wahrscheinlich war es erheblich weiter.

Bren betrachtete die Fayé auf ihrem Balkon, die Osadroi auf den anderen, die Massen, die die Plätze füllten, die Krieger, die heute wenig zu tun hatten, weil die Andacht über allem lag wie eine erstickende Decke. Paradoxerweise war es ausgerechnet den Dienern des Kults verwehrt, dem Geschehen in der Kathedrale ihre volle Aufmerksamkeit zu widmen. Sie waren damit beschäftigt, alle königlichen Wappen einzuholen. Schilde mit der grau silhouettierten, schwarzen Rose auf schwarzem Feld wurden abgehängt, Banner eingerollt. Wo das Zeichen des SCHATTENKÖNIGS in eine Wand gemeißelt war oder aus anderem Grund nicht entfernt werden konnte, verhüllte man es mit schwarzen Tuchen. Eine Nacht, einen Tag, eine weitere Nacht und noch einen Tag würde Ondrien ohne Herrscher sein.

Sanft löste sich Bren aus Kirettas Umarmung. »Ich muss mich bereit machen. Es wird nicht mehr lange dauern.«

Erst sah sie ihn schalkhaft an, als wolle sie versuchen, ihn noch einmal auf ihr Lager zu ziehen. Dann nickte sie. »Lass mich dir helfen.« Sie griff das wattierte Hemd, das er unter dem Schuppenpanzer trug.

Kaum eine Flamme züngelte aus seinem Schild, als er durch die ausgestorbenen Flure des Königspalasts ging. Die unzähligen Vorsprünge erzeugten eine Vielzahl von Echos zu seinen Schritten. Lächelnd hob er ein Tuch auf, das von einem Königswappen gerutscht war, und befestigte es erneut. Damit ersparte er einem unbekannten Kleriker eine Prügelstrafe.

ELIEN wuchs gerade langsam genug aus dem Schatten eines dunklen Winkels, dass Brens Augen den Prozess erfassen konnten. Die Einbuchtung war viel zu klein, um einen menschlichen Körper aufnehmen zu können. Die Dunkelheit, die zum SCHATTENKÖNIG wurde, entstand so, wie sich ein Kegel aus dem schmelzenden Wachs einer schwarzen Kerze formte. Der Vorgang hatte Ähnlichkeit damit, wie Gadior in Ejabon aus dem Nebel Gestalt angenommen hatte, aber ELIEN war vollständig bekleidet. ER trug sogar SEINE Krone.

ER beachtete Brens Überraschung nicht. »Diene den Schatten, Bren Stonner«, sagte ER. Fest sah ER ihm in die Augen, aber Er hatte keine Magie nötig, um Seiner Autorität Geltung zu verschaffen. »Sei mein Knecht.«

Bren kniete nieder. Prasselnd erwachte der Flammenschild. »Majestät! Mein Leben, mein Streben, meine Kraft sind Euer. Verfügt über mich.«

»Ich halte mein Wort. Jeder Schattenkönig tut das. Wer immer mir auf dem Schädelthron nachfolgt, morgen werde ich ihn bitten, den Tod aus Lisannes Helion zu vertreiben, auf dass sein Leben neu erwache. Doch wenn er hier eintritt, wird Helion bereits tot sein. Wirklich tot. Du wirst dafür sorgen.«

Die Gedanken in Brens Kopf waren wie ein Brandgeschoss, das an einer Burgmauer zerspritzte. Lisanne. Verrat. Der Schattenkönig. Bren, der General. Bren, der Schildritter. Der neue Schattenkönig, die Finsternis, aus der die Welt neu erstand. Helion, der die Unsterblichkeit der Schatten verschmähte. Der seit Jahrzehnten nicht alterte, nicht lebte, nicht starb. Der die Liebe einer Schattenherzogin besaß. Etwas, von dem die schwarzen Bücher des Kults nichts wussten. Bren konnte die losen Fetzen nicht verbinden, nichts zu Ende denken.

»Mein Nachfolger wird dich vernichten, wenn du versagst, Bren Stonner. Es wird kein schneller Tod sein. Jahrhunderte wird man dein Leid besingen, und du wirst dabei zuhören, bis zur letzten Strophe. Sieh mich an! Verstehst du, was ich sage?«

»Ja, Majestät.«

»Dann begreife auch dies. Einen dritten Auftrag werde ich meinem Nachfolger geben. Wenn du treu erfüllst, was ich dich heiße, wird man dich in die Schatten führen.«

Brens Herzschlag setzte aus. Also doch! Jetzt, da er sich schon damit abgefunden hatte, die Unsterblichkeit nicht zu erlangen, stattdessen für seinen Dienst an den Schatten von allen Göttern verflucht ins Nebelland zu gehen! Es war der Schattenkönig selbst, der ihm die Ewigkeit versprach. Hastig wog Bren die Worte, die Elien gebraucht hatte. Seine Worte waren unumstößlich, aber gab es eine Lücke? Eine Möglichkeit, wie

Er sie erfüllen und Bren zugleich verdammen könnte? So, wie Er es mit dem Versprechen machte, das Er Lisanne gegeben hatte?

Bren fand sie nicht. Und er hatte ohnehin keine andere Wahl, als Elien Vitan zu gehorchen. Täte er es nicht, so wusste er hinreichend genau, was ihm bevorstünde.

»Du verstehst also«, sagte Elien. Er verschmolz mit den Schatten, wie Er gekommen war.

Bren kniete noch lange. Während das Begreifen in seinen Verstand sickerte, schlugen die Flammen weiter und weiter aus dem Schild. Nun war das, was er so sehr ersehnt hatte, dass er nur selten davon gesprochen hatte, verquickt mit einem Albtraum, den kein menschlicher Geist greifen konnte. Bren schwankte zwischen Panik und Euphorie, zwischen Tatendrang und dem Wunsch, sich im tiefsten Brunnen zu verstecken.

Dann, ganz plötzlich, erloschen seine Gefühle. Er war nicht mehr fähig, zu empfinden. Wie jemand, der in einer Schlacht zu schwer verwundet wurde und mit einem Mal keinen Schmerz mehr spürte, selbst wenn er auf den Stümpfen seiner durchtrennten Beine lief. Die Flammen zogen sich in den Schild zurück. Bren setzte seinen Weg fort. Er war Lisannes Schildritter. Er durfte keinen Verdacht erregen.

Velon erwartete ihn in Lisannes Gemächern. Ruhelos ging er auf und ab. »Du kommst spät.« Es war beinahe ein Fauchen.

»Verzeiht, Schattenfürst. Ist Lisanne denn schon hier?«

»Nein«, räumte er ein. Er sah zu der Kammer hinüber, in der die Wachen an Helions Sarkophag standen. »Ihre Hingabe ist etwas, das ich mit Wohlgefallen betrachte.«

»Sie erfüllen ihre Pflicht.«

Velon runzelte nachdenklich die Stirn. »Was hältst du von Ghoulen, Bren?«

Bren konnte keine Falle in der Frage erkennen. Außerdem hatte ihn die Begegnung mit Elien so sehr gefordert, dass er in dieser Nacht nicht mehr zu den feinen Vorsichtsmaßnahmen in der Lage war, die eine diplomatische Rede erfordert hätte. »Ich mag sie nicht. Krieger müssen mitdenken. Man kann Ghoule gebrauchen wie einen Rammbock, um Tore einzureißen oder Mauern zu untergraben. Das sind sehr begrenzte Aufgaben, und sie brauchen immer jemanden, der sie führt.«

»Ja, nicht wahr?«, sinnierte Velon. »Aber ein guter Feldherr vermag jede Waffe einzusetzen, und ihre Loyalität ist ohne Beispiel. Sie kennen keine Zweifel, wenn ihnen einmal etwas befohlen wurde.«

»Dafür verstehen sie viele Befehle nicht. Manche von ihnen sind so tumb, dass sie kaum geradeaus gehen können.«

»Andere sind klüger. Vielleicht willst du dich einmal mit dem Fayé darüber unterhalten.«

»Ihr meint Ghoulmeister Monjohr?«

»Er weiß alles über Ghoule. Gerade jetzt hat er eine gute Zucht. Sicher wird er dir gern einige Exemplare überlassen, wenn du sie ausprobieren willst.«

Bren nickte, obwohl Monjohr ihn anwiderte. Nach kaum etwas verspürte er weniger Verlangen als nach einem Gespräch mit dem Herrn der Festtafel. Aber warum hätte er sich mit Velon streiten sollen? Diese Nacht war weitaus Wichtigerem vorbehalten.

Lisanne beachtete sie nicht, als sie durch das Zimmer schritt, hin zu dem Sarkophag, den sie erst schweigend betrachtete und auf den sie sich dann stützte. Bren verstand etwas von der Peinlichkeit, die die Unsterblichen bei der Vorstellung an ihre Liebe erfüllte, als sie auf das steinerne Behältnis kletterte und sich mit dem Gesicht nach unten auf den Deckel legte. Die Verbindung von unvergänglicher Schönheit und erstarrter Verwesung hatte etwas Abstoßendes. Bren sah weg.

Irgendwann stand Lisanne neben ihm. Die Elfenbeinkrone schimmerte auf ihrem schwarzen Haar. Sie war unnahbar in ihrer Schönheit, ihr Blick entrückt. Bren fürchtete, dass sein

Körper jeden Moment von den widerstreitenden Gefühlen zerrissen würde. »Gehen wir«, sagte sie.

Bren nahm den Schild auf und fasste den Morgenstern. Während er ihr durch den Palast folgte und später durch die Straßen der Stadt, verlor er sich in der Betrachtung ihrer Grazie. Oft hatte er den Eindruck gehabt, sie schwebe über den Boden, aber in dieser Nacht floss sie wie Wasser. Wohin immer sie ihre Schritte lenkte, es schien, als müsse es so sein, mehr noch, als sei die einzige Möglichkeit, die Harmonie der Welt zu wahren, den Fuß auf eben jene Stelle zu setzen. Wie bei einem Bach, der immer bergab floss, bei dem keine andere Richtung denkbar war.

Schon weit vor dem Nordtor trafen sie auf die Gesandtschaften. Jene, die nicht zu den Vertrauten der Schattenherzöge zählten, säumten ihren Weg. Jeder einfache Baron hatte ein größeres Gefolge um sich versammelt als Lisanne, die nur Bren und Velon begleiteten. Viele hatten sich ihr angedient, aber bei den Osadroi zeigte sie sich noch wählerischer als bei den Gardisten. Bren war bei drei Gesprächen anwesend gewesen, in denen sie jenen, die ihr die Treue schwören wollten, Hoffnung gemacht hatte. Den meisten anderen hatte sie noch nicht einmal eine Audienz gewährt. Sie schien sich der Gunst des SCHATTENKÖNIGS, wohl auch des künftigen, so gewiss, dass sie auf ein starkes Gefolge verzichten zu können glaubte. Vielleicht würde sich das aber nach ihrer Rückkehr ändern.

Nach ihrer Rückkehr.

Wenn sie Helion tot vorfände.

Vergeblich bemühte sich Bren, die Vorstellung zu verdrängen, wie der Schmerz Lisannes Gesicht verzerren würde. Jahrzehnte hatte sie damit verbracht, ihrem Geliebten so nahe zu sein, wie es die Umstände erlaubt hatten. In den Träumen, wo die Grenze zum Nebelland verschwamm, hatte sie nach ihm getastet. Dennoch musste sie auch seinem Erwachen, der Erweckung durch den SCHATTENKÖNIG, mit gemischten Gefühlen entgegensehen. Endlich würde er wieder atmen, sich bewegen, sie könnten sich berühren. Aber Helion war ein Mondschwert gewesen, und wenn seine Stasis für ihn wie eine Bewusstlosigkeit war, dann würde er sich bei seinem Erwachen auch noch als Mondschwert fühlen. Als erbitterter Feind aller Osadroi und speziell Lisannes, die er zu töten versucht hatte. Würde er sie umarmen wegen des Bandes, das sie in den Träumen geknüpft hatte? Oder nach seinem Mondsilberschwert greifen, um ihr damit den Kopf abzuschlagen? Ging Lisanne keine Bindungen ein, weil sie erst abwarten musste, wie diese Begegnung ausginge?

Ganz anders, als sie es sich wünscht, dachte Bren, und wieder sah er sie an dem geschändeten Sarkophag mit dem endgültig und vollkommen toten Helion darin. Gemordet von seiner, Brens, Hand. Der Schild an seinem Arm loderte.

Erst als er sich auf seine Pflicht als Leibwächter konzentrierte, gelang es Bren, diese entsetzlichen Gedanken auf ein Murmeln zu dämpfen. Die meisten Zuschauer waren Menschen, Ondrier. Viele Angehörige des Kults waren darunter, aber in der Menge, die sich nicht nur ebenerdig, sondern auch an Fenstern, Balkonen und auf Dächern drängte, verloren sie sich dennoch. Man flüsterte, um die Würde des Augenblicks zu wahren.

Unmittelbar vor dem Tor warteten die Gesandtschaften der menschlichen Reiche. Sie brachten kostbare Gaben für den neuen SCHATTENKÖNIG, Duftwässer, Schmuck, prachtvolle Gewänder, und suchten, sie einem Herzog anzuvertrauen, der sie unmittelbar nach der Erweckung an den neuen Herrscher überreichen sollte. Lisanne ignorierte sie alle, verlangsamte ihren Schritt erst, als sie das Tor durchquert hatte.

Als Bren an den drei Gesandten aus Ilyjia vorbeiging, befühlte er den Griff seines Morgensterns. Diese drei kamen aus Helions Heimat. Die alte Frau, die schon mehr als ein halbes Jahrhundert gesehen hatte, streckte ihnen eine goldene Schale entgegen, die mit Juwelen besetzt war. Bren tat, als nähme er sie in Augenschein, während er die beiden Männer musterte. Der eine war wohl der Gemahl der Frau, er war im gleichen Alter. Der Verlust des rechten Arms hatte ihn verkrüppelt. Vermutlich eine Kriegsverletzung, denn sein Körper, obwohl alt, strahlte Kraft aus und seine Bewegungen waren noch immer geschmeidig. Den Jüngeren hatte Bren noch nie gesehen. Seine Züge waren eine Mischung aus denen der Frau und des Mannes, also war er wahrscheinlich deren Sohn. Das störte Bren nicht. Was ihn misstrauisch machte, waren die gerade Körperhaltung, die breiten Schultern und die kräftigen Hände. Auch dieser Mann war ein Krieger, kein Gesandter. Wenn diese abtrünnigen ilyjischen Fürsten wirklich eine so kleine Delegation nach Orgait schickten, warum wählten sie dann zwei Greise, die jede Nacht entschlafen konnten, und einen Leibwächter? Hätte man dann nicht wenigstens einige zusätzliche Gesandte geschickt? Oder war der Kontakt zu den Schattenherren in Ilyjia tatsächlich so verrufen, dass sich niemand anderes für diesen Posten fand?

Velon räusperte sich. Stirnrunzelnd löste sich Bren von der Delegation aus dem Land der Mondschwerter.

Die meisten Herzöge waren schon eingetroffen, auch die Tribute, die einzigen Menschen, die die Burg der Alten betreten würden. Verlassen würden sie sie niemals wieder. Sie waren nun einem Zauber unterworfen, der sie willenlos machte. Sanft schwankten sie in der kalten Nachtluft.

ELIEN VITAN stand an der Spitze des Zuges, das Gesicht nach Norden gewandt, sodass Bren nur SEINEN Rücken sah. Das Sternenlicht schien schwach durch die rote Krone.

Lisanne hielt inne und zog Bren auf die Seite. Die Berührung ließ alle Liebkosungen Kirettas wie das tumbe Bemühen eines unerfahrenen Bauernmädchens erscheinen.

Lisanne brachte die Lippen neben Brens Ohr. Ihr Atem streifte ihn, als sie kaum hörbar flüsterte: »Schütze Helion.« Dann küsste sie ihn auf die Lippen.

Bren stand noch immer benommen, als längst der letzte Herzog eingetroffen war und sich die Prozession in Bewegung gesetzt hatte. Nach hundert Schritt verwischte sie, als ginge sie in einen Nebel. Aber hier war kein Nebel. Keiner, der zur greifbaren Wirklichkeit gehört hätte.

»Wollen wir zurückgehen?«, fragte Velon.

»Ich weiß es nicht.« Alles, was Bren jetzt wollte, war, Lisannes Willen zu tun. Und wenn es ihn die Unsterblichkeit kostete.

Nach dem Auszug der Prozession wanderte Bren ziellos durch die Stadt, die ebenso betäubt war wie er selbst. Niemand wusste, was die Zukunft brächte. Eine Zukunft, die nur zwei Nächte entfernt war. Als hätte der Herzschlag der Ewigkeit ausgesetzt.

Am Tag, als die Osadroi schliefen, all die Barone, Grafen und Fürsten, beobachtete er die Kleriker, wie sie nervös jedes Staubkorn aus dem Königspalast entfernten. Namen von SCHATTENKÖNIGEN wurden so häufig gewispert, dass schließlich der Wind selbst sie um die Erker heulte. KON. ZAREFIM. TUKADDA. Jeder könnte der Nächste sein. Jeder außer ELIEN VITAN.

Es war ein stürmischer Tag, als wolle er Bren und ganz Orgait aus der Apathie rütteln, wie ein Kind am Bett des sterbenden Vaters. Dennoch fand Bren in einen unruhigen Schlaf, auf dem Boden neben dem verwaisten Bett seiner Herrin, vor der Kammer, in der die Gardisten an Helions Sarkophag wachten.

Dann die erste Nacht seit Langem, in der Lisanne nicht in seiner Nähe war, abgesehen von dem Prickeln, das seine Lippen vielleicht nie wieder verließe. Er suchte nach Velon, aber ohne echten Willen, den Schattenfürsten zu finden. Er brach den Versuch ab und ging zu Kiretta. Er konnte nicht von dem sprechen, was in ihm war. Nicht mit Worten. Dennoch verstand sie ihn, wie ihr besorgter Blick verriet. Niemals hatte er sie so hart genommen wie in dieser Stunde. Sein Abschied war eine Flucht.

Und dann – die Festtafel.

Der runde Bau lag verlassen wie ein schlafender Riese. Die Tore, durch die den Zuschauern Einlass gewährt wurde, waren geschlossen und auf sein Klopfen an dem Eingang, der zum Steg führte, antwortete niemand. Die Tür zu Monjohrs Unterkunft lag direkt an der südlichen Stadtmauer.

»Was führt Euch zu mir am Ende der Nacht der Erweckung?«, fragte der Ghoulmeister.

Bren hörte das Prasseln des Flammenschilds, den er wieder über den Rücken geworfen hatte. Er hatte überlegt, ihn zurückzulassen, aber das hätte Verdacht erregt. Er wusste, dass er ständig beobachtet wurde.

»In dieser Nacht werden viele Empfänge gegeben. Wie kommt es, dass alle davon auf Euch verzichten müssen?«

Monjohrs Grinsen war undeutbar. »In der Gesellschaft Lebender fühle ich mich selten wohl. Aber kommt doch herein.«

Monjohrs Domizil war klein, es umfasste nur drei Räume.

Links hatte er eine Art Waffenkammer, in der er Instrumente aufbewahrte, um Ghoule zu züchtigen. Verschiedene Peitschen waren darunter, mit und ohne Dornen, Schlagstangen, stachelbewehrte Keulen und Gelenkschellen, die sich eng zusammenziehen ließen.

Rechts lag ein Schlafzimmer, das von dem großzügigen Bett vollständig ausgefüllt wurde. Auch hier gab es Peitschen, aber weniger.

Der mittlere Raum, in den auch der Eingang führte, war der größte. Bis auf den letzten Zoll waren die Wände mit Regalen zugestellt. In ihnen lagen Köpfe. Ein paar menschliche waren darunter, aber die meisten waren mehr oder minder missgestaltete Ghoulschädel, einige mit Teer oder Kupfer überzogen.

»Ihr habt mich erwartet, nicht wahr?«, fragte Bren.

Monjohrs Grinsen blieb. »Die Ehre Eures Besuchs trifft mich nicht gänzlich unerwartet, General.«

»Wer hat mich angekündigt?«

Der kahle Kopf neigte sich ein wenig zur Seite. Die Bronzeringe im Zopf klackten. »Ich muss Euch mein Prachtstück zeigen!«, meinte er, schritt zu einem Regal an der rechten Wand und nahm einen Kopf heraus. »Glaubt Ihr, er freut sich, bei einem Verwandten untergekommen zu sein?« Er zeigte die Hand mit dem zweiten Daumen.

Der Schädel war annähernd keilförmig. Die Spitzen der riesigen Ohrmuscheln berührten sich beinahe am Hinterkopf. Die Augenhöhlen, in denen zu Lebzeiten ein bunter Nebel gewallt haben musste, waren mit Bronze ausgegossen, sodass sie ihre Umgebung spiegelten.

»Ein Fayé«, erkannte Bren.

»Der Beweis, dass der Begriff ›Unsterblichkeit‹ oft allzu leichtfertig gebraucht wird.« Monjohrs Grinsen wurde zu einem Lächeln, das auch einen Kindermund hätte zieren können.

»Ihr habt meine Frage nicht beantwortet.«

Schulterzuckend stellte Monjohr den Schädel zurück. »Er gefällt Euch also nicht.«

Sie setzten sich auf zwei mit schwarzem Samt bezogene Sessel an einen runden Tisch in der Mitte des Raums, direkt unter dem vor Kerzen überbordenden Leuchter. Bren lehnte den Schild neben sich an und legte den Morgenstern über seine Schenkel. »Ihr wollt mir nicht sagen, wer mein Kommen angekündigt hat?«

»Verzeiht, General. Selbst jemand, der ein solch bescheidenes Leben führt wie ich, hängt an ebendiesem. Wollt Ihr etwas trinken?«

»Ich bin sicher, der Schattenfürst hat Euch angemessen entlohnt. Wir können also auf Höflichkeiten verzichten. Vermutlich seid Ihr angewiesen worden, mir Eure Ghoule zu zeigen?«

»Ich habe mir erlaubt, eine für den Anlass passende Auswahl zu treffen.«

»Lasst mich raten. Nicht allzu tumb, gemessen an ihrer Art auch körperlich agil, dennoch kräftig.«

»Und natürlich bestens erzogen. Ich habe mich ihnen selbst gewidmet. Sie sind wie Kinder für mich.«

»Wird Euch der Abschied sehr schmerzen?«

»Zwei von ihnen durfte ich schon in ihrem früheren Leben kennenlernen. Ich war bei ihrer Verwandlung zugegen. Ich wäre Euch verbunden, brächtet Ihr sie mir unversehrt zurück.«

»Das wird sich kaum einrichten lassen.«

Monjohr zuckte mit den Schultern. »Wie sagt man? Das Herz eines Mannes muss groß genug sein für hundert Frauen und tausend Kinder.«

»Dann sollten wir keine Zeit verlieren. Zeigt mir Eure Kinder. Vielleicht schließe ich sie auch in mein Herz.«

Monjohr und Bren würden niemals Freunde werden, wie das eisige Schweigen bezeugte, das sie auf dem Weg um die Festtafel herum bis zu dem niedrigen Tor begleitete, das in die Katakomben führte. Sechs Untote hatte Monjohr für ihn ausgewählt. Sie hatten frische, sackartige Kleidung bekommen. Ihre blaugrüne Haut glänzte im Licht der Öllampe, in dem Monjohr sie präsentierte. Sie waren tatsächlich makellose Vertreter ihrer Gattung. Das war selten. Während der Umwandlung kam es oft zu Verwachsungen, die einen Ghoul humpeln ließen, seinen Rücken so tief beugten, dass er den Kopf kaum genug heben konnte, um geradeaus zu blicken, oder ein Gelenk versteiften. Diese sechs waren zwar auch keine Schönheiten – jedenfalls nicht, wenn man jemand anderen als Monjohr fragte – und bei Weitem nicht so geschmeidig wie ein Mensch, aber ihre überlangen Arme waren voll beweglich und ihre Haltung so aufrecht, wie es für einen Ghoul nur denkbar war. Aus ihren tief liegenden Knopfaugen sprühte Bren nicht gerade ein Feuerregen an Klugheit entgegen. Stattdessen war da etwas auf dem Grund der tiefen, bösen Schwärze. Sehnsucht, die während der Umwandlung nicht gänzlich erstickt worden war. Nach dem Leben? Nach dem Tod? Nach Erinnerungen oder Vergessen? Wer wusste das schon. Die Sprachfähigkeit von Ghoulen ging über Schmatzlaute und ein gelegentliches Röcheln nicht hinaus.

Als Bren sie durch die Straßen zum Königspalast führte, fragte er sich, was seine eigene Sehnsucht war. Seine *wirklich eigene*. Diejenige, die aus ihm selbst kam, aus dem Herzen, das in seiner Brust schlug, das so tapfer sein konnte und doch auch so wankelmütig, so leicht zu verführen. Was war echt, was aufgezwungen?

Nun, da Lisanne fort war, erkannte er wieder klar, dass die Verehrung für sie eine Kraft war, mit der sie ihre Umgebung überspülte, wie der Bug eines Schiffes Wellen über das Wasser schob. Gelehrte mochten sich darüber streiten, ob es ein Zauber war oder eine der Gaben, die Osadroi manchmal ausbildeten, wie die Möglichkeit, sich in Nebel zu verwandeln.

Die völlige Ergebenheit, die bis zur Selbstaufgabe reichte, war also etwas, das von Lisanne kam, nicht aus Bren heraus. Aber was war mit der Bewunderung? War sie nur ein Nachwehen ihrer Präsenz? Oder ein Urteil, das über die vergangenen Wochen in Bren gereift war? War die Schattenherzogin denn nicht bewundernswert? Wer sonst hatte jemals ELIEN VITAN die Stirn geboten und lange genug gelebt, um davon berichten zu können? Wer hatte den Hof von Orgait, ja die gesamte Elite Ondriens jemals in solche Aufregung versetzt?

Gab es in Vergangenheit, Gegenwart oder Zukunft, hier oder an irgendeinem anderen Ort, in dieser Wirklichkeit oder einer anderen, in Traum oder Wachen ein Wesen, das ebenso schön war wie Lisanne?

Aber er wollte ja nicht Lisanne töten, sondern Helion. Sie hätte Jahrhunderte, um den Schmerz zu überwinden. Vielleicht würde ihr diese Tat sogar helfen, sagte er sich. War es nicht eine seltsame Leidenschaft, die die Unsterbliche für das Mondschwert hegte? Für ihren fanatischen Feind? Hatte das nicht etwas Krankhaftes? War es dann nicht Heilung, das Geschwür herauszuschneiden, auch wenn das schmerzte?

Waren dies Brens eigene Gedanken? Oder die ELIENS? Dann hätte der SCHATTENKÖNIG sie sehr subtil in Brens Verstand gesät. Bren dachte nicht an ELIEN, er dachte an sich selbst, an seine eigene Unsterblichkeit, an die Qualen, von denen er verschont bliebe. So tief er sein Streben auch erforschte: Er tat dies für sich, nicht für den SCHATTENKÖNIG, der jetzt schon in der Burg der Alten schlief.

Trotz seiner Ungeduld ging Bren langsam genug, damit sie den Königspalast erst bei Sonnenaufgang erreichten. Die Ghoule jammerten wegen des Lichts, das in ihren Augen schmerzte, aber auch die Osadroi waren keine Freunde des Tages. Sie hatten sich bereits in ihre Schlafräume zurückgezogen, als Bren durch das Tor schritt. Die Gardisten mochten sich über die Ghoule in seinem Gefolge wundern, waren aber sicher exzentrischere Mitbringsel gewöhnt. Niemand zweifelte die Gnade an, in der Bren stand, und so hielt ihn auch niemand auf.

Bis er Jittara begegnete. War es Zufall, dass die Nachtsucherin an der Spitze katzbuckelnder Dunkelrufer und Seelenbrecher, beschützt von einer Handvoll Gardisten, gerade jetzt seinen Weg kreuzte? Oder war es ihre Absicht? Gar die von jemandem, der in den Schatten lebte?

Sie trafen in einem runden Raum mit kuppelförmigem Dach aufeinander, in den sieben Wege einmündeten. Der Palast war zu groß, als dass Bren alle seine Winkel gekannt hätte. Er wusste nicht, woher die Kleriker kamen. Lag dort eine Kapelle? Ein Raum der Unterweisung? Oder etwas so Triviales wie eine Mensa, in der sie ihr Morgenmahl eingenommen haben mochten?

Die Gardisten waren kampfstärker als Brens Ghoule, daran bestand kein Zweifel. Mit dem Vorteil der Überraschung hätte er sie überwinden können, aber wenn Jittara ihm absichtlich den Weg verstellte, dann würden sie mit einem Angriff rechnen und den Ghoulen innerhalb von drei Herzschlägen die eigenen hässlichen Schädel vor die Füße legen. Zudem durfte man die Kleriker nicht unterschätzen. Sie waren in den seltensten Fällen Kämpfer, aber das bedeutete nicht, dass ihnen das Töten fremd gewesen wäre. Viele besaßen vergiftete Klingen, und Dunkelrufer hießen nicht umsonst so. Wenn man ihnen die Zeit gab, die die Gardisten ihnen verschaffen würden, konnten sie Wesenheiten beschwören, deren eisige Finsternis durch Rüstungen schlug wie durch dünnen Stoff. Bren konnte hier nur mit vertretbaren Verlusten gewinnen, wenn Jittara nicht mit ihm gerechnet hatte. Dann aber gäbe es gar keinen Grund für eine Konfrontation.

Jittara hob die Hand und brachte ihr Gefolge damit zum Stehen. Klackend stellte sie den Zeremonialstab auf dem Boden ab und sah Bren an.

»Nachtsucherin«, nickte er und hielt ebenfalls inne. Die Ghoule verharrten grunzend.

»Welche Überraschung, General. Ihr seid im Auftrag Eurer Herrin unterwegs?« Sie zeigte auf den Schild, aus dem lange Flammen züngelten.

»Stets.«

»Wie jeder gute Knecht.« Sie blinzelte. »Ich will Euch nicht kränken. Wir alle sind Knechte der Schatten. Und stolz darauf.«

»Natürlich.« *Nur* welcher *Schatten?*

»Auf ein Wort, General. Wenn es Euch gefällt.«

Der Raum war ungewöhnlich licht für den Königspalast. Einladend deutete sie in einen Gang, der die üblichen schattenschaffenden Vorsprünge aufwies. Seiner Gewohnheit folgend hatte Bren die Rechte an seinem Morgenstern. Wenn er jetzt nicht zuschlüge, würde er von den Ghoulen getrennt. Sie waren nicht auf ihn geprägt, deswegen würden sie nicht reagieren, sollte er angegriffen werden. Sie bräuchten seinen direkten Befehl, dann würden sie gehorchen, weil Monjohr es ihnen aufgetragen hatte.

Aber Bren glaubte nicht, dass Jittara selbstlos genug war, um ihn abseits in eine Falle zu führen, wo er sie dreimal hätte erschlagen können, bevor ein Gardist vermocht hätte, sie zu schützen. Also folgte er ihr.

»Wir leben jetzt zwischen zwei Zeitaltern, Bren Stonner«, flüsterte sie. »Alle alten Bindungen werden gelöst. Wollen wir nicht auch die Feindschaft lösen, die uns miteinander verbindet?« Ihr Blick gab ihr etwas von den jungen Hunden, die sie ihre angehenden Seelenbrecher erdrosseln ließ.

»Ihr wollt Frieden mit mir schließen?«

»Ich habe nachgedacht und keinen Grund gefunden, warum wir Feinde sein sollten.«

»Lehrt der Kult neuerdings, dass man dafür einen Grund bräuchte?«

Schmollend schürzte sie die Lippen. »Warum provoziert Ihr mich fortwährend? Ich war noch nicht geboren, als Eure Mutter Euch weggab.«

»Aber die Lehre, der sie ebenso diente, wie Ihr es tut, kroch schon vor Jahrtausenden aus der Dunkelheit.«

»Diese Lehre dient den gleichen Herren wie Ihr, Bren Stonner. Ihr könnt sie nicht ernsthaft infrage stellen.«

»Ich habe meine Treue oft bewiesen. Ich stand mit meinem Leben dafür ein.«

Einen Moment schwieg Jittara, bevor sie sagte: »Ich habe Eure Mutter finden lassen. Wenn Ihr wollt, bringe ich sie zu Euch. Oder lasse ihr antun, was immer Euch gefällt.«

Langsam schüttelte Bren den Kopf. »Das war in einem anderen Leben.«

»So wie unsere Feindschaft?«

»Freunde werden wir niemals sein.«

»Nur Schwächlinge sehnen sich nach Freunden.« Sie streckte die Hand aus. »Mir reicht Respekt.«

Er musste dieses überflüssige Palaver beenden. Seine Mission bei Helion duldete keinen Aufschub. Er schlug ein, und sie gingen ihrer Wege.

Die Gardisten am Sarkophag waren Bren gewohnt, oft war er mit Lisanne hier gewesen. Aber sie waren keine Chaque. Diese Männer fochten sicher nicht so gut wie Bren, doch sie waren schonungslos ausgebildet worden, und einige waren Veteranen. Er musste diese Gegner ernst nehmen.

Helions Schwert hing wie ein Spiegel an der Wand. Seine Klinge war blankes Silber, die wenige Magie, die den Körper in Stasis hielt, vermochte das Blut nicht zu rufen. Keine Osadroi waren in der Nähe, und draußen war helllichter Tag. Bren bedeutete den Ghoulen, im Schlafzimmer zu warten. Er hätte sie vorschicken können, sie auf die Gardisten hetzen. Sie hätten die meisten von ihnen zerrissen, die Überlebenden wären kaum eine Gefahr für Bren gewesen. So musste Velon es geplant haben.

Aber Bren war müde geworden, die Wünsche anderer zu erfüllen. Er war ein Krieger. Er würde dem Schicksal ein Angebot machen. Tod oder Sieg. Das war der Weg, für den er sich entschieden hatte.

Der alte Krieger, der bei ELIENS erster Begegnung mit Lisanne nach ihrer Rückkehr anwesend gewesen war, hatte auch jetzt Wache. Bren ging zu ihm. »Wie lange dienst du mit dem Schwert?«

»Fünf Jahrzehnte, Herr.« Der Mann fasste seine Waffe. Es mochte eine Gewohnheit sein.

»Warst du immer in Orgait stationiert?«

»Nein, Herr. Ich diente im Süden, als wir Guardaja in die Schatten holten.«

»Im Silberkrieg?«

»Ja, Herr.«

»Als der letzte große Sieg über die freien Reiche errungen wurde.«

»Auch danach wurden große Taten vollbracht, Herr. Jeder weiß von Euren Triumphen im Westen.«

Bren hatte nicht erwartet, jemanden zu treffen, der im Schwarzen Heer gedient hatte. Schließlich waren Garde und Heer getrennte Organisationen. Die Garde unterstand dem Kult, das Heer zog ins Feld. Es gab Wechsel, aber sie waren selten. Dies hier war ein Kamerad. Keiner der Kriecher, die den Seelenbrechern den Hintern hinterhertrugen. Offensichtlich hatte sich der Mann auch auf dem Schlachtfeld nicht versteckt. Eine Narbe zog eine Schneise durch sein Haar, weitere zerklüfteten sein Gesicht.

»Es ehrt dich, in deinem Alter noch eine solche Aufgabe zu übernehmen.«

»Ich musste es, Herr.«

»Warum? Sieh dich um. Es gibt Jüngere.«

»Meine Hand zittert, wenn sie morgens kein Schwert gürtet. Und ich kenne Lisanne. Von damals. Als ich ein junger Mann war.«

»Von den Kämpfen im Silberkrieg?«, rief Bren überrascht.

»Ich habe sie niemals vergessen.«

»Warst du der Schattenherzogin nahe? Früher?«

Er lächelte verträumt. »Nicht so wie Ihr, Herr. Sie kannte niemals meinen Namen, und am nächsten war ich ihr, als sie durch unser Spalier nach Guardaja schritt, durch die zerstörte Stadt. Bevor die Festung wieder an den Feind fiel.«

»Nur vorübergehend.«

»Ja. Die Schatten nehmen sich, was sie begehren. Manchmal dauert es etwas länger, aber auf ewig kann ihnen niemand widerstehen.«

Bren war versucht, den Mann nach seinem Namen zu fragen. Aber hätte er ihn dann noch töten können? Einen Kameraden, der ihm zeigte, dass man Erfüllung im Dienst an Lisanne fand, egal wie groß die Widrigkeiten waren?

Bren spürte eine absurde Hoffnung in sich keimen. Die Hoffnung, zu scheitern. Hier, in diesem Raum, den Todesstoß zu empfangen, am besten von diesem alten Krieger. Damit entkäme er den angedrohten Qualen des SCHATTENKÖNIGS ebenso wie dem Leid, das der Erfolg seiner Mission in Lisannes Züge kratzen musste.

»Warum habt Ihr die Ghoule mitgebracht, Herr?«, fragte der Veteran.

Bren netzte seine Lippen. »Nicht immer kann man sich seine Feinde aussuchen«, sagte er.

Unverständnis stand auf dem alten Gesicht.

Auch dann noch, als die Kugel von Brens Morgenstern hineinschlug, es erst vollkommen zertrümmerte und dann mit den Stacheln die Hälfte davon aus dem Kopf riss. »Angriff!«, brüllte Bren seinen Ghoulen zu.

Die untoten Kreaturen waren viel langsamer als die Gardisten, deren Schwerter sofort aus den Scheiden flogen. Einer stellte sich Bren entgegen, die anderen beiden waren durch den Sarkophag von ihm getrennt. Dröhnend schlug die Klinge gegen den Flammenschild.

Den Schutz, der Lisannes Wappen trug.

Die Adern an Brens Hals pochten so heftig, als wollten sie platzen.

Er rammte den Schild vor, während er mit dem Morgenstern ausholte.

Der Gardist zuckte vor dem Feuer zurück.

Bren schlug zu.

Sein Gegner wusste, wie man einen Morgenstern parierte. Nicht an der Kette, sondern an der Kugel. Das war schwierig, aber die einzige Möglichkeit, mit der man vermeiden konnte, dass sie um das Hindernis herumschwang. Der Gardist war gut. Klirrend prellte er die Kugel zur Seite.

Bren trat nach seinem Unterleib. Er traf nicht richtig, rammte den Fuß in den Bauch, wo das Kettenhemd den Druck verteilte. Mit dem Schild schlug er den Schwertstich fort, der als Antwort kam.

Brüllend duckte er sich hinter den Schild und drückte mit seinem gesamten Gewicht vorwärts. So schob er den Gardisten zurück, hinein in die Ghoule. Bevor der Wachtposten verstand, dass er starb, rupften schon mächtige Pranken den Kopf von seinen Schultern.

Die beiden anderen Gardisten hatten drei Ghoulen Ruhe gegeben und einem vierten den Arm abgenommen, aber nun lagen auch sie tot neben dem Sarkophag.

»Öffnen!«, befahl Bren heftig atmend.

Die beiden nur oberflächlich verletzten Ghoule glotzten ihn blöde an, der dritte sammelte seinen abgeschlagenen Arm auf.

»Schieben! Schiebt den Deckel vom Sarkophag! So!« Er stellte den Schild ab und machte vor, wo sie drücken sollten.

Er selbst hätte das Gewicht nicht bewegen können, aber den beiden Untoten fiel es leicht, als sie endlich begriffen hatten, was er von ihnen wollte. Der Deckel krachte auf der Seite zu Boden, zermalmte die Leichen von Ghoulen und Gardisten.

Helion war ein gut aussehender Mann. Er trug ein mintgrünes Gewand mit feinen Stickereien. Die Hände, offensichtlich die eines Kriegers, waren über der Brust gefaltet, das brünette Haar endete sauber gekämmt auf seinen Schultern. Das Kinn war kantig, die Nase gerade wie eine Dolchklinge. Die linke Braue war von einer kleinen Narbe gespalten. Bren verstand, welche Ästhetik Lisanne in der muskulösen Gestalt des Paladins sah.

Die Ghoule entdeckten andere Vorzüge. Ihr Schmatzen rief Bren ins Gedächtnis, dass sie tote Körper durchaus zu schätzen wussten. Wütend schlug er eine Pranke beiseite, die sich Helions Fuß näherte. »Ihr nicht! Ich tue es selbst!« Vor seinem zornigen Blick wichen die beiden zurück, und auch der dritte folgte ihnen zögerlich, am eigenen abgeschlagenen Arm schnüffelnd, als überlege er, ob dieser bereits genießbar sei.

Bren besah sich den blutigen Morgenstern, dann Helions unversehrte Gestalt. *Muss ich das wirklich tun? Kann ich es tun? Will ich es tun?*

Er spürte den Schweiß auf seiner Stirn. Wie viele Menschen hatte Bren getötet? Mit eigenen Händen? Hundert? Oder mehr? Aber meist war das im Kampf geschehen, wo seine Gegner auch ihn hätten töten können, wenn sie besser gewesen wären. Oder er hatte keine Wahl gehabt, wie vor ein paar Nächten bei dem Mädchen in der Festtafel. Es wäre auch ohne sein Eingreifen gestorben, nur unter größeren Qualen.

Aber Helion war seit einem halben Jahrhundert nicht gestorben, und wenn er bis zur kommenden Nacht unberührt in seiner Stasis bliebe, dann würde er wieder leben. Zum Wohle Lisannes oder zu ihrem Verderben. Das war nicht Brens Sache. Aber es war seine Entscheidung, was er nun täte. In diesem Augenblick. Selbst wenn jetzt Wachen in Lisannes Gemächer gestürmt wären, hätten sie ihn nicht mehr aufhalten können. Er allein hatte die Wahl, niemand sonst.

Er sah auf das Blut, das bereits an seinem Schuppenpanzer trocknete. Ein weißes Haar klebte darin. Sein eigenes? Einige davon mischten sich in die Schwärze, wie der Triumph der Vergänglichkeit über die Farbe der Schatten.

Bren sah die Leiche des Alten an. Ein Leben im Dienst der Schatten, beendet durch einen Verräter an einer Schattenherzogin, der zugleich williger Diener eines schlafenden SCHATTENKÖNIGS war. Bren unterdrückte ein verzweifeltes Lachen. Die Flammen an Lisannes abgestelltem Schild waren zu einem Glühen geworden. »Schütze Helion«, flüsterte er ihre Worte. Er spürte ihren Kuss auf den Lippen. Aber er konnte den Blick kaum von der Leiche des Veteranen lösen, von der klaffenden Wunde, wo vor Kurzem ein Gesicht gewesen war.

Er wollte nicht sterben.

Mit einem Schrei, gezeugt zu gleichen Teilen von Wut und Verzweiflung, schlug er zu. Er wagte nicht, auf den Kopf zu zielen, und so schmetterte er die Stachelkugel wieder und wieder in die Brust, zerfetzte auch Arme, Hände, Rippen, riss Stoff und Haut und Fleisch davon. Helions Blut war nicht dunkel wie das der Unsterblichen. Es war das eines Lebenden. Unablässig schlug Bren zu, bis vom Oberkörper des Paladins nur noch eine formlose Masse übrig war.

Dann verließ er den Raum und kauerte sich an Lisannes Bett auf den Boden, lehnte den Rücken an den weichen Stoff, umfasste seine Knie. Dachte nichts.

Als er diesmal das Schmatzen der Ghoule hörte, hielt er sie nicht zurück.

So fanden ihn die Gardisten, die ihre Kameraden ablösen wollten.

Der Schmerz schien Bren auseinanderzureißen.

Er war weit mehr als eine Illusion, schließlich drang tatsächlich etwas in ihn ein. Es war kühl, sandte aber glutheiße Wellen in sein Sonnengeflecht. Als würde es Fleisch und Organe zu unansehnlichen Klumpen verschmoren, steigerte sich das Gefühl über die Grenze hinaus, hinter der Bren selbst dem ärgsten Feind eine erlösende Ohnmacht gewünscht hätte. Als es weit genug eingedrungen war, wandte es sich aufwärts. Ohne Hast bewegte es sich zwischen den Lungenflügeln hindurch, die es mit fester Kraft zur Seite drückte. Dann fasste es das Herz, hielt seine flatternden Schläge an.

Bren nahm dies so intensiv wahr, wie er nichts in seinem menschlichen Leben hatte erfahren können. Er sah das vernarbte Gesicht Schattenherzog Xenetors, des Kriegers, der im Dienste SCHATTENKÖNIG GERGS die Zeremonie vollzog und zu diesem Zweck seine krallenbewehrte Hand in Brens inzwischen unsterblichen Körper gestoßen hatte. Bren war der Erste, der im neuen Äon in die Schatten geführt wurde.

Gerade noch hatte Bren die verbotene Euphorie der Essenz gekostet. Die Lebenskraft von dreizehn mal dreizehn Kindern aus allen Teilen Ondriens hatte ihm die Ewigkeit erkauft. Als Mensch hatte er nur glänzenden Schaum gesehen, der ein Opfer verließ und von einem Schattenherrn eingeatmet wurde. Jetzt, da er davon genommen hatte, wusste er, dass es Dinge gab, für die Götter zu sterben bereit waren. Und zu morden. Nichts war damit vergleichbar, noch nicht einmal die Stunden voll sehnsüchtigem Leben, die er am frühen Morgen mit Kiretta verbracht hatte. Die Essenz weckte ein Empfinden, das er nicht einmal seiner Geliebten würde erklären können, eine Erfahrung, die ihr stets fremd bliebe, ein Bewusstsein, das von nun an immer zwischen ihr und ihm stehen würde. Selbst jetzt, mit der unnachgiebigen Faust in seiner Brust, spürte Bren noch das Prickeln in seinen Zehen, in seinen Fingerspitzen, den letzten Bereichen, in die der übermenschliche Schmerz noch nicht vorgedrungen war.

Doch auch von dort vertrieb Xenetor den Genuss, forderte seinen ganzen Körper für die Pein, als seine messerscharfen Krallen die großen Adern zerschnitten, die Brens Herz an seiner Position hielten. Unbarmherzig löste er den pumpenden Muskel aus der Brust, zog daran, drehte ihn, forderte im Namen des SCHATTENKÖNIGS, was DIESEM Brens Gefolgschaft sicherte. Bren versuchte, anderes zu spüren als die Qual, ein Ratschlag, den man ihm gegeben hatte, damit er nicht wahnsinnig würde. Es war nicht leicht, aber da war etwas. Er fühlte, wie das untote Fleisch heilte. Das Herz konnte es nicht erneut ausbilden, aber die Adern schlossen sich, die verletzten Lungen wuchsen wieder zusammen, und dort, wo Xenetors Arm die Öffnung nicht mehr erzwang, weil er sich in eine andere Richtung bewegte, schloss sich auch die Haut wieder. Aufgrund der besonderen Prozedur, mit der die Hand des Schattenherzogs eingedrungen war, bliebe eine Narbe unter Brens Brustkorb zurück. Die letzte Narbe, die er jemals empfinge, sofern man ihm nicht eine Silberwunde schlüge.

Dennoch. Als er fühlte, wie Xenetor das Herz aus seinem Körper zog, fragte er sich, ob er die richtige Wahl getroffen hatte. Er spürte das Zucken, wie bei einem verschreckten Vogel, den ein Jäger angeschossen hatte, als Xenetor es in eine goldene Schale legte und sich ein Tuch reichen ließ, um Brens Blut von den Händen zu wischen.

Würde es immer so sein? Würde Bren auf ewig die Verbindung zu seinem Herzen behalten? Auch wenn es Jahre, Jahrzehnte in der Kammer der Unterwerfung läge? Bren war noch nicht gewöhnt, in den Zeiträumen zu denken, in denen ein Osadro die Welt wahrnahm. Nie wieder würde er die Sonne sehen, aber in alle Ewigkeit die Nacht. Er spürte seinem Herzen nach, während zwei Dunkelrufer es zu GERGS Schädelthron brachten. Leichter als er vermutet hatte konnte er sich aufsetzen, sogar in einen kaum schwankenden Stand auf den eigenen Beinen finden.

Bren fühlte GERGS Hand um sein Herz. Es schlug noch immer, als ER es aus der Schale nahm, es hin und her wendete und schließlich zurücklegte. Das Volk, in das GERG als Mensch geboren worden war, musste weit entfernt sein, entweder im räumlichen Sinne, südlich der großen Wüste vielleicht oder jenseits des Seelennebels, oder im zeitlichen, denn es war möglich, dass es schon vor Jahrtausenden untergegangen war. SEINE Züge jedenfalls waren Bren gänzlich fremd. Die Kopfform war ungewöhnlich mit der sehr hohen Stirn, die durch den zurückgezogenen Ansatz des kupfernen Haars noch betont wurde. Vielleicht passte IHM die Krone, die ELIEN getragen hatte, nicht richtig. ER hatte sie auf einem Schädel SEINES Throns abgelegt. Die stechend grünen Augen waren mandelförmig und schräg gestellt. SEIN Körper war noch feingliedriger als bei den Osadroi üblich. Auch Bren würde wohl an Gewicht verlieren, nun, da er keine Nahrung mehr zu sich nähme, die ihn Fett ansetzen ließe.

Xenetor verbeugte sich. Sein Dienst war getan. Er wartete GERGS knappes Nicken ab und zog sich dann in die Reihen der Osadroi zurück. Widaja beobachtete das Geschehen mit Interesse und unverhohlener Zustimmung in den Zügen. Bren konnte jetzt selbst auf die Entfernung von fünfzehn Schritt jede Regung ihres Gesichts erkennen. Auch heute trugen sie und ihr Gefolge helle Kleidung und unterschieden sich damit von den anderen Schattenherren, die das übliche Schwarz angelegt hatten. Gadior stand in ihrer Nähe. Der Graf schien sich also dauerhaft ihrer Gunst zu erfreuen. Lisanne war natürlich nicht gekommen, aber Velon war hier. Sein undeutbares Gesicht zeigte weder Freude noch Missfallen. Überhaupt war er der verwirrendste und undurchsichtigste Osadro, den Bren kannte. Soweit er wusste, hielt Velon Lisanne noch immer die Treue, obwohl sie sich angeblich in der vergangenen Woche jede Nacht aufs Neue die Augen ausgekratzt hatte. Doch in der Ewigkeit mochte auch Wahnsinn vertrocknen.

»Komm zu mir, mein Kind«, sagte GERG. ER konnte flüstern, im Thronsaal bewegte sich niemand, der Atem der wenigen Kleriker war das lauteste Geräusch.

Bren schloss den dünnen Umhang vor seiner Brust. Das Blut kündete von dem Massaker, das Xenetor an ihm vollzogen hatte, aber die Wunde war bereits zugewachsen. Auch in seinem Innern wäre die Heilung bald abgeschlossen. Würde das Gefühl der Leere in seiner Brust ebenfalls vergehen?

Mit jedem Schritt wurde Brens Gang fester. Schließlich marschierte er beinahe, blieb hoch aufgerichtet stehen, die Schultern zurückgenommen, den Kopf erhoben, damit der SCHATTENKÖNIG ihn mustern konnte, wie ein Befehlshaber es mit seinen Kriegern tat. Nach einem kurzen Moment kniete er nieder.

»Die Schatten stehen zu ihrem Wort, Baronet«, flüsterte GERG. »Du warst ein General, Bren Stonner. Dein Leben liegt hinter dir, doch deine Fähigkeiten sollst du mitnehmen, um mir damit zu dienen. Ich gebe dir Guardaja. Dort sollst du dich beweisen.«

Bren verbeugte sich. Guardaja! Die ehemals milirische Festung, erst im Silberkrieg endgültig gefallen. Er hatte sie auf der Suche nach Lisanne passiert. Dort hatten sie Gadior getroffen. Was bedeutete es, dass er in seinen Herrschaftsbereich befohlen wurde? Gadior war Widaja verbunden, die wiederum mit Lisanne um deren ehemalige Besitzungen konkurrierte. Eine weitere Demütigung für Lisanne, dass derjenige, der ihre Liebe gemordet hatte, nun zu ihrer Rivalin geschickt wurde?

Und vor allem – was hatte Velon davon? Obwohl er es nicht beweisen konnte, vermutete Bren, dass der Schattenfürst ihm die Ghoule in die Hände gespielt hatte. Zwar hatte Monjohr das nicht bestätigt, aber welche andere Erklärung gab es für Velons Hinweise vor dem Aufbruch zur Bettung ELIEN VITANS? Auch die drei Ghoule, die den Angriff überlebt hatten, waren inzwischen spurlos verschwunden. Bren hatte vergeblich nach ihnen geforscht.

»MAJESTÄT«, sagte Bren, und die Sinne eines Osadro ließen ihn Nuancen der eigenen Stimme hören, die er nie zuvor wahrgenommen hatte, »ich bin EUER Knecht auf ewig.«

EPILOG

HASS

Die dritte Nacht der Ewigkeit.

Niemand hatte Bren darauf vorbereiten können. Er war gefangen von seinen eigenen Sinnen. Er roch das Feuer eines Kamins, bevor er den Raum betrat. Er hörte das Eis in einer dünnen Kruste auf dem Schnee frieren. Er schmeckte menschlichen Schweiß in der Luft, konnte ihn von dem von Tieren unterscheiden. Wenn er sich darauf konzentrierte, spürte er die einzelnen Fasern des Hemds auf seiner Haut. Quer durch einen Saal sah er, wie sich eine Wimper vom Auge einer schönen Frau löste und zu Boden schwebte.

Es war, als hätte jemand einen Sack von seinem Kopf gezogen, in dem er vor seiner Verwandlung ständig gesteckt hatte.

Die Menschen begegneten ihm nun unterwürfig, die Osadroi redeten ihn mit ›Ihr‹ an. Er war ein Baronet, hatte kein Lehen, aber er war jetzt mehr als ein Sterblicher, und mit der Zeit würde er auch Macht ansammeln. Wie viel Macht, das hing nur davon ab, was jene abzugeben bereit waren, die sie besaßen. Oder wollte der SCHATTENKÖNIG SEIN Reich weiter nach Süden ausdehnen? Milir vollständig erobern, obwohl es dort kein Silber mehr zu holen gab? Befahl ER deswegen einen Osadro mit Kriegserfahrung nach Guardaja? Oder drohte GERG den Miliriern nur, damit sie nicht aufsässig wurden? Oder war es Gadior, der ihn angefordert hatte? Widaja vielleicht? Am Ende wieder Velon, der ihn der Herrschaft von Lisannes Rivalin unterschieben wollte, um den Kontakt in fernen Jahrzehnten nutzen zu können? Bren würde lernen müssen, was es hieß, in Äonen zu denken.

Der Seelenbrecher hatte ihm lediglich mitgeteilt, ›man wünsche ihn zu sprechen‹. Er wusste nicht, wer ihn erwartete, vermutete aber, dass es ein Osadro war. Kein Mensch hätte gewagt, ihn mit so wenigen Informationen abzuspeisen.

Er hatte richtig geraten.

Auf der Plattform des Turms, im Licht der Sterne, vor der hellen Fläche der schneebedeckten Landschaft, die sich jenseits der Stadtmauer erstreckte und von der inzwischen auch die Zelte wieder entfernt waren, stand Lisanne. Ihre Krone schimmerte knochenbleich. Als sie sprach, trat kein Dampf vor ihren Mund. Sie musste sich schon eine ganze Weile in der Kälte aufhalten. »Wie schön, dass Ihr es einrichten konntet, Bren Stonner.«

Wenn sie sich in den vergangenen Nächten tatsächlich die Augen ausgekratzt hatte, war jetzt nichts mehr davon zu sehen. Brens Menschenaugen waren, wie er jetzt erkannte, kümmerlich daran gescheitert, Lisannes Schönheit vollständig zu erfassen. Die feinen Linien ihrer Figur, ihr Gesicht, vom Sternenlicht geküsst, wurden ihm erst jetzt gänzlich bewusst. Aber die erzwungene Hingabe, die Verehrung bis zur Selbstaufgabe stellte sich nicht mehr ein. Auch er war jetzt ein Schattenherr.

Vorsichtig verbeugte er sich. »Ihr wünscht?«

Sie antwortete mit Melancholie in der Stimme. »Meine Wünsche pflegt Ihr nicht nur zu ignorieren, sondern in ihr Gegenteil zu verkehren.«

»Ich tat, was der SCHATTENKÖNIG mir befahl.«

»Und was Euch unsterblich machte.« Sie lachte freudlos. »Glaubtet Ihr, ich hätte nicht genug Einfluss gehabt, um Euch Gleiches zu ermöglichen?«

Er hätte ihr von ELIENS Drohung berichten können, aber welchen Sinn hätte das gehabt? Er schwieg.

Auf einer Zinne, die viel zu niedrig war, um als Deckung zu taugen, die also nur der Verzierung diente, stand eine kleine Truhe. Sie war mit hellem Metall beschlagen, vermutlich Platin. Lisanne nahm sie in beide Hände und trug sie zu ihm. »Ich habe etwas für Euch, Bren Stonner. Ein Geschenk. Ich fand es zunächst recht hübsch, aber jetzt gefällt es mir nicht mehr. Ihr werdet es bestimmt zu schätzen wissen. Als Andenken vielleicht.«

Da er keine Anstalten machte, die Truhe zu öffnen, tat sie es.

Bren schrie auf.

Lisanne lächelte. »Spürt Ihr diesen Schmerz, Bren Stonner?«

Er taumelte zurück, konnte den Blick aber nicht von Kirettas Haken wenden, der blank poliert auf dem Samtfutter lag. Man hatte ihn zwar sorgfältig gereinigt, sich aber nicht die Mühe gemacht, die Knochen zu entfernen, an denen er befestigt war. Die Elle franste nach einem Zoll in einem gesplitterten Ende aus, die Speiche war noch etwas länger. Das war kein sauberer Schnitt, hier war niemand mit einem Beil zu Werke gegangen oder mit sonst einer Klinge. Dies waren Drehbrüche. Kirettas Haken war von jemandem mit gewaltiger Körperkraft einfach abgebrochen worden. Jemandem wie einem Ghoul. Oder einer Osadra.

»Ich sehe, wir verstehen einander, Bren Stonner.« Achtlos ließ sie die Truhe fallen. Der Haken klapperte auf dem Steinboden. »Ihr werdet mein Feind sein, bis die Ewigkeit endet. Vergesst das nicht. Ich werde Euch nicht einfach töten. Ich werde alles zerstören, was Euch Freude machen könnte. Alles. Und jeden.« Bedrohlich senkte sie die Stirn. »Ich hätte mehr von Euch erwartet als die Wut in Eurem Blick. Greift mich an, wenn Ihr wollt. Ich bin um ein Vielfaches älter als Ihr. So leicht, wie Ihr eine Fliege zerdrücken könnt, würde ich Euch von den Zinnen schleudern. Ihr werdet nicht daran sterben, aber es wird Euch schmerzen. Und GERGS Zorn wird es auch. Eine Schattenherzogin anzugreifen ist kein Vergehen, das leicht vergessen wird, wisst Ihr? Ich bin kein Mensch, mit mir darf man nicht nach Belieben spielen.«

»Ich habe noch nie gespielt«, knirschte er. »Ich werde Euch zeigen, dass ein Kampf kein Spiel ist.«

Sie lachte. »Da ist sie noch, die Entschlossenheit des Bren Stonner, den ich kenne. Ihr habt mir schon genug gezeigt. Jetzt werde ich Euch lehren.«

Sie starrten sich an. Der Zorn rauschte so laut in Brens Ohren, dass er den Osadro nicht kommen hörte, bevor er zu ihnen auf die Plattform stieg. »Gut, dass ich Euch finde!«, rief er. »SEINE MAJESTÄT verlangt nach Euch! Sofort!«

Lisanne sah noch einen Moment lang zu Bren herüber, dann lächelte sie dünn. »Unseren gemeinsamen Herrn will keiner von uns warten lassen. Oder sollte ich mich täuschen?«

Seine Hand zitterte, als er zum Abstieg zeigte. »Nach Euch, Schattenherzogin.«

Sie deutete eine Verbeugung an. Ihre Bewegungen waren noch immer perfekt, auch für Brens neue Sinne.

Bren legte Kirettas Haken in die Truhe zurück, schloss den Deckel und nahm sie mit. Wie betäubt folgte er Lisanne in den Thronsaal.

Gadior hatte er zwar nicht erwartet, aber seine Anwesenheit überraschte ihn weniger als die von Alenias. Handgelenke und Hals des Fayé waren in ein eisenverstärktes Prangerholz gezwängt, und zahlreiche Schürfwunden zeugten von den Freundlichkeiten, die man ihm hatte angedeihen lassen. Er lag mehr auf dem Boden, als dass er vor GERG gekniet hätte, wie Gadior es tat.

Lisanne ließ sich mit einer fließenden Bewegung neben dem Weißgekleideten nieder, und Bren fiel nichts anderes ein, als es ihr gleichzutun und den Platz auf Gadiors anderer Seite einzunehmen.

»Es gibt unerfreuliche Nachrichten«, sagte GERG. »Schattengraf Gadior brachte dieses Geschöpf zu mir. Da er euer Reisegefährte war, wird euch sicherlich interessieren, was er zu sagen hat. Lass ihn noch einmal sprechen, damit wir alle es hören.«

Gadior verbeugte sich. »Bren, Ihr hattet recht, ihm nicht zu trauen.« Seine Stimme troff vor Bedauern, als er aufstand und Alenias in die Höhe zog. »Ich danke für Eure Zweifel. So konnte ich die Zeit in Tamiod nutzen, um Vorsorge zu treffen.«

»Ihr habt einen Zauber über ihn geworfen?«

Gerg beugte sich vor. »Das interessiert mich jetzt nicht. Lass ihn sprechen.«

»Ja, Majestät.« Lächelnd starrte er in Alenias' Nebelaugen.

Sofort begann der Fayé zu wimmern. »Nicht wieder … in meinen Kopf! Geht hinaus! Schatten, Schatten, überall Schatten!«

Bren sah, wie seine Knie nachgaben, nur Gadiors Kraft hielt ihn. Mit einer Hand umfasste er das Prangerholz. Das reichte aus.

»Es tut so weh … So …«

»Warum hat ein Heer der Fayé Ondriens Grenze überschritten?«, flüsterte Gadior.

»König Ilion hat es befohlen. Er führt es selbst.«

»Und warum tut er das wohl?«

»Er will Orgait zerstören, die Burg der Alten finden und sie schleifen. Alle Osadroi vom Antlitz der Erde tilgen.«

»Warum verratet Ihr unser Bündnis?«

»Es gibt keinen Pakt mehr.« Alenias warf den Kopf zur Seite. Er gurgelte wie jemand, dem ein Pfeil in der Lunge steckte. »Der Pakt endete, als sich Elien zur Ruhe begab.«

»Schattenkönig Gerg hätte ihn erneuern können.«

»Das Volk des Nachtschattenwalds will kein Bündnis mit den Osadroi mehr.«

»Und warum nicht?«

Alenias brachte nur noch unverständliches Stammeln hervor.

»Wenn Ihr Euch wehrt, wird es nur umso mehr schmerzen. Antwortet mir! Um der langen Zeit willen, die wir uns kennen, Alenias, macht es mir nicht zu schwer!«

Die Füße des Fayé tänzelten auf dem Boden. Bren hatte das schon einmal bei Verurteilten gesehen, die gehängt worden waren, indem man die um ihren Hals gebundenen Seile in die Höhe gezogen hatte.

Gadior brachte sein Gesicht nahe vor das von Alenias. »Sag es mir. Sag mir alles. Jetzt!«

»Die Gnade der Götter!«, schrie Alenias. »Im Seelennebel habe ich es erfahren! Von den Verdammten! Die Götter sind bereit, den Fluch von meinem Volk zu nehmen, wenn wir die Welt von den Schatten befreien! Wir werden wieder Kinder haben, und die Natur wird uns nicht mehr von sich stoßen, wenn Ihr nicht mehr seid! Aber bitte, bitte geht weg aus meinem Kopf! Ich halte es nicht mehr aus!«

Fragend sah der Graf den SCHATTENKÖNIG an. GERG nickte.

Gadior ließ seinen Gefangenen los, der daraufhin wimmernd zusammenbrach.

Bren überlegte, seit wann Gadior Alenias' Absichten kannte. Der Fayé hatte sich ihnen offensichtlich angeschlossen, um sich vom Thronwechsel zu überzeugen und dann Nachricht davon nach Amdra zu schicken. Diese Botschaft konnte Gadior aber nicht abgefangen haben, sonst würde sich das Heer der Fayé noch nicht in Bewegung setzen. Vermutlich hatte Alenias seine Botschaft schon bei ELIENS Weggang geschickt, aber Gadior hatte sie bis zu GERGS Eintreffen und einige Nächte länger für sich behalten. Um den Fayé gefangen zu setzen, der ihm zunächst entwischt sein mochte? Ganz sicher jedenfalls, um die Neuigkeit so zu präsentieren, dass sie ihm das größtmögliche Wohlwollen beim neuen SCHATTENKÖNIG sicherte.

GERG erhob sich. SEIN Blick war undeutbar. In ihm lag die Finsternis der Jahrtausende, die ER gesehen hatte.

Irgendwann kehrte SEINE Aufmerksamkeit in den Thronsaal zurück. ER sah den versammelten Osadroi in die Augen, einem nach dem anderen. Die rote Krone, inzwischen an IHN angepasst, leuchtete auf SEINEM Haupt. »Viele Dinge geschehen in der Ewigkeit der Nacht, aber eines ist gewiss: Ihr werdet mir dienen.«

Dramatis Personae

Alenias: Ein Fayé, der unter der Leere leidet. Um seine versiegende Lebenskraft wieder anzuregen, unternimmt er Reisen in fremde Länder.

Anoga: Die Königin der Fayé.

Barea: Eine Gildenmeisterin von Ejabon.

Birra: Eine Gildenmeisterin von Ejabon.

Bren Stonner: General der westlichen Dunkelheit, ausgezeichneter Einzelkämpfer.

Cherron: Admiral, Vorsitzender des Rates der Kapitäne von Flutatem. Einer der gefürchtetsten Seeräuber auf dem Meer der Erinnerung.

Elien Vitan: Seit 197 Jahren Schattenkönig von Ondrien.

Elutan: Kindlicher Osadro, König von Nachtstein.

Gadior: Schattengraf, der sich im Silberkrieg verdient gemacht hat. Herr von Karat-Dor.

Gerg: Ein schlafender Schattenkönig.

Gerriar: Ein Offizier der Truppen von Blutstein.

Goran: Kindlicher Osadro, König von Blutstein.

Helion: Ein Paladin der Mondschwerter, seit einem halben Jahrhundert in Stasis zwischen Leben und Tod gehalten.

Ilion: Der König der Fayé.

Jittara: Nachtsucherin in Karat-Dor und Kind eines dreifachen Neumonds.

Kiretta: Navigatorin und Steuerfrau der *Mordkrake*, deren rechte Hand durch einen stets scharf geschliffenen Haken ersetzt wurde.

Ligata: Eine Malerin, die die Begabung hat, ihren Bildern die Illusion räumlicher Tiefe zu geben.

Lisanne: Eine verbannte Schattenherzogin, das schönste Wesen der Welt. Ihr Name darf in Ondrien nicht mehr ausgesprochen werden.

Monjohr Getana: Der Ghoulmeister von Orgait.

Nerate: Eine Gildenmeisterin von Ejabon.

Ribunn: Anführer einiger Rebellen in Tamiod.

Sutor: Ein Kampfhund, der schon als Welpe von Bren Stonner aufgezogen wurde.

Tinaji: Eine Sklavin in Ejabon, die davon träumt, nicht länger schwach zu sein.

Ulrik: Kapitän des Piratenschiffs *Mordkrake*.

Velon: Ein Schattenfürst, der erst nach einem fünfzigjährigen Leben als Kaufmann in die Ewigkeit gerufen wurde.

Widaja: Eine Schattenherzogin, die nach Einfluss im Süden strebt. Entgegen der vorherrschenden Sitten der Osadroi kleiden sie und ihr Gefolge sich meist hell.

Xenetor: Ein Schattenherzog, der sehr erfahren in der Kriegführung ist. Einer der wenigen Osadroi, denen Narben geschlagen wurden, die nicht verheilen.

Zuulior: Ein Hauptmann der Garde. Der Letzte, der seiner Herrin dient.

Glossar

Amdra: Das Königreich der Fayé, das sich über den gesamten Nachtschattenwald erstreckt.

Backbord: In Fahrtrichtung links.

Blutstein: Eine der beiden rivalisierenden Städte in Tamiod.

Burg der Alten: Der Ort, an dem die Schattenkönige ruhen. Zwischen den Gelehrten bleibt umstritten, ob sich die Burg der Alten tatsächlich im stets unter der Nacht liegenden Eis des Nordens befindet oder in einer anderen Wirklichkeit.

Chaque: Ein insektoides Volk, das den Osadroi von Tamiod dient.

Dunkelrufer: Ein mittlerer Rang innerhalb des Kults. Hauptaufgabe der Dunkelrufer ist das Ernten der Essenz.

Ejabon-vor-dem-Nebel: Eine Insel, in unmittelbarer Nähe des Seelennebels gelegen und bedeutende Handelsmacht im Meer der Erinnerung.

Eskad: Ein Königreich südlich des Nachtschattenwalds.

Essenz: Die Lebenskraft der Menschen, zugleich einzige Nahrung und hauptsächliches Genussmittel der Osadroi.

Fallan: Langfristiger Zusammenschluss von Fayé, einem Clan ähnlich.

Fayé: Unsterbliche, androgyne Wesen, die zum Teil der Geisterwelt angehören, was man an ihren Augen erkennen kann, die aus nebelartigen Schlieren bestehen.

Feuerburg: Ein Ort in Tamiod, an den Blutstein und Nachtstein Tribute schicken.

Flutatem: Ein Piratennest am Meer der Erinnerung, uneinnehmbar in einem Talkessel gelegen.

Gateia: Eine unbewohnte Insel im Meer der Erinnerung.

Ghoul: Verfluchter, der in einem Ritual des Kults in einen Leichenfresser verwandelt wurde und seine übermenschliche Körperkraft willenlos in den Dienst seiner Herren stellt.

Guardaja: Eine mächtige Festungsanlage, die den Falkenpass beherrscht.

Ilyjia: Königreich im Süden, regiert von einer Dynastie, die mit den Priesterinnen der Mondmutter und den Paladinen der Mondschwerter um die Macht konkurriert.

Karat-Dor: Hauptstadt von Schattengraf Gadiors Herrschaftsgebiet, Standort einer Kathedrale.

Katenos: Eine Handelsmacht im Meer der Erinnerung.

Kult: Die Staatsreligion Ondriens, die anstelle der Götter die Osadroi verehrt.

Lee: Die windabgewandte Seite eines Schiffs.

Luv: Die dem Wind zugewandte Seite eines Schiffs.

Magie: Die dunkle Kunst, die Wirklichkeit entgegen der Gesetze der Götter zu formen. Der Preis dafür ist immer Lebenskraft. Wird eigene Lebenskraft eingesetzt, gilt Magie in den meisten freien Reichen als tolerabel. Fayé nutzen die Magie in der Regel, um Wesenheiten aus anderen Wirklichkeiten Zutritt in die Welt des Greifbaren zu verschaffen und über die Kräfte dieser Dämonen ihre Wünsche zu erzwingen. Osadroi verwenden die Lebenskraft, die sie Menschen geraubt haben.

Mondmutter: Schutzgottheit von Ilyjia, deren Wunder starke Heilkräfte haben.

Mondschwerter: Ein ilyjischer Ritterorden, gegründet, um die Priesterinnen der Mondmutter zu schützen.

Mondsilber: Über ein göttliches Wunder besonders gehärtetes, dadurch waffenfähiges Silber. Bei Kontakt mit Magie, vor allem solcher der Osadroi, färbt es sich blutrot.

Myratis: Eine Göttin, die das Meer als ihr Eigentum betrachtet. Wegen ihrer launischen Grausamkeit unterstellen ihr manche Gelehrte eine Nähe zu dämonischen Wesenheiten.

Nachtschattenwald: Ein nahezu endloser Wald mit riesigen Bäumen. Heimat der Fayé, die hier die Natur nach ihrem Willen gestalten. Die Auswirkungen von auf der Beschwörung dämonischer Wesenheiten basierender Magie sind vor allem in seinem Zentrum deutlich zu spüren.

Nachtstein: Eine der rivalisierenden Städte von Tamiod.

Nachtsucher: Hoher Rang innerhalb des Kults.

Nebelland: Die Welt, in die die Toten gehen.

Ondrien: Das Reich der Schatten, beherrscht von den Osadroi. Ein riesiges Land mit mehreren Herzogtümern, das den Norden der bekannten Welt umfasst.

Osadro (m) / **Osadra** (w) / **Osadroi** (Mz): Magier, die durch die Anwendung eines speziellen Rituals die Unsterblichkeit erlangt haben und zu etwas geworden sind, von dem nichts in den Schriften der Götter steht. Die Herrscher Ondriens.

Paladin: Ein Ritter, der sich einer heiligen Aufgabe verschrieben hat. Der Begriff wird häufig auf die Mondschwerter angewandt.

Pentor: Ein rachsüchtiger Meeresgott, der ertrunkene Seeleute auf seinen Galeeren rudern lässt.

Schattenherr: Siehe Osadro.

Schwarzer Stern: Die Kathedrale von Karat-Dor, so benannt wegen ihres Aufbaus mit sieben Zacken.

Seelenbrecher: Niederer Rang im Kult der Schattenherren. Die Aufgabe der Seelenbrecher liegt primär darin, den Willen der Gläubigen zu formen, sodass er für die Wünsche der Schatten empfänglich wird.

Seelennebel: Eine viele hundert Meilen lange Erscheinung, die seit Jahrtausenden unbewegt auf dem Meer der Erinnerung liegt und sich im südlichen Ilyjia sogar an Land findet. Niemand kann ihn passieren, ohne den Verstand zu verlieren. Der Sage nach sind hier die Fayé gefangen, die von den Göttern für unwürdig befunden wurden, an die Gestade des Lichts zu reisen.

Silber: Das einzige waffenfähige Material, das einem Osadro dauerhafte Wunden zu schlagen vermag.

Silion: Silberfarbener und größter Mond.

Steuerbord: In Fahrtrichtung rechts.

Stygron: Roter Mond. Wenn er voll am Himmel steht, gilt dies als Vorzeichen für Blutvergießen.

Tamiod: Ein Land im Seelennebel, in dem ständig Nacht herrscht.

Traumgöttin: Eine Wesenheit, die den Einwohnern von Tamiod im Traum erscheint und der ihre ganze Hingabe gilt.

Traumlenker: Die Edelsten der menschlichen Bewohner von Tamiod.

Traumtrinker: Die Bezeichnung, die in Tamiod für Osadroi benutzt wird.

Vejata: Hellblauer, kleinster Mond.

SEI UNSER
HELD!
PIPER FANTASY
Gleich mitmachen und die magische
Welt der Piper Fantasy erleben! Neugierig?
Dann auf zu www.piper-fantasy.de!
Piper-Fantasy.de
PIPER